악녀라서 편하고 좋은데요?

악녀라서 편하고 좋은데요? 1

망고킴 장편소설

초판 1쇄 찍은 날 | 2023년 1월 6일
초판 2쇄 펴낸 날 | 2024년 4월 12일

지은이 | 망고킴
발행인 | 이진수
펴낸이 | 황현수

기획 | 정수민
편집 | 윤수진

펴낸곳 | 주식회사 카카오엔터테인먼트
등록번호 | 제2015-000037호
등록일자 | 2010년 8월 16일
주소 | 경기도 성남시 분당구 판교역로 221 6(일부)층

제작·감수 | KW북스
E-mail | paperbook@kwbooks.co.kr

ⓒ 망고킴, 2020

ISBN 979-11-385-8623-8 04810
　　　979-11-385-8622-1 (set)

악녀라서 편하고 좋은데요?

망고킴 장편소설

1

Yeondam

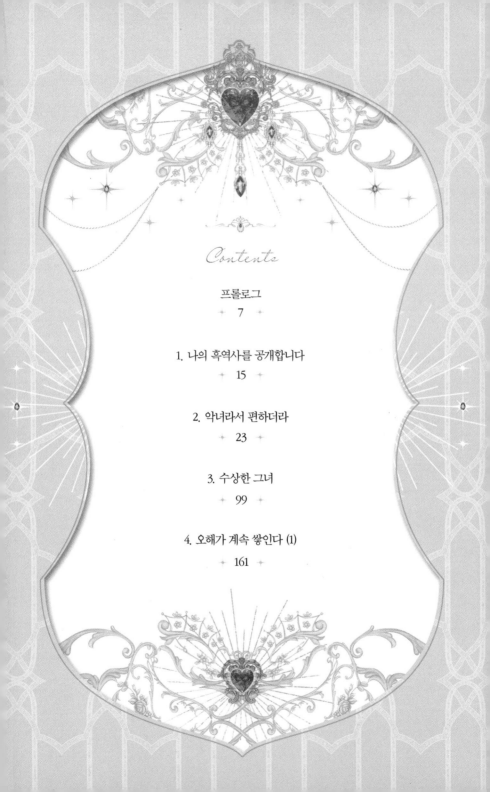

Contents

Prologue
프롤로그

데보라 시모어.

그녀는 대륙을 주름잡는 권력자인 시모어 공작의 고명딸로, 화려한 배경을 업고 온갖 패악질을 저지르고 다니기로 유명했다. 악녀라는 꼬리표를 달고 다니는 데보라가 파티장에 나타나자 화기애애했던 장내에 일순 정적이 깔렸다.

'저 근본 없는 화장은 대체 뭐야.'

'소문보다 더하군.'

데보라 공녀는 사람들이 어렴풋이 상상만 해 왔던 소설 속 마녀의 모습을 고스란히 재현하고 있었다.

날카로운 눈매를 따라 뾰족하게 솟은 눈 화장, 새빨간 입술, 창백한 피부, 장식 없이 치렁치렁 늘어뜨린 보라색 머리칼까지. 세상을 혼돈으로 물들였다는 마녀가 실존했다면 바로 저런 모습을 하고 있었을 것 같았다.

복장은 더했다. 오늘 파티에 참석한 레이디들은 봄을 맞아 파스텔톤 원단 위로 코르사주를 달고 있었다. 하지만 데보라는 파티의 테마 따위는 개나 주라는 듯 파격적인 디자인의 드레스를 입고 나타났다.

어디서부터 지적해야 할지 감이 잡히지 않아서 몇몇 귀부인은 부채로 굳은 얼굴을 가린 채 짧은 탄식을 내뱉었다.

더 황당한 사실은 저런 근본 없는 차림이 데보라에게는 지나치게 잘 어울린다는 것이다. 그녀는 화려한 독버섯처럼 사람을 홀리는 구석이 있었고, 그 점이 더욱 그녀를 마녀처럼 느끼도록 했다.

그때였다. 데보라가 새빨간 부채를 꺼내더니 마르코 남작 앞에 우뚝 섰다.

짜악-!

그러곤 그의 오른뺨을 매섭게 후려쳤다.

뺨을 차지게 올려붙이는 소리가 살벌하게 장내에 울려 퍼졌다. 그녀의 인정사정없는 손찌검으로 남작의 머리 위에 달라붙어 있던 가발이 볼품없이 바닥으로 떨어졌다.

"허헉……."

"세상에."

충격적인 광경에 마음이 여린 레이디들은 비틀거렸다. 난데없이 부채로 얻어맞은 마르코 남작의 얼굴은 황당함으로 물들었다가, 이내 굴욕감으로 사정없이 일그러졌다.

"데, 데보라 공녀. 갑자기 이게 무슨……."

"손이 미끄러져서."

무표정한 얼굴로 대꾸한 그녀가 팔을 다시 위로 들어 올리더니 남자의 왼뺨을 파리 쫓듯 찰싹 때렸다.

"이번엔 손목을 삐끗했네."

그녀의 무심한 말투에 남자가 염소 같은 콧수염을 파들파들 떨었다.

"대, 대체 왜 이런 무도한 행동을 하는 겁니까? 데보라 공녀."

남자의 물음에 그녀는 입술을 슬쩍 비틀었다.

"경의 얼굴이 개기름으로 가득해서 손이 저절로 미끄러졌네요. 잘 닦고 다녀요."

이죽거린 데보라가 손수건을 꺼내 던지곤 가차 없이 몸을 돌렸다. 초라하게 널브러진 가발 위로 손수건이 툭 내려앉았다. 숨 막히는 정적도 함께였다.

'맙소사.'

'대체 누가 저 무서운 여자를 파티에 초대한 거야?'

망나니 공녀로 인해 장내에 있는 모두가 충격의 도가니에 빠졌지만, 뒤에서 수군거리기만 할 뿐 선뜻 나서서 그녀를 질타하는 귀족은 아무도 없었다.

날아가는 새도 떨어뜨린다는 시모어 공작의 딸이다. 후환이 두려워 그녀가 어떤 짓을 하든 수수방관할 수밖에 없는 것이다.

타이밍이 좋은 건지 나쁜 건지, 경직된 분위기 속에서 왈츠가 흘러나오기 시작했다. 춤 신청을 받지 못한 데보라 공녀는 샴페인이 일렬로 늘어서 있는 테이블로 걸어갔다. 그러더니 뒷골목 무뢰배처럼 술을 벌컥벌컥 들이켰다.

순식간에 샴페인을 석 잔이나 비운 그녀는 거만한 표정으로 팔짱을 꼈다. 이 자리에 있는 귀족과 상종하지 않겠다는 느낌을 주는 몸짓이었다.

결국 대쪽 같은 성정을 지닌 리플리스 자작 부인이 참지 못하고 나섰다. 리플리스 부인은 데보라 공녀에게 건넬 적당한 충고를 머릿속으로 정리하며 천천히 걸음을 옮겼다.

"데보라 양. 긴히 할 말이 있어요."

리플리스 부인이 우아하게 부채를 펼치며 데보라 공녀를 호명했다. 그에 응수하듯 공녀가 차가운 얼굴로 새빨간 부채를 흔들었다. 서로를 물어뜯고 있는 흉측한 뱀 그림이 리플리스 부인의 시야에 촤르륵 펼쳐졌다.

'징그러워……!'

리플리스 부인은 목 끝까지 올라온 비명을 가까스로 삼켰다.

대부분의 레이디가 꽃이나 새와 같은 그림을 부채 위에 수놓는데, 하필 뱀이 그려진 부채를 가지고 다니다니. 그러고 보니 시모어 공작가의 인장이 머리 두 개가 달린 뱀이었다. 이건 혹시 함부로 기어오르지 말라는 경고의 의미일까?

"말씀하세요."

데보라 공녀의 목소리는 고막을 서늘하게 만들 정도로 차가웠다.

"부인."

피처럼 새빨간 눈동자와 정면으로 마주하자 소름이 돋아서 리플리스 부인은 저도 모르게 마른침을 삼켰다.

"고, 공녀. 과, 과음은 좋지 않아요."

"……."

"그대의 건강이 걱정되어 그래요. 내 말 알아들었겠죠? 그, 그럼. 즐기다 가요."

리플리스 부인은 횡설수설 대화를 마무리하고 뒷걸음질로 물러났다.

'……뭐야. 갑자기 말 걸어서 긴장했잖아.'

데보라는 리플리스 부인이 총총 사라지자마자 꾹 참았던 한숨을 내쉬었다. 부채를 쥔 그녀의 손엔 식은땀이 맺혀 있었다.

'괜히 쫄았네.'

목까지 치민 긴장감을 억누르기 위해 데보라는 샴페인을 한 잔 더

들이켰다.

　사실, 데보라 시모어는 악명과는 다르게 소심한 편이었다. 더 정확히 말하면, 데보라 시모어의 몸에 빙의한 윤도희가 소심했다.

　'괜히 움츠러들지 말자. 이젠 과거처럼 착하게 살지 않을 거야.'

　데보라는 붉은 입술을 꾹 깨물었다.

　'죄책감 가질 필요 없어. 남작은 더 뚜까 맞아도 싼 놈이니까.'

　그녀가 부채로 후려 팬 마르코 남작은 시녀와 바람이 난 것도 모자라, 임신한 아내를 계단에서 밀어 다리를 부러뜨린 몹쓸 놈이었다. 하지만 자신의 살벌한 외양과 행동에만 시선을 빼앗긴 군중은 아무도 이런 속사정엔 관심을 두지 않을 것이다.

　'좋아. 계획대로 되고 있어.'

　이쪽으로 눈을 흘기며 쑥덕대는 주변 반응을 보니, 오늘도 데보라의 살벌한 명성을 잘 지켜낸 것 같았다.

　'난 이렇게 계속 악녀로 꿀 빨면서 살 거라고.'

　내가 호구라는 걸 들켜선 안 돼.

　그녀는 마음을 다잡듯 주먹을 꾹 그러쥐었다.

1

나의 흑역사를 공개합니다

내가 얼마나 호구였냐고?

"도희야. 오빠가 지금 당장 십만 원이 필요해. 고모가 갑자기 상을 당하셨 거든. 어릴 때부터 날 잘 챙겨 주시던 분인데. 나 너무 슬프다. 지금."
"어떡해요."

죽기 전까지만 해도 나는 일가친척이 매주 상을 당하는 한준 선배 가 불쌍하다고 생각했다. 뻔한 거짓말에 속아 넘어갈 정도로 그 새끼 에게 콩깍지가 단단히 낀 상태였다.

"정말 미안. 도희야. 돈 생기면 바로 갚을게."

나는 김한준에게 10만 원을 송금한 뒤 힘내라는 위로까지 덧붙였다. 통장이 텅텅 비면 어떤가, 내가 좋다는데. 밥값이랑 커피값 좀 아끼 지 뭐. 곧 알바비도 들어오니까.
극한의 정신승리를 하며 무거운 고물 노트북이 든 가방을 추어올 리고 공학관 옆 도서관으로 들어갔다.

"아, 졸려."

잔뜩 쌓인 과제를 하려니 시작하기도 전에 피로가 밀려왔다. 달콤한 라테 한 잔이 절실한데 돈이 없으니 갑자기 현타가 왔다. 조금 냉정해진 머리로 셈해 보니 한준 오빠가 조의금으로 꿔 간 돈이 거의 50만 원 가까이 되는 것 같았다.

조금만 빨리 갚아 주면 안 되나? 하지만 연이은 비극으로 실의에 잠겨 있을 한준 오빠에게 돈을 달라고 독촉하는 게 미안했다.

나는 애꿎은 손톱만 이로 깨물다가 그냥 좀 더 기다리기로 하고 노트북을 켰다.

[여러분. 오늘까지 자료 정리한 거 보내 주세요.]

당장 이번 주에 전공 조별과제 중간발표가 있어서 단톡방에 메시지를 남겼다. 메시지 옆 숫자는 계속 줄어드는데 한동안 답장이 없었다.

[도희 누나. 미안해요. 제가 몸살감기가 걸려서요.]
[나 오늘 예비군 훈련인데. 내일까지 보내 주면 안 됨? ㅈㅅ]

뒤늦게라도 답장이 오면 양반이었다. 카톡을 그냥 읽고 씹어 버린 사람도 있었다. 자주 겪은 상황이라 그런가. 다들 비협조적인데도 아무 생각이 들지 않았다. 등록금도 비싼데 공부를 좀 더 하는 거라고 한 번 더 정신승리하며 발표할 자료를 정리했다.

나는 밤늦게까지 과제를 하다가 배가 고파서 도서관에서 일어났다. 지친 몸을 끌고 편의점으로 걷다가, 매캐한 담배 냄새와 함께 들려오는 익숙한 음성에 우뚝 걸음을 멈췄다.

"아 씨발, 새 건데 밟지 말라고."

지금쯤 장례식장에 있어야 할 한준 오빠가 담배 연기와 함께 걸쭉한 욕을 내뱉었다. 그의 대화 상대는 오늘 예비군 훈련에 나가야 한다고 말했던 같은 조 복학생 오빠였다.

"이거 N사 한정판 신발 아냐? 어떻게 구했냐? 1초 만에 매진되던데."

"리셀로 겨우 구한 거야. 씨발. 그러니까 네 족발 들이밀지 마라."

"이거 리셀로 구하려면 존나 비싼데, 네가 돈이 어디 있어서?"

"호구 잡았지."

김한준의 의기양양한 대답에 띵, 뒤통수가 울리는 느낌을 받았다.

호구, 호구, 호구.

두 음절이 머릿속에서 쉼 없이 메아리쳤다.

"대체 어느 병신이 너한테 돈을 줘."

"윤도희."

"아아, 윤도희."

복학생이 알 만하다는 표정으로 고개를 끄덕인다.

와, 이름 석 자만 듣고 바로 납득할 정도로 내가 호구 중 상호구인 거야?

"걔 같은 조라서 개꿀. 근데 돈 달라고 하면 돈도 줘?"

"장례식 가야 한다고 핑계를 대긴 했는데 매번 속을 줄은 몰랐다."

"와, 김한준. 완전 개새끼네. 이거."

"내가 나쁜 게 아니지. 조금 잘해 줬다고 껌뻑 속아 넘어가는 윤도희가 멍청한 거지."

더는 듣고 있기가 힘들었다. 바보처럼 그 새끼에게 달려가 돈 내놓으라고 화도 내지 못하고 그 자리를 도망치듯 피했다. 운동화라도 빼앗아서 밟아 버렸어야 했는데.

"도희야, 나는 네가 착해서 너무 좋더라."

김한준의 입에 발린 말이 머릿속에서 자꾸 맴돈다. 이상하게 눈물이 나오지는 않았다. 얻어맞은 것처럼 명치가 홧홧하게 아픈 느낌이었다.

"도희야, 마침 잘 왔다, 설거지 좀 해라."

떨리는 다리를 질질 끌고 집에 도착하자 엄마가 다짜고짜 접시가 가득 쌓인 싱크대를 손가락으로 가리켰다. 저녁을 먹은 사람은 남동생인데 설거지는 자연스레 왜 내 몫인 건지 새삼스러운 의문이 치솟았다.

'나도 배고픈데……'

힘없이 텅 빈 냉장고를 뒤적이는데 이번엔 남동생과 엄마의 대화가 들려왔다.

"엄마, 나 과외 좀 시켜 줘. 내 친구들 다 요즘 수시 준비하느라 그룹 과외나 개인 과외 받아. 단과 학원만 다니는 사람은 나밖에 없는 거 알아?"

"알았어. 과외 선생님 알아볼게."

엄마의 망설임 없는 대꾸에 나는 손에 쥐고 있던 우유를 툭 떨어뜨렸다. 속이 울렁거린다. 단과 학원은커녕, 인강 몇 개 듣는 것도 왜 이렇게 비싸냐고 핀잔했던 사람들이 우리 부모님이기 때문이다.

나는 그동안 우리 집 경제 사정이 찢어지게 안 좋은 줄 알았다. 아빠는 만년 과장인 무능한 직장인인데, 자식은 무려 셋이나 되니까. 그런데 돈이 없는 게 아니라 나한테 투자할 마음이 없는 거였다.

"윤도희! 어디 가? 설거지했어?"

아무런 대꾸 없이 집을 나가는 게 내가 할 수 있는 최고의 반항이라는 것이 더 비참했다.

차라리 소리라도 치고 올걸. 왜 차별하느냐고. 내가 가만히 있으니까 가마니로 보이냐고.

서러움이 한 박자 늦게 밀물처럼 밀려와서 나는 길가에 덩그러니 선 채 시큰거리는 코를 훌쩍였다.

"아가씨. 내가 집으로 돌아가야 하는데 교통카드를 잃어버려서, 삼천 원만 빌려줘요. 부탁해요."

나는 젖어 드는 눈가를 비비다가 허탈한 한숨을 내뱉었다. 이 와중에 날 또 호구 잡으려는 사람이 있다니.

이 할머니에게 매번 속아서 교통비를 세 번쯤 상납한 것 같다.

'심지어 버스 역까지 친절하게 바래다줬지.'

김한준은 매주 내게서 조의금을 뜯어 가고 이 할머니는 매주 교통비를 뜯어 가고.

젠장. 둘 다 호구 물어서 참 좋겠네.

'여러 번 당하고 나서야 아는 나도 참 대단해.'

이쯤 되면 모를 수가 없다. 내가 길을 지나다니는 노숙자도 알아보는 개호구라는 걸. 김한준 말대로 나는 착한 게 아니라 멍청한 거였다.

"우리 도희는 참 착해."

"난 도희가 착해서 좋더라."

이 말을 '도희가 호구라서 내가 아주 편하더라'로 해석했어야 했는데, 왜 이런 중요한 깨달음은 죽기 직전에 찾아오는 건지 모르겠다.

"아가씨. 삼천 원만 달라니까!"

노숙자가 팔을 부여잡으며 화를 낸다. 호의가 계속되면 권리인 줄 안다더니, 적반하장으로 나오는 할머니를 보니 울컥 화가 치솟았다.

"저 한 푼도 없어요. 이거 놔요!"

"그럼 이천 원만. 천 원만!"

도로 앞에서 날 자꾸만 밀치는 할머니와 실랑이를 벌이다가, 나는 빠르게 돌진하는 오토바이에 몸을 정면으로 들이받았다.

나는 그렇게 허무하게 죽었고, 환생했다.

19금 역하렘 피폐 소설 속, 악녀의 몸으로.

2

악녀라서 편하더라

긴 암전 끝에 다시 의식이 돌아온 나는 낯선 풍경을 둘러보며 멍하게 눈을 깜빡였다.

내 몸은 흰 차양막이 달린 캐노피 침대에 덩그러니 누워 있었다. 성인 일곱 명은 족히 잘 수 있을 것 같은 크기의 침대였다.

여긴 대체 어디지?

뱀과 장미가 금실로 섬세하게 수놓인 커튼을 아연한 기분으로 바라보다가, 깨기 직전에 일어났던 오토바이 사고를 떠올리고는 몸을 벌떡 일으켰다.

분명 뼈가 으스러지고 근육이 찢어지는 느낌이 났는데 이렇게까지 멀쩡하다니. 근육통조차 없는 몸을 더듬거리던 나는 손에 툭 걸리는 큰 가슴에 당황하고 말았다.

"뭐, 뭐지……?"

어리둥절한 기분으로 몸을 내려다보다가 침대에서 내려와 거울로 후다닥 뛰어갔다.

"헉."

저절로 헛숨이 터져 나왔다. 거울 안에 매일 보던 얼굴이 아닌 날카로운 인상을 가진 미녀의 얼굴이 비쳤기 때문이다. 윤기 나는 보랏빛 머리칼과 붉은 눈동자가 인상적인 여자였다.

'예쁘다……'

한동안 여자의 미모에 넋을 놓고 있던 나는 정신을 차리기 위해 찰싹찰싹 뺨을 때렸다.

짝! 짝! 짝!

거울 속 아름다운 여자의 창백한 뺨이 민망할 정도로 시뻘겋게 부어올랐지만 어쩔 수 없었다. 이 개꿈에서 깨려면.

"아야― 아파."

근데 왜 안 깨지? 내가 미친 건가?

꿈이라기엔 지나치게 생생한 감각에 넋이 나가 있는데, 날카로운 파열음이 고막을 찔렀다.

무심코 소리가 난 쪽으로 시선을 돌리자, 그릇이 바닥에 나뒹굴고 그 옆에 서양식 메이드 차림을 한 여자가 공포에 질린 얼굴로 주저앉아 있었다.

눈이 마주치자마자 여자는 고개를 낮추고 머리를 조아렸다.

"죄송합니다! 저, 저는 아, 아무것도 보지 못했습니다. 죽을죄를 지었습니다. 부디 자비를 베풀어 주세요. 데보라 공녀님."

데보라? 왠지 익숙한 이름인데.

퍼뜩, 깨달음이 섬광처럼 뇌리에 파고들었다. 나는 이내 데보라라는 이름을 어디서 봤는지 기억해 냈다.

연재가 중단되기 전까지 내가 캐시를 질러댄 19금 피폐 소설, 『검은 가시를 삼키다』 속 악녀의 이름.

데보라는 여주인공을 굴리기 위해 작가가 만든 하드코어 악녀로, 데보라에 관한 욕설이 늘 『검은 가시를 삼키다』의 베스트 댓글 중 하나를 차지했던 걸로 기억한다.

상식적으로 말이 안 되는 일이라고 생각하지만, 책에 빙의한 게 아니면 이 상황이 설명되지 않았다. 꿈이라고는 생각할 수 없을 정도로 얼얼한 뺨, 생생한 시야, 소설에 묘사된 데보라와 동일한 색의 머리칼과 눈.

내게 무슨 일이 일어난 건지 깨닫는 중에 매서운 눈매를 가진 미중년이 방 안으로 들어왔다.

"또 무슨 소란이냐?"

얼음 같은 은회색 눈동자와 마주하자 데보라가 가진 기억의 파편들이 수면 위로 떠올랐다.

눈앞의 남자는 데보라의 아버지인 조르주아 시모어 공작이었다. 그는 고위급 대마도사로 긴 역사를 가진 시모어 가문에서 다섯 손가락 안에 드는 천재로 손꼽혔다.

중년답지 않게 체구가 날렵한 시모어 공작은 서늘한 인상만큼이나 성정도 냉혹했다. 그가 유일하게 마음을 연 사람은 부인인 마리엔 시모어뿐인데, 그녀가 막내인 엔리크를 낳다가 사망한 뒤로 다시 과거의 차가운 성정으로 되돌아갔다.

"이 한심한 녀석."

시모어 공작이 나를 쓰레기 보듯 경멸이 담긴 눈초리로 내려다보았다. 가문의 명예를 중요시하는 그는 하루가 멀다 하고 악행을 갱신하는 데보라를 혐오했다.

"하, 단식 투쟁도 모자라서 이제는 자학까지 해?"

그가 벌겋게 달아오른 내 뺨을 꽉 움켜쥐었다.

"네 어미를 닮은 이 얼굴이 유일하게 볼만했는데."

"……."

"그깟 보석 때문에 이딴 짓을 벌이다니. 너는 시모어 가문의 수치다."

뇌리를 떠도는 기억의 파편에 의하면 데보라는 제국에 단 하나뿐인 핑크 다이아몬드 목걸이를 구해 달라고 생난리를 치다가, 며칠 전부터 단식 투쟁에 들어간 모양이었다.

시모어 공작은 내가 단식쇼에 이어 자해쇼까지 벌였다고 오해한 것 같았고.

"딸이라고 봐주는 데도 한계가 있어. 이번이 정말 마지막 경고다. 당분간 사고 치지 말고 근신해!"

시모어 공작이 이를 뿌득 갈며 눈동자를 차갑게 빛낸다. 그는 꽉 그러쥐고 있던 내 얼굴을 던지듯이 뿌리치더니 성큼성큼 방을 나가 버렸다.

나는 점점 멀어지는 시모어 공작의 뒷모습을 망연히 바라보다가 숨을 크게 몰아쉬었다.

무슨 아버지가 저렇게 잘생겼어…… 아니, 살벌해?

그가 내게 흩뿌린 진심 어린 살기로 인해 몸이 얼얼했다.

후들대는 다리를 이끌고 침대로 겨우겨우 걸음을 옮기던 나는 비명을 지를 뻔했다. 엎드려 잘못을 빌던 하녀가 납작한 포복 자세로 기어와서 집요하게 용서를 구했기 때문이다.

"죄송해요! 잘못했어요. 한 번만 용서해 주세요."

갑자기 하녀가 피가 튈 정도로 이마를 바닥에 쾅쾅 찧기 시작했다. 인권 따위 개나 준 피폐 소설 속 악녀 몸에 들어왔다는 게 뼈저리게 실감이 났다.

"……아, 알았으니까 나가."

긴장해서 잔뜩 잠긴 목소리가 나왔다. 감사하다고 여러 번 외친 하녀는 바닥에 나뒹구는 죽 그릇을 재빨리 치우더니 도망치듯 나가 버렸다. 그녀가 사라지자마자 짙은 탈력감이 밀려와서 나는 스르르 미끄러지듯 바닥에 주저앉았다.

'와, 미치겠네.'

평생 호구 짓만 하다가 스물넷이라는 젊은 나이에 요절했는데, 하필 이딴 캐릭터에 빙의하다니.

'왜 얘야.'

다른 캐릭터도 널려 있는데 왜 하필 얘냐고!

나는 절망감을 삼키며 양손에 얼얼한 얼굴을 파묻고 있다가, 침대에 벌렁 드러누워 눈을 감았다.

자고 일어나면 모든 게 다 꿈이었길 바라면서.

아침에 눈을 뜨면, 난 여전히 개망나니 악녀 데보라였다.

'⋯⋯근데, 생각보다 괜찮은 것 같기도 하고?'

데보라에 빙의한 지도 벌써 열흘째, 난 이곳에 의외로 잘 적응하고 있었다. 평판은 최악인 온갖 나쁜 설정의 집약체인 캐릭터로 사는 게 힘들 줄 알았는데 딱히 그런 것 같지도 않았다.

'적응하고 말 것도 없어. 모든 게 완벽하게 세팅되어 있으니까.'

푹신하고 넓은 침대 위에서 늦게까지 늘어져 자다가 허기가 질 때 종을 흔들면 사용인이 곧바로 아침 식사를 대령한다.

"맛있다⋯⋯."

나는 입에서 사르르 녹아 흩어지는 페이스트리를 먹으며 무심코 중얼거렸다. 내 말을 들었는지 사용인이 총알처럼 튀어 나가 여러 종류의 빵이 든 바구니를 가져왔다.

'대박. 얘네 군기 잡힌 거 봐.'

작게 혼잣말만 해도 원하는 게 척척 배달된다. 모두가 데보라의 지뢰 같은 성질머리를 건드리지 않기 위해서 잘 훈련된 군대처럼 일사불란하게 움직이고 있었다.

'뭐, 말 안 듣는 것보다 백번 낫지.'

나는 고개를 주억거리며 둥근 빵을 집어 들고 라즈베리 잼을 듬뿍 떠서 퍼 발랐다. 원래도 빵순이였던 터라 이곳 음식이 입맛에 꽤 잘 맞았다.

"공녀님. 더 드시겠어요?"

"아니, 나가."

먹는데 옆에서 지켜보는 게 부담스러워서 나는 기억의 파편 속 데보라의 말투를 흉내 내며 시종을 물렸다.

접시에 예쁘게 담겨 있는 무화과는 신선했고 버섯이 든 수프는 엄청 고소했다. 맛있는 아침 식사를 끝내자 시종들이 좋은 향이 나는 차를 찻잔에 따라 주었다. 5성급 호텔에 가본 적은 없지만 그런 곳에 가면 이런 룸서비스가 나올 것 같았다.

나는 앤티크풍의 예쁜 찻잔을 들고 새가 지저귀는 소리가 나는 창밖으로 시선을 던졌다.

이렇게 여유롭고 느긋한 아침이라니…….

이런 럭셔리한 평화를 누린 것은 24년 인생 통틀어 처음인 것 같다. 우리 집 아침은 전쟁터가 따로 없었으니까. 평수는 좁은데 삼 남매라 아침에는 늘 정신없었다.

　남동생만 독방을 썼고 나는 언니와 같은 방을 썼는데, 아침잠이 없는 언니는 내가 잠에서 깨기도 전에 항상 형광등을 죄다 켜 놓고 머리를 말렸다. 맹렬하게 돌아가는 드라이어 소리 때문에 매일 아침 미치고 환장할 노릇이었다. 심지어 나는 야행성이라서 더욱 견디기 힘들었다.

"윤도희. 나 이거 입는다?"

큰맘 먹고 인터넷으로 산 옷은 언니가 대범하게 개시해 버리기 일쑤.

"너도 내 옷 자주 입잖아."

목 주변이 늘어지거나 치수가 작은 옷을 내게 버린 거나 다름없으면서 언니는 꼭 생색을 내곤 했었다. 하지만 나는 워낙 호구 기질이 강했기 때문에 뭐라 화도 못 내고 그러려니 대충 납득하며 살았다.

"누나, 급해서 화장실 좀 먼저 쓸게."

부지런한 언니 덕분에 강제 기상한 뒤 집에 단 한 개뿐인 화장실로 걸어가면 남동생이 귀신같이 튀어 나와 새치기했다. 그 망할 놈이 변기 주변을 엄청 지저분하게 써서 아침부터 쌔빠지게 청소를 해야 했고.

　정신없고 산만한 아침에 익숙해져 있다가 이런 시간을 보내니 5성급 호텔로 휴가를 온 것 같은 느낌이 들었다.

"당분간 사고 치지 말고 근신해!"

시모어 공작의 엄포를 떠올리니 헛웃음이 난다. 이게 근신이면 그냥 평생 근신하고 싶었다.

'몸이 편하니 마음도 느긋해지네.'

나는 미래에 대한 고민을 잠시 접어 두고 창 너머 나풀거리며 떨어지는 싸락눈을 구경했다.

식사한 게 소화가 다 되었을 무렵, 세안할 물을 가져온 시종들이 몸단장을 시켜 주기 시작했다. 페티코트와 코르셋을 갖춰 입고 나자 화려한 드레스를 든 사람들이 일렬로 들어왔다.

'아, 그러고 보니, 데보라가 지난달에 의상실에 드레스 주문 제작을 넣었지.'

기억의 파편에 의하면, 데보라는 쇼핑하는 것을 몹시 좋아해서 번화가에 자주 나가 값비싼 옷과 장신구를 샀다. 최근 유행하는 화려한 보석과 드레스를 걸치고 부와 미모를 과시하는 건 그녀의 취미 중 하나였다.

그나저나 근신 중이라 밖에 나가지 못하고 있었는데, 시종들이 자연스럽게 방 안을 백화점 VIP룸으로 만들어 버리다니. 데보라는 클래스 자체가 달랐다.

"공녀님을 이리 뵙게 되어 무한한 영광입니다. 저는 지호토 남작의 둘째 여식인 헬렌이라고 합니다."

오늘 방문한 헬렌은 최근 수도에서 가장 잘나가는 의상실 디자이너 중 한 명으로, 데보라가 번화가에서 쇼핑하다가 직접 지목한 사람이었다.

헬렌의 의상실 앞에 진열된 드레스를 보자마자 데보라는 대뜸 안으로 쳐들어가 자신을 위한 드레스를 만들라고 그녀를 윽박질렀다.

뭐, 덕분에 나는 이득 본 셈이지.

"공녀님께 저희 의상실 드레스를 선보일 수 있게 되어 너무나 기쁩니다."

"……."

침묵이 지속되자 헬렌의 볼이 점점 핼쑥해졌다.

사실 나는 일부러 말을 아끼는 중이었다. 입 열면 얼레벌레 호구 인증할까 봐.

말을 씹어도 다들 데보라답다고 대충 납득해 버린다는 게 어이없으면서도 상당히 편했다.

"공녀님, 이 드레스는 요즘 유행하고 있는 스타일입니다. 소매에는 흰 토끼털을 달았는데 자세히 보시겠어요?"

헬렌이 간신히 영업용 미소를 걸치곤 본인이 디자인한 드레스를 설명하기 시작했다. 손가락 한 마디만 한 사파이어가 가슴팍에 박혀 있는 디자인도 있었고, 레이스 깃에 진주가 촘촘히 박혀 있는 것도 있었다.

화려한 드레스가 시야에 가득 펼쳐지니 가슴이 벌렁거리고 정신이 하나도 없다. 교복까지 언니 것을 물려 입던 소시민인 내겐 심장이 터질 듯한 돈지랄이었다.

다이아몬드 수저의 삶이란 게 이런 거였나? 현실에 적당히 타협하는 성격이라서 금수저 물고 태어난 애들을 부러워한 적 없었는데, 막상 부유한 환경을 맞닥뜨리니 당황스러우면서도 내심 좋기는 했다.

'다 잘 어울릴 것 같아.'

패션의 완성은 얼굴과 피지컬 아니겠는가. 저 드레스를 이 모델 같은 몸에 입혀 볼 생각을 하니 설레기 시작한다.

두근거리며 드레스를 유심히 구경하던 나는 인상을 찡그리며 입술을 꾹 깨물었다. 드레스에 달린 토끼털 때문인지 갑자기 재채기가 나올 것 같았다.

그런데 내 표정을 어떻게 해석했는지, 헬렌의 안색이 샛노래졌다.

"고, 공녀님. 이 드, 드레스들은 현재 제작하고 있는 것들의 아주 일부분입니다."

'엥, 이것도 많은데 또 있어?'

나는 재채기를 참기 위해 입술을 꽉 깨물며 그녀를 바라보았다. 헬렌은 당장에라도 졸도할 것 같았다.

"더욱 화려하고, 더욱 세련된 스타일의 드레스를 가져오겠습니다. 딱 사, 사흘만 더 여유를 주시면요……."

내 눈치를 보던 헬렌이 갑자기 털썩 무릎을 꿇었다.

"죄송합니다. 당장 드레스를 공녀님 취향으로 고쳐서 대령하겠습니다!"

"……보석 많이 달아서, 최대한 화려하게."

보석은 많으면 많을수록 좋다. 여차하면 떼어서 금화로 바꿀 수 있으니까.

나는 시큰거리는 코를 문지르며 친절하게 덧붙였다.

'악녀면 어때? 얼굴이 천재인데.'

나는 틈만 나면 나르시시즘 환자처럼 거울 앞에서 오랫동안 넋을 놓았다.

나는 이 얼굴이 너무 좋다. 눈을 조금만 치켜떠도 센 언니의 저세상 포스가 느껴졌다. 도를 아느냐고 묻는 사람이 백 미터 근방에 얼씬조차 못 할 그런 분위기가 뿜어져 나왔다.

날카롭고 서늘한 이목구비에 푹 빠져 있던 나는 가정 교사가 대기하고 있다는 시종의 말에 겨우 정신을 차렸다.

오전 시간. 데보라는 제국의 저명한 교수들로부터 천문학, 역사, 시문학 등을 배웠다.

고위 귀족 가문 영애 대부분이 어릴 적부터 가정 교습을 받는데, 집에 어떤 교수를 초빙했느냐, 혹은 어느 귀부인에게서 예법 수업을 받았느냐가 그 가문의 권력과 명예를 보여 주는 척도가 되곤 했다.

'은근히 부럽네.'

난 인강도 비싸다고 한 소리 들었는데. 비유하자면 대학교수에게 시간당 수십만 원짜리 고액 과외를 받는 셈이다.

물론, 공부에 전혀 흥미가 없는 데보라는 매번 수업을 땡땡이쳤다.

악녀답게 가정 교사를 바람맞히는 건 일상다반사고, 숙제를 안 한다고 잔소리한 가정 교사를 창문에 거꾸로 매달아 놓은 적도 있었다. 밧줄이 끊어져 제국의 명망 높은 역사 교수가 목이 부러져 죽을 뻔한 사건은 소설에 직접 서술될 정도로 유명했다.

'데보라는 파면 팔수록 괴담만 나오는군.'

뇌리에 떠도는 기억의 파편을 살펴볼 때마다 탄식이 나옴과 동시에 짙은 깨달음이 머리를 쳤다.

또라이 질량 보존의 법칙.

또라이인 당사자는 그 누구보다 편하다는 진리를, 내가 호구였다는 사실과 함께 뼈저리게 깨달아 버렸다.

'······그나저나, 여긴 아무리 걸어도 끝이 없네.'

과외를 받기 위해 방에서 나온 나는 길게 이어진 복도를 걷기 시작했다. 내가 건축 공학과라서 그런지 이 저택은 볼 때마다 놀랍다. 돈과 인력을 얼마나 사정없이 갈아 넣어야 이렇게 웅장하고 아름다운 건물을 지을 수 있는 걸까.

복도에 늘어선 조각을 감상하며 걷던 중, 나는 시모어 공작과 똑 닮은 은발 청년과 맞닥뜨렸다.

'벨렉 시모어.'

그는 이 집안 차남이었다. 서늘한 빛이 감도는 은청색 눈동자와 마주하자 본능적인 거부감이 치밀었다. 데보라의 몸에 깊숙하게 새겨진 반응이었다.

데보라는 제 오빠인 벨렉 시모어를 몹시 싫어했다. 벨렉이 데보라를 경멸하는 티를 고스란히 내고 다닌 탓이다.

벨렉 시모어는 데보라처럼 무능하면서 노력도 하지 않는 사람을 몹시 혐오했다. 어쩌면 그의 인생 자체가 쌍둥이 형인 로자드 시모어를 앞지르기 위한 피나는 노력으로 점철되어 있기 때문일지도 모른다.

신기하게도 시모어 가문을 이끌 후계자는 대대로 쌍둥이로 태어났다. 시모어가의 인장이 두 개의 머리를 지닌 뱀, '쌍두사'인 것도 이런 가문의 특성을 상징하는 것이다.

가주의 그릇을 가진 재능 넘치는 쌍둥이는 태어나자마자 시모어의 주인이 되기 위한 치열한 경쟁 속에 떨어진다. 그래서인지 시모어 가문에서 태어난 쌍둥이들 대부분이 이른 나이에 성격파탄자가 되었다.

가문 전통대로, 훌륭한 또라이로 성장한 로자드와 벨렉은 여주인공 미야 비노슈를 공작저로 납치해 감금하게 된다.

소설을 통해 이 집구석 쌍둥이의 더러운 성질머리와 사디스틱한 성향을 익히 알고 있기에, 얼굴 빼고는 좋게 보기가 힘들었다.

"데보라."

그냥 지나쳐 갈 줄 알았던 벨렉이 돌연 긴 은발을 쓸어 올리며 낮은 음성으로 나를 호명했다.

그저 머리를 손으로 쓸었을 뿐인데 화보집 한 권을 본 느낌.

'미쳤다.'

역시 여주인공의 어장남 중 하나답다. 차가운 느낌의 이목구비와 외알 안경이 너무 잘 어울렸다.

……이 쓸데없이 잘생긴 변태 새끼. 안구에만 이로운 새끼.

"오늘 네 가정 교사가 누구냐?"

"페트릭."

나는 묘한 긴장감을 삼키며 데보라처럼 짤막하게 대답했다.

"네 개망나니 같은 행실이 마탑에서도 들리더구나. 페트릭은 내가 개인적으로 아끼는 학자다. 그러니 오늘만큼은 얌전히 굴어."

제가 하고 싶은 말만 툭 내뱉은 벨렉이 살벌한 분위기를 풍기며 나를 빠른 걸음으로 스쳐 지나갔다.

벨렉이 저런 식으로 매정하게 쏘아붙이면 데보라는 분을 못 이겨 씩씩대다가 애먼 아랫사람들을 악랄하게 괴롭히곤 했다.

하지만 난 데보라가 아니라서 그런지, 벨렉의 시비에 딱히 화가 나지 않았다. 틈만 나면 날 가정부처럼 부려 먹으려 하는 이전 생의 가족들과 비교했을 때 벨렉은 양반처럼 보였으니까.

심지어 그는 집안의 온갖 귀찮은 대소사를 떠맡고 있지 않은가. 로자드와 벨렉이 시모어의 가주로 인정받기 위해 서로 경쟁하면서 뼈가 삭도록 일하는 동안, 나는 근신하는 척 탱자탱자 놀고 있는 상황이었다.

'네 덕에 호강한다.'

나는 벨렉을 향해 엄지를 치켜들고 있다가 가정 교사가 대기하고 있는 응접실로 걸어갔다.

데보라가 매주 역사 수업을 빠져서 페트릭 교수의 얼굴을 보는 건 이번이 두 번째였다. 하위 귀족 가문 출신인 그는 두문불출하던 내가 등장하자 불안한 표정으로 고개를 숙였다.

"오, 오셨습니까?"

교수는 긴장한 표정으로 고개를 숙였다. 나는 데보라처럼 팔짱을 끼고 고개를 한 번 까딱했다.

"그럼, 강의 시작하겠습니다."

『아스테이아 1,000년사』라고 적혀 있는 양장본을 꺼낸 그는 염소처럼 바이브레이션 가득한 목소리로 내가 빙의한 가문의 활약상에 관해 설명하기 시작했다.

'이 교수, 사회생활 잘하네.'

벨렉이 그를 괜히 총애하는 게 아니었다. 시모어 직계라는 사실에 자부심을 가진 데보라가 듣기 좋은 역사적 사실을 추려서 수업 내용으로 준비해 온 듯했다.

'주변에 아부하는 사람만 있는 환경…… 나쁘지 않다.'

오지라퍼들에게 충고인 척하는 싫은 소리 듣는 것보다 훨씬 더 좋다.

'권력이 좋긴 하구나.'

아첨 가득한 페트릭의 수업 내용을 요약하면 이러했다.

제국의 11대 황제는 황권 강화에 공헌한 시모어 가주를 총애해 시모어 가문에 마탑을 관리할 권한을 부여했으며, 그 관습이 아직도 이어지고 있다는 것.

시모어에서는 늘 역량이 뛰어난 가주를 배출해 왔기 때문에 근 500년간 마탑주는 시모어의 가주가 차지해 왔단다.

비유하자면, 재벌 3세가 장관까지 다 해 먹는 상황인 것이다.

'내 아버지가 공작에 마탑주라니. 설정 과다인데.'

데보라의 밑도 끝없는 오만함이 조금은 이해가 되었다.

내 반응을 살피던 교수는 한술 더 떠, 시모어 초대 가주의 영웅적 일대기에 대해 부연했다.

초대 가주인 미르주 시모어는 8클래스 경지에 오른 대마법사로, 초대 황제와 여신을 도와 아스테이아 건국에 크게 일조한 개국 공신이었다. 개국 공신들은 각기 가문을 세웠는데, 바로 시모어, 몬테스, 오르고, 비스콘티, 이렇게 네 개의 명문가였다.

마법의 시모어
정령의 몬테스
검의 오르고
황금의 비스콘티

이 네 곳은 아스테이아 제국에서 황제 다음가는 권력을 누리는 대귀족이었다. 데보라가 아무리 미친 짓을 저지르고 다녀도, 시모어 직계 핏줄이라는 이유 하나만으로 면죄부가 주어지는 세상인 것이다.

내가 물고 있는 건 다이아몬드 수저 정도가 아니라 초특급 오리하르콘 수저였다.

'대박이네.'

기억의 파편에 떠도는 정보는 단편적으로 끊겨 있어서 교수의 역사 강의는 이 세계에서 내 위치를 파악하는 데 많은 도움이 되었다.

'신전이랑 마법사까지 나오니, 판타지 소설 같아서 재밌기도 하고.'

내가 수업을 경청하고 있다는 것을 느꼈는지 교수가 강의에 집중하기 시작했다. 심지어 너무 열중한 나머지 그는 예정된 시간보다 수업을 더 오래 진행하게 되었다.

시간을 초과했다는 것을 깨달은 페트릭은 시계를 보자마자 사색이 됐다. 아카데미의 명망 높은 교수가 창에 거꾸로 매달렸던 대참사를 떠올린 듯했다.

"고, 공녀님, 당연히 숙제 같은 건 없습니다. 제 미천한 강의를 듣느라 고생하셨습니다. 아름답고 고귀하신 공녀님의 뜨거운 학구열에 감동한 나머지……."

그가 머리를 조아리며 횡설수설 말했다.

"나가."

"네, 넵!"

축객령을 내리자마자 페트릭이 현란한 백스텝으로 사라진다.

'숙제가 없다니. 잘됐네.'

나는 실없는 생각을 하며 쭉 기지개를 켰다. 마법진 제작에 대한 이론 수업만 마치면 오늘 일정은 끝이었다. 놀랍게도 데보라는 이 네 시간짜리 오전 수업조차 귀찮다고 짜증을 내며 땡땡이를 쳤다.

'머리 나쁘고 게으르다는 설정까지 붙어 있군…….'

나는 절레절레 고개를 저으며 마탑 소속 연구원이 대기하고 있는 별채 쪽으로 걸어갔다.

"공녀님. 오셨습니까."

별채에 따로 마련된 마법 수련장으로 들어가자 진회색 머리칼의 여자가 허리를 90도로 접으며 나를 맞이했다. 공손하게 모아진 그녀의 손은 공포로 잘게 떨리고 있었다.

그럴 수밖에. 그동안 데보라가 갈아치운 마법 선생의 수는 손으로 꼽을 수 없을 정도로 많았다.

"내가 마나를 느낄 수 없는 체질이 아니라, 선생인 네놈이 하찮고 무능한 거야! 난 시모어의 직계라고!"

데보라는 자신이 마법에 재능이 전혀 없다는 것을 인정하지 않고 매번 애먼 선생 탓을 하며 손에 집히는 걸 죄다 집어 던지곤 했다. 주변에 던질 만한 물건을 모조리 치워 놓은 것만 봐도 그간 데보라의 패악질이 얼마나 심했는지 알 수 있었다.

시모어 핏줄은 마나 친화력이 높기로 유명한데 데보라는 왜 마법에 소질이 전혀 없는 걸까. 소설에 빙의한 주인공들 대부분이 마법 정도는 기본으로 쓰고, 검술에 심지어 정령까지 부리던데.

'그놈의 악녀 디버프……'

바닥을 밑도는 능력치에 탄식하던 나는 급히 생각을 정정했다.

데보라에겐 압도적인 미모와 재력, **빽**이 있다.

이 정도면 다 가진 거 맞다. 그리고 역으로 생각하면, 소설 속 주인공들은 본인이 가진 능력만큼 주변의 시기와 핍박을 받는다.

하지만 데보라는 열등감에 사로잡혀 주변 사람들을 핍박하던 입장. 나만 가만히 있으면 아무런 사건 사고 없이 하루가 흘러가는 것이다.

"괜찮은데?"

수업이 끝난 뒤, 나는 수도에서 제일가는 명장이 하루에 딱 77개만 만든다는 마카롱을 집어 먹으며 흐뭇하게 중얼댔다.

종일 빈둥거리다가 저녁이 되면 하인들이 정성스레 목욕 시중을 들어 주었다.

"공녀님. 물 온도는 괜찮으신가요?"

"그럭저럭."

꽃잎을 띄운 커다란 욕조에 몸을 담그니 기분 좋은 한숨이 흘러나온다.

시종들은 향긋한 냄새가 나는 천연 성분 오일로 뭉치지도 않은 근육을 부드럽게 풀어 주었다. 머리는 또 어찌나 정성스럽고 꼼꼼하게 감겨 주는지.

처음엔 시종들의 극진한 시중이 어색했는데, 사람의 몸이란 건 참 간사해서 이런 편의에는 순식간에 익숙해졌다.

'좋다.'

살결에 부드럽게 달라붙는 실크 가운을 걸치고 침대에 벌렁 드러누우며 생각했다.

오늘도 평화롭게 날이 저물어간다.

내일도 오늘만 같았으면 좋겠는데, 그러기 위해선 원작 속 악역인 데보라의 미래를 바꾸긴 해야 했다.

나는 침대 위에서 한참을 미적대다가 서재처럼 꾸며진 옆방으로 들어갔다. 그러곤 라이팅 마법이 담긴 마나석을 켠 뒤, 소설 내용을 기억나는 대로 정리하기 시작했다.

데보라는 원작 여주인공인 미야 비노슈를 악랄하게 괴롭히다가 끝이 안 좋게 되는 전형적인 1차원 악녀 캐릭터였다. 머리채 잡기, 뺨 때리기는 기본이고 미야의 음료에 식도가 녹아내리는 약을 타기도 한다.

가장 압권인 건 미야와 똑같이 생긴 인형을 만들어 저주를 걸었던 것.

이런 데보라의 끔찍한 만행을 만천하에 밝혀내는 사람이 바로 미야 비노슈의 어장남 중 하나인 황태자였다.

'유일하게 사이다 터지는 챕터였지.'

황태자는 저주 인형을 만든 데보라를 신성 모독죄로 물고 늘어진다.

'영리한 전략이었어.'

제국에서 황제와 고위 귀족의 권위보다 유일하게 위에 있는 것. 그것은 바로 성녀의 위상이었다. 본인의 목숨을 희생해 악을 몰아내고 백성을 구원한 나일라 성녀는 제국에서 인기가 가장 좋았다. 자신의 몸을 여섯 개로 조각내 강한 결계를 세운 성녀를 여신으로 부르며, 모두가 존경하고 사랑했다.

'여긴 어떻게 성녀도 하드코어냐.'

미야 비노슈는 그런 나일라 성녀의 현신이라고 칭송받을 만큼 순도 높은 신성력을 가지고 있었고, 그간 데보라가 누적한 악행 마일리지가 너무 높아서 '신성 모독'이라는 황태자의 주장은 힘을 얻는다.

개국 공신 가문의 자제라도 제국의 성녀를 능멸한 죄는 컸고 데보라는 재판에 회부된다. 미야의 어장남들이 매수한 사람으로 배심원이 꾸려지고, 재판에서 패한 데보라는 감옥이나 다름없는 여신의 결계 근처 수도원에 감금된다.

오만 가지 미친 짓을 했는데, 왜 데보라의 결말이 고작 수도원행이 나고 작가가 욕을 엄청 먹었었다. 그때 작가의 말이 뭐였더라.

"시모어 가문 공녀잖아요. 개국 공신 가문 딸인데 사형까지는 불가능합니다."

설정에 지나치게 집착하는 작가 때문에 그때 하차한 독자도 제법 많았다.

'수도원행을 피하려면 여주인공을 괴롭히지 않는 게 핵심이군.'

시모어라는 어마어마한 뒷배를 가진 데보라가 망한 이유는 단순하다. 소설 속 히로인을 건드렸기 때문이다.

'하지만 난 미야를 괴롭힐 생각 같은 건 전혀 없어.'

다행스러운 점은 지금이 소설이 막 시작되는 타이밍이라 데보라가 아직 여주인공을 만난 적이 없다는 것이다. 시모어 공작이 언급한 '핑크 다이아몬드 목걸이' 덕분에 나는 내가 빙의한 시점이 소설 1화 즈음이라는 것을 알게 되었다.

소설 1화.

결계 근처, 의문의 균열에서 나온 강한 마물로 인해 여주인공의 어장 속 물고기 중 하나인 필라프 몬테스가 큰 부상을 당한다. 마물의 습격에 큰 부상을 입은 필라프를 신성력으로 치유하는 사람이 바로 여주인공인 미야 비노슈였다.

대부분의 역하렘 소실이 그렇듯이, 필라프는 제 목숨을 구해 준 미야에게 첫눈에 반한다. 또한, 몰락한 귀족의 여식인 그녀의 가난한 처지를 딱하게 여기며 뭐든 해 주고 싶어 했다.

"미야 영애. 내 목숨을 구해 준 은혜를 꼭 갚고 싶습니다."

몬테스 가문도 시모어처럼 개국 공신 가문 중 하나라서, 후계자인 그의 말은 가볍지 않았다. 간이고 쓸개고 다 빼 줄 것처럼 구는 필라프에게 미야는 곱게 웃으며 고개를 젓는다.

"전, 그저 할 일을 했을 뿐이에요."
"미야 영애…….."
"필라프 님께서 빨리 쾌차하시기만을 바라고 있어요."

미야의 순수한 마음에 감동한 필라프는 그녀의 생일이 얼마 안 남았음을 우연히 알게 되고, 뭔가 근사한 선물을 건네고 싶어 한다.

여기저기 수소문하다 그가 알게 된 게 바로 핑크 다이아몬드의 존재였다.

색깔이 있는 다이아몬드가 채굴된 건 최초이고, 마침 미야 비노슈의 머리카락이 분홍색이라서 필라프는 그녀의 선물로 핑크 다이아몬드 목걸이가 가장 적당하다고 판단한다.

한편 과시욕이 하늘을 찌르는 데보라 역시 제국에 단 하나뿐이라는 핑크 다이아몬드를 탐내고 있던 상황. 시모어와 몬테스가 핑크 다이아몬드를 동시에 노리고 있다는 소식에 다른 귀족들도 관심을 갖게 되고, 보석 가격은 천정부지로 올라간다.

결론을 말하면, 소설 속에서 핑크 다이아몬드 목걸이를 차지한 사람은 필라프 몬테스였다.

일개 공녀의 사비로 사기 부담스러울 만큼 가격이 뛰었고, 시모어 공작은 패악질만 일삼는 데보라에게 질려서 그 물건을 구해 줄 생각이 전혀 없었으니까.

그 보석의 가치를 잘 모르는 순수한 미야 비노슈는 필라프가 선물한 핑크 다이아몬드 목걸이를 걸고 아카데미에 화려하게 등장한다.

'그러다 데보라에게 분홍색 머리채를 잡히지……'

목걸이를 우악스레 뜯겨서 가녀린 목에 상처가 나는 건 덤이었다.

하필 데보라가 어릴 적부터 호감을 품고 있었던 상대가 필라프라서, 미야를 향한 데보라의 괴롭힘은 나날이 심해졌다.

'일단 머리채는 절대 잡지 말아야겠어. 핑크 다이아몬드를 봐도 못본 척하고.'

나는 이 망할 소설에서 살아남기 위해 주의해야 할 것들을 깃펜으로 적다가 헛웃음을 내뱉었다. 악녀 데보라가 베드 엔딩을 피하는 것보다, 호구 윤도희가 경쟁이 치열한 한국에서 살아남는 게 훨씬 힘들 것 같았으니까.

데보라는 돈과 빽, 미모가 있지만 내겐 아무것도 없었다. 먹고살려면 취업을 해야 하는데 내가 가진 스펙은 몹시 하찮았다. 호구 잡혀서 쓸데없는 일에 허송세월하다가 정작 내 인생을 제대로 챙긴 적이 없었던 것이다.

어찌어찌 운 좋게 취업을 했다 쳐도 전공이 적성에 안 맞아서 입사 후에 더욱 고생했을 것 같다.

'사실 재수하고 싶었는데.'

"도희야, 우리 집 형편에 재수는 못 시켜 주는 거 알지?"

수능 직전, 아버지의 당부에 부담감이 커져서 모의고사 때보다 점수가 훨씬 낮게 나왔다. 재수하고 싶은 마음은 굴뚝같았지만, 집안 사정을 뻔히 알아서 말도 꺼내지 못했다.

아니, 은근히 눈치를 줘서 말을 못 꺼낸 게 맞을지도 모르겠다. 열심히 하다 보면 언젠가는 전공이 익숙해질 거라고 안일하게 생각했던 것 같기도 하다.

나는 이미 흘러가 버린 과거를 떠올리며 한숨을 내쉬다가, 깃펜을 내려놓고 자리에서 벌떡 일어났다.

'지금부터라도 정신 똑바로 차리고 살자.'

이대로 놀기만 하면서 시간을 보낼 수는 없다. 아니, 이렇게 계속 꿀 빨며 살기 위해서는 내 상황을 개선해야 할 필요가 있었다.

'시모어 공작과의 관계 개선이 가장 중요해.'

든든한 뒷배인 공작이 나를 경멸하는 건 정말 큰 문제였다. 냉정하게 봤을 때, 데보라가 누리는 모든 부와 혜택은 시모어 공작에게서 나온다. 빽을 잃으면 돈도 잃는 셈이다.

공작과는 무조건 좋은 사이를 유지해야 하고, 공작이 그나마 비벼 볼 만한 상대이기도 했다.

'데보라는 이 집 자식 중에서 유일하게 엄마를 닮았으니까.'

창을 드리운 휘장을 밀친 나는 어둠이 깔린 시모어의 타운 하우스 풍경을 내려다보았다.

'슬슬 움직여야겠어.'

공작의 집무실이 위치한 본관 주변에는 신비한 화원이 있었다. 강력한 보존 마법이 걸려 있어서 일 년 내내 꽃이 지지 않는 곳이다.

아내에 대한 사랑이 지극했던 시모어 공작은 그녀가 살아생전 애지중지 보살피던 장미 화원을 원형 그대로 보존하고 있었다.

더불어 그 화원은 소설 속에서 납치된 미야와 장남 로자드가 가학적인 19금 애정 신을 나누는 곳이기도 했다. 글자 하나하나 눈에 넣을 기세로 집중해서 본 덕분에, '그 장면'이 아주 선명하게 기억났다.

'그게 뼈가 되고 살이 되는 장면이 될 줄은 그때는 몰랐지.'

운이 좋다고 생각하며 양피지를 서랍에 다시 집어넣고 열쇠로 굳게 잠갔다.

'데보라가 너무 조용하군.'

시모어 공작은 제 딸이 사용한 예산이 적혀 있는 장부를 보며 문득 생각했다.

누구보다 사치 부리는 것을 좋아하는 녀석이다. 그런데 지난달 의상실에서 사용한 돈을 제외하니 지출 내역이 거의 없었다.

왜지? 설마 근신 중이라서?

그의 서늘한 눈매에 의아함이 지나갔다.

근신한다고 돈을 쓸 수 없는 것은 아니다. 의상실과 쥬얼리숍 직원을 매일 집으로 불러들이고도 남을 아이인데 대체 무슨 꿍꿍이일까.

욕망에 충실한 딸이 지나치게 조용하니 더 수상했다. 그깟 보석 때문에 단식도 모자라 자학까지 한 녀석이다. 갖고 싶은 것을 꼭 손에 넣어야 직성이 풀리는 데보라가 제국 사교계에서 가장 이슈가 되고 있는 그 핑크 다이아몬드를 포기했을 리 없다.

물론, 데보라의 행동에 환멸이 난 시모어 공작은 거품만 잔뜩 낀 그 물건을 구해 줄 생각이 전혀 없었고.

'생각할수록 괘씸하군. 감히 애정을 빌미로 협박을 하려 들어?'

딸이 원하는 것을 절대 손에 쥐여 주지 않을 거라고 시모어 공작은 이를 갈며 다짐했다.

"고, 공작님. 공녀님께서 화원에서…….."

그때였다. 사납게 표정을 굳히고 있는 공작에게 보좌관이 뭔가를 보고했다.

"뭐?!"

보좌관의 황당한 보고에 공작은 경악한 얼굴로 자리에서 벌떡 일어났다.

데보라가 장미 화원을 삽으로 파헤쳐?

"다른 화원도 아니고, 아내의 화원에 들어가서 그 짓거리를 했다고?! 데보라는 지금 어디 있지?!"

시모어 공작이 고함을 내질렀다.

감히 그 화원을 건드리다니. 분명, 근신하다가 제 성격을 못 이겨 애먼 곳에 화풀이하는 게 틀림없다.

'한심한 녀석.'

대체 언제쯤 사람 구실을 할 생각인지.

혈압이 오르고 목뒤가 뻐근해졌다. 딸의 밑바닥을 이미 봤다고 생각했는데 지하실이 있었을 줄은 몰랐다.

"어디 있냐고 묻지 않았나!"

"지금 장미 화원에 계십니다. 화원의 아주 일부만 훼손하셨다고 하니, 화를 조금만 가라앉히심이…….."

"비켜!"

안절부절못하는 보좌관을 사납게 지나친 공작은 아내가 가꾸던 화원을 향해 곧바로 걸음을 옮겼다.

보존 마법이 걸린 화원은 그의 집무실 바로 옆에 붙어 있었다. 하지만 창 너머로 내다보기만 했을 뿐 안에 자주 들어가지는 않았다. 들어가 봐야 아내의 부재만 되새기게 될 것 같아서 선뜻 발걸음을 옮길 수 없었던 것이다.

평소 같았으면 정원 출입을 망설였겠지만, 머리 꼭대기까지 화가 난 공작은 그런 사실까지 일일이 떠올릴 여유가 없었다.

그는 씩씩거리며 화원 중앙에 서 있는 데보라를 향해 빠르게 다가갔다.

"너!"

"오셨어요?"

데보라가 마치 기다렸다는 듯 말한다. 공작은 벌컥 화를 내려다가, 저도 모르게 주춤했다. 긴 머리를 느슨하게 묶어 한쪽 어깨로 길게 늘어뜨린 탓에 오늘따라 딸이 아내와 유난히 닮아 보였기 때문이다.

그뿐이 아니었다. 하필 데보라는 흰 장미 코르사주를 머리 장식으로 달고 있었다. 흰 장미는 아내가 어린 데보라에게 자주 해 주었던 머리 장식이었다.

분명 주렁주렁 보석을 매달고 있을 줄 알았는데. 추억과 흐릿한 부성애를 자극하는 딸의 모습에 공작은 순간 인지 부조화와 혼란을 느꼈다.

"……대, 대체 여기서 뭘 하는 게냐?!"

가까스로 정신을 다잡은 공작이 엄한 목소리를 냈다. 하지만 초반의 흉흉했던 기세는 조금 수그러들었다.

"이곳을 산책하면서 장미를 보고 있었습니다. 겨울에는 구경할 수 없는 품종이니까요."

데보라는 당돌하게도 제 눈을 똑바로 마주하며, 아내처럼 분홍빛이 도는 장미를 쓰다듬었다.

'설마, 내가 화낼 걸 예상하고 일부러 제 엄마의 모습을 비슷하게 따라 하는 건가?'

영악한 짓을 하는군.

공작은 싸늘하게 조소하며 얄팍한 입매를 비틀었다.

"대체 무슨 바람이 불어 꽃구경이냐? 지긋지긋할 정도로 보석만 탐닉하던 너답지 않구나."

"……다이아몬드와 이 꽃이 대체 뭐가 다르죠?"

데보라의 말대꾸에 시모어 공작이 미간을 좁혔다.

"무슨 뜻으로 하는 말이지?"

"아무런 향이 없고, 시들지도 않고, 벌레 먹지도 않는 이 장미와 세월이 지나도 영구히 변하지 않는 다이아몬드가 딱히 다를 게 없다고 생각했습니다."

시모어 공작은 허를 찔린 기분으로 제 딸을 바라보았다.

데보라의 말대로 이 화원의 장미와 다이아몬드는 특성으로만 따지면 아무런 차이점이 없었다. 무색무취한 것까지도.

하지만 이 상황에서 데보라의 논리에 수긍하는 건 그의 자존심이 용납하지 않았다.

"고작 사치품인 보석과 네 어머니가 키우던 꽃이 다를 바 없다니. 말 조심하거라."

공작이 차가운 목소리로 쏘아붙였다.

"어머니가 키우시던 건 이런 것이 아니었어요."

장미를 만지작거리던 데보라가 보랏빛이 도는 긴 속눈썹을 내리깔았다.

"뭐?"

"겨울이 오면 시들지만, 따뜻한 계절이 오면 활짝 피어나기 때문에 꽃이 아름다운 것 아닐까요?"

"잘못을 인정하지 않고 궤변만 잔뜩 늘어놓는구나. 못난 녀석."

공작은 보란 듯 표정을 더 무섭게 굳혔다. 그럴싸한 말로 어영부영 넘어가려 하는 모양인데 어림도 없다.

'답지 않게 제법 머리를 쓰긴 했다만……'

아내가 남긴 정원을 삽으로 파헤친 행동은 절대로 그냥 넘어갈 수 없었다.

"궤변이 아닙니다."

데보라가 문득 숄에 달린 주머니에서 무언가를 꺼냈다.

"어머니가 직접 쓰셨던 글귀이니 확인하세요."

데보라가 손에 쥔 연보라색 편지지를 본 시모어 공작의 눈가가 크게 벌어졌다. 제 눈이 틀린 게 아니라면 저건 아내가 늘 사용하던 편지지였다. 나비 장식이 있는 테두리의 문양까지 똑같았다.

"어머니께서 쓰신 편지예요."

공작은 잘게 떨리는 손으로 딸이 건넨 편지를 받아 들었다.

[마리엔 시모어가 조르주아 시모어에게]

깨끗하게 보존된 편지 안엔, 그리운 글씨체가 적혀 있었다.

"대체, 이걸 어디서……?"

그는 순간 목이 턱 메서 말을 제대로 맺지 못했다.

"이곳에서 찾았어요."

데보라가 파헤쳐 놓은 장미 덤불을 바라보던 공작은 편지를 다급히 훑기 시작했다. 존재조차 몰랐던 마리엔의 편지를 읽으며 그는 과거로 돌아간 듯한 아득한 감각을 느꼈다.

나는 꾹 참았던 숨을 느리게 내뱉었다.

차가운 얼굴로 쏘아붙이던 시모어 공작은 부인의 편지를 보자마자 사나워진 눈매를 풀고 살기를 거둬들였다.

'무서워서 울 뻔했다.'

뭐 저렇게 살벌한 아버지가 다 있는지.

데보라가 타고난 강심장이라 다행이지, 이전 생의 나였으면 겁나서 진즉에 다리가 풀렸을 것이다.

'아버지한테 편지 하나를 전하는 데 목숨을 걸어야 한다니.'

얼마나 개망나니였으면…….

내심 한탄하던 나는 공작이 감상에 젖어 있는 틈을 타서 조용히 몸을 뒤로 물렸다.

"전 들어가 보겠습니다."

그는 공작 부인의 편지에 정신이 팔려 있어서 내 인사를 받는 둥 마는 둥 했다. 나는 재빨리 화원을 빠져나가며 쿵쿵 뛰는 가슴을 쓸어

내렸다.

'변시를 찾아서 다행이다.'

굳이 위험을 무릅쓰고, 공작이 아끼는 화원에서 삽을 들고 설친 이유는 장미 덤불 아래 묻혀 있는 공작 부인의 편지 때문이었다.

원래는 쌍둥이에게 납치된 여주인공이 장미 화원 중앙, 유리온실 옆 덤불에서 우연히 발견한 물건이었다.

소설에 아주 적나라하게 나와 있다.

"미야, 왜 도망치려 하는 거지? 내 옆에만 있으면, 이 아름다운 정원까지 모두 다 네 것이다."

로자드는 공작 부인의 상징이나 다름없는 장미 화원에 여주인공을 강제로 끌고 들어간다.

"이러지 마세요, 로자드 님."

"어째서 영영 변치 않는 보석 같은 장미를 취할 수 있음에도 날카로운 가시덤불에 몸을 던지려는 거야? 멍청한 건가, 아니면 일부러 나를 자극하는 건가?"

자기 뜻대로 되지 않는 여주인공을 핍박하며, 로자드는 미야가 장미 가시에 긁히든 말든 그녀를 거칠게 밀어붙였고…… 흠흠. 장미 덤불 사이, 땅 위로 튀어 나온 상자 모서리가 등에 걸려서 그녀는 땅 밑에 뭔가 있음을 눈치챈다.

그날 저녁. 화원을 홀로 거닐고 싶다고 말한 미야는 지푸라기라도 잡는 심정으로 땅을 파헤쳤다. 이런 신비로운 정원엔 분명 중요한 물건이 묻혀 있으리라는 판단 때문이었다.

여주인공은 결국 살아생전 공작 부인이 공작에게 썼던 편지 더미가 든 상자를 발견했다.

"시모어 공작님. 공작 부인께서 남긴 편지를 드릴 테니 절 여기서 내보내 주세요."

미야는 아내 사랑이 지극했던 시모어 공작과 공작 부인의 편지로 거래를 해서, 사디스트 쌍둥이의 마수에서 벗어날 수 있었던 것이다.

'스토리 진행에 중요한 물건이긴 한데, 당장 내 코가 석 자라서……'

S급 아이템을 가로채는 대신, 나중에 여주인공이 납치를 당하지 않도록 도와주겠다고 다짐한 나는 삽을 들고 패기 있게 화원 안으로 들어갔다.

'생각보다 화원이 커서 깜짝 놀랐지.'

하지만 로자드 놈이 유리온실에서 벽치기를 시전하다가, 도망치려는 미야를 덤불 위로 넘어뜨렸기 때문에…… 흠흠, 난 편지가 묻혀 있는 구체적인 좌표를 알고 있었다. 더불어, 무언가를 파묻었다면 분명 흔적이 있을 것이라고 생각했다.

그래서 요 며칠, 유리온실 근처의 장미 덤불을 헤집고 다니며 땅을 관찰했다.

'가시에 무지하게 찔렸지만, 보람은 있었어.'

장미 덤불 사이 부자연스럽게 비어 있는 땅을 발견해 파헤쳤고, 소설에 나온 상자를 손에 쥘 수 있게 된 것이다!

'다 좋은데 한 가지 이해할 수 없는 부분이 있단 말이지…….'

분명 소설에서 미야가 공작과 거래한 건 편지뿐이었다. 그런데 내가 삽질하다가 찾아낸 상자 안에는 공작 부인의 편지뿐만 아니라, 일기까지 들어 있었다.

글씨체로 보아 동일인이 쓴 것이 틀림없는데 왜 미야는 공작과 편지 뭉치만 거래한 걸까?

'이유는 모르겠지만, 나한테는 나쁘지 않은 상황이야.'

공작 부인의 일기 앞부분에 적힌 내용 덕분에, 그녀가 어린 데보라에게 흰 장미 코르사주를 자주 달아 줬다는 정보를 알게 되었다.

'그것 말고도, 써먹을 만한 정보가 있을지도 몰라.'

그 외 머리 스타일이나 옷차림은 공작 부인의 초상화를 보고 비슷하게 흉내 냈다. 냉혹한 성정의 공작이 그간 데보라의 망나니짓을 참아 줬던 건, 이 얼굴이 공작 부인과 판박이다 싶을 정도로 닮아서였다.

'좋은 설정인데 이용해야지.'

물론 너무 뻔한 방법이라 자주 쓰면 역효과가 생길 수도 있겠지만.

'이번엔 먹힌 것 같군.'

미로처럼 복잡하게 얽힌 화원을 빠져나온 나는 근처에서 대기하고 있는 공작의 보좌관과 맞닥뜨렸다.

"공녀님, 별일 없으셨습니까?"

"딱히. 그보다 자네에게 요청할 것이 있네."

"말씀하십시오. 공녀님."

이어진 내 부탁에 보좌관은 짙은 눈썹을 꿈틀거렸다. 아마 뜬금없는 부탁이라고 생각하고 있을 것이다.

"별거 아니니 아버지께는 말씀드리지 말고."

말해도 상관없긴 하지만.

미심쩍은 표정을 한 보좌관을 뒤로하고 나는 별채로 돌아갔다.

시모어 공작은 아내의 편지를 들여다보며 턱을 쓰다듬었다.

'데보라가 이 부분을 인용한 거군.'

[······앙상한 가지만 우거진 겨울 정원을 보면서 그런 생각을 했어요. 꽃은 지기 때문에, 피었을 때 더욱 아름답고 찬란한 것 같다고.]

고된 업무에 시달리던 공작은 아내가 쓴 편지를 훑으며 잠시 쉬고 있었다.

그는 딸이 갑작스레 건넨 이 편지를 요 이틀간 수백 번도 넘게 읽었다. 아내와 다시 만난 것 같은 기분이 들었기 때문이다.

편지는 가볍게 말을 거는 형식으로 이루어져 있었고, 그녀가 즐겨 쓰던 어휘와 조사 덕에 귓가에 목소리가 들리는 듯한 착각이 생길 정도였다.

[당신을 만난 후부터, 불행하다고 여겼던 과거조차 의미 있는 계절로 느껴졌어요.]

편지에 있는 글귀를 눈에 새기듯 읽던 그는 정원으로 시선을 던졌다.

[추위를 견디고 피어나는 모습이 아름답지 않나요?]

활짝 핀 장미로 가득했던 정원 초입은 보존 마법이 풀려 검은 흙으로 되돌아갔다.

이제부터 그는 계절의 변화 속에서 피고 지는 꽃을 바라볼 생각이었다. 계절이 오지 않던, 그 모조 장식 같은 장미 화원은 아내가 원하던 모습이 아닌 것 같아서.

'화원에 마법을 걸지 않았다면, 꽃을 치우고 땅을 고르는 과정에서 이 편지를 진즉에 발견했겠지.'

저의 한심함에 절로 한숨이 나온다. 그는 눈가를 문지르며 편지를 마저 읽었다.

[물론, 딱딱한 마법 수식에만 빠져 있는 당신은 나의 섬세한 감성을 이해하지 못하겠지만요. 뜨거운 초콜릿이 마시고 싶어서 편지는 여기까지만 쓸래요.]

이 구절이 나올 때마다 그는 아쉬움을 느끼며 무심코 파이프를 물었다.

마리엔은 편지를 격식에 맞춰 용건만 쓰는 편이었다. 이렇게 의식의 흐름에 따라 자유롭게 쓴 편지는 연애하던 시절 잠깐 주고받던 것 말고는 없었다.

'너무 빨리 읽어 버렸어.'

조금만 아껴 읽을 걸 그랬나.

어린애 같은 발상이라 생각하며 편지를 다시 서랍에 넣어 둔 공작은 으레 짓는 차가운 표정으로 돌아가 업무를 처리하기 시작했다.

겨울이라 바깥이 금세 어둠으로 물들기 시작했다. 늦은 밤이 되었음에도 그가 사인해야 할 서류는 산더미처럼 남아 있었다. 그는 설렁줄을 흔들어 시종에게 차를 가져오라 명했다.

"들어와."

똑똑, 노크 소리에 공작이 무뚝뚝하게 대꾸했다.

'음?'

시종이 차를 가져올 줄 알았는데 난데없이 데보라가 보좌관과 함께 나타났다.

내가 보좌관과 함께 공작의 집무실에 나타나자, 시모어 공작의 눈에 의문이 떠올랐다.

"네가 집무실엔 갑자기 어쩐 일이냐?"

냉랭한 말투로 묻는 공작을 보며 나는 차게 식은 주먹을 한 번 쥐었다가 폈다. 저 서늘한 눈동자와 마주할 때마다 위축되는 기분이 들었다.

'무섭지 않다. 저건 물주다. 물주에게는 뭐다? 잘 보여야 한다.'

나는 여러 번 자기 최면을 걸며 예의 바르게 안부 인사를 건넸다.

"늦은 밤인데도 집무실에 마력석이 켜져 있어서 차와 함께 다과를 가져왔습니다. 요즘 일이 많아서 무리하신다고 들었습니다."

"네가 언제부터 날 걱정했다고."

코웃음을 친 공작은 파이프를 툭툭 두드려 재가 된 연초를 우아하게 털었다.

'이 와중에 멋있네.'

영화의 한 장면 같아서 순간 넋을 놓을 뻔했다.

"왜 그리 얼빠진 얼굴로 멀뚱멀뚱 서 있느냐? 앉거라."

당장 축객령을 내릴 것처럼 비아냥거리더니, 시모어 공작은 업무용 의자에서 일어나 티 테이블에 자리 잡았다. 갑자기 등장한 나를 매정하게 쫓아내지 않는 것으로 보아, 일전에 건넸던 공작 부인의 편지가 어느 정도 역할을 해 준 것 같았다.

나는 재빨리 그의 맞은편에 자리를 잡았다.

공작과 마주 보고 앉자마자, 보좌관이 테이블 위에 짙게 우려낸 홍차와 다과를 내려놓고 뒤로 물러났다.

뒤통수로 보좌관의 불안한 시선이 닿는 게 느껴졌다.

'사고 안 칠 거라니까. 사람 말 진짜 안 믿네.'

지난번, 화원 앞에서 만난 저 보좌관에게 공작이 가장 고단할 때 날 불러 달라 부탁했다. 이틀 정도 응답이 없던 그는 오늘 오후 갑자기 나를 찾아왔다.

'목요일. 일주일 중 가장 피곤한 요일이군.'

"공녀님. 가주님께선 열한 시에서 새벽 한 시 즈음, 잠에서 깨기 위해 티 타임을 가지십니다. 가장 피곤해하시는 시간대입니다. 기분을 거스르시면 절대 안 됩니다. 부탁드립니다."

"알았다."

"공녀님을 믿고 말씀드리는 겁니다."

"알았다고 벌써 일곱 번 말했네."

사고 안 칠 거라고 누차 다짐했는데도 보좌관은 내가 허튼짓을 할까 봐 조마조마한 기색이었다.

한편, 공작은 말없이 차만 홀짝이기 시작했다. 아무래도 내가 용건을 꺼내길 기다리는 것 같았다.

'단순히 차만 마실 의도로 왔다고는 절대 생각하지 않는군.'

역시 공작가 망나니 클래스. 나는 내심 혀를 차며 디저트 접시를 그의 앞으로 내밀었다.

"출출하실 텐데 다과도 드세요. 요즘 요네스 지구에서 가장 유행하는 디저트 가게에서 산 타르트입니다."

오늘 가져온 레몬 타르트는 공작에게 추억이 담긴 음식이었다. 그는 단것을 싫어해서, 부인과 번화가에서 데이트할 때도 단맛보다 산미가 강한 레몬 타르트만 먹은 모양이었다.

'일기가 참 요긴하게 쓰이네.'

"오밤중에 단 음식이라니. 거북해서 싫다."

공작은 애처럼 뚱한 음성으로 중얼거렸다.

"이 타르트는 입맛에 맞으실 겁니다."

"넌 그 나이 먹도록 어떻게 아비 식성도 모르느냐?"

공작은 못마땅한 얼굴로 투덜대면서도 결국 타르트를 작게 쪼개서 한 입 먹었다. 맛을 본 뒤, 속을 알 수 없는 얼굴로 침묵하던 공작이 차로 한번 입가심하고 입을 열었다.

"네가 이리 밤중에 찾아온 것엔 분명 이유가 있을 터. 화원에서 찾아낸 편지에 대한 보답을 받고 싶은 게냐?"

그는 얄팍한 입매를 비딱하게 끌어 올렸다. 나쁜 성격이 여실히 드러나는 표정이었다.

"물론, 네가 발견한 편지는 값어치를 매길 수 없는 물건이긴 하다.

하지만 핑크 다이아몬드 때문에 온 거라면 돌아가는 게 좋을 거다. 난 한 입으로 두말 안 해. 안 된다고 한 건, 안 되는 거야."

"뭔가를 보답으로 달라 요구하러 온 것이 아닙니다."

공작의 미간에 살짝 금이 갔다.

"그럼?"

"드릴 게 있어서 왔습니다."

"준다고?"

그동안 데보라가 달라고만 했지 준다고 했던 적이 없어서 그런지 공작이 미심쩍은 표정을 짓는다.

나는 찻잔을 조심스럽게 내려놓고 주머니에서 편지를 꺼냈다. 연보라색 편지지를 보자마자 피로감이 가득하던 공작의 눈동자에 이채가 돌았다.

"그건, 설마, 편지?"

"그렇습니다."

"그게 왜 네게……."

공작이 뭔가를 생각하다가 묻는다.

"네가 발견한 편지, 한 장이 아니구나?"

그는 생기가 도는 얼굴로 반색했다.

"그렇습니다."

상자에 든 편지는 상당히 많았다. 애정 표현에 서툴고 말수가 적은 공작 부인은 말로 차마 내뱉지 못했던 마음을 글로 표현했다.

자신은 용기가 없고 공작은 너무나 바빠서, 오갈 데 없는 푸념 같은 편지만 계속 쌓여 간다는 내용이 그녀의 일기장에 쓰여 있었다. 하지만 언젠가는 빛바랜 추억을 공작과 함께 꺼내 다시 채색하고 싶다는 글귀도 있었다.

아마 공작 부인은 편지를 타임캡슐처럼 묻어 두고, 좀 더 나이가 들고 성숙해지면 추억의 장소에서 다시 꺼내 볼 생각이었던 것 같다.

"……편지. 몇 장이나 가지고 있지?"

공작은 흥분한 나머지 잘게 떨리는 음성으로 물었다.

"……몇 장인지는 시간이 지나면 저절로 알게 되실 거예요."

내 조심스러운 대답에 그가 눈썹을 휙 들어 올렸다.

"무슨 뜻으로 하는 말이냐?"

"말 그대로입니다."

"편지를 주지 않겠다는 게야? 그 다이아몬드를 내가 네 손에 쥐여 줄 때까지?"

시차를 두고 편지를 하나씩 천천히 건네주겠다는 뜻이었는데, 공작의 귀엔 협박하는 것처럼 들린 모양이었다.

"그런 치졸한 뜻 아닙니다."

그가 내 눈을 마주하다가 차로 손을 뻗었다.

"……너답지 않은 말이로구나."

나답지 않다.

정곡을 찌르는 말에 괜히 뜨끔했던 나는 홍차 안에 각설탕 여러 개를 털어 넣으며 화제를 전환했다.

"이 차는 쓰고 향이 강해서, 레몬 타르트보다 마들렌 종류가 더 어울릴 것 같아요."

"다음엔 옅게 우린 차나 코코아를 준비하라고 이르마. 이건 진하게 우려낸 차라 많이 마시면 잠이 잘 오지 않을 거다."

'설마. 나 걱정해 주는 건가?'

순간, 물주…… 아니, 공작과의 관계가 조금 나아질지도 모른다는 작은 희망을 느꼈다.

"반만 마실게요. 걱정해 주셔서 고맙습니다."

내 말에 공작이 코웃음 치며 바로 여지를 차단했다.

"걱정? 잠을 제대로 못 자서 피부가 상했다고 네가 나중에 딴소리 할까 봐 그런다."

역시 쉽지 않은 남자다.

하긴, 소설 속 시모어 공작은 고명딸이 신성 모독으로 재판에 회부되는데도 단호하게 외면했다.

'그만큼 감정의 골이 깊었다는 거지.'

편지 하나로 회복되기엔 그리 녹록한 부녀지간이 아니었다.

'에휴.'

나는 단맛과 쓴맛이 번갈아 가며 혀를 치는 강렬한 홍차를 홀짝이다가 차가 반 정도 남았을 때 입을 열었다.

"아버지. 시간이 늦어서 전 들어가 보겠습니다."

"그래."

"거처까지 모셔다 드리겠습니다. 공녀님."

내가 공작을 심기를 거스를까 봐 내내 좌불안석이던 보좌관은 한결 편안해진 얼굴로 말했다.

그때였다. 시모어 공작이 갑자기 몸을 일으키더니 내 뒤를 따라 집무실 밖으로 나왔다.

"너무 오래 앉아서 일했더니, 몸이 뻐근해서 산책을 좀 해야겠군."

'안 물어봤는데요?'

물론 무서워서 입 밖으로 내뱉지는 않았다.

"날이 좀 풀린 것 같군. 안 그런가?"

공작이 갑자기 보좌관에게 말을 걸었다.

"예, 이런 날씨가 산책하기 좋죠."

보좌관의 입에서 새하얀 입김이 브레스처럼 뿜어져 나왔다.

'추워 죽겠는데 뭐라는 거야.'

나는 두꺼운 숄을 여미며 걸음을 재촉했다. 사방에는 무거운 침묵이 내려앉았다. 공작은 내가 지내는 별채 앞까지 산책하다가, 보좌관과 함께 집무실이 있는 방향으로 돌아갔다.

"쉬거라. 그리고, 종종 보자꾸나."

그런 말을 남기고.

그날 이후, 나는 비서관에게 지속적인 부탁을 해 놓았다. 시모어 공작이 과중한 업무로 지쳐 있을 때 나에게 연락을 달라고.

그 뒤로 나는 두 번 더 공작을 찾아갔고, 편지를 건네주었다.

'요 일주일간 편지를 두 장이나 상납했어.'

애초부터 편지로 물질적인 것을 얻어내고자 하는 욕심은 없었다. 편지 개수가 많으니, 이를 빌미로 공작과 마주하는 기회를 늘려서 파탄 난 부녀 관계를 조금이라도 복구하는 게 우선이라고 생각했으니까.

하지만 그와 딱히 가까워진 것 같지도 않은데, 편지를 너무 많이 써 버린 것 같기도 했다.

'이 와중에 디저트는 맛있네.'

입에서 사르르 녹는 초코케이크를 먹는 동안, 공작은 내가 가져온 편지를 읽으며 희미하게 웃고 있었다.

아내 덕질 중인 그는 코앞에 앉아 있는 나 따위 안중에도 없어 보였다.

'집배원이 된 느낌⋯⋯.'

케이크 위에 장식되었던 커다란 초콜릿만 하릴없이 입 안에서 녹이는데, 공작이 문득 편지를 내려놓았다. 그러곤 한참 동안 차를 마시며 날 쳐다보았다. 그 눈빛에 담긴 감정이 전과는 달라서 나는 괜히 좌불안석이 되었다.

왜 저런 눈으로 보는 거지?

"데보라. 너 설마 내가 피곤할 때마다 찾아와서 편지를 준 것이 맞느냐?"

"그렇습니다."

"왜지? 수도에 하나뿐인 다이아몬드를 얻고 싶어서?"

그가 날 시험하듯 묻는다.

'대답 잘해야 해.'

여기서 너무 아부성 멘트를 하면 공작이 또다시 내 의도를 의심할 거다. 난 고민하다가 어렵사리 입을 뗐다.

"제가 조르주아 시모어와 마리엔 시모어 사이에서 태어난 딸이니까요. 두 분을 잇는 연결 고리가 되어야겠다고 생각했어요."

나는 편지의 첫 인사말을 응용해서 말했다.

"⋯⋯!"

내 말에 공작이 놀란 기색을 보인다.

그 뒤로 그는 한참 동안 말이 없었다. 나는 긴장한 채로 마른침을 삼키며 손을 만지작거렸다.

긴 침묵을 먼저 깬 것은 시모어 공작이었다.

"이번 주말에 시간 있느냐?"

시간이야 당연히 있다. 공작의 명으로 근신 중이라 밖에 나가지도 못하는 처지에 일정이랄 게 뭐가 있겠는가.

물론 집에만 박혀 있다고 답답한 건 아니다. 집순이인 나에게 이곳은 지상 낙원이 따로 없었다. 맛있는 거 먹고, 졸리면 자고, 푹신한 침대에서 뒹굴다가, 대궐 같은 정원에서 산책하고, 에스테틱 관리를 받는 삶.

'매일 짜릿하고 재밌어. 돈 많은 백수 최고야.'

"시간 있습니다."

나는 냉큼 대답했다.

"그럼 나가서 식사나 하자꾸나."

"……나가서요?"

"그래."

"그럼 근신은……."

"날이 조금 풀렸으니 너도 밖에 나가고 싶겠지. 그간 사고 안 치고 제대로 근신하기도 했고."

"……네. 감사합니다."

"이상하군. 생각보다 기뻐하지 않는구나."

공작의 예리한 지적에 나는 뜨끔한 기분을 느꼈다. 손에 식은땀이 다 났다. 나는 찻잔 손잡이를 초조하게 문지르며 횡설수설 변명했다.

"너무 기, 기쁩니다. 사실 관대하신 처사에 좀 놀라서요. 굳이 나가지 않더라도 이렇게 아버지와 집에서 티타임을 가지며 시간을 보내는 것이 즐겁기도 하고요."

당황한 나머지 수습 중에 너무 노골적인 아부가 튀어 나왔다. 공작도 입에 발린 소리라 생각한 듯 여러 번 헛기침하며 눈가를 찌푸렸다.

"대체 뭘 가지고 싶어서 이러는 게냐? 원하는 게 있으면 그냥 솔직하게 말하거라. 슬슬 불안해지려 한다."

"그런 의도 아니었습니다."

"그럼, 정말 나와……."

뭔가를 말하려던 공작은 노크 소리가 나자 혀를 차며 회중시계로 시선을 던졌다. 가신들과 오후에 회의 일정이 잡혀 있었던 모양이다. 공작이 회의 안건을 파악해야 해서 나는 집무실에서 먼저 나왔다.

'오늘 분위기는 지난번과는 다르게 진전이 있었어. 근신이 풀렸다는 건 긍정적인 시그널로 봐야겠지.'

단지 좀 피곤하다. 냉담한 분위기를 가진 공작과 마주하는 건 그리 쉬운 일이 아니었다.

'기 빨려. 오늘은 더 최선을 다해서 쉬어야겠다.'

시종에게 책 심부름을 시키며 겸사겸사 최근 유행하는 소설책을 사 오라고 일렀다. 로맨스 소설이나 읽어야겠다고 생각하며 집무실 복도를 터덜터덜 걸어가는데, 맞은편에서 웅성대는 소리가 들렸다.

벨렉 시모어와 그의 가신들이 내가 있는 방향으로 무리 지어 걸어오고 있었다.

"걷는 자세마저 참으로 채신머리없구나. 한심하긴."

나를 위아래로 훑던 벨렉이 낮은 목소리로 쏘아붙였다.

"여기저기 휘젓고 다니지 말고 얌전히 있거라. 이래서야 근신이라할 수 있겠어?"

내 귓가에 작게 속삭인 벨렉이 어깨를 툭 밀치며 지나갔다. 벨렉의 가신들은 공녀인 내게 제대로 예의를 갖추지 않고 건성으로 인사한 뒤 저 멀리 사라졌다.

'저 새끼, 왜 또 시비야?'

얼빠인 내가 잘생김보다 불쾌감을 먼저 느끼다니. 어떤 의미론 대단한 놈이다.

어처구니없는 기분으로 벨렉의 뒷모습을 바라보다가 거처로 들어갔다. 서재에는 내가 시종에게 심부름시킨 책과 로맨스 소설이 잔뜩 쌓여 있었다.

'찾았다!'

반나절 내내 서재에 앉아 책을 훑던 나는 회심의 미소를 지었다.

공작과 외출하기로 약속한 주말 저녁.

내가 오랜만에 바깥나들이를 하게 되어 하인들은 몹시 분주했다. 곱슬기가 도는 긴 머리를 곱게 빗은 뒤 향료를 발라 준 그들은 헬렌이 영혼을 갈아서 디자인한 고상한 느낌의 이브닝드레스 착용을 도와주었다.

'이걸 소화하다니……'

나는 거울에서 시선을 떼지 못했다. 화려한 이목구비 덕분에 풍성한 플레어를 준 드레스가 너무나 잘 어울렸다.

"너무 아름다우세요. 공녀님."

"활짝 만개한 장미꽃을 보는 듯합니다. 눈이 부셔요."

사용인들은 혹여라도 말실수할까 봐 아주 신중하게 말을 고르면서 아부를 내뱉었다.

"피부 결은 어쩜 이렇게 고우신지."

"입술은 마치 앵두 같으세요."

"흥."

이 얼굴이 재밌고 짜릿한 건, 내가 누구보다 잘 안다. 하지만 같이 주접 떨고 싶은 마음을 애써 억누르고 가볍게 코웃음을 쳤다.

제국에서 손꼽히는 악녀이자 고용주로서의 위엄을 지키기 위해 늘 차가운 표정을 연습하는 중이었다.

'캐붕은 싫어.'

"공녀님, 공작님께서 곧 당도하실 겁니다."

이윽고 평소 얼굴도 보기 힘든 공작저 총관리인이 나타나 말했다.

액세서리로는 연보랏빛 드레스와 어울리는 진보라색 부채를 들었다. 안 그래도 키가 큰데 굽 높은 힐을 신자 시야가 훌쩍 위로 올라갔다.

얼마 후, 감색 정장을 차려입은 공작이 로비로 걸어 들어왔다. 미중년만이 가진 중후한 매력을 풍기면서.

'이게 나라지.'

아스테이아 제국의 안구 복지에 속으로 기립 박수를 치며 공작의 옆에 섰다.

표정 연습을 매일 하길 잘했다. 안 그랬으면 연예인을 코앞에 둔 팬처럼 입 벌리고 멍청히 서 있었을지도.

"비싼 값을 하는 드레스구나."

공작은 고요한 시선으로 날 바라보다가 쌀쌀맞게 내뱉었다. 그의 냉랭한 말투는 저 근사한 외모만큼이나 적응이 되지 않는다.

'이 집구석 남자들도 얼굴값 톡톡히 하는 건 마찬가지거든요.'

내뱉지 못할 말을 꿀떡 삼킨 나는 입술을 간신히 끌어 올리며 대답했다.

"부모님께서 절 멋지게 낳아 주셨으니, 이런 근사한 드레스가 잘 어울리는 거라 생각합니다."

침묵이 깔리면 더 긴장되어서 공작의 퉁명스러운 말을 어떻게든 이어가다 보니 아부가 자꾸 늘고 있었다.

"그러니 네 몸을 소중히 해라. 다시 그런 짓을 하면 다음에는 근신으로 끝내지 않겠다."

내 양 뺨을 사정없이 갈겼던 자학 사건을 지적하며, 공작은 쌍두사 인장이 걸린 마차 앞에서 손을 내밀었다.

'첫 외출이군.'

그의 무뚝뚝한 에스코트를 받아 마차에 탄 나는 빠르게 스쳐 가는 창밖 풍경을 보며 기함했다. 공작저 타운 하우스 정문이 아직도 보이지 않았기 때문이다.

'대문까지 나가는 게 이렇게 오래 걸릴 일이야?'

기억의 파편에서 언뜻 훑었던 것과 실제로 부를 체감하는 건 천지 차이였다.

날 놀라게 한 건 저택의 웅장한 규모뿐이 아니었다.

'이 황금 시간대에 왜 손님이 없어?'

난 의아한 기분으로 레스토랑 안을 빙 둘러보았다. 2층 구조의 목조 식당 내부는 공작과 내가 앉은 자리를 제외하곤 전부 공석이었다.

"왜 그러느냐?"

"장사가 안 되는 곳인가 싶어서요."

"날 닮아서 그런가? 농담치고는 재미없구나. 그래도 분위기를 부드럽게 만들려는 네 의도는 갸륵하다. 요즘 부쩍 철이 든 것 같단 말이지."

'뭐라는 거?'

대화가 어긋나고 있다는 느낌을 받고 있는데, 타이밍 좋게 웨이터가 식전주와 빵을 가져왔다.

'존맛인데.'

고소한 버터와 포슬포슬한 빵의 상태만 봐도 맛집이 틀림없는 곳이다. 손님이 없다는 건 말도 안 된다.

'아, 이제 알았다. 레스토랑을 통째로 빌린 거군.'

소시민인 내가 소화하기 힘든 돈맛이 좋으면서도 한편으론 얹힐 것 같은 기분을 느끼며 조용히 식사를 이어 나갔다.

제국의 상류층이 즐기는 만찬은 프랑스식 코스 요리와 가장 흡사했다. 식재료가 다양해 식기가 많았고, 이것들을 실수 없이 완벽하게 다루는 게 은근히 까다로워서 요리가 나올 때마다 내심 긴장할 수밖에 없었다. 기본적인 실수를 했을 때 공작이 얼마나 날 한심해할지 눈에 선했으니까.

다행스럽게도 몸에 각인된 귀족적인 습관 덕분에 식기 사용이 크게 어렵지 않았다.

"데보라, 오늘도 편지를 가져왔느냐?"

갑각류를 신중하게 공략하는 내게 공작이 문득 물었다.

"재촉하는 것이 아니다. 네가 편지를 한 장씩 전해 줘서 기대감도 생기고 제법 즐겁더구나. 이것도 의도한 것이더냐?"

편지를 뭉치로 한 번에 전달하지 않고 나눠서 줘야겠다고 생각한 건, 내 뼈아픈 경험 때문이었다. 인간은 배은망덕하고 간사해서 앙금은 오래가지만, 고마운 마음은 금방 잊어버린다.

'호구 인생 스물네 해 동안 절절히 느낀 거…….'

생색은 오래 내고, 고마움은 꾸준히 상기시켜야 한다는 진리를 죽은 뒤 다른 사람 몸에서 깨닫다니.

물론, 잘 보이고 싶은 사람에겐 세련된 방법으로 생색을 내야 한다는 어려움이 있었다.

"즐거우시다니 그저 기쁩니다."

에둘러 대답하자 공작이 피식 바람 빠지는 소리를 내며 웃었다. 이전보다 부드러워진 공작의 눈매를 보며 나는 조심스레 제안했다.

"아버지. 오늘은 편지를 평소와는 다른 방법으로 전해 드리고자 하는데요……."

"다른 방법?"

"네, 식사 끝나고 잠시 시간을 내주실 수 있으신가요?"

공작이 백포도주를 들이켜며 고개를 끄덕였다.

"물론이다. 요즘은 너와의 약속이 가장 우선이야. 내 주변 것들은 날 보면 죄다 일 이야기뿐이라서 지긋지긋해. 아들이라는 녀석들은 무뚝뚝하기만 해서는……."

그가 가볍게 불평을 토로하다가 말을 뚝 멈췄다.

"네 앞에서 이런 실없는 말을 늘어놓다니."

"편하게 말씀하세요."

내 대꾸에 공작이 눈을 가늘게 좁혔다.

"그 분홍색 다이아몬드, 이달 말에 경매장에 나온다던데 꼭 가져야 직성이 풀리겠느냐?"

날 시험하듯 그는 식사가 끝날 때까지 뭐가 갖고 싶어서 이러는 거냐고 집요하게 물어보았다. 심지어 편지에 대해 보답을 하고 싶으니 뭐든 편하게 말하라고 부드럽게 회유하기까지 했다.

'편지를 이용해 뭘 얻어낼 생각은 없었는데……'

저렇게 권유하는데 계속 거절하는 것도 모양이 좀 이상한데.

나는 이내 고개를 저었다. 공작은 "데보라. 네가 그럼 그렇지." 그런 말을 하고 싶은 건지도 모른다. 그간 들인 공이 말짱 도루묵이 될 수도 있어서 나는 내내 신중한 태도를 고수했다.

장장 두 시간에 걸쳐 나오는 코스 요리를 먹은 뒤, 레스토랑 밖으로 나오자 함박눈이 내리고 있었다. 점점 눈발이 굵어지는 것으로 보아 쉽게 그칠 것 같지 않다.

맞은편에 세워진 마차를 향해 걸어가다가 바닥이 미끄러워서 걸음을 살짝 삐끗했다.

"이런."

혀를 찬 공작이 바닥으로 손을 뻗는다. 그의 손짓에 길목에 쌓여 있던 모든 눈이 순식간에 녹아내렸다.

과학 문명 속에서 24년을 살았던 나는 눈앞에서 펼쳐진 초자연적인 광경에 경외감을 느낄 수밖에 없었다. 영화에서 CG로 만들어 낸 것과 진짜 마법을 생눈으로 보는 건 비교 불가였다.

"왜 그런 눈으로 쳐다보느냐?"

"멋있어서요."

솔직하게 중얼거리자 공작이 턱을 긁적였다.

"나 원, 오늘따라 실없는 소리를 하는구나. 타거라."

방금 화염 마법을 써서 그런지 에스코트를 하는 공작의 손은 아까와 달리 따뜻했다.

소음 차단 마법 덕에 마차 내부가 고요한 가운데, 리무진을 방불케 하는 시모어의 백금 마차가 눈과 어둠을 뚫고 저택으로 도착했다.

"어제 새로 들여온 차가 있는데 향이 괜찮다더구나."

식사 후 시간을 내 달라는 내 부탁을 상기한 공작은 나를 대동하고 곧장 개인 집무실로 향했다.

"신선한 찻잎으로 우린 차 두 잔과 다과를 내오게."

"네, 공작님."

보좌관이 향이 좋은 차와 다과를 올린 트레이를 들고 다가왔다. 보좌관은 공작의 집무실에 뻔질나게 드나드는 나를 더는 께름한 눈으로 바라보지 않았다.

나는 다과가 테이블에 놓이자마자 클러치에서 공작 부인의 편지를 꺼냈다.

"분명 식사할 때, 네가 편지를 다른 방법으로 준다고 말하지 않았느냐?"

호기심과 기대감을 품고 있었는지 공작이 김빠진 얼굴로 말했다. 나는 공작 부인의 편지를 펼쳤다.

"오늘은 편지를 직접 낭독해 드릴 거예요."

"낭독? 설마 이젠 연극까지 하겠다는 게냐?"

그가 돌연 입술을 끌어 올리며 웃었다.

'깜짝이야.'

냉담하고 무뚝뚝한 그가 저렇게 활짝 웃는 건 처음 봐서 나는 손에 든 편지를 떨어뜨릴 뻔했다.

"확실히 상상도 못 한 방법이구나. 너한테 이런 재밌는 면이 있을 줄은 몰랐어."

"일단, 눈을 감아 주세요. 집중하셔야 해요."

"그래."

공작이 히죽거리며 팔짱을 끼고 눈을 감는다. 아이가 하는 놀이에 등 떠밀려 동참하는 어른처럼 진지한 구석이라곤 하나도 없었다.

느긋하게 의자 등받이에 몸을 기댄 공작 앞에서 나는 『내 마음은 하얀 꽃』이라는 시를 낭독하기 시작했다.

이 시는 제국의 유명한 시인이 쓴 자연시로 하얀 꽃송이와 함박눈의 형태적 유사성을 이용해 사랑의 양가적 감정을 표현한 것이다.

"……그대 없어 추위가 가슴을 시리게 하면 나는 그 향기 속에서 노래한다."

나는 시 낭독을 마친 뒤 목이 타서 차를 한 모금 마셨다. 낭독이 끝났음에도 공작은 뭔가를 떠올리듯 눈을 감은 채 고개를 끄덕였다.

"확실히 마리엔이 좋아할 만한 시구나. 오늘 같은 날씨에도 잘 어울리고."

몸을 일으킨 그는 깊어진 눈동자로 하염없이 쏟아지는 함박눈을 말없이 바라보았다.

외로움조차 몰랐던 무심한 성격의 남자는 사랑을 알게 된 순간 마치 세상이 하얀 꽃으로 가득 찬 듯한 환희를 느낀다. 여자가 사라졌을 때 흰 꽃은 처음부터 눈송이였던 것처럼 차갑게 다가왔지만, 여자가 남기고 간 향기는 언제나 자신의 옆을 맴돌고 있다는 것을 깨닫는다.

시는 그런 내용이었다.

시에 함의된 내용을 천천히 곱씹던 시모어 공작은 데보라가 나간 뒤 테이블 위에 접혀 있는 아내의 편지를 집어 들었다.

"⋯⋯!"

편지를 펼치자마자 그는 제 눈을 의심했다. 편지는 공작이 예상한 내용과 전혀 딴판이었다.

그는 당연히 데보라가 편지지에 적혀 있는 시를 낭독했다고 생각했다. 하지만 편지에 적힌 글줄의 길이는 데보라가 읽었던 시가 담길 만큼 길지 않았다.

'그럼 그 시는 뜬금없이 왜 낭독한 거지?'

놀랍고 의아한 기분으로 편지를 훑던 그는 이내 가벼운 웃음을 터뜨렸다.

'이런 의도였구나.'

[여보, 나는 지금 란츠 슈베르트의 시를 읽는 중이에요. 요즘 가장 좋아하는 시인이에요. (중략) 종종 눈을 감고 하얀 꽃의 은은한 향기에 대해 상상해요.]

데보라는 아내가 그 당시 읽었던 시를 찾아내 제 앞에서 낭독한 것이다. 마리엔이 이 편지를 쓰며 느꼈던 감정과 생각을 고스란히 공유할 수 있도록.

'그 시를 모르고 이 편지를 봤다면 이런 기분을 느낄 수 없었겠지.'

이렇게 속 깊은 행동을 하다니.

문득, 미안한 마음이 들었다. 그간 자신은 편지를 들고 방문하는 데보라에게 다이아몬드 때문이냐고 쏘아붙이기만 했다. 빨리 편지를 내놓으라는 신호만 노골적으로 보내면서.

반면, 데보라는 잠도 안 자고 늦은 시간까지 기다렸다가 자신이 가장 쉬고 싶은 타이밍에 편지를 들고 나타났다. 아내와 자신의 연결 고리가 되어 주겠다는 딸의 말은 빈말이 아니었다.

지금도 마찬가지다.

'편지에 있는 단서만 가지고 마리엔이 읽었던 시를 찾기 쉽지 않았을 텐데.'

내용을 파악하기 위해 시를 일일이 다 읽어 봐야 할뿐더러, 란츠 슈베르트는 다작으로 유명한 시인이기도 했으니까.

'나야말로 옹졸한 아버지로군.'

딸의 섬세한 배려를 뒤늦게 깨달은 공작은 형용할 수 없는 기분을 느끼며 오래도록 편지를 내려다보았다.

"데보라가 아버지 집무실에 자꾸 드나드는 이유가 뭐지? 심지어 근신까지 풀렸다던데."

벨렉의 물음에 그의 가신이 송구스러운 얼굴로 고개를 숙였다.

"공작저 사용인들 모두 입이 무겁다 보니 정확한 이유를 알 수 없습니다. 너무 들쑤시고 다니면 보기 좋지 않을 테고요."

"데보라 쪽은 털어 봤나?"

"최근 영애들 사이에서 유행하는 로맨스 소설과 시집을 잔뜩 사들였다는 정보 말고, 별다른 것은 없습니다."

데보라가 화원에서 찾은 물건을 긴 숄로 감싸서 비밀스럽게 챙겼기 때문에, 화원 안에 그토록 중요한 물건이 있었을 거라곤 아무도 상상하지 못했다.

모두 다혈질인 데보라가 분을 못 이겨 사고를 친 거라고 단순하게 생각했다.

'거슬려.'

벨렉은 짜증이 담긴 표정으로 다리를 꼬았다.

근본 없는 행동으로 가문의 이름에 먹칠을 하고 다니는 데다, 할 줄 아는 거라곤 눈곱만치도 없는 주제에 시모어 직계라는 이유로 거들먹거리고 다니는 여동생.

능력 위주로 사람을 판단하는 그의 눈에 데보라는 하루빨리 치워 버려야 할 모난 돌처럼 느껴졌다.

'나아지긴커녕, 갈수록 가관이란 말이지.'

터무니없이 비싼 보석을 사 달라고 패악질을 부리며 가문의 재산을 축내려 하질 않나.

'그래, 최대한 양보해서 거기까진 그렇다 치자. 딱 그 녀석 수준에서 할 법한 짓이니.'

데보라는 어머니가 아꼈던 화원을 훼손하기까지 했다.

그 소식을 들은 순간, 벨렉은 아버지가 데보라에게 근신과는 비교도 되지 않을 엄벌을 내릴 거라 확신했다. 그런데 엄벌은커녕 부친과 티타임을 즐긴다는 뜬금없는 소문이 돌기 시작했다.

뻔뻔한 얼굴로 아버지의 집무실에서 나오는 데보라를 눈으로 직접 확인했을 때, 벨렉은 오랜만에 혈압이 머리끝까지 치솟는 듯한 느낌을 받았다.

왜 말도 안 되는 사고를 친 녀석이 저렇게 멀쩡한 모습으로 저택을 휘젓고 다니는 거지?

더불어 그 이유가 뭐든, 아버지가 데보라에게만 유독 관대해지는 것 같다는 느낌을 지울 수가 없었다. 로자드와 자신의 역량은 누구보다 냉철하게 저울질하면서, 재능과 실력이 가장 떨어지는 데보라에게는 너그럽다니.

'아버지를 도저히 이해 못 하겠어. 내가 가주라면 그 녀석처럼 멍청하고 무능한 것에게는 이 시모어 안에 발 디딜 자리조차 주지 않을 텐데……'

어둡게 가라앉은 눈을 한 채 생각에 잠겨 있던 벨렉은 문득 비릿한 미소를 머금었다.

'그래, 어차피 네가 이곳에 붙어 있을 날도 얼마 남지 않았어.'

아스테이아 제국의 영애들은 성년이 지나면 결혼을 해야 하고 예외는 없었다. 올가을 데뷔탕트만 치르면 데보라도 결혼을 할 수 있으니, 서둘러 정혼을 추진해 먼 곳으로 보내 버릴 생각이었다.

사사건건 제 앞길을 가로막는 로자드가 마음에 안 들긴 하지만, 쌍둥이라서 그런지 사고방식이나 행동은 소름 끼칠 정도로 비슷했다.

데보라를 하루빨리 시모어에서 쫓아내고 싶어 하는 건 로자드도 마찬가지였다. 심지어 로자드는 손 빠르게도 벌써 데보라의 적당한 남편감 후보를 골라 났다. 루이 가젤이라고 했었나?

'나도 이번만큼은 로자드 놈에게 적극적으로 협조해야겠군.'

결혼하면 성이 바뀌니 시모어의 위명이 천것들 입에 더는 불미스럽게 오르락내리락하지도 않을 테지. 더불어 얼굴 마주칠 일도 사라질 거고.

돌 하나로 두 마리의 새를 잡는 셈이라 벨렉은 얇은 입술을 끌어올렸다.

'이 자식은 왜 또 시비야?'

오전 수업을 마치고, 로맨스 소설을 마저 읽기 위해 헐레벌떡 별채로 향하는데 벨렉이 돌연 내 앞길을 가로막았다.

"무슨 용건이야?"

"용건이라……."

나는 가늘게 휘어진 벨렉의 눈매를 불안한 기분으로 바라보았다. 팔에 절로 소름이 쭈뼛 돋는 걸 보니 데보라는 벨렉의 저런 음험한 미소를 가장 싫어했던 것 같다.

"우습군. 수준이 안 맞는데 너에게 무슨 용건이 있을 거라 생각한 거지? 연구 보고 때문에 아버지를 뵈러 가는 길이었다. 난 너처럼 한가하지 않거든."

와, 말 예쁘게 하는 거 봐.

지난 생애 내 혈육들과 말본새가 워낙 비슷해서 딱히 놀랍지 않다.

"용건 없으면 오라버니께선 시비 걸지 말고 가던 길 가시죠. 나도 내 갈 길 갈 테니까."

나는 불쾌감을 억누르며 최대한 덤덤한 어조로 말했다.

데보라는 벨렉이 무시하고 비아냥거릴 때마다 평정심을 잃고 애먼 아랫사람에게 화풀이해서 제 무덤을 파고는 했다.

'괜한 체력 소모지. 엮이는 것도 싫으니까 무시하자.'

벨렉을 빠르게 지나쳐 가려는데 그가 내 팔을 가볍게 낚아챘다.

"여동생이니 선심 써서 조언 정도는 해 줄 수 있다."

"사양할게."

"충고가 듣기 싫으면 행실머리를 똑바로 했어야지. 여동생 없는 셈 치고 무시하고 싶어도 너 때문에 주변이 보통 시끄러운 게 아니더구나."

그가 팔을 쥔 손에 힘을 쥐며 날카로운 눈매를 가늘게 좁혔다.

"요즘 보석 때문에 한바탕 소란스럽게 굴었다면서? 탐욕스럽고 품행마저 경망스러운 널 누가 데려갈지, 이 오라비는 나날이 걱정되어서 잠도 안 온다."

"그런 걱정 필요 없으니까 놔."

"기껏 신경 써 줬는데 그렇게 말하니 서운한데? 마법적 재능도 없고, 지능도 떨어지고, 가진 건 젊음과 얼굴 하나뿐인 네 미래가 걱정돼서 오라버님이 괜찮은 놈을 소개해 준다고 하면 넙죽, 감사 인사부터 올려야 하지 않을까?"

"무슨 소리야?"

설마 지금 선 자리 주선하려는 거?

"루이 가젤. 조만간 만나게 될 테니 알고 있어."

루이 가젤?

'왠지 익숙한 이름인데.'

퍼뜩 소설 속 내용이 생각났다.

여주인공한테 집적대던 그 느끼한 놈!

스쳐 지나간 조연이지만, 하는 짓이 변태 같고 이름이 톰슨가젤이라는 동물과 비슷해서 기억에 남아 있었다.

'이런 미친.'

나는 그의 손을 거칠게 털며 눈을 사납게 부릅떴다. 그는 날 비웃는 낯으로 마주하며 어깨를 가볍게 으쓱했다.

"넌 예절 교육부터 제대로 다시 받아야겠구나. 망신 안 당할 정도의 품위는 갖추도록 내가 친히 도와주마."

들을수록 가관이었지만, 평정을 잃고 흥분하면 벨렉에게 비웃음만 살 뿐이었다. 귀족 가문 영애가 어떻게 감정 하나 제대로 조절 못 하느냐고.

주먹을 꾹 움켜쥐고 있던 나는 지난 생애, 언니가 친척들의 잔소리 공격을 방어하기 위해 쓰던 화법과 말투를 떠올렸다.

"오라버니야말로 단어 선택 하나하나 예의가 없네. 장가가려면 기초 언어 교육부터 다시 받아야겠어."

똑같은 말로 받아치자, 그가 비릿한 미소를 거두고 차가운 눈으로 날 노려본다.

"감히, 일개 공녀인 네가 후계자인 나와 맞먹으려 드는구나. 나와 네 상황이 같다고 착각하는 모양인데, 지금 네 입지로는 너와 결혼하겠다는 괜찮은 가문 영식을 찾아온 것만으로도 고마워해야 한다는 거 명심해."

"찾아 달라 한 적 없어. 이건 월권이야."

"데보라. 그간 단 한 번이라도 네가 앞가림을 잘한 적이 있었다면 나까지 굳이 나서지 않았겠지. 안 그래?"

"이제부터 잘할 거니까 참견하지 마. 내 인생이 그렇게 걱정되면 돈으로 주고."

"하! 그간 못하던 앞가림을 인제 와서 무슨 수로 한다는 거지? 설마, 아직도 필라프 몬테스가 널 받아 줄 거라는 망상을 하는 게냐?"

'이기 완전 악질이네.'

여동생이 짝사랑하는 상대까지 끌고 들어오다니.

벨렉의 조소와 폭언은 계속 이어졌다.

"정신 차려. 필라프 몬테스가 뭐가 아쉬워서 널 아내로 맞이하려 하겠어? 요즘 푹 빠진 여자도 있는 것 같던데 소식 못 들었나?"

푹 빠진 여자는 미야 비노슈를 말하는 거군.

"그쪽 소식엔 관심 없어."

"흥! 센 척하긴. 아니면…… 현실 부정을 하는 건가?"

그가 가볍게 혀를 찼다.

"현실적으로, 네 저질스러운 행실 때문에 시모어와 급이 맞는 명문 가에선 굳이 널 데려가지 않을 거다. 몬테스, 오르고, 비스콘티의 공 자들 모두……."

"결혼 안 할 건데."

나의 말에 그의 시끄러운 잔소리가 뚝 멎었다. 대리석처럼 매끈한 그의 얼굴에 빠직, 금이 간다.

"뭐, 뭐라고?"

나는 파르르 경련하는 그의 얄팍한 입매를 보며 말했다.

"나, 비혼으로 살 거라고."

"비…… 뭐라고?"

한 대 맞은 듯한 얼굴로 잠시 벙쪄 있던 벨렉은 내 말이 농담이라 고 결론지은 듯 헛웃음을 내뱉었다.

"날 화나게 하는 재주만 나날이 느는구나. 농담이라고 한 거라면 재미없다."

"농담 아니야."

"데보라, 말 같지도 않은 소리는 입 밖으로 함부로 내뱉는 게 아니야. 귀족 영애의 의무를 스스로 저버린다고 선언하다니. 정신이 나간 게냐, 아니면 정말 수도원이라도 들어갈 셈이냐?"

"……."

무조건 피하고 싶었던 수도원 엔딩이 그의 입에서 나오자, 가슴이 철렁했다.

"언행 조심해. 집안 망신 그만 시키라는 뜻이다."

살기를 풍기며 살벌하게 으르렁대는 벨렉 뒤로 가신들이 다가오자 그는 혀를 차며 물러났다.

"나중에 다시 이야기하지."

"할 이야기 없어."

나는 잘게 떨리는 손을 말아쥐며 대꾸했다.

"하기 싫어도, 하게 될 거다. 그리고 오라비로서 진지하게 충고하는데, 필라프 몬테스는 포기하거라."

"……."

"루이 가젤도 그 정도면 준수해. 돈이 많은 가문 영식이니, 나중엔 나한테 고마워하게 될 거다."

벨렉이 가식적인 미소를 짓곤 내 어깨를 가볍게 두드렸다.

"하고 싶은 것만 할 수 있는 나이는 이제 지나지 않았느냐?"

그는 제 하고 싶은 말만 내뱉은 뒤, 빠른 걸음으로 멀어졌다.

'수도원…….'

나는 지끈거리기 시작한 관자놀이를 짚으며 한동안 우두커니 서 있었다.

벨렉과의 설전 후, 나는 한동안 공황상태에 빠져 있었다. 설마, 벨렉 시모어가 직접 나서서 정혼자를 들이밀 줄이야.

가문에서 벨렉이 가진 발언권과 영향력은 일개 공녀인 나와 비교조차 할 수 없으므로, 굉장히 심각한 상황이었다.

'돌겠네.'

데보라는 올해 열아홉 살.

올가을, 데뷔탕트를 치르면 법적으로 결혼할 수 있는 나이가 되니, 이 상태로 흘러가다간 꼼짝없이 변태 같은 루이 가젤이랑 결혼…….

"망했다."

소설 속에 이런 끔찍한 설정이 숨어 있었다니. 이러니 데보라가 더이 악물고 여주인공을 괴롭혔지.

거만함이 하늘을 찌르는 데보라에게 백작 가문의 가젤 뭐시기를 자꾸 들이대는데 눈에 찰 리가 없다.

심지어 오래도록 눈독 들이고 있던 몬테스 가문의 공자는 들도 보도 못한 몰락 가문의 여식에게 목을 매는 상황. 미야를 볼 때마다 분통이 터질 수밖에.

"아오!"

나도 분통이 터진다. 김한준 같은 생양아치에게 데여서 연애조차하기 싫은데, 변태 양아치와 결혼이라니. 이거야말로 말 같지도 않은 개소리였다.

'어째 너무 순조롭다 했어.'

답답하고 원통한 기분을 느끼며 푹신푹신한 베개를 샌드백처럼 팡팡 두드렸다.

여주인공에게 나쁜 짓을 안 할 테니 수도원행은 피할 수 있을 거고, 그러면 지금 같은 삶을 이어갈 수 있을 거라고 너무 단순하게 생각했다.

"거기 잠깐."

봉두난발을 한 채 엎어져 있던 나는 벌떡 일어나 차를 가져온 사용인을 불러 세웠다.

"네, 공녀님."

쟁반을 내려놓은 하녀가 하얗게 질린 얼굴로 재빨리 부복했다.

"귀족 가문 영애가 가문에서 추진하는 결혼을 하려 하지 않을 때 무슨 일이 일어나지? 갑자기 궁금해져서 미칠 것 같아."

내가 머리를 쥐어뜯자 하녀의 안색이 더욱 창백해졌다. 원래 나쁜 놈보다 미친놈이 더 무서운 법이다.

"죄, 죄송하지만, 그런 경우는 없어서……."

"상상력이라도 발휘해 봐."

"결혼을 안 한다면……."

하녀가 뒤이어 말한 내용은 절망적이었다.

만일 결혼을 안 하고 버티면 이어받을 성(姓)이 없으므로 자연스레 작위가 박탈될 것이며, 귀족 사회에서 추방되어 수도원으로 가야 할 것이라고.

'돌겠네. 이게 원작 엔딩이랑 뭐가 달라?'

내 운명은 원래 수도원으로 정해져 있던 거야? 내 비혼 선언에 벨렉이 왜 그토록 어이없어했는지 이제야 알겠다.

'진짜 말 같지도 않은 소리였던 거야.'

착잡해진 나는 지푸라기를 잡는 심정으로 다시 하녀를 다그쳤다.

"이상하군. 왜 결혼을 거부하는 경우가 없지? 원하지 않는 사람을 가문에서 정혼자로 추진할 수도 있잖아."

사람 사는 곳인데 예외가 없을 리가 없다.

"분명 예외적인 사례가 있지 않아? 궁금해서 그래. 난 궁금하면 잠을 못 자거든. 잠을 못 자면 네가 책임질 텐가?"

나는 개논리를 전개하며 집요하게 캐물었다. 탈탈 털면 뭐라도 나올 것 같아서.

하녀들이 얼마나 사교계 소식에 정통한지는 원작 소설 덕분에 익히 알고 있었다. 귀족가 사용인들은 각종 소문의 온상지나 다름없었다. 쉬는 시간에 옹기종기 모여 온갖 사교계 가십에 관해 떠드는 건 그네들의 즐거운 취미 생활 중 하나였다.

"생각날 때까지 생각해 보도록."

대답할 때까지 절대 안 내보낼 기세로 눈을 사납게 부릅뜨자, 하녀는 땀을 뻘뻘 흘리면서 두뇌를 풀가동하다가 다급히 입을 열었다.

"아! 평민 용병과 사랑에 빠져서 사랑의 도피를 한 귀족 영애가 있었어요."

"그래서?"

"그 영애가 작위를 받아서 문제가 해결되었습니다. 5클래스 화염 마법사였거든요. 전쟁에서 용병대장인 남편과 큰 공을 세워 타국 영지를 점령했다고 들었습니다."

"전공(戰功)을 세워서 작위를 얻었다는 거군?"

"네."

아~ 그렇구나. 내 맘대로 살고 싶으면 전쟁에 나가서 다스릴 영지를 빼앗아 오면 되는구나.

에라이, 말이 쉽지.

난 5클래스는커녕 마나도 못 다루는 신세인데…….

더 깊어진 절망의 늪에서 허우적대다가 작위와 관련 있는 기억의 파편 하나가 퍼뜩 뇌리에서 떠올랐다.

데보라가 근본 없다고 경멸하던 가문이 하나 있었는데, 이유는 그 가문의 전대 가주가 파산한 가문의 작위를 사들였기 때문이다.

'전쟁에 나가지 않아도, 돈으로도 작위를 산 사례가 있어!'

내가 직접 작위를 사서 일가를 이루면? 가젤 뭐시기 따위와 결혼하지 않아도 된다. 내가 가주인데, 감히 누가 결혼하라 왈가왈부하겠는가.

"작위를 사면 관습에 구애받지 않겠군. 안 그래?"

내 말에 하녀가 머뭇거리다 대답했다.

"그, 그렇습니다만 가장 낮은 남작 작위조차 천문학적인 가격이라 알고 있습니다."

아무리 비싸도 전쟁에 나가는 것보다 훨씬 가능성 있는 이야기였다.

"얼만데?"

"그건 잘 모릅니다. 정말 죄송합니다."

하긴, 작위를 사는 게 흔한 일도 아니고 그런 구체적인 내용까지 알고 있을 리 없지.

"나가. 졸리니까."

나는 공포에 질린 하녀를 방에서 내보냈다. 그리고 바로 침대에서 벌떡 일어났다.

'일단 내 재산 상황부터 조사해 보자.'

"와……."

진짜 많다. 무슨 드래곤이야?

데보라가 가진 수많은 보석함과 그 안에 든 보석의 양을 보며 기함할 수밖에 없었다. 데보라는 웬만한 가문에서 주는 지참금만큼이나 많은 보석을 소유하고 있었다.

대체 그간 얼마나 사치를 부린 거야. 고맙게.

수중에 있는 보석 더미 덕분에 나는 그나마 안정을 되찾을 수 있었다.

'드레스에 달린 보석도 어마어마하고.'

시모어 인프라를 최대한 착즙하면서 비자금을 조성하면 작위를 살 수 있을지도 모른다.

문제는 시간인데.

'결혼 적령기를 고려했을 때 2년에서 3년 정도는 결혼을 미룰 수 있지 않을까?'

이곳 귀족 영애들은 평균적으로 열아홉에서 스물두 살 사이에 결혼했다. 아카데미 고급 과정을 수료하는 영애들이 많아져 건국 초기보다 결혼 적령기가 2년 정도 늦어진 게 불행 중 다행이라 하겠다.

'다행히 나도 현재 아카데미에 다니고 있고.'

결혼을 미루고, 그사이에 돈을 모아서 작위를 사면 이론상으론 문제없는데…….

'설마 내가 작위를 사기 전에 가주가 벨렉 놈으로 바뀌진 않겠지?'

난 이내 고개를 저었다.

시모어 공작은 제국 내 유일한 7클래스 마법사기 때문에 마탑에서 막강한 영향력을 행사했다. 게다가 막내인 엔리크 시모어가 한참 어리니, 그리 빠르게 가주 직위를 넘겨주지는 않을 것이다.

그래도 만에 하나 변수가 있을지 모른다. 최대한 빠르게 돈을 모아서 작위를 사는 게 가장 현명한 방법이었다.

'여기서도 결국 돈이 만능이군.'

어떤 방식으로 금화를 모을지 궁리하는데 똑똑, 노크 소리가 났다. 서재 문밖에는 뜻밖에도 공작이 서 있었다.

"오셨습니까?"

나는 노트를 재빨리 서랍에 집어넣고 자리에서 일어났다.

"내가 설마 공부…… 하는데 방해했느냐?"

공작이 몹시 이상한 눈으로 날 보며 말했다. 데보라는 서재를 거의 이용하지 않았기 때문에 저런 반응이 이해 안 가는 건 아니었다.

"괜찮습니다. 홍차와 다과를 준비하라 이르겠습니다."

"그래."

서재 옆에 붙어 있는 응접실에서 공작과 마주 보고 앉았다. 그는 과묵했고 나도 딱히 할 말이 없어서 방 안에 무거운 침묵이 깔렸다.

'숨 막혀.'

나는 손을 꼼지락거리다가 차에 설탕을 하나 넣으며 입을 뗐다.

"편지는 돌아가실 때 드리겠습니다."

내 말에 공작은 짧게 한숨을 내쉬었다.

"오늘은 편지를 받으러 온 게 아니다."

그럼 서, 설마 결혼하라고 말하려고? 나는 마음을 졸이며 이다음 말을 기다렸다.

"데보라. 네가 낭독했던 그 시 말이다. 언젠가 한 번 더 읽어 줄 수 있겠니?"

공작의 말은 전혀 예상치 못한 것이었다.

"흰 꽃이 만개하고, 함박눈이 올 때마다 읽어 드릴게요."

나는 이 시모어 집구석에 오래도록 있고 싶다는 의향을 슬쩍 내비쳤다. 하지만 공작은 무심한 눈으로 차만 홀짝일 뿐이었다.

'역시, 쉽지 않아.'

나는 내심 혀를 차며 과자를 집어 들었다.

"그나저나, 다작한 시인이라 편지 내용에 나오는 시를 찾는 게 쉽지 않았을 텐데 용케 발견해 냈구나. 편지에 시 제목이 나와 있는 것도 아니던데 시간이 꽤 걸렸겠어."

아마 공작이 생각하는 것만큼 오래 걸리지는 않았을 것이다. 한국이란 나라에선 대입 시험을 위해 시를 단숨에 요점만 파악하는 기술을 연마하는데……. 이걸 설명할 방법이 없네.

"운이 좋았습니다."

"운이라. 최근 언행을 신중하게 하려는 것 같은데, 지나친 겸양은 좋지 않다, 데보라. 사양만 하는 것도 마찬가지야."

"……."

"네가 원하는 것을 주고 싶다는 말은 진심이다. 나와 마리엔의 연결 고리가 되고 싶다는 네 말에서 뒤늦게 진심을 느꼈다. 널 시험하기 위해서 떠보는 게 아니니 뭐든 편하게 말하렴."

저렇게까지 진지하게 원하는 걸 말하라고 하는데, 계속 거절하는 건 어리석은 짓으로 느껴졌다. 평생 뭘 달라고 요구해 본 적이 없어서 그런지 괜히 긴장이 되었다.

나는 바짝 마르는 입술을 한 번 축였다.

"그러면……."

뭘 원하느냐는 물음에 데보라가 한참 뜸을 들였다.

'왜 고민하는 척하는 거지?'

시모어 공작은 의아함을 느꼈다. 뭔가 고심하는 기색이던 데보라가
이내 느릿하게 입을 열었다.

"그러면…… 제 사업에 투자해 주세요."

"음?"

시모어 공작은 이번엔 눈이 아닌 제 귀를 의심해야 했다. 당연히 글
피에 경매장에 나오는 핑크 다이아몬드를 낙찰받아 달라고 요구할 줄
알았는데 대뜸 투자 권유라니.

"네 말은 상업 활동을 하고 싶으니, 내게 자금을 대 달라는 뜻이
더냐?"

"네."

"황당하군. 왜 갑자기 그런 생각을 하게 된 거지?"

"근신하는 동안 괜찮은 사업 아이디어가 떠올랐거든요."

"……흐음."

공작은 데보라의 말을 곧이곧대로 믿지 않았다.

아스테이아 귀족들은 상업을 아래로 치는 경향이 있었다. 물려받
은 변변찮은 영지가 없는 귀족이 재정을 유지하기 위해 차선책으로
택하는 것이 상단 운영이기 때문이었다.

귀족적인 사고방식에 젖어 있는 데보라가 갑작스레 장사를 해 보겠다고 나선다는 게, 공작으로선 영 미심쩍게만 느껴졌다.

"그래서, 얼마가 필요한데?"

의심스럽긴 하지만 어떤 요구든 들어주기로 제 입으로 약속했다. 그래서 캐묻지 않고 핵심 내용만 꺼냈다.

데보라가 대답 대신 종이에 숫자를 적어 공작에게 건네주었다. 그는 쪽지에 적혀 있는 액수를 보자마자 고개를 살짝 기울였다.

'혹시 0 하나를 빠트렸나?'

이 금액이면 어린 시절 데보라가 마탑 장로에게 친 사고를 수습하기 위해 사용했던 비용보다도 적었다.

'이 돈으로 사업을?'

……역시 수상하다.

하지만 저 진지한 표정을 보니 나름의 뜻이 있는 것 같아서 공작은 꼬치꼬치 캐묻지 않았다.

최근, 제 딸이 구제 불능의 망나니는 아니며 나름 세심한 구석이 있는 아이라는 것을 알게 되었다. 그래서 일단은 가만히 지켜보고 싶다는 생각이 들었다.

"그래, 행정관에게 일러서 네가 원하는 액수의 금화를 보내 주도록 하마."

"감사합니다. 아버지."

데보라가 기쁘다는 듯이 눈동자를 반짝인다.

그러고 보니, 화염 마법으로 땅에 얼어붙은 눈을 녹였을 때도 저런 초롱초롱한 눈을 했었다. 저 눈빛은 공작의 쥐꼬리만 한 부성애를 자극하는 구석이 있었다. 괜히 뭐라도 하나 더 손에 쥐여 주고 싶게 한다고 해야 하나…….

'큰일 날 생각이군.'

답지 않은 생각에 공작은 크게 한 번 헛기침하고 자리에서 일어났다.

"나는 일이 있어서 가보마. 편지는 다음에 다오."

"네."

"배웅 나오지 말고 하던 공부, 마저 해라."

말하고도 어색했다. 데보라가 자발적으로 공부를 하다니.

'철이 든 것 같단 말이지…….'

형용할 수 없는 기분으로 집무실 쪽으로 걸어가던 공작은 문득 걸음을 멈췄다. 제 딸이 왜 갑작스레 사업 운운하며 금화를 요구했는지 이제야 깨달았기 때문이다.

'그렇군. 역시 철이 들었어.'

원하는 것을 말해 보라는 제 요구를 들어 주기 위해서 사업 투자금이라는 적당한 이유를 만들어 낸 거라면 앞뒤가 맞았다.

'이런 수준 높은 방식으로 내 마음의 짐을 덜어 주다니.'

공작은 절대 핑크 다이아몬드를 딸에게 사 주지 않겠다고 가신들 앞에서 여러 번 공개 발언했다. 데보라는 일부러 보석이 아닌 사업으로 화제 전환을 해서 제 관심을 돌린 것이다. 자신이 예전에 했던 발언을 번복하지 않도록.

'내 권위까지 세워 줬군.'

심지어 사업 투자금을 일부러 낮게 책정해 재정적 부담을 덜어 주기까지.

'이젠 감탄스러울 정도야.'

평생 철딱서니 없는 망나니로 머물러 있을 줄 알았는데, 이리 뒤늦게 성장하는 아이도 있구나.

딸의 행동을 한껏 부풀리고 과대 포장한 시모어 공작은, 뭔가를 결심한 얼굴로 보좌관을 불렀다. 이쯤 되니 노력이 가상해서라도 그 보석을 손에 쥐여 줘야 할 것 같았다.

아니, 쥐여 주고 싶다.

"핑크 다이아몬드, 무슨 짓을 해서라도 낙찰받아 와."

아비로서 자식보다 배포가 크다는 것을 보여 줘야 하지 않겠는가.

"몬테스 가문 장남보다 무조건 높게 가격을 써 내. 얼마가 들어도 상관없어."

"네, 각하."

3일 후. 경매장은 예상 밖의 결과에 발칵 뒤집혔다.

전무후무한 낙찰가 때문이기도 하지만, 사교계를 술렁이게 했던 보석의 주인이 몬테스가 아닌 시모어였기 때문이다.

나는 공작이 보내올 금화를 기다리며 노트 위에 글자를 끼적였다. 내가 공작에게 사업 운운하며 투자금을 요구한 건 세 가지 이유 때문이다.

우선, 보석 따위 필요 없으니 돈이나 달라고 노골적으로 요구하는 것보다 훨씬 모양새가 그럴듯하다.

둘째, 사업에 몰두하는 모습이 혼인을 미루는 좋은 명분이 될 수 있다.

'바쁜 사람보다 일 없는 백수에게 구박이 심해지는 건 만국 공통이니까.'

그리고 마지막, 무엇보다 24년을 자본주의사회 노예로 발버둥 치며 살아왔으니, 사업에 뛰어들면 제법 경쟁력이 있을 거라는 판단도 있었다.

종잣돈도 구했겠다, 사업 아이템을 구상하며 시간을 보내던 중 행정관이 커다란 상자를 가져왔다.

'금화다, 금화! 금화가 왔다!'

난 간신히 포커페이스를 유지하며 상자를 벌컥 열었다.

'보석만 보다가 금화를 보니까 또 새롭네.'

두둑한 금화 주머니를 황홀한 기분으로 바라보다가 문득 상자 한편에 고이 모셔져 있는 고급스러운 벨벳 케이스를 발견했다.

'이건 뭐지?'

어리둥절한 기분으로 벨벳 상자를 열자마자 기절할 뻔했다. 검은 융단이 깔린 케이스 안엔 영롱한 핑크빛을 뿜어내는 하트 모양 다이아몬드 목걸이가 들어 있었기 때문이다.

필라프가 수도 타운 하우스와 맞먹는 가격으로 낙찰받았다고 소설 속에 묘사된 목걸이가 코앞에서 번쩍거리자 숨이 턱 막혔다.

'이, 이게 왜 여기 있지?'

분명 원작에선 필라프가 낙찰받아서 여주인공의 손에 들어갈 보석이었는데.

설마, 짝퉁 아니지?

당황스러운 기분을 느끼며 눈을 느리게 깜빡이던 나는, 케이스 안에 든 품질보증서와 공작의 편지를 발견했다.

[데보라. 너의 배려는 달갑게 받도록 하마. 하지만 소중한 편지에 대한 보답인데, 고작 푼돈만 쥐여 준다는 게 계속 마음 쓰이더구나. 딸이 원하는 게 뭔지 뻔히 아는데 아비가 모른 척하는 건 도리가 아닌……. (하략)]

난 편지를 보자마자 혈압이 급상승하는 것을 느꼈다.

'한국 돈으로 약 사천만 원이 푼돈이라니?'

그리고, '배려'는 대체 뭐지? 설마, 10억쯤 요구할 줄 알았는데 꼴랑 4천 달라고 한 걸 배려라고 한 건 아니겠지?

"악녀가 편하고 좋네."

나는 어이없는 기분으로 중얼거렸다.

윤도희였을 때는 항상 배려만 하는 게 당연해서, 어쩌다 한 번 실수하면 욕만 실컷 먹었는데. 패악질만 부리다 상식적으로 구니 배려했다는 칭찬을 듣는다.

'내가 인생을 한참 잘못 살았구나.'

고가의 보석을 앞에 두고도 왠지 모를 착잡한 기분을 느끼던 나는 그날, 뜻밖의 단서를 발견하게 되었다.

금화보다 훨씬 가치 있는.

'이건…….'

3

수상한 그녀

"마스터, 핑크 다이아몬드가 금일 경매장에 올라온 물건 중에서 최고가로 낙찰되었다고 합니다. 축하드립니다."

치열했던 경매장에 다녀온 정보 길드 '블랑샤'의 부길드장 제라드가 길드 마스터에게 좋은 소식을 전했다. 길드 1년 운영비를 상회하는 이윤을 남겼는데도, 마스터는 동요 없이 거대한 맹수의 금빛 털을 쓰다듬을 뿐이었다.

'속을 모르겠군.'

남자는 길드 마스터치고 비교적 젊은 나이였다. 하지만 저 가면 같은 무표정 탓에 능구렁이 같던 전대 마스터보다 더 속을 읽을 수가 없었다.

마스터가 가진 능력 역시 감히 헤아릴 수 없는 건 마찬가지였다.

지난해 초부터, 블랑샤 마스터는 비밀리에 광물의 색을 바꾸는 기상천외한 연금술에 투자했다. 희한한 연구에 매달리는 주인의 행보가 마뜩잖았지만 제라드의 의구심은 곧 해소되었다.

마스터는 광물 색을 바꾸는 연금술로 '색깔이 있는 다이아몬드'를 만들어 길드가 운영하던 보석점의 대표 상품으로 내세우겠다고 말했다.

'다이아몬드가 색깔이 있으면 그게 다이아몬드인가? 마스터께서도

참 엉뚱하시군.'

처음 시장에 나오는 물건이라 반응이 안 좋을까 몹시 걱정했는데 기우였다.

정보원을 풀어 필라프 몬테스가 푹 빠져 있는 여자의 머리카락 색깔을 알아낸 마스터는, 그녀의 머리칼과 동일한 핑크색 다이아몬드를 연금술로 제작한 뒤 희귀한 물건이 있다고 수도에 소문을 퍼뜨렸다.

예상대로 여자의 선물을 수소문하던 필라프 몬테스가 떡밥을 물었고, 제국에 단 하나라는 소문에 허영심 많기로 소문난 시모어 공작의 딸까지 핑크 다이아몬드를 탐내기 시작했다.

명문가 사이에 경쟁이 붙자 부지불식간에 보석에 대한 주목도가 올라가 낙찰을 원하는 이가 더욱 많아졌다.

결국, 마스터는 본래 다이아몬드의 수백 배가 넘는 가격으로 핑크색 하트 다이아몬드를 팔 수 있었다.

당장의 이익도 크지만 '색깔이 있는 다이아몬드'의 가치가 시장에서 고평가되었다는 게 가장 고무적이었다. 이 이후에 내놓을 예정인 하늘색 물방울 다이아몬드 역시 천문학적인 가격에 팔릴 게 불 보듯 뻔했다. 희귀한 보석의 유통을 독점했다고 소문난 보석점의 유명세 역시 올라갈 테고.

'마스터의 사업 수완은 상상을 뛰어넘는단 말이지.'

비단 보석뿐이 아니다. 돈이 될 거라는 확신이 들면 그는 뭐든 손을 댔다. 마치 게임을 하듯이.

심지어 넉 달 전엔 망해가는 빵 가게를 인수한 후 하루 한정된 개수의 제과만 판매하는 고급 디저트 가게로 탈바꿈시키기도 했다. 파리만 날리던 빵집이 요네스 지구 대표 디저트 가게가 될 줄 누가 알았겠는가.

덕분에 최근 블랑샤의 금고엔 금화가 산처럼 쌓이고 있었다.

"그 물건, 얼마에 팔렸죠?"

경외감 어린 눈을 하고 있던 제라드는 마스터의 물음에 퍼뜩 정신을 차렸다.

"여기, 확인하십시오."

제라드는 핑크 다이아몬드의 최종 낙찰가가 적힌 서류를 테이블에 조심스레 내려놓았다. 서류를 살피는 남자의 미간이 좁아지자 그의 옆에 누워 있던 거대한 짐승이 동공을 가늘게 좁히며 으르렁거린다.

전무후무한 이윤을 남겼는데 마뜩잖아 보이는 마스터를 보며 제라드의 안색이 하얗게 질렸다.

"시모어 공작이 가져갔군요."

마스터는 미묘한 얼굴로 서류를 내려놓았다. 시모어 공작이 보석을 낙찰받았다는 건, 그의 딸인 데보라 시모어가 핑크 다이아몬드의 주인이 되었다는 뜻이다.

'당연히 미야 비노슈가 차지하게 될 거라 생각했는데.'

마스터의 예상은 오늘 두 번이나 빗나갔다. 그는 보석이 현재 낙찰가보다는 낮은 가격에 낙찰되리라 예상했고, 낙찰자는 필라프 몬테스일 거라 확신했다.

'내가 데보라 시모어를 너무 과소평가했나?'

남자는 길드원이 수집한 데보라 시모어의 정보를 떠올리며 테이블 위에 탑처럼 쌓여 있는 금화를 만지작거렸다.

'공작이 내놓은 자식인 줄 알았는데……. 내가 놓친 뭔가가 있나?'

입매를 비뚜름하게 비튼 남자가 동전을 위로 던져 한 손으로 탁 잡아챘다. 금화의 앞면이 나올 때까지 손장난을 치던 그가 문득 입을 열었다.

"제라드 님."

"네. 마스터."

"내가 고위 귀족일수록 예의 주시하라고 당부하지 않았나요?"

마스터가 불쾌한 내색을 내비치며 시모어 담당 정보원에게 데보라에 대해 다시 조사해 오라 명령했다.

그런데 그런 명령을 내리고 일주일 후, 마스터의 앞에 전혀 예상하지 못한 의뢰인이 나타났다.

'데보라 시모어가 대체 어떻게 여기를 찾아온 거지?'

검은 후드를 눌러쓴 데보라 시모어를 바라보며 블랑샤의 길드 마스터, 이시도르 비스콘티는 내심 당혹감을 느꼈다.

"오늘 외출할 거야. 마부를 부르도록 해."

나는 가방에 몇 가지 물건을 챙겨 넣고 몸을 일으켰다.

"네, 공녀님."

드레스를 준비하려는 시종에게 얼굴을 가릴 수 있도록 후드가 달린 로브를 가져다 달라고 명령한 뒤 가져온 후드를 깊게 눌러썼다.

오랜만에 밖으로 나오자 차가운 공기가 뺨을 할퀴고 지나간다. 겨울에서 봄으로 넘어가는 시점이라 기온이 낮았지만, 마차 안은 마법이 걸려 있어서 훈훈한 공기가 감돌았다. 마력석과 마법사 모두 귀하기 때문에 이런 편의는 고위 귀족만이 향유할 수 있었다.

'돈맛은 언제나 짜릿하고 새롭구나.'

오늘도 달달한 돈의 위력을 실감하며 나는 차창 밖으로 시선을 던졌다. 저택을 빠르게 가로지른 마차는 번화한 시가지를 지나 눈이 얼어붙어 있는 비포장도로로 접어들었다. 보석점이 있는 아트라 지구가 수도 외곽에 있기 때문이다.

'생각보다 머네.'

그래도 크게 불편하지는 않았다. 충격 흡수 마법이 걸려 있는 마차는 뛰어난 승차감을 자랑했다.

서너 시간쯤 지났을 무렵, 데보라의 기억에 전혀 없는 낯선 도시의 정경이 창을 통해 눈에 들어왔다. 뼈대만 있는 건물이 많은 것을 보니 아마 개발이 한창 진행 중인 지구인 것 같았다.

'구획이 짜임새 있어서 완공되면 멋지겠는데.'

부동산 투자하기 좋은 지역으로 보인다. 요네스가 분당이라면 이곳은 마치 개발 중인 판교 같다는 느낌을 받았다.

'기억해 둬야지. 아트라 지구.'

나는 건축 전공자의 눈으로 이국적인 도시 정경을 분석하다가, 마차가 멈추자마자 무릎 옆에 올려 둔 커다란 가죽 가방을 꽉 그러쥐었다.

"도착했습니다, 공녀님."

마부는 '다이에나'라는 상호가 쓰여 있는 보석점에서 나를 내려주었다.

각종 보석상을 섭렵했던 데보라의 기억에 전혀 없는 걸 보니 아직 이름난 보석점은 아닌 듯했다. 하지만 사교계를 떠들썩하게 만들었던 핑크 다이아몬드를 최초로 선보인 곳이다. 얼마 지나지 않아 수도에서 가장 유명해질 것이다.

'지금은 한산하지만, 조만간 떡상할 동네가 틀림없어.'

나는 주변을 신중하게 둘러보다가 호위를 상점 앞에 세워둔 뒤, '다이에나' 안으로 발을 들였다.

"안녕하세요. 다이에나를 찾아 주셔서 감사합니다."

점원들은 나를 깍듯하게 맞이하며 진열장으로 데리고 갔다.

"이틀 전 사파이어 드롭을 세팅한 목걸이가 들어왔는데, 한번 보시겠어요?"

깨끗하게 관리된 유리관 안에는 다양한 디자인의 보석이 가득 진열되어 있었다. 하지만 한가하게 쇼핑을 하러 온 건 아니었기에, 나는 곧바로 가죽 가방에서 핑크 다이아몬드 케이스를 꺼냈다.

초호화 보석함만으로 내 정체를 눈치챘는지 점원들의 표정이 굳었고, 보석점 안에 무거운 정적이 내려앉았다.

나는 깊게 눌러쓰고 있던 후드를 아래로 내리고 느릿하게 입을 열었다.

"내가 누군지 아는 표정들이군."

"……."

"점장 불러와."

정확히 11초 만에 내 눈앞에 점장이 나타났다. 데보라가 얼마나 악명 높은 진상 고객인지 알 수 있는 부분이었다.

"데보라 공녀님. 귀한 몸을, 이끌고, 다이에나를 찾아 주셔서, 감사합니다."

점장이 턱까지 차오른 호흡을 힘겹게 컨트롤하며 산신히 말을 이었다.

"자네가 다이에나의 점장인가?"

"그렇습니다."

"핑크 다이아몬드에 대해 물어보고 싶은 것이 있으니 점원들을 물려 주게."

나는 데보라처럼 냉랭한 표정을 지으며 팔짱을 꼈다. 얕보여서 좋을 거 없다는 건 이전 생애를 통해 뼈저리게 체험했으니까.

내 명령에 점원들이 신속하게 눈앞에서 사라졌다. 점장과 단둘이 대면했으니 이제 모든 준비는 끝이 났다.

"고, 공녀님. 이리 서 계시지 말고, 의자에 앉으시겠습니까? 차와 다과를 내오도록 하겠습니다."

"그……."

나는 바짝바짝 마르는 입술을 혀로 한 번 축였다. 그 암호를 말하려니 손발이 오그라들어 미칠 것 같았다.

"화, 황금……."

"네?"

"황금용의 일곱 번째 송곳니와 거래를 하기 위해 찾아왔네."

헛다리 짚은 거라면 후드를 뒤집어쓰고 곧바로 튀어야겠다고 생각하며 간신히 말을 맺었다.

다행히도 점장은 날 미친놈 보듯 바라보는 대신, 황금용이라는 단어를 작게 곱씹었다. 그의 입가에 간신히 매달려 있던 영업용 미소는 씻은 듯 사라져 있었다.

"따라오십시오, 공녀님."

됐다! 됐어!

나는 내적 환호를 지르며 주먹을 꽉 움켜쥐었다.

열쇠로 보석점 뒷문을 연 점장은 어두운 복도를 걷다가 벽을 더듬

기 시작했다. 가벽이 회전문처럼 돌아가자 지하실로 통하는 돌계단이
나왔다.

"텔레포트 마법진을 통해 곧바로 황금용이 계신 곳으로 이동하겠
습니다."

감옥처럼 습한 지하실 중앙엔 정교한 마법진이 그려져 있었다. 정
보원의 옆에 서자 마법진과 주변에 설치된 마력석에서 맹렬한 빛이 퍼
져 나오기 시작했다. 몸이 허공에 붕 떠올랐고 눈앞에 알록달록한 빛
무리가 정신없이 지나갔다.

발이 땅에 닿은 순간, 주변 풍경은 완전히 뒤바뀌어 있었다. 나는
바짝 신경을 곤두세운 채 사방을 둘러보았다.

"마스터, 의뢰인이 찾아왔습니다."

정보원이 입구에 설치된 설렁줄을 가볍게 흔든다. 높은 아치형 문
을 올려다보며 나는 후드를 다시 눌러썼다.

쿵쿵, 심장이 뛰는 소리 때문에 고막이 아플 지경이었다.

"의뢰인이라고?"

거친 음성이 사방에서 메아리치다가 뚝 멎었다. 이윽고 찾아온 10초
의 정적이 내게는 열 시간처럼 길게 느껴졌다.

"……들어오라고 해."

허락이 떨어지자마자 스산한 경첩 소리와 함께 거대한 문이 활짝
열렸다.

콰- 앙!

어둑한 분위기의 집무실 안으로 발을 들이기 무섭게 강한 바람이
몸을 훑고 지나갔고, 아치형 문이 굉음을 내며 닫혔다. 기껏 눌러쓴
후드는 풍압으로 인해 뒤로 젖혀졌다.

나는 헝클어진 머리를 정리하며 안개로 자욱한 공간을 천천히 둘러보았다.

"데보라 공녀가 여길 찾아올 거라곤 상상도 못 했습니다."

어슴푸레한 안개 속에 파묻혀 있는 실루엣이 거친 목소리로 말했다.

한 발짝씩 나아갈 때마다 남자가 앉아 있는 공간만 서서히 밝아졌다. 귀신이 튀어 나올 것 같은 음산한 어둠이 걷히고 남자의 얼굴이 선명하게 드러난 순간, 나는 밀랍인형과 마주한 것 같은 이질감을 느꼈다.

무기질처럼 반들거리는 눈동자와 마주치자 긴장감과 공포가 흉곽을 드세게 조였다.

크르릉……

그때였다. 어디선가 짐승의 목울음 소리가 들렸다. 어둠 속에서 어슬렁어슬렁 걸어 나오는 거대한 짐승과 맞닥뜨리자마자, 난 비명을 지르지 않기 위해 입 안의 여린 살을 있는 힘껏 깨물었다.

짐승은 황금빛 눈을 빛내며 내게 느릿하게 접근했다.

킁킁, 콧김을 뿜으며 내 주변을 빙글빙글 돌던 짐승은 돌연 노란 동공을 축축하게 적시며 앓는 소리를 내기 시작했다. 그러고는 내 앞에서 발라당 배를 뒤집고 바닥에서 한 바퀴 돌았다. 마치 애교를 부리듯이.

기분 좋아 보이는 짐승을 보니 목을 조이던 긴장이 느슨해졌다. 내친김에 손을 내밀자 짐승이 까끌까끌한 혀로 내 손바닥을 핥기 시작했다. 녀석은 내 손바닥에 커다란 머리를 정신없이 비비다가 또다시 배를 까며 낑낑 우는 소리를 냈다.

"하!"

그 모습이 황당했는지 가면 같았던 남자의 얼굴에 점차 균열이 생기기 시작했다. 의미를 파악할 수 없는 헛웃음을 내뱉던 남자는 검은 가죽 장갑을 낀 손으로 테이블을 툭툭 두드렸다.

"일단 앉으시죠. 데보라 공녀님."

마스터가 손을 까딱하자 의자가 허공에서 날아오더니 내 다리 뒤로 가볍게 안착했다.

"쿠키, 이리 와."

심각한 와중에 짐승의 이름이 생각보다 깜찍해서 나는 입술을 꽉 깨물었다.

"끼잉……."

"어허!"

마스터가 짐짓 엄한 목소리로 내 주변을 맴도는 금빛 맹수를 불렀다. 시무룩하게 입가를 내리고 있던 짐승이 마지못해 그에게 돌아갔다.

"공녀님, 쿠키에게 무슨 짓을 한 거죠?"

서글픈 기색이 역력한 짐승의 턱을 쓰다듬으며 마스터가 내게 묻는다. 데보라가 강심장이라 그런가, 빠르게 침착함을 되찾은 나는 최대한 냉정한 표정으로 입을 열었다.

"알고 싶으면 99골드를 내도록 해. 원래 100골드짜리지만 그대에겐 의뢰하고 싶은 게 있으니 1골드 깎아 주지."

나는 소설 속 블랑샤 마스터의 대사를 흉내 내며 허세를 부렸다.

그랬다. 눈앞의 마스터는 소설 속 황태자의 치트키…… 아니, 황태자의 조력자이자, 책사로 등장하는 이였다.

이 미완결 소설에서 가장 유능한 동시에 가장 비밀스러운 인물.

한낱 조연인 내가 사기 캐릭터인 그를 어떻게 찾아왔냐면…….

일주일 전, 늦은 저녁.

4천이 푼돈이라는 공작의 폭탄 발언에 땅을 치며 후회하던 것도 잠시. 나는 공작이 선물한 핑크 다이아몬드를 어찌해야 좋을지 골몰했다.

'착용하고 다니자니 조심스럽고, 그렇다고 되팔지도 못하고. 애매하네.'

본래 용도는 액세서리지만, 난 이 물건을 여기저기 착용하고 다닐 생각이 전혀 없었다. 이 목걸이를 걸고 아카데미와 사교계를 위풍당당하게 활보하면 보석 낙찰에 실패한 여주인공의 어장남, 필라프의 심기만 자극하는 꼴이었다.

하찮은 악역 신분인데 괜히 주연의 어그로를 끌고 싶지 않았다. 온갖 불행을 몰고 다니는 피폐 소설 여주인공과 엮이는 건 더더욱 사양이었다.

솔직한 심정으로는, 되팔아서 비자금을 조성하고 싶었다. 하지만 제국에 딱 하나뿐인 보석을 경매장에 옳다구나 내놓으면 그 소식이 공작의 귀에 안 들어갈 리 없다.

'공작이 얼마나 까칠한데, 미친 짓이지.'

보석을 냅다 팔아 버리면, 공작의 자존심도 상할 테고 제 성의를 무시했다고 생각할 수도 있다.

더불어 단식 투쟁에 근신까지 했는데, 곧장 다이아를 경매장에 내놓는 내 행동은 데보라답지 않다고 비칠 수 있었다.

결국, 핑크 다이아몬드를 처분할 수 있는 뾰족한 방법이 생기기 전까지 집안 행사에서나 하고 다니는 수밖에 없다는 결론이 나왔다.

'그냥 공작 앞에서 공치사로 몇 번 걸어야겠다.'

원래 여주인공의 아카데미 등장을 돋보이게 하는 극적인 장치였는데, 네가 주인을 잘못 만났구나.

'물론 없는 것보단 낫지. 이건 당연한 거고.'

나는 내심 감탄하며 섬세하게 세공된 핑크빛 보석을 구경하다가, 다시 집어넣기 위해 보석 케이스를 열었다. 귀하고 비싼 물건이라 그런지 케이스 디자인도 고급스러웠고 그 안에 들어 있는 품질 보증서마저 예사롭지 않았다.

문득 이 보석이 몇 캐럿짜리인지 궁금해져서, 아르누보풍의 장식이 그려진 벨벳 컬러의 봉투로 손을 뻗었다.

봉투는 황금을 녹인 것 같은 실링 왁스로 밀봉되어 있었다. 근사한 봉투를 망가뜨리는 게 싫어 금색 실링을 조심조심 긁던 나는 그 위에 찍혀 있는 인장을 보다가 눈가를 좁혔다.

"이건 뭐지?"

실링 위에 흐릿하게 인장이 찍혀 있어서 뭔가 싶었는데, 자세히 보니 꼬리를 든 고양이 모양이었다.

"어……?"

그 모양을 본 순간, 그냥 지나칠 수 없는 찜찜한 기분이 신발 속 작은 돌멩이처럼 머릿속을 잘게 맴돌기 시작했다.

'이런 인장을 쓰는 사람이 소설에 나오나?'

아스테이아 제국인들은 인장을 통해 개인의 기호 혹은 신념을 드러내거나, 길드나 가문 등의 개성을 표현하곤 했다. 시모어 가문이 쌍두사를 통해 핏줄의 특징을 드러내듯이.

그렇기에 소설에 나온 인물이나 집단과 연관이 있을 수도 있다는 생각이 들었다.

'고양이? 누가 쓴 걸까, 대체.'

나는 머리를 쥐어뜯으며 골몰하다가, 퍼뜩 이 인장이 나오는 소설 속 장면이 떠올라서 몸을 일으켰다.

"블랑샤!"

벼락같은 깨달음에 온몸에 짜릿한 전류가 튀는 것 같았다.

꼬리를 든 고양이는 바로, 블랑샤 마스터가 만족스러운 거래를 했을 때 사용하는 인장이었다.

블랑샤 마스터는 특이하게도 여타 소설 속 인물들과는 달리 여러 개의 인장을 돌려쓰며 제 기분 상태를 은밀하게 드러내곤 했다.

그 장면은 황태자가 활약하는 챕터에서 나온다. 블랑샤 마스터가 황태자의 책사였기 때문이다. 소설 속 황태자는 어떤 문제가 생기면, 마스터에게 쪼르르 달려가 의뢰를 했다.

"데보라가 자꾸 미야를 괴롭히더군. 그 악독한 여자를 치우고 싶은데, 시모어 직계라 쉽지 않아. 그 여자를 제거할 방법을 찾아오면 네가 원하던 것을 주지."

미야에게 점수를 따고 싶었던 황태자는 블랑샤 마스터에게 데보라의 약점을 가져오라고 명령했다. 그의 의뢰를 받은 블랑샤 마스터는 증오하는 사람에게 저주를 거는 방법이 있다고 은밀하게 소문을 내서 데보라가 주술사와 접촉하도록 유도한다.

데보라가 여주인공 모양의 저주 인형까지 만든 건, 결국 블랑샤 마스터가 파놓은 덫에 걸린 것이다.

"흐음, 저주 인형이라. 이 끔찍한 것을 어떻게 이용하면 좋을까?"

다 떠먹여 준 거나 다름없는데, 황태자는 눈치 없이 질문을 던졌다가 마스터에게 금화를 잔뜩 털린다.

"신성 모독죄로 걸고넘어지면 간단해집니다."
"그렇군! 날고 기는 시모어 가문도 성녀의 신성함과 권위 앞에선 한낱 인간일 뿐이지."

데보라를 재판에 회부할 수 있는 결정적인 증거를 만들어 온 길드 마스터에게 황태자는 어마어마한 포상금과 토지를 건넸다. 꼬리를 치켜든 고양이 인장은 블랑샤의 마스터가 황태자에게 받은 토지 등기를 실링으로 동봉했을 때 사용한 것이었다.

"오, 자네가 그 고양이 실링 스탬프를 쓰는 건 처음 보는군. 손도 안 대서 장식인 줄 알았는데."
"후후. 만족스러운 거래를 했을 때만 특별히 사용합니다."
"특별한 순간에 쓰는 인장이 고양이 모양이라니. 자네 의외로 소녀 취향이구만."
"이 아이를 묘사한 인장인데, 똑같지 않나요?"

마스터의 옆에 붙어 있는 금빛 맹수와 고양이 인장을 번갈아 보던 황태자는 어이없다는 듯 웃었다.

"자네가 농담도 하는군. 근데 고양이가 꼬리를 일자로 치켜든 건 어떤 의미지?"

"원래 10골드짜린데, 기분 좋으니 9골드 99실버만 주시면 설명해드리죠. 전하께만 특별히 깎아드린 겁니다."

"이런 망할 수전노 같으니. 내 말을 말지."

둘의 시시껄렁한 대화까지 모두 떠올리는 데 성공한 나는 귀가 아플 정도로 뛰는 심장을 부여잡으며 크게 심호흡을 했다.

"침착하자, 침착."

하지만 너무 들떠서 진정하기가 힘들다. 블랑샤 마스터와 만나고 싶어서 그간 머리가 깨지도록 소설 내용을 복기했으니까.

봉투를 찢듯이 열어젖힌 나는 덜덜 떨리는 손으로 보석의 품질 보증서를 펼쳤다.

'……있어.'

예상대로 보증서 안엔 핑크 다이아몬드를 판매한 보석점의 상호명과 주소가 적혀 있었다. 이 주소지를 통해 비밀 조직인 블랑샤와 접선할 수 있을지도 모른다고 생각하니 기대감으로 가슴이 부풀어 오르기 시작했다.

'황태자의 만능 치트키. 내가 이용 못 하라는 법이 어디 있어.'

블랑샤 마스터의 탁월한 정보력과 판을 짜는 능력 덕분에 황태자는 소설 어장남 중에 가장 두드러진 활약을 펼칠 수 있었고 수많은 독자의 지지를 얻었다.

솔직히, 황태자가 한 거라곤 블랑샤 마스터에게 돈을 퍼 주면서 이래라저래라 명령한 것뿐인 데다 그…… 중요 부위가 크다는 설정밖에 없는데 매번 황태자가 인기투표 1위였다.

'나도 블랑샤 미스터와 거래하고 싶어.'

데보라는 그간의 패악질과 난폭한 행실로 인망을 잃어서 공작저의 유능한 인적 자원을 제대로 활용할 수 없는 처지였다. 시모어 공작이 데보라에게 제공하던 건 품위 유지비와 시중을 들어 주는 사용인, 호위기사 세 가지뿐이다.

믿을 만한 수족이 없는 내게 블랑샤 마스터는 단비 같은 존재였다. 돈만 많이 주면 뭐든 척척 이루어 주는 능력자와 돈만 많은 나는 환상의 궁합을 자랑할 게 틀림없다.

게다가 제국의 황태자가 시도 때도 없이 애용할 정도면 비밀 엄수도 잘하는 것 같고.

'마스터가 운영하는 상점을 어떻게 찾아야 하나 고민하고 있었는데……'

블랑샤가 운영하는 상점에 들어간 황태자가 점장 행세를 하는 정보원과 접선한 뒤에 암호를 말하는 장면이 소설에 나온다. 하지만 아쉽게도 구체적인 상호나 위치 정보가 소설에 서술되지는 않았다.

이 드넓은 제국에 상점이 한두 개도 아니고. 일일이 찾아다니며 암호를 말하는 건 너무 무모한 짓이었다.

그런데 오늘, 보석 품질 보증서에서 블랑샤 길드원의 위치에 대한 실마리를 발견한 것이다.

'핑크 다이아몬드를 판매한 보석점이 블랑샤와 연결되어 있을 줄이야.'

운빨 돌았다. 매번 호구만 잡히던 내가 이런 로또를 잡았다는 게 믿기지 않았다. 카페인을 먹은 것도 아닌데, 손발이 벌벌 떨려서 그날 밤 나는 한숨도 잠을 이루지 못했다.

그리고 현재, 나는 그토록 만나고 싶었던 블랑샤 마스터 앞에서 들 뜬 감정을 내색하지 않기 위해 노력 중이었다. 이쪽이 아쉬운 티를 내 면 얕잡아 볼 게 뻔했다.

'이젠 호구 인생 청산할 거야.'

물론 데보라의 이목구비가 워낙 냉랭해서 무표정하게 있기만 해도 세 보이기는 했다. 나는 거울로 연습한 '싸늘한 표정'을 지으며 입을 열었다.

"알고 싶으면 99골드를 내도록 해. 원래 100골드짜리지만 그대에겐 의뢰하고 싶은 게 있으니 1골드 깎아 주지."

"푸하하하!"

그의 소설 속 대사를 흉내 내자, 얼빠진 얼굴로 눈을 깜빡이던 마 스터가 돌연 미친 듯이 웃기 시작했다.

잘게 들썩이는 어깨가 엄청 넓어서 나는 내심 놀랐다. 정보를 다루 는 사람이라 소설로 봤을 때 왜소할 거라는 편견이 있었는데, 검은 로 브에 덮여 있는 그의 상체는 호위기사보다도 커 보였다.

'운동을 좀 했나? 물건을 손도 대지 않고 옮기는 걸 보면 마법도 쓸 줄 아는 것 같고. 대체 정체가 뭐야.'

미심쩍은 기분으로 그를 위아래로 훑다가 눈이 딱 마주쳤다. 마스 터는 웃음기를 띤 얼굴로 입을 열었다.

"제게 호기심을 불러일으킨 의뢰인은 맹세코 공녀님이 처음입니 다. 그래서 정보상으로서의 본분을 잠시 망각했네요. 사과드리죠."

"……."

"그러면 공녀님께서는 어떤 의뢰를 하고 싶어서 여기까지 찾아오셨습니까?"

나는 머릿속에 정리해 둔 의뢰 내용을 천천히 떠올렸다. 눈가를 슬쩍 접은 그를 마주하며 나는 입을 열었다.

"첫 번째 의뢰……."

나는 마른침을 한 번 삼키고 말을 이었다.

"'루이 가젤'에 대한 정보를 사고 싶다."

내 말에 그는 손가락을 톡톡 두드렸다.

"루이 가젤. 서부 국경 경계 지역에 영지를 가진 지방 영주의 장남입니다. 특이 사항이 있다면, 지난해 서부에서 은광이 다량 발견되어 근래 많은 부를 축적한 집안이라는 것입니다."

뭐, 서부우우?

나는 혈압이 솟구치는 것을 느꼈다. 벨렉, 이 자식은 까면 깔수록 더 가관이네. 욕이 나올 수밖에 없는 상황이다. 시모어의 영지와 수도는 동부에 있었으니까.

놈은 나를 연고 없는 머나먼 타지에 고립시켜 놓을 작정인 것이다. 시모어에 다신 발을 붙이지 못하도록.

막말로, 결혼이 아닌 유배에 가까웠다.

'내가 순순히 당할 것 같냐?'

나는 울컥 올라오는 화를 간신히 삭이며 말을 이었다.

"단순한 정보 말고, 약점을 알고 싶어."

나는 벨렉이 들이대는 정혼자를 어떻게든 흠잡아 깎아내릴 것이다. 이딴 결혼을 추진하는 그 개새끼 얼굴에 똥칠은 해야지.

"상대방을 공격하기 위한 결함을 원하시는군요."

"그래."

내 의도를 파악한 그가 엄지와 검지를 붙여 동전 모양을 만들었다.

'착수금을 달라는 거군.'

나는 가죽 가방에서 주머니를 꺼내 보호 마법이 걸린 보석을 와르르 쏟아냈다. 그의 눈동자가 조금 커졌다.

"설마, 이게 끝이라 생각한 건 아니지?"

거울로 연습한 고압적이면서도 자신만만한 표정을 지으며 자루를 하나 더 꺼내 쏟았다. 귀금속끼리 시끄럽게 부딪치는 소리에 시무룩한 얼굴로 마스터의 옆에 엎드려 있던 맹수가 귀를 쫑긋거렸다.

"네가 정보력을 보여 주면, 나는 재력을 보여 주겠어."

무릇 사람은 첫인상이 가장 중요하다. 그에게 내가 황태자보다 배포가 크고 대범한 고객이라는 인상을 주고 싶었다. 기왕 뜯기는 돈인데, 황태자처럼 시부렁거리며 주고 싶지는 않았다.

'내가 황태자보다 낫지? 나랑 거래 계속할 거지?'

그런 의미를 담아 남자를 뚫어지게 바라보았다.

사파이어, 루비, 오팔, 흑요석, 토파즈까지. CMYK 다 포함되어 시각적으로 더 현란해 보일 것이다.

"공녀님께서 이 정도 성의를 보이셨는데 저도 마땅히 성의를 다해야겠군요."

말장난한 마스터는 테이블에 놓인 보석을 집어 들며 다시 입을 열었다.

"탈탈 털어서 먼지 안 나는 사람이 이 세상에 누가 있겠습니까. 루이 가젤은 조금만 털어도 수북하게 나오겠지만요."

그가 가늘게 웃는다. 데보라를 신성 모독으로 몰아세워 수도원으로 보내 버릴 음모를 꾸밀 때도 아마 저런 독사 같은 표정을 지었을 것이다.

'없는 약점도 만들어 낼 것 같이.'

남의 편일 때는 뭣 같지만 내 편일 땐 누구보다 든든한 인물. 여기 찾아오길 잘했다고 생각하며 나는 다음 의뢰를 꺼냈다.

"두 번째 의뢰. 작위 매매가 가능한가?"

그가 눈썹을 들어 올렸다.

"물론…… 작위도 매매할 수 있습니다. 성의도 돈으로 살 수 있는데 작위쯤이야."

그는 수전노다운 발언을 하며 붉은 루비를 만지작거렸다.

"가격은?"

"작위마다 다릅니다. 부르는 게 값이고요. 그만큼 귀족이라는 신분은 매력적이니까요."

젠장. 작위를 나만 사고 싶어 하는 게 아니구나. 수요가 많으면 가격이 올라가는 게 당연하기 때문에 내심 초조해졌다.

"남작 작위의 평균 매매가를 알고 싶네."

심장이 조여들었지만 애써 덤덤하게 말했다.

"평균치를 내기엔 표본이 적지만, 넉넉잡아 이 정도 금액이면 하위 귀족 가문 작위를 충분히 인수할 수 있습니다."

마스터가 깃펜 끝에 검은 잉크를 적셨다.

'뭐, 뭐야?'

종이 위, 끝없이 이어지는 0의 향연에 나는 순간 그의 멱살을 잡을 뻔했다. 무서운 기세로 올라가던 가격이 어느 순간 뚝 멈췄다.

'뭐가 이렇게 비싸?!'

금화를 원화로 환산하니 더욱 황당하게 느껴지는 가격이었다.

'백억.'

많아야 십억 정도를 예상했는데 지나치게 비싼 금액이다.

하지만…….

'이전 생애에선 비현실적이지만 지금의 내겐 아예 말도 안 되는 금액이 아니야.'

전생의 내 기준으로 안이하게 판단해서 공작에게 4천을 불렀다가 피 본 상황.

'난 오리하르콘 수저라고.'

애초에 데보라는 윤도희와는 기반 자체가 다르니 모을 수 있다. 아니, 반드시 모아야 한다. 예쁜 여자만 보면 변태처럼 침 흘리면서 집적대는 루이 가젤이랑 결혼할 수는 없지 않은가.

"얼마 안 되는군."

내 허세에 마스터가 어깨를 으쓱했다.

"하긴, 수도 타운 하우스 한 채 가격의 목걸이를 지니신 공녀님께는 얼마 안 되는 가격이겠군요."

타운 하우스 한 채면, 못해도 10억에서 20억 정도는 되겠군.

"말 잘 꺼냈네. 그 핑크 다이아몬드, 금화로 바꾸고 싶다. 이게 내 세 번째 의뢰."

공작 눈치가 보여서 팔지 말지 고민하고 있었는데 작위 가격을 보고 마음이 바뀌었다. 위험을 감수해서라도 팔아야겠다.

"네?"

내 말에 미간을 찌푸리며 깃펜을 툭 내려놓은 마스터가 어이없다는 듯 날 바라보았다.

"왜 그걸 갑자기 되팔려는 거죠? 그 보석을 얻으려고 단식 투쟁을 하다가 근신까지 당하신 걸로 알고 있는데?"

"너 말이야, 정보상으로서의 본분을 계속 망각하는데, 나한테 자꾸 질문할 거면 너도 이만큼의 보석을 줘."

남자의 유리 같은 눈동자 위에 찰나의 황당함이 지나간다. 입을 살짝 벌리고 있던 그는 입술을 느른하게 풀며 큭, 하고 짧게 웃음을 내뱉었다.

'기분이 상하진 않았나 보군.'

나는 내심 한숨을 삼켰다. 내가 이렇게 막 나가는 건, 그가 시모어 공작 딸인 나를 어쩌지 못할 거라는 확신이 있기 때문이다.

쉽게 말하면 아버지 믿고 허세를 부리는 중이었다. 내가 쫄보라는 걸 들키면 이 영리한 남자에게 영혼까지 탈탈 털릴 것 같았으니까.

"제가 또 본분을 망각했군요. 한 번 더 사과드립니다."

눈가에 웃음기를 매단 남자가 장난스럽게 사과를 건넸다. 순간, 그가 어딘가 어려 보여서 나는 조금 놀랐다.

'그러고 보니, 마스터는 나이가 몇이지? 볼수록 짐작을 못 하겠어.'

"공녀님."

남자의 이목구비를 가만히 훑던 나는 그의 나직한 부름에 퍼뜩 정신을 차렸다.

"핑크 다이아몬드. 시모어 공작님 몰래 처분하려고 하시는 거겠죠?"

마스터는 다이아몬드를 팔고 싶다는 내 의뢰의 의도를 곧바로 파악했다.

"그래, 맞아."

"하지만 이미 사교계에서 큰 유명세를 탄 보석이라 비밀스럽게 되파는 건 불가능합니다. 경매장이나 보석점에 다시 나오면 분명히 소문이 나게 되어 있습니다."

램프의 지니처럼 무슨 의뢰든 척척 해결해 주는 줄 알았는데, 그는 의외로 단호하게 못 한다고 못박았다.

"하지만 시모어 공작님의 기분을 상하게 하지 않고, 보석을 금화로 바꾸는 방법은 있습니다."

마스터는 곧바로 괜찮은 대안을 제시했다.

"그게 뭐지?"

내 물음에 그가 여우처럼 눈가를 휘었다.

"오 대 오."

"설마, 핑크 다이아몬드를 되판 가격의 반을 달라는 건가?"

"공녀님과 말이 잘 통해서 기쁩니다."

시발. 뭐 이런 양아치 새끼가 다 있어.

"헛소리. 그대가 가져가는 비율이 너무 높아. 선심 써서 일 할 정도의 수수료는 낼 생각이 있네."

"공녀님. 핑크 다이아몬드는 앞으로 몇 점 더 풀릴 예정입니다."

나는 그의 말에 살벌한 표정을 조금 누그러뜨렸다. 마스터는 그 보석을 유통한 보석점 주인답게 채굴된 핑크 다이아몬드의 물량을 어느 정도 파악하고 있는 모양이었다.

"보석의 수가 늘어나 희소성이 떨어지기 전에 처분하시는 게 장기적으론 이익입니다. 제 몫으로 책정된 비율이 높은 대신 시모어 공작님께서 낙찰해 가신 보석 가격보다 두 배 이상 비싸게 팔아드리죠."

테이블 위에 쌓여 있는 금화를 높게 던졌다가 손등으로 받은 그는 초대 황제가 양각된 금화 앞면을 보여 주며 자신만만하게 말했다.

"제 몫이 많으니 최대한의 이윤을 내는 방향으로 움직일 겁니다."

나는 곰곰이 생각에 잠겼다. 희소성이 핵심인데, 그게 점점 하락할 물건이라면 빠른 시일 안에 처분하는 게 이익이었다. 게다가 그가 낙찰가보다 훨씬 비싸게 팔아 준다면 5 대 5로 나눠도 크게 손해 볼 게 없는 장사였다.

이 남자가 어떤 작전을 세워 올지 내심 궁금하기도 하고.

"그래도 오 대 오는 심해. 칠 대 삼."

"쿠키가 공녀님을 보면서 침을 질질 흘리는 이유를 알려 주시면 칠 대 삼으로 해 드리겠습니다."

나는 어쩔까 고민하며 나를 울망울망한 눈으로 바라보는 쿠키와 마주했다.

사실 마스터가 키우는 저 짐승이 나를 저리 좋아하는 이유는 별거 아니었다. 내가 허리춤에 캣닢 주머니를 다섯 개나 달고 있기 때문이었다.

꼬리를 들고 있는 고양이 인장이 황금빛 짐승을 묘사한 것이라는 마스터의 대사에서 그의 애완동물이 고양잇과 짐승일 거라 유추했고, 내 추측은 맞아떨어졌다.

참고로 이곳은 반려동물 문화가 발달하지 않아서 캣닢을 약재 용도로만 이용했다. 그러니 내가 쿠키에게 고양이용 마약을 권했다는 건 아마 상상도 못 하겠지.

"……오 대 오로 가지. 난 자네처럼 정보를 파는 자가 아니니까."

내겐 별거 아닌 정보지만, 애묘가로 추정되는 마스터에겐 값비싼 정보일 것이다.

'마스터의 호기심을 자극해서 관심을 끌고, 거래를 이어가는 것도 중요해.'

아무래도 정산 비율을 7 대 3으로 올리는 조건으로 알려 주기엔 아깝다.

"안 넘어가시는군요."

못마땅한 얼굴로 투덜거리는 그에게 나는 마지막 의뢰를 꺼냈다.

"마지막 의뢰. 비자금을 어떻게 효율적으로 관리하면 좋을까?"

내겐 보석과 장신구는 셀 수 없이 많은데, 이곳에서 현금처럼 쓸 수 있는 금화는 수중에 거의 없었다.

수표를 써서 물건을 사들이면 공작가의 재정 관리인이 금화를 후불로 지급하는 방식이라 굳이 금화를 갖고 있을 필요가 없었던 것이다.

하지만 수표를 이용하면 내가 사들인 물건의 품목과 가격이 카드 명세서처럼 모조리 공작에게 전달된다는 단점이 있었다.

'행적이 추적되는 거나 다름없잖아.'

보석을 팔아서 금화를 많이 쟁여두고 싶어도, 데뷔탕트 이전의 미혼 영애는 사유재산이 인정되지 않아 은행에 개인 계좌를 만드는 것이 불가능했다.

21세기의 편리한 전자 금융 시스템에 길들여진 나는 지폐도 아닌 무거운 금화를 어떻게 보관하고 관리해야 할지 막막하기만 했다.

"비자금이라……."

마스터는 턱을 괸 채 심드렁하게 말을 이었다.

"보통은 개인 사유지에 땅을 파서 금화를 묻어 두거나, 저택 지하실 비밀 금고에 몰래 처박아 두는 식이죠."

'여기도 부자들이 하는 행동은 똑같네.'

"둘 다 내겐 너무 번거로운 방법이야. 그거 말고는 없어?"

난감한 기분을 애써 감추며 인상을 찌푸리자 마스터가 하얀 턱을 검은 장갑으로 느릿하게 문질렀다.

"그러니 이런 문제는 정보력보다는 창의력을 발휘해야겠죠?"

"……."

"제가 창의력을 보여 드리면, 이번에 공녀님은 제게 어떤 것을 보여 주시겠어요?"

마스터는 능구렁이처럼 내가 했던 말을 고스란히 되돌려 주면서 나를 시험하듯이 재력 말고 다른 것도 보여줄 것을 요구했다.

'역시 흑막 스타일 캐릭터답게 만만치가 않군. 쪼랩들은 인상만 좀 찌푸려도 알아서 벌벌 떨면서 움직이는데.'

하지만 내겐 재력 말고도 하나 더 있는 게 있다.

나는 그를 빤히 바라보며 고급 가죽 가방을 확 뒤집었다.

"빡. 이걸로 설명되나?"

남자가 가방에서 툭 굴러떨어진 내 비장의 무기를 보더니 다시금 웃기 시작했다.

"어때?"

"확실히 공녀님이 아니면 구하기 힘든 물건이군요."

내가 꺼낸 물건은 푸른빛이 도는 상급 마력석.

제국에서 채굴되는 상급 마력석은 무조건 마탑에 1순위로 흘러 들어가기 때문에, 푸른 마력석은 마탑주를 아버지로 둔 내 뒷배를 상징하는 거나 다름없었다.

'혹시나 해서 몰래 하나 빼돌려 놓길 잘했다.'

내겐 재력 말고도 시모어 공작이라는 뒷배가 있었다.

"이젠 네 창의력을 보여 줄 차례야."

순간 머뭇대는 기색을 보이던 그는 곧 서랍에서 붉은빛이 도는 주머니를 꺼냈다. 특이하게도 주머니를 동여맨 끈에는 작은 상급 마력석 세 개가 꿰어져 있었다.

"공녀님 마음에 드셨으면 좋겠군요."

"이 주머니는 뭐지?"

"공간 확장 마법과 경량화 마법, 소환 마법을 엮은 주머니입니다."

데보라의 기억을 아무리 뒤져봐도 이런 신기한 기능을 가진 물건은 없었다.

말로만 듣던 레어 아티팩트, 그런 건가?

"대형 금고 오십 개가량으로 보관할 수 있는 양의 금화를 이 주머니 안에 담을 수 있습니다. 분실 위험도 없습니다. 손바닥을 좌푯값으로 지정해서 소환하면 되니까요. 무게는 금화를 빈틈없이 채웠을 경우 1파운드 정도."

"설마, 그대가 직접 만든 건가?"

"그렇습니다."

나는 이 주머니의 편의성에 감탄했다. 이 주머니 하나만 있으면, 작은 은행 하나를 소유하는 것과 마찬가지였으니까.

"이 주머니. 내게 양도해 주게."

난 진심으로 말했다.

"하나 제작해 드리겠습니다."

마스터가 비자금 주머니에 대한 계약서를 작성하기 시작했다.

그런데 그 계약서에는 주머니에 관해서 외부에 일절 발설하지 않겠다는 조항이 있었다. 그는 마법을 이용해 비자금을 운용하는 아이디어가 외부로 퍼지는 걸 원치 않는 듯했다.

'아하. 이 주머니를 탈세 포탈로 이용하고 있군.'

마스터는 불법적인 거래로 만든 검은돈을 마법 주머니 안에 은닉하는 게 틀림없다. 그러니, 내가 비밀 엄수를 하길 바라는 거고.

"근데…… 굳이 주머니인 이유가 있나?"

내가 무심코 중얼거리자, 마스터가 고개를 기울였다.

"편의성이 좋으니까요."

"편의성은 좋지만, 숨길 수 있는 금화 양이 제한적이라 효율은 떨어지는 것 같은데……."

내 말이 떨어지는 순간, 마스터의 입매가 굳었다. 처음에 마주했을 때처럼 그에게 차가운 분위기가 흘러나와서 나는 낭패감을 느꼈다.

'하필, 숨긴다고 말해서 그가 탈세범이라는 걸 눈치챘다는 힌트를 줬어.'

모른 척 넘어갔어야 했던 건데, 이미 쏟아진 물이라 나는 간신히 무표정을 유지하며 말을 이어나갔다.

"내가 그대처럼 공간 마법에 일가견이 있다면, 이런 주머니 대신에 세율이 가장 낮은 국가의 섬을 매입해 그곳에 유령 회사를 세웠을 거야."

나는 비자금 주머니를 매입하는 내 목적 역시 탈세인 것처럼 말했다. 공범처럼 행동하면 남자의 경계심을 낮출 수 있으니까.

"텔레포트로 간편하게 오고 가면서 금괴를 외딴 섬에서 관리하고, 섬에 세운 가짜 회사를 통해 돈의 흐름을 복잡하게 만드는 거지. 섬으로는 세무 조사가 나가기 쉽지 않을 테니 일거양득 아닐까?"

텔레포트 마법이 더해지면 21세기 재벌조차 울고 갈 조세 피난처가 탄생할 것 같았다.

내 말에 마스터의 눈동자에 이채가 돈다. 그는 잠시 고민하는 기색으로 테이블을 툭툭 두드렸다.

"놀라운 발상이긴 합니다만, 바다를 건널 정도의 장거리를 텔레포트 마법으로 이동하는 건 현재 불가능합니다. 9클래스 정도 되는 마법사여야 가능하겠군요."

"그렇군."

제국 최고의 마법사인 시모어 공작조차 7클래스의 벽을 넘지 못하고 있었다. 하물며 9클래스라니. 전설 속 드래곤이 아니면 불가능하다는 뜻이었다.

"하지만 창의적이네요. 제가 만든 이 주머니보다 훨씬 더."

돌연 마스터는 비자금 주머니 제작에 대한 돈을 한 푼도 받지 않겠다고 말했다. 내가 보여 준 '창의력'에 대한 대가로.

'오예. 땡잡았다.'

나는 이전 생애, 온갖 교양 과목 조별과제 버스 기사를 하면서 쌓은 넓고 얕은 지식이 블랑샤 마스터와 거래할 수 있는 고가의 아이템이 될 수 있음을 깨달았다. 살 떨리는 마법 주머니 제작 가격을 '조세 피난처'라는 개념을 통해 순식간에 번 것이다.

손에 뚝 떨어진 핑크 다이아몬드부터 블랑샤 마스터와의 거래까지. 운이 잭팟처럼 계속 터지자 답지 않게 자신감이라는 게 폭발했다.

"재력, 권력, 창의력 세 가지를 전부 갖춘 나 같은 의뢰인은 어디서도 찾기 힘들 거다."

내 허세에 그가 설핏 웃었다.

"더해서 유머까지. 네 박자 모두 갖추셨네요. 아니, 다섯 박자인가? ……니까."

그가 뭐라 작게 중얼거려서 나는 고개를 기울였다.

"뭐라고?"

"아닙니다."

세 가지 의뢰에 대한 계약서를 봉투에 넣은 남자는 손가락 끝에 올라온 불꽃으로 검은색 실링 왁스를 녹이기 시작했다. 그러곤 테이블에 일렬로 늘어선 수십 개의 스탬프 중 하나를 집어 들더니 물컹하게 흘러내린 왁스 위에 꾹 눌렀다가 떼어냈다.

실링에 찍힌 그림은 백조.

'이건 무슨 뜻이지?'

머릿속이 복잡하게 꼬였다. 꼬리 든 고양이 모양의 스탬프를 사용하지 않았다는 건, 그가 나와의 거래를 만족스럽게 여기지 않았다는 뜻이다.

'좋은 방향으로 해석해야 할지 나쁜 방향으로 해석해야 할지 모르겠어.'

내가 얻은 것이 더 많은 거래라는 뜻일 수도 있고, 그가 나와 거래를 계속 이어가지 않겠다는 의미를 내포한 것일 수도 있었다.

'저쪽에서 거래를 끊으면 난 이곳에 찾아올 방법이 없는데.'

텔레포트로 이어져 있어서, 이곳의 위치조차 짐작할 수가 없으니까.

"공녀님."

초조해하던 중 그가 나를 불렀다.

"……어?"

"의뢰 진행 상황이 궁금하시면 아트라 지구까지 찾아오지 마시고 요네스 지구에 있는 정보원을 찾아가십시오."

그는 고위 귀족이 거주하는 지구 내에 위치한 상점의 주소를 적어 주었다.

'이거 메종드잖아.'

익숙한 상호명에 나는 흠칫 놀랐다. 메종드는 데보라가 즐겨 찾을 정도로 최근 요네스 지구에서 가장 인기 있는 디저트 가게였다. 황실 출신의 명장이 한 땀 한 땀 만든 고오급 디저트를 사기 위해 귀족가 사용인들이 새벽 3시부터 줄을 서는 곳.

데보라는 그 가게에서 77개만 판매하는 디저트를 티타임에 먹어야 직성이 풀렸다. 덕분에 나는 개이득이었고.

그런데 다이에나에 이어 메종드까지 블랑샤 마스터가 관리하는 상점이었을 줄이야.

'일개 정보원인 줄 알았더니, 알짜배기 부자네.'

사업 수완이 보통이 아니군. 나는 내심 혀를 차며 계약서만 들어 있는 텅 빈 가방을 들고 자리에서 일어났다.

"의뢰하고 싶으면, 언제든 찾아와도 되지?"

아치형 문으로 걸음을 옮기던 나는 조금 소심해진 기분으로 물었다. 백조 모양의 스탬프가 은근히 신경 쓰였기 때문이다.

내 물음에 그는 눈을 반달로 가늘게 접었다.

"돈 많은 의뢰인은 언제든 환영입니다."

그제야 긴장이 탁 풀렸다.

황태자의 만능 치트…… 아니, 책사를 얻게 되다니. 믿을 사람 하나 없는 이방인인 내게 마스터의 존재는 세상 든든할 수밖에 없었다.

애써 유지하고 있던 위엄 있는 표정이 자꾸 풀어지려고 해서 나는 황급히 몸을 돌리고 출구로 빠르게 걸어갔다.

"의뢰를 하고 싶으면, 언제든 찾아와도 되지?"

이시도르는 루비를 연상시키는 데보라의 아름다운 눈동자를 가만히 바라보다가 입을 열었다.

"돈 많은 의뢰인은 언제든 환영입니다."

순간, 내내 차갑게 굳어 있던 그녀의 붉은 입술에 희미한 미소가 걸린 것 같았다. 하지만 그 유한 표정을 감추듯 빠르게 몸을 돌려 출구로 걸어갔기 때문에, 정말 웃었는지는 확신할 수 없었다.

이내 경첩이 맞물리는 날카로운 소리와 함께 공녀가 시야 밖으로 사라졌다. 이시도르는 굳게 닫힌 문을 바라보다가 의자 등받이에 몸을 늘어뜨렸다.

'이제는 내 의문만 남았군.'

그는 검은 실링 위 찍혀 있는 백조를 손끝으로 만지작거리며 중얼거렸다.

검은 백조.

전혀 예상치 못한 존재지만 어쨌든 눈앞에 나타났으니, 받아들일 수밖에 없는 것.

쿠키를 쓰다듬으며 자신을 향해 붉은 눈을 빛내는 공녀를 마주한 순간, 검은 백조를 본 것처럼 충격으로 가슴 한구석이 철렁했다.

'……내가 듣던 소문이랑 다른데.'

데보라 시모어가 저런…… 묘한 분위기를 가지고 있었나?

그간 이시도르가 정보 수집을 통해 파악하고 있던 시모어의 공녀는 폭력적이며 허영심이 많고 무능한 인물이었다. 열등감도 심해서 그녀의 평판은 사교계에서 바닥을 치고 있었다.

그런데 눈앞의 데보라는 그가 소문과 정보를 통해 머릿속으로 형상화한 인물과는 영 딴판으로 느껴졌다.

'기분 탓이겠지. 쿠키가 나 말고 다른 사람에게 호감을 보인 건 처음이니까……'

하지만 대화를 길게 이어갈수록 이시도르는 자신이 그녀를 잘못 판단하고 있었음을 깨달았다.

물론, 소문대로 성격이 좋다고 할 수는 없었다. 서릿발처럼 냉혹한 표정을 한 그녀는 거래가 만족스럽지 않을 때마다 살벌하게 자신을 노려봤고, 쿠키를 길들이는 방법에 가격을 매기더니 1골드 할인한 99골드에 팔겠다고 비아냥거리기도 했다.

문득 어이없는 웃음이 샜다. 자신이 의뢰인들에게 종종 하던 질 나쁜 말장난을 그대로 돌려받을 줄은 몰랐으니까.

'그런 점이 매력적이긴 하지.'

내내 어디로 튈지 예상할 수 없어서 지루할 틈이 없었다.

무엇보다, 마지막 의뢰는 허를 찔렀다. 자신의 영업 비밀 중 하나를 가르쳐 달라는 말이나 다름없었기 때문이다. 그런데 망설이던 타이밍에 그녀의 가방에서 마력석이 등장했다.

정보력과 재력, 창의력과 권력.

교묘하게 맞받아치는 공녀가 흥미로웠기 때문에 이시도르는 충동적으로 비자금을 관리하는 방법을 알려 주었다. 그런데, 그게 끝이 아니었다.

'조세가 낮은 국가의 섬을 매입해서 유령 회사를 세운다……'

제국에서 손꼽히는 악녀답다고 해야 할까.

그녀가 제안한 탈세 방식은 창의적인 동시에 몹시 악랄했다. 무엇보다 응용의 범위가 넓었다. 굳이 섬이 아니라도 신전이 지배하는 헬레이아 자치령에 수십 개의 유령 상단을 세운 뒤, 그 상단에 이익을 몰아주는 방식으로 회계 장부를 조작한다면 아스테이아 황세가 세금을 추적하기 쉽지 않을 것이다.

공간 마법을 활용해 금괴를 은닉하는 것보다 훨씬 규모가 크고 지능적인 탈세 방식.

거래하면서 묘한 패배감이 든 건 이번이 처음이었다. 동시에, 의뢰인에 대한 호기심이 더 커진 경우 역시.

그동안 이시도르가 만난 의뢰인은 체스판의 말처럼 예상한 대로 움직이고 반응했다. 하지만 데보라 공녀는 판 자체에 예고도 없이 난입하더니 의문만 남기고 떠났다.

어떻게 자신을 찾아온 건지, 겁 많은 쿠키를 단숨에 길들인 비법이 뭔지, 왜 핑크 다이아몬드를 팔아 비자금을 조성하려고 하는 건지, 궁금한 게 한두 가지가 아니었다.

호기심이 치밀어도, 명색이 정보원인지라 질문도 못 하고…….

"난 궁금한 건 못 참는데."

이시도르의 중얼거림에 집무실에 자욱하게 퍼져 있던 안개가 걷히고 그림자 속에 매복해 있던 남자가 천천히 걸어 나왔다.

"공자님. 제가 직접 나서서 데보라 시모어를 조사할까요?"

비스콘티 가문의 가신 중 하나인 미겔 드레인의 물음에 이시도르가 고개를 저었다.

"모처럼 재밌어 보이는 일인데 왜 네가 나서?"

"……설마, 직접 조사하실 겁니까?"

"곧 아카데미가 개강하잖아. 원치 않아도 자주 마주치겠지."

아카데미에서 배울 게 없다고 입버릇처럼 말하던 주군은 결석해도 눈감아 달라는 의미로 지난 학기에 뇌물을 잔뜩 뿌리고 다녔다.

"······아카데미에 가시게요? 돈을 그렇게 썼는데요?"

"시모어 공작의 고명딸과 인맥을 쌓아 둬서 나쁠 게 없잖아."

"이미 필요한 인맥은 다 쌓았다고 하지 않으셨나요? 당분간 황태자와의 관계에만 집중하신다고······."

이시도르는 그의 말을 들은 척도 않고 쿠키의 머리를 상냥한 손짓으로 쓰다듬었다.

"내 귀여운 쿠키를 어떻게 길들였는지, 나는 1쿠퍼도 안 들이고 알아낼 거야. 정보상으로서의 자존심 문제야, 이건."

은근한 뒤끝까지 보이는 이시도르를 보며 미겔은 어이없는 기분을 삼켜야 했다.

결벽증을 가진 데다, 극도의 여성 기피증 때문에 여성과는 살짝 닿는 것도 싫어하면서, 왜 갑자기 데보라 공녀와 친분을 쌓는 수고를 하려는지 모르겠다.

어딘가 수상하긴 하지만 그래 봐야 일개 공녀. 그의 주군이 직접 나서 귀중한 시간을 할애할 만큼 중요한 인물로 보이지는 않았다.

'가끔 보면 상당히 변덕스러우시단 말이지.'

이시도르는 소름 끼칠 정도로 이해타산적이다가도, 어느 때는 충동적이고 제멋대로 굴었다. 제 작은 그릇으로는 파악할 수 없는 인간이었다.

주군에게 자신이 모르는 큰 뜻이 있을 것이라 대충 납득하며 미겔은 입을 열었다.

"그런데 어떤 식으로 접근하시게요?"

이시도르는 어깨를 한 번 으쓱하고 폴리모프 마법이 걸려 있는 팔찌를 풀었다.

그러자 회갈색 머리칼은 태양을 녹인 것 같은 금발로 변했고, 희미한 인상을 가진 밀랍 같은 얼굴은 한번 보면 절대 잊기 힘든 화려한 외모의 미남으로 뒤바뀌었다.

정보 길드에서 일할 때, 이시도르는 외모와 목소리를 변형하는 마법이 걸린 팔찌를 착용했다. 그 때문에 비밀 조직의 마스터가 개국 공신 가문인 비스콘티의 후계자라는 것을 아는 사람은 미겔을 제외하고 아무도 없었다.

"어떤 식으로 접근하냐고? 내가 이 얼굴을 가지고 왜 그런 고민을 해야 하지?"

이시도르가 자신의 수려한 얼굴을 손가락으로 가리키며 의아하게 되물었다. 욕하고 싶은 얼굴로 입가를 파르르 떨던 미겔은 이내 승복하듯 고개를 아래로 떨어뜨렸다.

"죄송합니다. 제가 세상에서 가장 쓸데없는 질문을 했군요."

떨떠름하지만 어쩔 수 없었다. 저 얼굴로 미남계를 쓰면 반칙이었다.

이시도르는 언어로 묘사하기 힘들 정도로 잘생긴 외모를 가지고 있었다. 그의 눈부신 용안을 붓과 물감 따위로 감히 표현할 수 없다며 울며 뛰쳐나간 초상화가만 열 손가락을 넘었다.

그뿐이 아니다. 파티에서 이시도르를 차지하겠다고 머리채 잡고 싸운 레이디들이 잡아 뜯은 머리카락만으로 능히 수백 개의 가발을 만들 수 있을 것이다.

심지어 그는 다리가 압도적으로 긴 장신인데다 어깨도 넓게 벌어져서 섬세한 아름다움과 강렬한 남성미를 동시에 지니고 있었다.

주변 남자들을 투명하게 만들어 버리는 이시도르의 존재감 때문에 미겔은 매복하지 않았을 때도 매복을 한 것 같은 슬픈 기분을 느껴야만 했다.

"미겔, 불손한 표정이군. 반박할 말이 있어 보이는데?"

"없습니다, 주군."

"잘됐군. 그러니까 너도 아카데미 갈 준비 해."

또다시 들러리가 되어 달라는 그의 협박에 미겔은 울적한 기분으로 고개를 끄덕였다.

"아."

길드 마스터가 아닌, 비스콘티의 후계자로 돌아간 이시도르가 갑자기 멈칫거리더니 다시 팔찌를 걸었다.

'다이아몬드의 컬러 등급과 수량을 수정해야겠어.'

그는 총 세 가지 컬러의 다이아몬드를 천천히 시장에 선보일 예정이었다.

핑크, 블루, 그린.

이 셋 중에 가장 적은 수량을 풀 예정인 건 핑크였다. 하지만 데보라의 두 번째 의뢰를 받는 순간, 계획을 재빨리 변경했다.

초승달처럼 하얀 얼굴 위 밤하늘처럼 흘러내린 보랏빛 머리칼을 무심코 떠올리며 그는 테이블을 가볍게 두드렸다.

"미겔. 다이아몬드 색상을 하나 추가할 테니 부길드장을 불러."

"어떤 색이죠?"

그는 턱을 괸 채로 눈가를 살짝 좁혔다.

"라벤더를 닮은 색."

'시간 잘 가네.'

블량샤 마스터와 거래하고 돌아온 뒤, 벌써 열흘이라는 시간이 흘렀다.

그간은 별일 없이 평화로웠다. 시모어 공작이 영지에 일이 생겨 잠시 수도를 비웠기 때문이다. 내 정혼을 추진하던 벨렉은 연구에 차질이 생겼는지 마탑에 처박혀서 집에 잘 들어오지도 않았다.

그동안 난 시장 조사를 위해 수도 상점가에서 시간을 보내는 중이었다. 말이 시장 조사지, 아빠 카드를 들고 다니며 놀고먹는 거나 다름없었다.

'케이크 같은 디저트류는 이미 레드오션이군.'

나는 커스터드가 듬뿍 올라간 케이크를 먹으며 경쟁력 없는 아이템을 하나하나 지워 나갔다.

'이 골목은 외져서 사람이 잘 안 지나다니네. 탈락.'

테라스에서 나무늘보인 양 멍 때리며 유동 인구를 점검하기도 했다. 시장 조사의 탈을 쓴 맛집 탐방과 힐링이었다.

'날씨 좋다.'

봄이 온다는 것을 알리듯 날씨가 하루가 다르게 따뜻해진다. 날이 풀린다는 건 제국의 아카데미 개강이 코앞으로 다가왔다는 뜻.

여기서도 봄의 뜻이 개강이라니.

"에휴."

그나마 다행인 건 지난 생애처럼 성적에 목매지 않아도 된다는 것이다.

'아카데미'라고 하면 대단한 학술기관처럼 느껴지겠지만, 제국의 아카데미는 교육보다 사교가 우선시되는 공간이었다. 귀족 자제들 대부분이 교육은 가정 교사에게서 받았고 아카데미는 인맥을 위해 다녔다.

아카데미가 공부가 아닌, 사교의 장이 된 원인을 찾기 위해서는 까마득한 과거로 거슬러 올라가야 한다.

아스테이아 제국 설립 초기, 지방 영주들은 국가에 대한 개념이 약했기 때문에 황실의 지배력이 미치지 않는 지역에서 시도 때도 없이 분란을 일으켰다.

2대 황제는 천둥벌거숭이처럼 구는 지방 영주들과 유력 귀족들을 통제하기 위해 그들의 자제들을 황실 수도 아카데미로 불러 모아 인질로 잡았고, 제국에 대한 소속감을 고취시켰다.

문제는 제국의 치세가 안정된 상황인데도 그 당시 만들어진 법령들이 수정되지 않고 고스란히 남아 있다는 것이다. 지금도 황실에서 지정한 가문의 영애와 영식은 아카데미에 의무적으로 다녀야 했다.

그래도 고위 귀족에게 관대한 곳이라서 출석 일수만 맞추면 졸업할 수 있었다. 지위가 어정쩡한 가문이거나, 물려받을 게 많지 않은 이들은 관직에 들거나 고위층 눈에 들기 위해 아카데미에서 피똥 싸면서 성과를 내야 했지만, 나랑은 관계없는 이야기다.

그보다…… 조만간 여주인공과 마주칠지도 모른다고 생각하자 마음이 싱숭생숭해졌다.

'엮이는 거 싫은데.'

미야 비노슈가 독자들 사이에서 불리던 별명이 바로 '미친년놈 자석'이었다. 물론 그 미친년 중의 대표가 바로 데보라고.

'그런 점에서 블랑샤 마스터는 믿을 만하지.'

미완결이라지만 소설 100편이 넘어가도록 미야에게 플러팅하지 않은 마스터는 병크를 터뜨릴 확률이 현저히 낮은 인물인 셈이다.

'생각난 김에 메종드나 들러야겠다.'

시종이 늘 디저트를 사 오는 곳이라 그간 메종드에는 발길을 옮기지 않았다. 하지만 열흘이나 지났으니, 그곳에 들러 의뢰 진척 상황을 확인하고 싶었다.

나는 후드를 고쳐 쓰며 자리에서 일어났다. 맛집 탐방을 하는 데 코르셋 착용은 영 불편해서 후드가 달린 로브를 쓰고 돌아다니고 있었다.

메종드에 도착하자마자 테라스에 자리를 잡고 메뉴판을 훑었다. 황실 명장이 만들었다는 케이크 옆에 붙어 있는 'Sold Out' 표시를 보며 나는 실소를 머금었다.

'마스터는 진짜 사업 수완이 남다르단 말이지.'

디저트 가게 수십 곳을 둘러본 결과, 메종드만 유일하게 현대적인 마케팅을 하고 있었다.

'한정 수량, 타임딜 마케팅.'

수량을 더 늘릴 수 있음에도 개수를 제한하고, 다 팔리지 않아도 다 팔린 척하는 수법.

본래 사람은 갖기 힘들고 희소한 물건에 집착하기 마련이다. 특권의식을 가진 귀족들은 더 심하겠지. 주 타깃층의 심리를 잘 이용하니 메종드가 대박이 날 수밖에.

'어?'

혀를 차던 나는 메뉴판을 보다가 반색했다. 내가 그토록 찾아다니던 사업 아이템이 바로 여기 있었으니까.

커피!

하지만 인기가 없는지 메뉴판 저 구석에 있는 데다, 종류도 딱 한 가지뿐이었다.

"이 음료를 가져다주게."

커피를 손가락으로 짚자 직원이 바로 난색을 보였다.

"레이디, 죄송하지만 이 음료는 쓴맛이 강해 입에 안 맞으실 수도 있습니다. 더운 지방에서 수입해 온 콩으로 만든 음료인데, 반응이 안 좋아서 곧 내릴 예정이었습니다."

"상관없네. 생크림 케이크와 함께 가져다주게."

얼마 후, 몸 좋고 잘생긴 종업원이 다가와 커피가 담긴 잔과 케이크를 내려놓는다.

'역시, 마스터는 뭘 좀 알아.'

기분이 훈훈해지는 것을 느끼며 포크를 들고 생크림 케이크로 손을 뻗었다. 이제 이 달달함을 쌉싸름한 커피로 중화시킬 차례…….

'컥!'

뭐 이렇게 맛없어.

쓴 건 기본이고 향도 별로라서 마시자마자 뱉을 뻔했다.

'원두를 대충 볶았나? 총체적 난국이잖아.'

제대로 된 제조 과정을 거치지 않았는지 쓴 약이랑 다를 바가 없었다. 심지어 색깔도 새카매서, 투명한 차에 익숙한 이곳 사람들에게는 독약처럼 느껴졌을 것이다.

'이러니 당연히 인기가 없지.'

나는 상품성이 제로에 가까운 커피를 내려놓고 고민에 잠겼다. 21세기를 지배하는 창업 아이템을 발견했지만, 팔리게끔 포장하는 게 쉽지 않아 보였기 때문이다.

가뜩이나 골치 아픈데, 우르르 몰려와 테라스 근처에 자리 잡은 영애들 때문에 집중력이 흐트러졌다.

'저쪽은 진짜 봄이구나.'

화사한 파스텔톤의 드레스를 입은 귀족 영애 네 명이 테이블에 빙 둘러앉아 케이크와 음료를 주문하고 있었다.

"혹시 그 소문 들었어요?"

누군가가 은밀하게 운을 띄우자 나는 반사적으로 귀를 쫑긋 세웠다. 사교계에서 일어나는 가십을 내 앞에서 떠드는 간 큰 하녀는 없었기 때문에 흥미가 생겼다.

"어떤 소문이요?"

"샤를 오르고 님이 올해 아카데미에 입학한대요."

"어머나. 멋진 소식이네요."

멋진 소식인지는 모르겠고, 오르고는 익히 들어 본 가문이다.

오르고는 시모어처럼 개국 공신 가문 중 하나로, 검술 명가로 잘 알려져 있었다. 더불어 오르고 가문의 후계자인 디에라가 여주의 어장남 중에 하나였다.

디에라 오르고는 고작 열아홉의 나이에 오라를 다룰 정도로 타고난 무골이라, 시간이 조금만 지나면 소드 마스터인 황태자와 대등한 무위에 오를 수 있을 거라 점쳐지고 있었다.

"아카데미에 입학하면 기사단 훈련을 멀리서라도 구경할 수 있겠죠?"

영애 중 가장 앳된 소녀가 수줍게 물었다.

"기사단에 흠모하는 분이 있나 봐요?"

"디에라 님을 볼 수 있으면 얼마나 좋을까 싶어서요. 지난번 추수 감사절에 우연히 뵈었는데 너무나 멋졌어요."

역시나 미야의 어장남답게 디에라도 인기가 많군.

"저는 필라프 님과 한 번이라도 대화해 보고 싶어요. 정령사라니, 너무나도 근사해요."

"그러게요. 불타는 것 같은 그 새빨간 머리카락, 정말 멋지죠."

그들은 들뜬 목소리로 수다를 이어 나갔다.

고위 귀족에 관한 이야기는 귀족들 사이에서 단연 가장 큰 화젯거리였다. 비유하자면 귀족들 사이의 아이돌이라고 할 수 있었다.

평민이 귀족을 동경한다면, 귀족들은 고위 귀족과 황족을 동경했다. 그래서 몰락한 귀족 가문 영애인 미야 비노슈가 핑크 다이아몬드를 목에 걸고 필라프 몬테스와 나란히 아카데미에 등장했을 때 그 파장은 더욱 컸다.

'여주인공다운 화려한 등장이었지.'

나는 소설 앞부분을 떠올리며 고개를 주억거렸다.

"저는 벨렉 시모어 님을 뵙고 싶었는데 이미 졸업을 하셔서 안타까워요."

"벨렉 님. 너무나 고상하고 지적이시죠."

고상? 지적? 벨렉 놈과 딱 한마디만 섞어 보라고 하고 싶다.

'다들 겉모습에 속고 있군.'

입맛이 뚝 떨어져서 포크를 내려놓는데 영애들의 목소리가 갑자기 세 옥타브 올라갔다.

"솔직히 제가 가장 보고 싶은 분은 이시도르 비스콘티 님이에요."

"꺄아악!"

"이시도르 님! 잘.생.겼.어!!"

기습 같은 비명이 고막을 찔러서 입에 든 케이크를 모조리 뱉을 뻔했다.

이시도르라는 이름이 나오자마자 그녀들의 얼굴이 잔뜩 상기되었다. 조금 전까진 적당히 예의를 차리며 즐겁게 떠드는 느낌이었다면 지금은 흥분한 들소 떼 같았다. 마치 최애에 과몰입한 나처럼.

"영혼을 파는 한이 있더라도 이시도르 님 얼굴은 두 눈으로 보고 죽을 거라고요!"

"여자라면 반드시 봐야 해요. 그 아름다운 얼굴을 한번 보면 도저히 잊히질 않아서 꿈에서도 나온다니까요."

"꿈에 나온다고요? 어머, 깨기 싫을 것 같아요."

"그분을 영접하려고 겨울 내내 곰처럼 잠만 잤어요."

레이디들의 주접에 가까운 수다는 끝날 줄을 몰랐다. 눈부신 금발이라느니, 베일 것 같은 턱선이라느니, 바다같이 넓은 어깨라느니, 오만가지 상투적인 미사여구가 줄줄 흘러나왔다.

'엄청 잘생겼나 보네.'

근데 왜 소설에는 안 나오지?

'황금의 비스콘티'라는 화려한 수식이 무색하게 그쪽 가문 영식은 소설에 등장하지 않았다. 독자들은 내심 퍽퍽한 피폐물 속에서 할리퀸을 담당해 줄 거라 기대했었는데.

'금발 꽃미남이야말로 근본인데. 이상하네.'

영애들은 이시뭐시기의 미모에 대해서 한동안 열띤 음성으로 토론하다가, 가게 직원이 케이크와 음료를 가져왔을 때 비로소 달아오른 얼굴을 부채로 식히며 진정했다.

어느 정도 요기를 한 영애들은 다시 대화를 이어 갔다.

"아, 그 이야기는 들으셨어요?"

"어떤?"

"핑크 다이아몬드는 시모어 공작가에서 낙찰받아 갔다고 하더군요."

"그럼 그 다이아몬드의 주인은……."

핑크 다이아몬드 소유주를 모두가 짐작한 듯 떨떠름한 분위기가 되었다.

'그게 나네.'

"데보라 공녀는 기세등등하겠네요. 콧대가 하늘을 찌르겠어요."

"솔직히 말하면 생각만 해도 밉상이에요."

"돼지 목에 진주 목걸이……."

누군가의 중얼거림에 모두가 동의하듯 냉소적으로 웃는다.

'수위가 세네.'

빙의한 몸에 대해 이토록 적나라한 이야기를 듣는 건 처음이었다. 내 주변에는 온통 아첨꾼뿐이었으니까.

"옷과 액세서리가 제국에서 가장 화려하고 비싸면 뭐 해요? 심성이 못됐는데."

"데보라 공녀가 세이린 영애의 의상을 디자인하던 헬렌을 중간에서 가로챘다면서요."

"데보라 공녀의 행패 때문에 세이린 양은 부랴부랴 다른 의상실에서 드레스를 맞춰야 했어요. 생일을 앞두고 있었는데 말이에요."

그런 비하인드 스토리가 있었을 줄이야.

하지만 데보라는 전혀 모르는 사실이었다. 헬렌이 지레 겁먹고 알아서 벌벌 기었으니까.

'데보라가 세이린의 사정을 봐줬을 리 만무하지만 좀 억울한 구석이 있군.'

"정말 무례한 분이네요."

"무례하기만 한가요. 아무리 시모어 공작님 딸이지만 너무 안하무인이고 거만해요. 명문가 귀족의 품격이라곤 찾아볼 수 없어요."

"교양 없고 무능하기까지 하죠. 시모이의 핏줄을 가지고 있으면서 마나를 전혀 다룰 줄 모르는 사람은 데보라 공녀가 유일무이 아닌가요?"

그 사실이 깨소금 맛인지 다들 부채로 입을 가리며 꺄르르 웃었지만 난 웃을 수 없었다.

'굳이 콤플렉스를 찌르면서 조롱할 것까지는 없잖아.'

"그러면서 가문을 등에 업고 온갖 유세는 다 부리고 다니니. 정말 꼴불견이 따로 없어요."

"덕분에 요즘은 보라색 머리카락만 봐도 치가 떨린다니까요."

그들의 신랄한 대화를 찝찝한 기분으로 듣던 나는 뒤이은 대화에 기분이 더욱 미묘해졌다.

"왜 시모어 공작님께선 데보라 공녀에게……."

내게 핑크 다이아몬드를 선물한 시모어 공작을 이해할 수 없다는 뉘앙스로 말하던 영애가 급히 입을 다물고 차를 홀짝였기 때문이다.

'시모어 공작은 못 건드리면서, 비교적 만만한 데보라만 대놓고 까대는 거였구나. 이중성 잘 봤고요.'

"데보라 공녀가…… 집에선 착한 딸일 수도 있잖아요?"

"착해요?"

"그럴 리가요!"

말실수할 뻔했던 영애 때문에 싸해졌던 분위기는 내 뒷담으로 전환되며 다시 부드러워졌다.

"글쎄요. 소문에 벨렉 님께서는 데보라 영애를 입에 담기도 싫어하신다고 하더군요. 얼마나 집에서도 엉망진창이면 하나뿐인 여동생에 대해 말도 못 꺼내게 하겠어요."

"벨렉 님께서 아무리 관대하신 분이라도, 가문의 이름에 먹칠하고 다니는 여동생이 곱게 보일 리 없죠."

"로자드 님 역시 벨렉 님과 크게 다르시지는 않을 거예요."

그들은 내가 핑크 다이아몬드를 차지한 게 어지간히 못마땅했는지, 집구석 쌍둥이들까지 거론하며 어떻게든 날 깎아내리려 했다.

온갖 고상한 척하는 귀족들이 대낮부터 떠드는 게 저런 수준의 대화라니.

'짜증 난다. 집에나 가자.'

와장창-!

그때였다. 자리를 뜨려는 순간, 내가 열 받은 몸짓으로 의자를 뒤로 뺀 탓에 테이블이 흔들렸고, 모서리에 내려놓았던 커피잔이 바닥으로 추락했다.

시끄러운 파열음에 내가 앉은 쪽으로 영애들의 시선이 모였다.

그리고 마치 거짓말처럼 세찬 바람이 테라스를 한 번 훑고 지나가며 내가 눌러쓴 후드가 뒤로 휙 벗겨졌다.

"헉."

"데, 데보라 영애님……."

후드에 가려진 내 얼굴이 드러나자 테라스에 숨 막히는 정적이 깔린다.

방금 전까지 코앞에서 신나게 내 욕을 하던 영애들의 안색이 시체처럼 새파랗게 질렸다. 당장 실신할 것 같은 얼굴로 덜덜 떠는 영애도 있었다.

집에나 가려 했는데, 본의 아니게 모두에게 정체를 드러낸 나 또한 당황한 건 마찬가지였다.

나는 예상치 못한 상황에 잠시 굳어 있다가, 이리 넋 놓고 있으면 안 된다는 사실을 뒤늦게 깨달았다. 나보다 지위가 낮은 가문 영애들의 뒷담을 모조리 들은 상황이다. 모욕을 당했는데 조용히 넘어갔다? 이거 완전 만만하게 보이기 딱 좋다.

'그건 안 된다.'

죽기 직전, 다음 생애가 있다면 절대 호구처럼 허허실실 당하며 살지 않겠다고 다짐했다. 오뉴월에 서리도 내리게 할 정도로 한 맺힌 각오였다.

어금니를 꾹 깨문 나는 눈을 최대한 매섭게 부릅뜨고 그녀들을 노려보았다.

"다 떠들었나? 실컷 입방아를 찧더니 이제야 조용해졌군. 아주 재밌었어."

긴장해서 목소리가 거칠게 갈라졌다. 다행히 잠긴 목소리가 제법 위협적으로 느껴졌는지, 영애들의 파리한 얼굴은 더욱 핼쑥해졌다.

눈꺼풀에 힘을 주며 그들 얼굴을 하나하나 노려보다가 눈높이를 바꿀 필요성을 느꼈다. 위에서 아래로 거만하게 내려다볼 생각으로 벌떡 몸을 벌떡 일으킨 나는 헛숨을 삼켰다. 긴장한 탓에 다리가 꼬였기 때문이다.

나는 내적 비명을 삼키며 몸을 휘청거렸다.

쾅!

앞에 있던 원형 테이블이 내 몸무게에 의해 영애들이 모여 있는 쪽으로 넘어갔다. 그와 동시에 테이블에 놓여 있던 화병이 바닥으로 떨어지며 산산조각이 났다.

"꺄악!"

순식간에 주변이 난장판이 되었고, 사람들의 경악 어린 시선이 내게 닿았다. 다들 내가 테이블을 일부러 뒤엎은 거라고 생각하는 표정.

'집기까지 깨부술 생각은 없었는데……'

당황스럽긴 하지만 이미 엎질러진 물.

오히려 죄다 뒤엎는 쪽이 더 위협적이라고 판단한 나는 하얗게 굳어 있는 영애들을 향해 아주 느릿하게 걸어갔다. 이다음 대사를 떠올릴 시간을 벌기 위해서였다.

어디서 본 건 많았던 나는 영애 무리 앞에 우뚝 서서 짝다리를 짚은 뒤, 고개를 천천히 기울였다.

"이젠 개나 소나 나에 대해서 이러쿵저러쿵 떠들어대는군."

개나 소라는 표현에 그녀들의 얼굴에 희미한 굴욕감이 스쳤다.

"왜 그런 표정이지? 시모어의 공녀인 나를 감히 돼지라 표현할 정도의 패기는 있으면서, 정작 개나 소가 되어 버리니 기분 나쁜가 보군."

돼지 목에 진주 목걸이라고 했지.

"데, 데보라 공녀님, 그, 그게 저희는……."

"왜 갑자기 말을 버벅거릴까. 입에 기름칠한 것처럼 매끄럽게 떠들더니 그새 혀가 고장이라도 났나?"

내가 쏘아붙이자 개중에 가장 나이가 있어 보이는 영애 한 명이 급히 나섰다.

"소, 송구합니다. 저희가 감히 공녀님께 큰 결례를 범했습니다. 정말 죄송합니다."

"나보고 돼지라 할 때는 언제고 범 만난 개새끼들처럼 이리 쉽게 꼬리를 내리다니, 실망스럽군. 면전에 대고 짖지 못할 거면 뒤에서도 왈왈거리지 말았어야지. 이토록 비겁하고 저열하면서 내가 가진 귀족적인 품위에 대해 분수도 모르고 논하는 것, 아주 잘 들었어."

말하면서도 놀랍다. 내가 이렇게 입을 잘 털 수 있는 인간이었다니.

"정말 죄송합니다."

"입이 두 개여도 할 말이 없습니다."

다른 영애 둘도 잘게 떨면서 하얗게 질린 얼굴로 고개를 연거푸 숙였다.

"그 주둥이 단속 잘하게. 가볍게 나불거리지 말라는 뜻이야."

입단속을 한 뒤, 한 번 더 진심 어린 사죄를 받아내고 끝내려 했을 때였다. 내게 일방적인 비난을 받는 것이 분했던 듯, 입술을 꾹 깨물고 있던 영애가 만용을 부리며 앞으로 나섰다.

"······하지만 공녀님. 생일을 앞둔 세이린 영애의 의상실 디자이너를 강제로 데려가신 건, 모두가 도를 넘은 처사라고 생각하고 있습니다."

귀족 영애들 간의 암묵적인 약속을 무시한 내 잘못도 있다는 뜻. 먼저 선점하거나 중요한 일정을 앞둔 영애의 드레스는 마음에 들더라도 가져가지 않는 것이 레이디들 사이의 규칙이었다.

나는 고개를 더욱 비딱하게 기울였다.

"세이린 영애도 그대들처럼 앞에서 꼬리를 말고 뒤에서 크게 짖는 쪽인가?"

"······예?"

"내 처사에 대해 항의하고 싶으면 그 영애에게 시모어로 직접 오라고 전해. 당사자끼리 귀족적으로 합의할 테니."

나는 테이블 위에 올려져 있던 차가운 주스를 집어 들었다.

"정말 도를 넘은 게 뭔 줄 알아?"

"······!"

"당사자가 없다고 아무 말이나 입에 함부로 올리는 그대의 주둥이야."

나는 그녀의 입 쪽에 붉은 체리 주스를 촥 뿌렸다.

"그리고 나도 지금부터 도를 넘는 처사가 뭔지 제대로 보여 주려고 하는데."

"어, 허헉."

새빨간 주스를 흠뻑 뒤집어쓴 영애는 충격으로 헐떡거리다가, 울먹이며 내게 사과한 뒤 테라스 밖으로 뛰쳐나갔다.

다른 영애들은 그녀를 달래 준다는 핑계로 도망치듯 자리를 떴고.

'이 정도면 선 안 넘은 건데. 내가 진짜 데보라였으면 너넨······.'

그녀들이 사라진 자리 위. 모락모락 김이 피어오르는 뜨거운 홍차를 바라보던 나는 끔찍한 상상을 지우기 위해 고개를 절레절레 저었다.

"주군. 많이 진행하셨습니까?"

"보면 모르나?"

미겔의 물음에 이시도르가 퉁명스레 대꾸했다.

그는 납작하게 무두질한 거대한 오크 가죽 위에 앉아 마법진을 그리고 있었다. 이시도르가 데보라에게 건네기로 약속한 공간 마법 주머니를 만드는 건 상당한 노력과 시간이 필요했다.

공간 이동과 확장, 추적. 세 가지 마법이 동시에 작동하는 시스템이라 마법진의 복잡도가 남달랐기 때문이다. 심지어 마법진은 이시도르가 직접 개량한 것이라 돈 주고도 살 수 없는 것이었다.

'아마 우리 공자님이 공간 마법을 다루는 능력은 시모어 공작보다 더 뛰어나시지 않을까.'

미겔이 그리 생각하며 자부심을 느끼고 있을 때, 근처에서 꼬리를 탁탁 두드리던 쿠키가 오크 가죽을 이빨로 물어뜯었다.

"쿠키! 이게 무슨 짓이야."

"그르르…… 캬악!"

"젠장. 못 해 먹겠군."

데보라 공녀가 다녀간 뒤로 순하던 쿠키가 사춘기라도 온 것처럼 반항하고 제멋대로 굴었다. 욕을 삼키며 깃펜을 집어 던진 이시도르는 미겔을 향해 고개를 돌렸다.

"갑자기 무슨 일로 온 거지?"

"데보라 공녀가 메종드에 다녀갔다고 합니다."

데보라라는 이름이 나오자 쿠키의 뾰족한 귀가 쫑긋거렸다. 눈은 무언가를 갈망하듯 반짝이기 시작했고.

"혹시 정보원을 만나려고 온 건가?"

"아뇨. 테이블을 뒤엎은 뒤 화병과 찻잔까지 죄다 깨부수고 갔답니다."

미겔의 보고에 이시도르가 쿨럭, 기침을 내뱉었다.

"그뿐이 아닙니다. 테라스에서 에이트 백작의 여식과 한판 했다는군요. 두 가문의 위치를 따졌을 때 일방적인 감이 없지 않아 보이지만요."

"허."

"결국 에이트 백작 영애를 엉엉 울렸답니다."

미겔은 그 사건을 목격한 메종드 정보원의 보고를 떠올렸다. 유동 인구가 많은 골목의 테라스 앞에서 일어난 일이라 데보라 시모어와 아린 에이트의 대거리는 사교계에 제법 크게 소문이 난 모양이있다.

'사교계는 특히 고위 귀족들 사이의 가십을 좋아하니까.'

결론은, 데보라 시모어가 여전히 귀족 영애들에게 독보적인 두려움의 대상이라는 것. 보이지 않는 칼이 입술 사이로 오가는 귀족 사회에서, 데보라 공녀는 보란 듯이 칼을 휘두르고 다녔다.

'하지만 뒷배가 너무 강해서 아무도 못 건드린단 말이지.'

보라색 독사라는 별명. 누가 지었는지 참 그럴듯했다. 그녀의 모친인 마리엔 시모어는 사교계의 꽃이라고 불렸는데, 그녀는 제 모친과는 전혀 다른 행보를 보이고 있었다.

"데보라 공녀, 아주 지능적인데?"

잠자코 있던 이시도르가 턱을 문지르며 문득 중얼거렸다.

"네? 지능적이라니요?"

"나한테 일 제대로 하라고 보란 듯이 시위하고 간 거야. 틀림없어."

"공자님. 왜 갑자기 그런 결론이 나는 거죠?"

자의식 과잉 아닌가요?

미겔은 목까지 올라온 말을 삼켰다.

"매번 시종을 시켜서 디저트를 가져가던 데보라 공녀가 가게에 직접 왔다는 건, 내게 뭔가 할 말이 있었다는 뜻이잖아. 의뢰 진행이 영 시원찮으니 신호를 보낸 거지."

"영애들과 다투다 심기가 상해 무작정 뒤엎고 간 것 아닙니까?"

미겔이 바로 반박했다.

"실제로 보니까, 감정에 휘둘리는 타입은 아니었어. 지적이고 시니컬한 느낌이었지."

"데보라 공녀의 행적과 평판을 들여다보면 충분히 충동적인 사람입니다. 아니 땐 굴뚝에 연기 나겠습니까? 사람이 그리 쉽게 바뀌는 것도 아니고요."

"누구 판단이 맞는지는 조만간 알게 되겠지. 쿠키에게 무슨 짓을 한 건지도."

불만이 많은 표정으로 으르렁대는 애완동물을 살살 달래며 이시도르가 에메랄드빛 눈동자를 빛냈다.

핑크 다이아몬드를 몬테스가 아닌 시모어에서 낙찰받아 간 사건은 사교계에서 오랫동안 큰 가십거리로 소비되었다. 그만큼, 누구도 예상치 못한 충격적인 결과였기 때문이다.

시모어 공작이 데보라 공녀를 가문의 수치로 여기며 냉대한다고 생각했던 귀족 대다수가 경악했다.

천문학적인 가격의 보석을 냉큼 손에 쥐여 주었다는 건, 고명딸에 대한 시모어 공작의 애정이 남아 있다는 것이니까. 안 그래도 안하무인이었던 데보라 공녀가 더욱 기세등등해질 게 뻔해서, 대부분이 부정적인 반응이었다.

또한, 내심 필라프 몬테스가 다이아몬드를 낙찰받기를 원했던 귀족들은 그에 대한 실망감과 실소를 감추지 못했다.

"어떻게 낙찰가 예상에 실패할 수가 있죠? 그리 자신만만하더니 대처가 너무 안일했어요."

"아무리 몬테스 후계자라 해도 시모어 공작의 재력과 정보력 앞에선 드래곤 앞의 도마뱀일 뿐이었군요."

필라프가 그런 사교계 반응을 모를 리 없었다.

발끈하면 자신만 우스워지는 터라 애써 의연한 척하고 있었지만, 미야의 생일이 다가오자 결국 눌러 참았던 분노가 화산처럼 폭발했다.

"그깟 분홍색 보석 하나 못 구해서 내 꼴을 우습게 만들어? 이 하찮은 밥버러지 같으니라고!"

필라프가 핏대가 선 얼굴로 새카맣게 그을린 남자의 얼굴을 발로 세게 걷어찼다. 화상을 입은 사내가 그대로 거품을 물고 혼절했지만, 필라프는 발길질을 멈추지 않았다.

자신이 그 보석을 노리고 있다고 온 제국에 소문이 났는데 낙찰에 실패하다니. 생각할수록 개망신이 따로 없었다.

심지어 그 보석의 소유주가 된 사람은 그가 제일 싫어하는 여자, 데보라 시모어였다.

"이 쓸모없는 것!"

번들거리는 눈으로 사용인을 초주검으로 만들어 놓은 필라프는 새빨간 불길을 내뿜는 정령과 함께 지하 감옥에서 걸어 나왔다. 입구에서 대기하고 있던 시종이 다급히 주저앉아 엉망이 된 필라프의 부츠를 손수건으로 깨끗하게 닦아냈다.

헝클어졌던 행색을 마치 아무 일 없었던 것처럼 멀끔하게 정리한 필라프가 회중시계를 보며 사용인에게 물었다.

"미야 영애는 저택에 도착했나?"

"아직입니다."

사용인이 송구스러운 얼굴로 고개를 푹 숙였다.

"왜지?"

"오늘 돌봐야 하는 환자가 많다고 합니다."

"하, 생일인데도 그 짓거리를 하고 있다고?"

미야 비노슈답다고 생각하며 필라프는 혀를 찼다.

그녀는 마치 성녀의 현신이라도 되는 것처럼 천한 놈들에게까지 신성력을 베풀고 다녔다. 미야에게 치료를 받은 백성들은 그녀를 여신이 내린 빛이라 칭송하며 여기저기 떠들고 다니는 모양이었다.

'세속적이지 않은 점이 마음에 들긴 해.'

그리 높은 순도의 신성력이라면 굳이 고생을 자처하지 않아도 될텐데 말이지. 권력이나 돈으로 그녀를 휘두를 수가 없다는 점이 필라프에게 꽤나 매력적으로 다가왔다.

제 부름을 뒤로 미뤄도 기꺼이 눈감아 줄 만큼.

"필라프 님. 초대해 주셔서 고맙습니다."

저택의 요리사가 준비한 정찬이 식어갈 때쯤 미야가 저택에 나타나 공손하게 인사했다.

그녀는 일하다 온 기색이 역력했다. 분홍빛 머리카락은 헝클어져 있었고 얼굴에는 옅은 피로감이 묻어 있었다.

"나야말로 초대에 응해 주어 고맙네. 생일은 좀 쉬지. 그토록 무리하면 몸이 남아나질 않을 거야."

필라프의 다정한 말에 미야의 둥근 눈이 휘둥그레 커졌다.

"아아, 그래서……."

"뭐가 그리 놀랍지?"

"사실, 오늘이 제 생일이라는 것을 깜빡 잊고 있었어요."

미야가 손가락을 만지작거리며 쑥스럽게 입술을 말아 물었다가 떼어냈다.

"원래, 잘 챙기지 않아서요."

"그간 챙겨 주는 사람이 없었나?"

다소 직설적인 질문에도 그녀는 불쾌한 내색을 하지 않았다.

"올해는 이렇게 필라프 님께서 기억해 주셨잖아요. 기뻐요. 생각지도 못한 선물을 받은 것처럼요."

"그대는 말도 예쁘게 하는군."

그녀의 대답이 마음에 들었는지 필라프가 만족스러운 미소를 지었다.

그때, 미야의 배에서 꼬르륵 소리가 났다. 붉어진 그녀의 귓불과 뺨을 보며 필라프가 크게 웃었다.

"일단, 식사부터 들지. 배고팠던 것 같은데."

필라프의 손짓에 뜨겁게 데운 음식이 테이블 위로 올라왔다. 수프를 야금야금 떠먹는 미야를 사랑스럽다는 듯 바라보던 그가 문득 운을 뗐다.

"아카데미 입학 허가증이 나왔어."

늦은 나이이고, 몰락 가문의 자제인데도 몬테스 가문의 추천장 덕분에 미야는 아카데미에 편입할 수 있게 되었다.

"정말 감사해요. 그곳에서 공부하는 것이 제 평생소원이었거든요."

연거푸 감사 인사를 하는 미야를 보며 필라프가 거들먹거렸다.

"설마 이게 끝이라고 생각한 것은 아니겠지?"

그는 우쭐거리면서 그녀에게 다이아몬드 목걸이를 선물로 건넸다. 노리고 있던 물건을 시모어 공작에게 빼앗겼기 때문에 그는 수도에서 가장 유명한 장인이 세공한 다이아몬드 목걸이를 부랴부랴 구해 올 수밖에 없었다.

미야는 커다란 다이아몬드를 보자마자 곧바로 난색을 보였다.

"아카데미 추천서를 써 주신 것만으로도 정말 충분해요. 이렇게 큰 선물은 너무 과분하고 부담스러워요."

"물건을 구해 온 내 성의를 봐서라도 받아 주게. 그동안 생일도 제대로 못 챙겼다면서."

"하지만 이런 건……."

"내 목숨을 구해 줬으니 보답을 할 수 있게 해 줘. 부탁해, 미야 영애."

"그간 받은 것도 너무 많아요. 정말로 괜찮아요."

둘의 실랑이는 오랫동안 이어졌고 미야의 식사를 위해 필라프는 한 발 물러날 수밖에 없었다.

'정말 못 말리는군.'

필라프는 그녀의 순수한 마음에 잔잔한 감동을 느끼면서도 내심 아쉬움을 감출 수 없었다.

'젠장, 그 분홍색 다이아몬드를 구했어야 했어. 데보라 시모어보다 미야 영애에게 훨씬 잘 어울리는 보석인데.'

미야의 머리 색과 똑같은 분홍색 보석이고, 유행에 어두워서 핑크 다이아몬드의 존재 자체를 모르는 그녀에게 별거 아닌 척 건네기에도 좋은 선물이었다.

훗날 그 보석이 입이 떡 벌어질 정도로 비싼 물건이라는 걸 미야가 알았을 때, 그녀가 감동하는 모습을 볼 수도 있었는데. 데보라 시모어 때문에 모든 계획이 틀어졌다.

'정말 사사건건 싫은 여자야.'

그 빌어먹을 물건을 걸고 보란 듯이 사교계를 활보할 데보라의 모습을 상상하니 입맛이 뚝 떨어졌다.

필라프와의 만남 뒤, 요네스 지구의 외곽에 위치한 낡은 저택으로 돌아온 미야는 침대에 걸터앉아 창밖으로 시선을 던졌다.

'피곤해.'

바람이 불 때마다 아귀가 맞지 않는 창틀이 요란한 소리를 내며 덜컹거린다. 창밖 정원은 잡초가 무성한 무덤처럼 을씨년스러웠다. 비노슈 가문이 처참하게 몰락했다는 것을 고스란히 보여 주는 광경이었다.

사용인이 들어왔지만 미야는 여전히 창밖에 시선을 고정하고 있었다.

"뭘 보고 계시죠?"

중년 여자가 물었다. 여자는 미야에게 자신을 마담 오펠리아라 소개하며, 편하게 부르라고 말했다.

"저걸 보고 있어요."

미야는 여자의 물음에 마른 나뭇가지 위 시기를 모르고 피어난 꽃 한 송이를 손가락으로 가리켰다.

"저런, 오늘 밤에 얼어 죽겠군요."

건성으로 중얼거린 여자가 미야에게 커다란 보석함을 건넸다.

"방금 몬테스 가문에서 찾아온 하인이 제 편으로 미야 님의 생일 선물을 건네고 갔습니다."

미야가 보석함을 열자, 여자가 사슴처럼 가녀린 목에 큰 다이아몬드가 매달린 화려한 목걸이를 걸어 주었다.

"어때요?"

미야가 열없이 묻자 그녀가 가볍게 혀를 찼다. 유행이 지난 초라한 드레스와 정교하게 세공된 다이아몬드 목걸이는 보는 사람이 민망할 정도로 안 어울렸다.

저기 마른 가지 위에 화사하게 피어난 꽃처럼.

"이런 목걸이를 하려면 받쳐 입을 제대로 된 드레스가 있어야 할 텐데. 필라프 몬테스는 소문대로 섬세하지 못하군요."

여자가 차가운 얼굴로 말을 이었다.

"이런 걸 허름한 드레스에 착용하고 다니면 귀족들에게 비웃음만 살 뿐이겠지요."

"……"

"그 분홍색 다이아몬드라면, 조금 이야기가 달랐을지도 모르지만……."

화려한 옷이 없어도 미야의 저 분홍색 머리칼과 잘 어울렸을 것이다.

"사교계에서도 미야 님을 주목했을 테고요. 아쉽게 됐군요."

그녀는 냉정하게 말하곤 방에서 나갔다. 미야는 곱실거리는 핑크빛 머리카락을 손가락으로 만지작거리다가 침대 밑에 놓아 둔 아카데미 입학 허가증으로 손을 뻗었다.

[귀하의 입학을 축하드립니다.]

그녀의 눈동자에 옅은 이채가 돌다가 사라졌다.

4

오해가 계속 쌓인다 (1)

개강 전날 저녁, 헬렌의 피땀눈물이 담긴 봄맞이 드레스 컬렉션이 도착했다.

날이 밝자마자 시종들은 그중 적당한 옷을 골라 액세서리와 함께 코디해 주었고, 나는 거울을 보자마자 이마를 짚었다.

화려하면서도 심플하기 때문에 파티장뿐만 아니라 격식 있는 자리에서도 입을 수 있다고 헬렌이 말했을 때, 이게 무슨 따뜻한 아이스 아메리카노 같은 소리인가 싶었는데 입어 보니 알겠다.

섹시하면서도 청순하고 시크하면서 우아했다. 거울에 비친 내가 너무 예뻐서 말이 안 나올 지경이었다. 매일 아침 내 취향의 얼굴을 보는 인생이라니.

덕심이 차올라서 나도 모르게 벽을 주먹으로 쾅 치자 벽에 걸려 있던 명화가 지진 난 듯 이리저리 흔들렸다.

'이 몸은 힘이 진짜 세.'

나는 마법적 재능은 없지만, 완력과 체력이 좋았다. 빙의한 후로 이전 생에 늘 달고 다니던 만성피로와 두통이 전혀 느껴지지 않았다. 하긴. 패악질도 다 힘이 남아돌아야 할 수 있는 것.

좋아. 무병장수할 수 있겠군.

나는 주먹을 이리저리 흔들며 오들오들 떠는 시종들을 지나쳐 밖으로 나갔다. 시모어 저택 앞엔 쌍두사 인장이 매달린 사륜마차 두 대가 대기하고 있었다.

'하나는 내가 타고 갈 마차고, 다른 하나는…… 뭐지?'

아. 저 아이가 타고 갈 마차구나. 저 멀리 마차를 향해 다가오는 작은 소년을 보며 나는 내적 비명을 질렀다.

이곳에서 두 달가량의 시간을 보내는 동안, 막내 엔리크 시모어를 볼 기회는 전혀 없었다. 거처가 분리된 구조라 동선이 제각각이었고, 피폐 소설 속 집구석답게 중대한 이유가 없으면 가족끼리 모여 살갑게 식사를 하지도 않았으니까.

'아기 고양이 같아.'

은발을 곱게 빗어 올린 데보라의 동생, 엔리크는 마치 회색새끼 고양이를 연상시켰다.

열 살 남짓인 걸로 알고 있는데 앳된 외모와 상반되게 분위기는 상당히 어른스럽다. 어둡게 가라앉은 저 잿빛 눈동자 때문인지도 모르겠다.

홀린 듯 아이의 얼굴을 바라보다가 퍼뜩 눈이 마주쳤다. 못 볼 걸 봤다는 듯이 눈썹을 찡그린 엔리크는 인사도 하지 않고 몸을 돌려 마차 안으로 쑥 들어가 버렸다.

'하. 저 어린애도 데보라를 싫어하는구나.'

어디서나 미움받는 데보라가 새삼 대단했다. 뭐, 데보라 역시 애늙은이 같은 엔리크를 싫어하는 건 매한가지지만.

심지어 저렇게 귀여운 아이에게 열등감마저 느끼고 있었다. 데보라는 마나 감응력이 전혀 없는 반면 엔리크는 어린 나이임에도 3클래스 마법을 다룰 정도로 발군의 성취를 보이고 있었기 때문이다.

마탑 부속기관인 아카데미 연구소에서는 영재 프로그램이라는 걸 운영하고 있는데, 그 천재들만 엄선한 곳에서도 엔리크는 수석이라고 알고 있다.

'집 식구들 다 잘났는데 나만 못났으면 열등감이 생기긴 하겠다.'

집안 좋지, 돈 많지, 예쁘지, 몸매 좋지, 힘세지.

나야 지금 가진 것에 땡큐 베리 감사하면서 살고 있지만, 데보라는 자신이 갖지 못한 것에 대한 집착이 심한 편이었다.

특히 마나를 사용할 수 없다는 것에 대한 열등감이 상상을 초월했다. 직계와 방계 혈족들 중 마나를 다룰 수 없는 사람은 데보라가 유일하기도 했고, 부친이 한심해하는 모습이 그녀를 더욱 자극했던 것 같다.

'그렇다고 스트레스를 폭력으로 푸냐?'

데보라는 실드의 여지가 딱히 없긴 한데, 귀여운 아이까지 나를 혐오의 시선으로 바라보자 다소 우울해지는 건 어쩔 수 없었다.

'그래도 그냥 악녀로 살래.'

남동생이 다 거기서 거기지. 뭐. 이전 생애, 그 막돼먹은 놈을 떠올리자 귀여운 동생에 대한 환상이 바사삭 사라진다.

애써 마음을 다잡은 나는 마차에 올라타 빠르게 뒤바뀌는 창 너머로 시선을 던졌다.

지금 차창 밖으로 보이는 풍경은 요네스 지구였다. 이윽고 강을 연결하는 아치형 다리를 건너자 황성이 위치한 호룬 지구가 나왔다.

황실에서 운영하는 아카데미와 기사단, 마탑, 신학원 모두 호룬 지구에 자리 잡고 있었다. 아카데미를 나온 귀족들 중 물려받을 게 없는 영식들의 장래 희망이 바로 황실이 운영하는 기관에서 녹봉을 받으면서 지내는 것이다.

물론, 내 꿈은 최대한 결혼을 뒤로 미루며 시모어 공작가의 인프라를 착즙하다가, 그간 모아둔 비자금을 이용해 돈 많은 백수…… 아니, 가주로 사는 것이고.

"……그나저나 정신이 하나도 없네."

호룬 지구를 둘러싼 성벽 안은 귀족가 영식들이 타고 온 마차로 북적이고 있었다. 시간이 제법 소요될 거라 예상했는데, 놀랍게도 성문 앞을 지키고 있던 사용인이 별도의 통로로 마차를 안내했다.

바로 VVIP 전용 도로.

권력의 맛은 이렇게 매번 짜릿하고 늘 새롭다.

판게아 아카데미 내부로 위풍당당하게 진입한 마차는 아카데미 중앙에 위치한 본관 앞에서 멈췄다.

"헉."

"저기."

내가 마차에서 내린 순간 주변에 숨 막히는 정적이 깔렸다. 마차에 있는 시모어 인장 때문에 내가 악명 높은 그 '데보라 시모어'라는 걸 모두에게 쩌렁쩌렁 광고한 셈이었다.

걸음을 옮길 때마다 눈앞에서 모세의 기적이 펼쳐졌다. 우연히 눈이 마주치면 모두가 기겁을 하며 눈을 깔아서, 나는 초식동물들 속 유일한 맹수가 된 기분으로 강의실 쪽으로 걸음을 옮겼다.

'여기도 조용하긴 마찬가지군.'

출석 일수를 채우기 위해 대강의실 안으로 들어가자, 화기애애했던 내부는 찬물을 맞은 듯이 고요해진다. 인간 노이즈 캔슬링이 따로 없었다.

'근데 어디 앉지?'

일단 자리에 앉기 위해 나는 주변을 쭉 훑었다. 교탁과 멀어서 선생의 시야각 밖에 있고, 한쪽이 벽이라서 마음에 평화와 안정을 주는데다 채광마저 끝내주는 자리가 바로 눈에 띄었다.

'일진석이군.'

누가 봐도 명당이라 그런지 그 자리는 이미 선점되어 있었다.

"저기, 제, 제이크. 나는 앞쪽에 앉아야겠다. 여긴 좀 덥네."

"어, 어? 나도."

내가 너무 뚫어져라 쳐다봤는지, 명당에 앉아 있던 학생들이 슬그머니 일어나 앞쪽으로 자리를 옮겼다.

'악녀가 무슨 프리패스야?'

나는 어이없는 기분으로 그들이 양보한 자리에 풀썩 앉았다. 황당했지만 달리 사양할 이유는 없었으니까.

예상대로 자리는 쾌적했다. 일조량이 적당하고 창 너머로 보이는 경관도 좋았다.

턱을 괸 채로 아카데미의 아름다운 조경을 구경하다가 주변이 다시 웅성거리기 시작해서 고개를 돌렸다. 그리고 나는 잠시 숨을 멈췄다.

필라프 몬테스와 미야 비노슈.

그들이 동시에 시야에 등장한 순간, 돌연 가슴이 쿵쿵 가파르게 뛰기 시작했다. 호흡을 들이쉬고 내뱉는 것도 불편하게 느껴졌다.

'왜 이러지?'

아마 내 의지와는 전혀 상관없는, 데보라의 몸에 각인된 신체 반응인 것 같았다. 벨렉을 마주했을 때 스멀스멀 올라오던 불쾌감과 비슷한 맥락이었다.

기분이 이상해서 인상을 구기고 있는데 필라프와 눈이 마주쳤다. 그의 냉기 서린 진갈색 눈동자를 마주하자 깊게 파묻혀 있던 기억 파편 중 하나가 천천히 수면 위로 떠오른다.

6년 전 추수감사절. 황실에서 열린 파티에서 데보라는 필라프와 처음 만났다.

"꺄악!"

그 당시 데보라는 실수로 벽에 놓여 있던 장식용 촛대를 떨어뜨렸다. 불이 드레스 자락에 옮겨붙어서 우왕좌왕하고 있는데 필라프가 물의 정령을 이용해 레이스에 붙은 불을 꺼 줘서 사고를 막을 수 있었다.

정령을 다루는 필라프의 모습이 굉장히 신비로웠기 때문에 데보라는 순식간에 그에게 마음을 **빼앗기게** 된다.

그날 이후, 데보라는 필라프에 대한 관심을 외부에 공공연히 드러냈고 한때는 시모어와 몬테스 가문 간에 혼담이 오고 간 적도 있었다. 하지만 필라프가 데보라와 결혼하지 않겠다고 강경하게 의견을 피력해서 약혼 이야기는 흐지부지되었다.

필라프가 혼담을 단칼에 쳐냈다는 소문을 들은 데보라는 자존심에 큰 상처를 입었다. 그녀는 아랫사람에게 아주 악랄하게 화풀이를 했고, 그 사건이 황도에 퍼져 필라프는 더욱 데보라를 질색하게 되는 악순환이 반복되었다.

데보라는 보기 좋게 차였음에도 불구하고 필라프를 단념하지 못하고 홀로 애증을 키워 갔다.

패악질만 부리면 원하는 것을 손쉽게 얻어 왔던 데보라가 필라프의 호감을 얻기 위해 다른 평범한 영애들처럼 상식적으로 행동할 리가 없었다. 데보라는 필라프에게 말을 걸거나 관심을 갖는 레이디들을 골고루 괴롭히며, 내가 못 가지면 너도 못 가지게 할 거라는 심보를 고스란히 내보이고 다녔다.

'아무리 데보라가 별로라도 그렇지. 저렇게 싫어할 것까진 없잖아.'

팔은 안으로 굽는다고, 나는 필라프보다 데보라에게 좀 더 마음이 갔다. 어쨌든 데보라는 그에게 오랜 기간 순정을 보였는데, 저리 보란 듯이 미야 비노슈를 옆에 끼고 등장하다니.

싸가지 없는 놈.

입매를 딱딱하게 굳히고 있던 필라프는 여주인공인 미야를 제 뒤로 더 깊게 숨겼다. 마치 내가 여자 주인공의 목숨을 노리는 악당이 된 기분이었다.

'왜 저래?'

이게 원작이라면, 여주인공을 과보호했을 경우 데보라의 성질머리만 자극할 게 뻔한데 눈치를 개밥 말아 먹은 놈이었다.

하긴. 필라프가 눈치가 있는 놈이었다면 이 소설은 역하렘 소설이 아니었을 것이다. 단편으로 끝나서 내 캐시도 아꼈을 테고.

그래도 남주 후보 아니랄까 봐, 필라프 몬테스는 주변에 있는 엑스트라 남자들과는 확연히 다른 존재감을 가지고 있었다. 이목구비가 또렷하고 머리 색까지 불꽃처럼 새빨개서 이 안에서 가장 튀었다.

"필라프 님?"

멍하니 상념에 잠겨 있던 나는 커다란 필라프 뒤에 숨어 있다가 얼굴을 빠끔 내미는 여주인공과 마주하고 헛숨을 삼켰다.

'미쳤다리. 신짜 예쁘다.'

청순을 의인화하면 바로 미야 비노슈가 아닐까.

'여자가 봐도 홀리는 얼굴이네.'

꽃분홍색 머리칼, 생크림 같은 피부, 보석을 박아 넣은 것 같은 푸른 눈, 우아한 버선코, 앵두 같은 입술까지…….

집구석 사디스트 쌍둥이를 비롯해 온갖 소설 속 남정네들이 왜 그녀에게 목을 매는지 얼굴을 보자마자 바로 납득이 간다.

'얼굴에 자부심 있는 데보라가 꽤나 충격받았겠는데?'

솔직히 저쪽이 더 대중적인 미인상이었다. 원작에서 데보라가 미야 비노슈에게 왜 그토록 강렬한 열등감을 느꼈는지 알겠다.

원래 비교하기 시작하면 끝이 없는 법이니까.

'근데 다들 팝콘 튀기면서 여길 구경하는 느낌이군.'

기분 탓이 아니라, 필라프와 미야가 들어온 뒤로 호기심을 어쩌지 못하고 이쪽을 힐끔거리는 사람들이 많아졌다. 그간 데보라가 필라프에게 관심 있다는 티를 심하게 내고 다녔으니, 내 반응이 궁금할 수밖에.

'……눈도 마주치지 말아야지.'

창가 명당자리를 본의 아니게 빼앗았을 때처럼 미야 얼굴을 감상하는 것만으로도 째려보는 거라고 오해받을 소지가 다분하다.

나는 다급히 창밖으로 시선을 돌리고 딴청을 부렸다.

미야가 자신이 선물한 목걸이를 착용하지 않아서 필라프는 기분이 가라앉은 상태였다.

그뿐이 아니다. 핑크 다이아몬드를 걸고 거들먹대며 아카데미를 활보하는 데보라의 모습이 눈에 선해서, 짜증이 시도 때도 없이 치밀어 올랐다.

'근데…… 없네?'

데보라의 목에 뜬금없이 화려한 흑진주 목걸이가 걸려 있어서 필라프는 내심 당황했다. 게다가 그녀가 턱을 괸 채 창 쪽으로 얼굴을 돌리고 있는 탓에 표정을 읽을 수가 없어 그의 혼란은 더욱 가중되었다.

'갑자기 무슨 꿍꿍이인 거지? 설마, 이런 식으로 내 관심을 끌려는 건가?'

데보라가 자신의 예상한 범위 안에서 움직이지 않자 더욱 수상하게 느껴졌다.

과시욕과 허영으로는 누구에게도 지지 않는 여자다. 자랑하기 좋은 타이밍인데 왜 저렇게 조용해?

저도 모르게 데보라의 뒷모습을 바라보던 필라프는 인상을 찌푸리며 고개를 돌렸다. 왠지 자신이 말리는 느낌이었기 때문이다.

"와아."

그때, 옆에 서 있던 미야가 문득 감탄사를 내뱉었다.

"왜 그러지?"

"저 보라색 머리 여자분 정말 아름다워요. 수도엔 정말 우아하고 세련된 레이디들이 많네요."

우아?

데보라 인성을 알면 그딴 소리는 절대 입에서 안 나올 텐데, 한미한 가문의 아가씨라서 그런지 세상 물정을 정말 하나도 모른다.

뭐, 겉모습만 보면 데보라가 세련된 건 사실이었다. 머리 색과 어울리는 의상 때문인지 그녀는 시선을 끄는 구석이 있었다. 새카만 흑진주로 인해 희고 긴 목이 더욱 두드러져 보였고, 몸매는 확실히······.

'젠장. 무슨 생각을 하는 거야? 미쳤나.'

아무리 남자가 시각에 약한 동물이라도 그렇지. 필라프는 제 눈을 찌르고 싶은 기분을 느끼며 황급히 미야를 향해 말했다.

"미야, 그대가 훨씬 아름답고 우아해. 저런 여자랑은 비교도 안 될 만큼."

"그런 말씀 하지 마세요."

미야가 손을 내저으며 쩔쩔맨다.

"그대는 누구랑 다르게 겸손하기까지 하군."

필라프는 누구 보란 듯 일부러 더 즐겁게 웃음을 터뜨렸다.

'시간 진짜 안 가네. 이러다 담 오겠다.'

창 너머만 뚫어지게 바라봤더니 승모근이 뻣뻣하다.

'지금쯤 나한테 관심을 껐겠지?'

적당한 시간이 흐른 뒤 힐끗 곁눈질하자 필라프와 미야는 자기들만의 세계 속에서 담소를 나누고 있었다.

'아주 꿀이 뚝뚝 떨어지는군.'

둘이 깨소금 볶으며 잘 사귀기를. 그리고 나에게 제발 민폐는 안 끼치길 빌면서 강단 앞 교수에게 시선을 던졌다.

첫 수업은 정치학. 나는 가방에서 『정치의 이해』라고 적힌 책과 깃펜을 꺼냈다.

'이 공주풍의 깃펜은 또 뭐야?'

보석이 박혀 있는 분홍색 깃펜이라니. 공부도 안 하면서 예쁜 학용품은 대체 왜 사들인 건지 의구심이 들었다.

'오? 근데 이거 대박이다.'

비싼 깃펜이라 그런가? 종이에 미끄러지는 느낌이 아주 끝장난다. 서재에 비치된 깃펜과는 달리, 무게가 가볍고 길이도 적당해서 손아귀에 감기는 느낌 또한 예술이었다.

모처럼 손에 맞는 필기구가 나타나자 과거 학부 시절 하던 낙서가 튀어나왔고, 나는 우연히 데보라가 잘하는 걸 하나 더 발견해 냈다.

'나 금손이잖아.'

이전 생애의 난 구제 불능의 똥손이라 데보라가 얼마나 손재주가 좋은지 확연히 느낄 수 있었다.

나는 이 손으로 저 멀리 창 너머로 보이는 아카데미 건물을 내가 학부생 때 그린 것보다 더 정밀하게 묘사해 냈다. 이런 기막힌 손재주를 지난 생애에 가지고 있었다면 건축과도 다닐 만했을지도 모른다.

책 귀퉁이에 마스터피스 하나를 완성한 뒤, 의식의 흐름에 멍하니 몸을 맡기고 있던 나는 뻐근한 눈가를 문질렀다.

'졸려……'

어제, 개강을 앞두고 잠을 설쳐서 그런지 책 속 글자가 서너 개로 갈라진다. 선생의 음성은 높낮이가 없어서 마치 자장가처럼 들렸고, 내가 앉아 있는 이 자리는 채광이 지나치게 좋다.

'아, 모르겠다. 어차피 난 공부 안 하는 캐릭터잖아.'

내 사고는 거기까지였다. 엎드린 채 기절하듯 잠든 나는 이전 생애의 꿈을 꾸었다.

나는 꿈속에서도 강의실에 앉아 있었다.

그러고 보니 24년 삶의 대부분을 교실에서 보냈다. 초중고 도합 12년, 학부 4년. 졸업을 앞두고 곧바로 이세계 아카데미라니.

무슨 네버엔딩 스토리도 아니고.

공부 못 해서 한이 된 귀신이 붙었나 한탄하는 중, 강의실 문고리가 돌아가는 소리가 들렸다.

"윤도희."

나는 이를 뿌득 갈았다. 문을 열고 나타난 사람이 바로 김한준이었으니까.

생긴 건 아주 준수한데, 하는 짓은 양아치 그 자체인 새끼.

"한준 선배. 무슨 일이에요?"

못다 한 쌍욕부터 뱉고 시작해야 하는데 꿈속의 나는 뭔가에 홀린 사람처럼 상냥한 목소리로 멍청한 소리를 하고 있었다.

"밥 먹었니?"
"아, 아뇨."
"같이 먹으러 가자. 이번엔 내가 쏠게."
"고마워요. 마침 배고팠는데."

마! 나한테 매번 비싼 것만 얻어먹었으면서 선심 쓰듯이 학생식당 데려가지 마.

그리고 난 왜 거기서 오천 원짜리 돈가스 얻어먹고 감동하고 있냐고.

"도희야. 밥 먹었더니 커피 마시고 싶다."

"오빠. 커피는 제가 쏠게요!"

닥쳐! 그만하라고.

"별다방커피 신메뉴 먹어 봐도 돼?"

"그럼요."

"근데, 나 도장 두 개만 더 모으면 다이어리 받을 수 있는데."

"아, 그럼 오빠한테 도장 다 드릴게요."

도장까지 바쳤냐? 아주 가지가지 했구나.

빠르게 스쳐 지나가는 흑역사를 치욕스러운 기분으로 바라보던 나는 어깨를 살짝 두드리는 손에 벌떡 몸을 일으켰다.

'뭐지. 아직 꿈을 꾸나?'

눈을 뜨자마자 시야에 들어온 건 금발의 꽃미남이었다.

남자의 얼굴을 보며 나는 눈가를 찌푸렸다. 뭐 저렇게 어이없을 정도로 잘생긴 사람이 다 있나 싶었다. 김한준이 나오는 악몽을 꾸는 내가 너무 가엾고 불쌍한 나머지 위로 차원에서 나타난 천사가 틀림없다. 나는 갑자기 꿈에 난입한 천사님을 황송한 기분으로 빤히 구경했다. 황금을 녹여 만든 것 같은 금발 위로 햇살이 산산이 부서지는 광경이 몹시 홀리했다.

그의 머리칼이 마치 태양 같다면, 시원스러운 눈매 아래 눈동자는 에메랄드빛을 머금은 바다 같았다. 매끄럽게 솟아 있는 콧대는 장인이 공들여 깎아 놓은 것 같았고, 부드러운 입술은 여신이 삼 일 밤낮을 정성스레 빚은 것처럼 고왔다.

얼굴선은 날렵하면서도 섬세하고, 길게 뻗은 목선과 툭 불거진 목울대는 남성스러웠다.

도무지 눈을 뗄 수가 없는 미모였다. 남자 주변만 시간이 느리게 흐르는 것 같은 착각이 일 정도였다.

그때였다. 천사처럼 생긴 남자가 내 쪽으로 가까이 다가오더니 입을 열었다.

"수업 끝났어요, 데보라 영애님."

고막을 울리는 나직한 목소리에 갑자기 정신이 번쩍 들었다.

'꿈이 아니었어?'

뻑뻑한 눈을 한 번 비비고 나서도, 비현실적으로 생긴 남자는 여전히 내 눈앞에 서 있었다.

"⋯⋯누구?"

나는 자다 깬 목소리로 웅얼거렸다.

"혹시, 나 몰라요?"

그의 에메랄드 같은 눈동자에 당혹감이 지나간다.

"알아야 하는 건가?"

대답은 이렇게 하지만 솔직히 나 역시 당황스럽긴 마찬가지다. 데보라는 대체 어떻게 이런 미남을 기억 못 할 수가 있지? 이건, 정말 큰 실례잖아.

머릿속 기억의 파편에는 주로 인상 깊었던 것들만 남아 있었는데, 저 금발 남자는 데보라에게 아무런 임팩트를 주지 못한 것 같다.

'그게 가능해?'

이젠 필라프에 대한 데보라의 참사랑을 인정해야 할 것 같다. 얼마나 그놈이 좋았으면 이런 남자가 전혀 눈에 안 들어왔을까?

뻔한 생각을 하고 있던 중, 평정을 되찾은 눈앞의 절세 미남이 빙긋 웃는다. 모양 좋은 입술에 부드러운 미소가 걸리자 간신히 침착함을 유지하고 있던 나는 위기감을 느꼈다.

'이게 바로…… 얼굴 공격이란 건가?'

"하하, 모를 수도 있죠. 이시도르 비스콘티. 내 이름입니다."

금세 여유를 되찾은 남자는 아주 쿨하게 이름을 알려 주었다.

이시도르 비스콘티.

어디서 들어 본 것 같아서 기억을 더듬으니 메종드에서 마주친 영애들의 수다 속에서 가장 많이 거론된 이름이었다.

'만인의 최애였지.'

얼굴을 보니 충분히 이해가 갔다. 한국에 있었다면 카메라 앞에서 숨만 쉬어도 빌딩 여러 채 올릴 놈이었다.

"근데 무슨 일로?"

내 물음에 남자가 흰 가죽 장갑을 낀 손으로 무언가를 내밀었다.

'이건……'

그가 건넨 건 정치학 관련 유인물이었다.

'내 걸 따로 챙겨 놓은 건가?'

아무래도 유인물을 챙겨 놓고 내가 잠에서 깰 때까지 기다려 준 것 같다.

근데 이상하네. 내가 이 구역 미친년이라는 건 귀만 달려 있으면 알 텐데 왜 갑자기 말을 걸고 챙겨 주는 거지?

나는 수상한 기분으로 금발 미남을 바라보았다. 가뜩이나 미심쩍은데 김한준이 나왔던 꿈 때문에, 순간 나는 그 새끼와의 첫 만남을 떠올리고 말았다.

김한준도 지금처럼 엎드려 자고 있는 내가 깨길 기다렸다가 조교가 돌리고 간 유인물을 건네줬다. 그 이후에도 이것저것 챙겨 주는 척하면서 탐관오리처럼 내 고혈을 쪽쪽 뽑아냈지.

"이런 거 필요 없어."

난 그가 준 유인물을 차갑게 물렸다. 어차피 아카데미의 정치학 수업은 하품이 나올 정도로 쉬웠다. 대학교 4학년 전공 서적 난이도에 비하면 개껌 수준. 유인물이라 봐야 앞부분 요약본일 텐데, 책을 외우면 그만이었다.

"그래도 챙겨 둬서 나쁠 건 없잖아요?"

"……웬 오지랖이지?"

"방금 악몽을 꿨죠?"

"뭐?"

"인상을 쓰면서 잠들어 있는 모습을 보니까 오지랖이 부리고 싶어지더라고요. 아, 혹시 배 안 고파요? 지금 점심시간인데."

자연스러운 화제 전환에 나는 내심 당황했다.

뭐 이런 능구렁이 같은 놈이 다 있어?

"안 고파."

"잘됐네. 사실 나도 별로 배가 안 고파요. 그러니 간단하게 차라도 마시러 가요."

"시간 없어. 그럼 이만."

나는 네 마디로 단호하게 거절한 뒤 그에게서 후다닥 멀어졌다. 내 뒤통수에 황당한 시선이 꽂히는 게 느껴졌지만 나는 뭐에 쫓기듯 걸음을 재촉했다.

아까부터 머리에서 삐삐- 경고음이 울리고 있었기 때문이다.

'위험해.'

저 얼굴을 계속 마주하고 있다간, 저 남자가 무슨 의도를 가지고 있든 묻지도 따지지도 않고 퍼 주고 싶어질지도 모른다.

쉽게 말하면 저 금발남은 내 안에 잠들어 있는 호구 본능을 일깨우는 놈이었다.

난 구제 불능의 얼빠라 김한준처럼 취향에 맞는 남자에게 한없이 약했다. 그런데 이시뭐시기는 취향의 벽 따위 가볍게 부숴 버리는 무자비한 얼굴을 가지고 있었다.

'여기저기 경계해야 할 인간들이 널려 있군.'

역시 피폐 소설이라 그런지 긴장을 늦출 수 없다고 생각하며 나는 손톱을 잘근거렸다.

얼굴로 승부한다며 자신만만하게 데보라 공녀에게 접근했던 주군은 얄짤없이 홀로 돌아왔다.

기분 탓일까? 늘 여유 만만했던 저 얼굴이 어딘가 의기소침해 보인다.

왠지 모르게 데보라 공녀에게 호감이 생기는 느낌.

자꾸만 위로 승천하려는 광대를 힘겹게 붙잡으며 미겔은 최대한 순진한 눈동자로 물었다.

"주군. 오늘 점심엔 약속이 있을 거라고, 먼저 복귀하라고 말씀하시지 않았나요?"

미겔의 능청스러운 물음에 이시도르가 눈을 가늘게 좁혔다.

"알고 묻는 건가, 몰라서 묻는 건가? 뭐가 됐든 문제군. 내 오른팔이라는 가신이 건방지거나 멍청하거나, 둘 중 하나라는 뜻이니까."

"공자님. 미남계가 영 통하지 않았나 봐요. 좀 예민해지신 것 같습니다?"

"점점 못하는 말이 없군."

이시도르가 미겔의 정강이를 세게 걷어차자 그가 죽는소리를 내며 펄쩍 뛴다. 애먼 사람에게 화풀이한 그는 슬쩍 유리창에 제 얼굴을 비춰 보며 수심에 잠겼다.

"이 얼굴이 안 통할 리가 없는데. 영문을 모르겠군."

"데보라 영애의 취향은 아닌가 보죠."

"호불호가 갈리는 얼굴이 아니잖아. 황금 비례. 몰라?"

"예외란 어딜 가나 존재하니까요. 데보라 공녀 눈에는 주군보다 필라프 님 쪽이 훨씬 더 취향인가 봅니다."

필라프의 이름이 나오자 이시도르의 미간이 설핏 좁아졌다.

'그래. 한때 시모어 쪽에서 몬테스 가문에 혼담을 넣었었지.'

가만 생각해 보니 둘은 약혼할 뻔한 사이였다. 데보라 공녀가 필라프에게 오래도록 집착해 왔다는 건 누구나 아는 사실이고.

이미 소문으로 들어 알고 있었던 사실을 상기했을 뿐인데 기분이 그리 좋지 않았다.

이시도르가 형용할 수 없는 복잡한 기분을 느끼고 있을 때, 맞은편 복도에서 떠들썩한 수다 소리가 들렸다.

화사한 복장을 한 영애 세 명이 그를 향해 다가왔다.

"어머, 이시도르 님!"

머리를 위로 높게 틀어 올린 영애가 마치 우연히 마주친 것처럼 놀랍다는 얼굴로 호들갑을 떨었다. 어떤 영애는 부채를 가볍게 흔들며 수줍게 눈을 접기도 했다.

그들은 아주 자연스럽게 거리를 좁혀 이시도르의 주변을 빙 에워쌌다.

"무슨 일이죠?"

이시도르가 으레 짓는 상냥한 미소를 머금었다.

"이시도르 님이 운영하는 사교 클럽이 올해 신입을 받는지 궁금해서요."

"아무래도 올해는 입실론의 규모를 늘리기 힘들 것 같군요."

이시도르가 에둘러 거절하며 한 걸음 물러났다. 시론 영애가 자신의 팔에 몸을 바짝 밀착하려 했기 때문이다. 향수 냄새가 너무 강해서 속이 울렁였다.

'너무 대놓고 들이대는데?'

'꼴불견.'

시론 영애는 다른 영애의 따가운 눈총에도 아랑곳하지 않고 적극적으로 대화를 이어 나갔다.

"너무 아쉬워요. 공자님께서 운영하는 클럽에 가입하고 싶어서 다른 클럽에서 온 가입 요청을 벌써 세 번이나 거절했거든요."

이시도르는 대꾸하기도 귀찮아서 검지를 살짝 흔들었다.

"……어머!"

돌연 시론 영애의 머리 망이 툭 끊어지며 위로 틀어 올렸던 그녀의 머리가 사방으로 흐트러졌다. 하필이면 잘 보이고 싶은 이시도르 공자 앞에서 꼴이 엉망이 되자 시론 영애의 얼굴이 부끄러움으로 벌겋게 물들었다.

슬쩍 눈짓을 하는 이시도르를 보며 한숨을 삼킨 미젤이 몸을 숙여 바닥에서 그녀의 머리 장식을 주워 들었다.

"시론 영애, 머리 망이 떨어졌습니다."

"알고 있어요."

미젤의 손에 들린 장식을 쌀쌀맞은 표정으로 채간 그녀가 다급한 걸음으로 자취를 감췄다.

"친구인 것 같은데, 안 따라가 봐도 됩니까?"

이시도르의 물음에 두 영애는 마지못해 자리를 떴다. 시론 영애와 친한 사이는 아니지만, 왠지 그래야 할 것 같은 압박감이 들었다.

"공자님. 마법을 이렇게 남용하시다니요."

그들이 사라지자마자 미젤이 투덜거렸다.

마법으로 상대의 손수건을 저 멀리 날린다거나, 머리핀을 떨어뜨리거나, 목걸이를 끊는 것은 이시도르가 귀족 영애들을 상대하기 귀찮을 때 종종 쓰는 수법이었다.

이시도르는 제국에서 손꼽히는 검사이기 때문에 그가 마법을 이용해 이런 꼼수를 쓰리라고는 아무도 상상하지 못했다.

"차고 넘치는 능력, 남용 좀 하면 어때?"

"어련하시겠습니까."

"그러고 보니 가진 게 차고 넘치는데 군이 미남계에만 매달릴 이유가 없군. 안 그런가?"

"한 번 실패했다고 작전을 너무 빠르게 수정하시는 거 아닌가요?"

"실패라니. 아직 미남계는 시작도 안 했는데."

"……."

"작전은 많을수록 좋은 거 아니겠나."

이시도르는 제 갸름한 턱을 문지르며 진지한 음성으로 중얼거렸다.

그의 얼굴에 걸려 있던 여유로움은 어느새 자취를 감춘 상태였다.

"사교 클럽……."

아카데미 교정을 걷던 나는 사교 클럽에 대한 소개와 홍보가 실린 벽보를 훑으며 침음을 내뱉었다.

'여기 장애물 하나가 더 있었군.'

내가 이렇게 고민에 빠진 이유는 사교 클럽이 대학 동아리처럼 기호에 따라 선택할 수 있는 종류가 아니기 때문이다.

학업이 아닌 친목질이 바로 판게아 아카데미의 존재 이유였고, 그런 아카데미 기조 안에서 형성되고 발전한 것이 바로 사교 클럽이었다.

사교계 데뷔가 가까워지고, 각 분야에서 성과를 내는 나이가 되면 사교 클럽에서 입질이 오기 시작한다.

'거의 필수나 다름없어.'

워낙 오래 이어져 온 전통이라 사교 클럽에 가입하지 않으면 별종 취급을 받았고 졸업 후 사교계에서 활동할 때 특히 불리해졌다.

'내세울 소속이 없으니, 자연스레 겉돌게 되는 거지…….'

작년 즈음, 시모어 공작이 사교 클럽에 미리 들어두라고 데보라에게 낭부했을 정도였다.

어떤 클럽 소속이냐에 따라 이후의 사교계 활동의 결이 달라지기 때문에, 명망 높은 사교 클럽에 입회하는 것은 모든 귀족의 희망 사항이었다.

클럽 구성원의 면면에 따라 클럽 수준이 결정되었고, 황족 혹은 고위 귀족이 운영하는 클럽에 입단하기 위해 귀족들은 온갖 연줄을 동원했다.

참고로 원작에서 데보라는 〈아라크론〉이라는 사교 클럽에 들어간다. 〈아라크론〉은 아카데미 설립 당시부터 존재했던 전통 있는 클럽으로, 곧 벌어질 미래에 미야가 입단할 곳이기도 했다.

'사건 사고의 진원지였지.'

클럽 내엔 남성 모임인 프랫터니티(Fraternity)와 여성 모임인 소로리티(Sorority)가 나뉘어서 존재했는데, 〈아라크론〉의 소로리티에서 데보라는 여주인공을 집요하게 괴롭히고 따돌리다가 역풍을 맞았다.

'여기는 피하자.'

나는 재빨리 판단을 마쳤다. 여주인공과 엮이고 싶지 않으니 〈아라크론〉에는 입회하기 싫었다.

'그런데, 거기 말고 내가 들어갈 만한 클럽이 있나?'

〈아라크론〉은 가문과 혈통을 높게 쳐주는 곳이라 데보라가 입회하기 비교적 수월하다. 반면 〈아라크론〉과 견줄 만한 명성을 가진 〈입실론〉과 〈타우〉, 〈스티그마〉의 경우 능력과 성품, 평판 또한 단원을 뽑는 중요한 기준이 되었다.

'데보라는 능력, 성품, 평판 모두 최악이라 셋 다 어렵겠는데.'

물론 위의 아카데미를 대표하는 4대 사교 클럽 외에 여타 만만한 클럽도 존재하긴 했다. 하지만 명색이 시모어의 직계인데 나보다 지위가 낮은 가문 출신의 리더가 운영하는 클럽에 들어가는 건 모양이 좋지 않다.

만일 허접한 클럽에 들어갔다간 시모어 공작에게 가문의 수치라고 욕을 실컷 얻어먹겠지.

욕만 먹으면 그나마 다행이었다. 소속 클럽이 형편없으면, 사교계에서 은연중 무시당하는 게 가장 큰 문제였다.

'날 무서워하는 건 괜찮은데, 날 무시하는 건 싫다고.'

수도 사교계에서 입지가 약해질수록, 날 서부 경계 지역으로 멀리멀리 보내 버리겠다는 벨렉의 계획에 힘을 실어 주는 격이다.

'아. 머리 아파.'

소설 속, 별 희한한 설정들이 두통을 불러일으켜서 나는 관자놀이를 꾹꾹 눌렀다.

〈아라크론〉을 제외하고 날 받아줄 사교 클럽의 존재 유무도 문제였고, 현재 내 상황 역시 골 때리는 건 마찬가지다.

'마나를 다룰 줄 모르는 내가 마법 전공자라니요?'

어이없어서 헛웃음이 나온다.

데보라는 시모어 가문 출신이라서 그런지 마법에 대한 동경과 환상이 비정상적이리만치 컸다. 전공으로 마법학부를 굳이 고집했을 정도로.

원칙상 마나를 다룰 수 없는 사람은 마법 관련 과목을 들을 수 없다. 하지만 내겐 마탑주 아버지라는 든든한 뒷배가 있다. 심지어 시모어 공작의 쌍둥이 형인 베르트 후작이 아카데미 학장이라서 데보라는 마법학부에 낙하산으로 들어갈 수 있게 되었다.

'이 정도면 거의 최신식 행글라이더지……'

말도 안 되는 특혜에 내부에선 불만이 많았고 종종 데보라를 향한 불쾌한 감정을 숨기지 못하는 이들도 있었다.

"난 너희 같은 천것들과는 근본이 달라."

데보라는 무시당하는 기분을 느낄 때마다 불같이 화를 내며 고가의 마력석을 짱돌처럼 내키는 대로 집어 던졌다. 그뿐이 아니었다. 만만한 하위 귀족 출신 마법사들에겐 손찌검을 하기도 했다.

데보라의 악명은 아카데미 구석구석 안 미치는 곳이 없었지만 마법 학부 소속 학생들이 아마 가장 치를 떨고 있을 것이다.

'가기 싫다.'

마법 연구소 쪽으로 향하는 내 발걸음은 점점 무거워졌다. 미적대며 교정을 가로지르던 나는 시계탑이 서 있는 분수 앞, 사람들에게 둘러싸여 있는 남자를 발견했다.

'이시…… 뭐시기였는데?'

워낙 외모가 화려하고 키까지 커서 그는 멀리서도 바로 눈에 띄었다.

'오징어잡이 배?'

남자가 너무나 이기적으로 생긴 탓에 주변에 서 있는 사람들이 남녀 할 것 없이 죄다 오징어로 보였다. 나만 그렇게 느낀 게 아닌지, 주변을 지나가던 영애들의 시선이 그의 얼굴에 못 박힌 채로 떨어질 줄을 몰랐다.

"저분이 바로 이시도르 경이군요."

아, 그래. 이시도르.

"소문보다 훨씬 더 잘생겼네요."

"뒤에서 후광이 비치는 것 같아요."

여기저기서 그의 외모에 대한 찬사가 들려왔다. 물론, 나도 절절하게 공감하는 바였다.

'오늘 스타일링 찰떡. 십 점 만점에 십 점 드립니다.'

저 얼굴에 뭔들 안 어울리겠냐만, 제복은 정말이지 신의 한수다.

저번에 봤을 땐 흰 셔츠 차림이라 청순해 보였는데, 오늘은 넓은 어깨와 잘록한 허리를 강조하는 검은 프록코트를 입고 있어서 섹시해 보였다.

포마드 헤어스타일은 모양 좋은 이마와 이목구비를 더욱 도드라지게 만들었고, 제복과 더불어 그가 가진 관능미를 한층 더 강조하고 있었다.

'아주 칭찬해.'

소설 설정은 대체적으로 구리다만, 안구 복지 하나만큼은 정말 기가 막혔다. 속으로 따봉을 날리고 있던 나는 이시도르와 퍼뜩 눈이 마주치자마자 혀를 씹었다.

'설마 정줄 놓고 구경하고 있던 게 들킨 건 아니겠지?'

잘생긴 얼굴에 하염없이 약한 스스로를 질책하는 중에도 내 근처에 서 있던 영애들은 서로의 팔을 마구 두드리며 호들갑을 떨었다.

"어머. 방금 나 본 거 맞지?"

"날 보고 웃으신 거야."

나랑 눈이 마주친 게 아니구나. 착각할 뻔했다.

"데보라 영애!"

그런데 안도하고 있는 나를 이시도르가 정확히 호명했다. 그의 주변에 서 있던 사람들 모두 당혹한 표정을 한 채 내 쪽으로 고개를 돌렸다.

나 역시 황당한 건 마찬가지였다.

'왜 자꾸 나한테 말을 걸지?'

모두가 혼란에 빠진 사이 저를 둘러싼 사람들을 가볍게 헤집고 나온 이시도르는 나를 향해 성큼성큼 다가왔다. 다리가 워낙 길어서 그와의 거리는 순식간에 좁아졌다.

"어디 가요?"

이시도르가 다정다감한 말투로 질문을 건넸다. 서글서글한 눈매를 반달처럼 휘면서.

"알아서 뭐 하게?"

자비 없는 이시도르의 얼굴 공격에 나는 시선을 피하며 황급히 대꾸했다. 목이 긴장으로 잠겨 있어서 아이러니하게도 목소리를 아래로 깔고 협박하는 것처럼 들렸다.

"한가하면 같이 차나 마시자고 하려고요."

"저쪽에 그대와 같이 차 마셔 줄 이, 아주 많아 보이는데."

나는 옹기종기 모여 있는 사람들을 향해 턱짓했다. 그들은 내가 겁나서 가까이 오지는 못하고, 저들끼리 수군거리며 이쪽을 구경하고 있었다.

"다른 사람은 신경 쓰지 않아도 돼요."

이시도르가 얼굴을 앞으로 살짝 기울이며 속삭이듯 말했다. 그윽하고 먹먹한 저음 톤의 목소리가 고막을 울렸다.

이거, 완전 여우잖아.

"……내가 다른 사람 신경 쓸 위인으로 보이나? 눈치가 없는 거야, 없는 척하는 거야?"

혼미해진 정신을 붙잡기 위해 노력하며, 나는 가시 돋친 말을 내뱉
었다.

"하하!"

뭐가 그리 재미있는지, 그가 문득 웃는다.

뭐야? 설마 그런 시추에이션은 아니지?

나한테 이렇게 차갑게 대한 여자는 네가 처음이야 같은, 식상한 전개.

"바쁘니 난 이만."

나는 황당한 망상을 머릿속에서 몰아내며 몸을 돌렸다.

"아쉽네요. 영애와 사교 클럽에 관한 이야기를 나누고 싶었는데."

사교 클럽이라고?

나는 앞으로 내디디려는 걸음을 우뚝 멈췄다. 이시도르의 예상치
못한 제안은 나를 꽤 솔깃하게 만들었으니까.

비스콘티 가문의 공자가 소속된 클럽이라면, 분명 내가 들어가기에
도 나쁘지 않을 만한 곳일 테지. 게다가 소설에 이시도르라는 인물이
서술되지 않은 것을 보아, 그가 속한 클럽은 〈아라크론〉이 아닌 게 확
실했다.

'근데, 왜 이시도르는 소설에 등장하지 않은 거지?'

얼굴만으론 KTX 타고 가면서 봐도 메인 남주인데.

여하튼 이시도르가 미야의 어장남이 아니다 보니 내겐 그의 정보
가 전혀 없었다.

'도통 무슨 꿍꿍이인지 모르겠군. 아무래도 마스터에게 이시도르
비스콘티에 대한 자료를 수집해 달라고 해야겠어.'

이시도르를 등진 채 머뭇거리던 나는 고개를 뒤로 돌렸다. 내게 접

근하는 그의 의중을 파악할 수는 없지만, 어쨌든 사교 클럽에 대한 제안은 흘려들을 수 없었다.

"······지금은 수업에 들어가야 해. 나중에 이야기하지."

"네. 나중에 이야기해요."

애매하게 대답을 흘렸는데도 이시도르는 눈매를 부드럽게 휘며 씩 웃는다.

'헉······.'

여, 역시 저 얼굴은 위험하다.

돈은 많이 들겠지만, 마스터에게 조사를 부탁해야겠다고 다시금 다짐하며 나는 마법 교육관으로 빠르게 걸음을 옮겼다.

마법 교육관은 습하고 어두운 기운을 풍겼다. 마치 내 몸에 마나를 억지로 흘려 넣었을 때와 유사한, 꺼림칙한 기분이 들었다.

데보라의 몸은 마나와 상성이 잘 안 맞는다는 것을 다시금 느낄 수밖에 없었다.

'능력이 없으니, 돈 말고 답이 없구나.'

다시금 금화의 필요성을 실감하며 라이팅 마법이 걸린 마력석이 늘어서 있는 복도를 가로질렀다.

오늘 수업은 마법 수식 이론. 마나를 다룰 줄 몰라서 죄다 이론 과목 위주로 편성할 수밖에 없었다. 이론만 잔뜩 익혀 봐야 실전에서 사용할 수 없는데, 한 손으로 손뼉을 치려는 거랑 뭐가 다른지 모르겠다.

내심 혀를 차며 교실 안으로 들어가자 어수선한 주변이 조용해지면서 두려움이 담긴 시선들이 뺨에 들러붙었다. 저런 눈빛도 슬슬 익숙해지는 것 같다고 생각하며 나는 적당한 곳에 자리를 잡았다.

캐붕 없이 악녀 행세를 잘하고 있는 것 같아서 안도감과 편안함이 느껴지기까지 했다.

얼마 후. 검은 로브를 걸친 남자가 조교와 함께 초췌한 얼굴로 강당 위로 올라왔다. 피로에 찌들어 있는 표정, 수면 부족으로 인한 다크서클, 구부정한 자세까지. 왠지 모를 기시감에 나는 눈가를 좁혔다.

'왜 마법사에게서 공대생의 향기가……'

그러고 보니 벨렉 역시 마탑에 틀어박혀서 한동안 코빼기도 보이지 않았다. 하녀에게 슬쩍 물어보니, 그가 공들이던 아티팩트 제작에 문제가 생겼다고 한다.

지난주 우연히 복도에서 마주쳤을 때 말싸움하기도 싫다는 듯 휙 지나갔는데, 설마 너무 피곤해서였나?

'마법사란 직업, 공대 못지않은 3D 직종일지도.'

문득 마나를 다루는 재능이 없는 건 축복이 아닐까 하는 합리적 의심이 들기 시작했다.

쿵!

미심쩍은 기분으로 앉아 있는데, 마법사 옆에 선 조교가 유인물 뭉치를 꺼내 테이블 위에 한 번에 올려놓았다.

마법사가 유인물을 가볍게 턱짓한다.

"여기 보이는 것이 여러분이 이번 분기에 익혀야 하는 수식입니다. 자발적으로 학습할 의지가 없거나, 논리적인 사고가 약하신 분은 따라오기 힘들 겁니다."

마법사는 신경질적인 말투로 말했다. 그의 신랄한 엄포에 학생들이 사이에 불안한 시선이 오간다.

'에휴.'

순한 맛의 과외 선생들만 만나다가 매운 맛 교수를 만나자 기분이 우울해졌다. 이전 생애로 회귀한 느낌.

"오늘은 가벼운 테스트만 진행하고 끝내겠습니다. 문제 푼 뒤에 제출하고 나가시면 됩니다."

수업을 날로 먹은 마법사는 빠른 걸음으로 교실을 나가 버렸고, 교실에는 조교만 남았다.

'갑자기 수식 테스트라니······.'

방학 내내 마법진에 관한 수업을 진행했고, 데보라가 가장 싫어하던 게 마법 수식이라 기억의 파편 속에 수식에 대한 정보는 거의 남아 있지 않았다.

'어차피 못 풀 테니 대충 시간만 보내다가 나가야겠어.'

시간 아깝다. 애초에 마나도 못 느끼는 내가 왜 여기 있는지 이유조차 모르겠다.

'솔직히 때려치우고 싶은데.'

하지만 과거에 데보라가 마법학부에 들어가야 한다고 그렇게 우기고 졸라댔는데, 갑자기 말을 바꾸면 공작이 순순히 알았다고 대답할 리 없었다.

'어떻게 탈출하지?'

안전한 탈주 방법을 궁리하는 중, 조교가 탁탁 분필 마찰하는 소리를 내며 칠판에 문제를 적기 시작했다.

'음?'

문제가 쓰여 있는 칠판을 보다가, 왠지 풀 수 있을 것 같아서 깃펜을 집어 들었다. 나는 답을 적어 넣은 뒤, 답안지를 가장 먼저 제출하고 나왔다.

"왜 이 답안지는 중간 과정 없이 정답만 달랑 적혀 있어?"

"데보라 공녀 답안지입니다."

조교의 설명에 마법 수식 교수인 카일은 인상을 찌푸리며 혀를 찼다.

"다른 학생을 협박해서 답만 쏙 베꼈군. 하여튼 딱 소문대로야. 어쩌다 시모어에서 그런 한심한 인간이 나온 건지."

시모어의 쌍둥이 후계자들이 괴물 같은 재능으로 마법사들에게 좌절감을 안겨 준다면, 데보라 공녀는 어떻게 그녀가 엘리트 쌍둥이와 한 핏줄인지 진지한 의문을 안겨다 주었다.

"짜증 나는군."

카일은 그녀의 답안지를 바닥으로 내던지며 뾰족한 말투로 투덜거렸다.

불러내 혼내자니 마탑주가 애지중지하는 딸이라, 괜히 자신에게 불똥이 튈까 찝찝했다. 하지만 모른 척 넘어가자니 형평성 문제도 있고, 교수로서의 제 권위가 손상되는 것 같아 기분이 좋지 않았다.

그는 신경질적으로 머리를 긁었다.

"불러서 한마디 해야겠지? 커닝하면 안 된다고. 젠장. 내가 보모도 아니고, 가뜩이나 바빠 죽겠는데 이런 기초적인 것까지 가르쳐야 하나?"

"그런데…… 데보라 공녀가 가장 먼저 답을 적고 나와서, 커닝을 지적했을 때 공녀가 그 부분을 근거로 들면 할 말이 없습니다."

"진짜야?"

"네. 아무리 빠르게 수식을 전개해도 십오 분은 걸리는 문제인데, 오 분 만에 나오더군요."

"아하, 알겠다. 찍었는데 우연히 맞은 거군. 데보라 공녀는 운만 아주 기가 막히게 좋은 레이디네."

"그러게나 말입니다."

"아, 운만 좋은 게 아니지. 얼굴도 예쁘긴 하지. 너무 기가 세 보여서 내 취향은 아니지만."

"저도 그런 스타일은 별로입니다."

"성격 죽여서 좋은 집안에 시집이나 갈 것이지, 마나도 다룰 줄 모르면서 여긴 왜 들어온 거야? 누구는 마법 연구소에 들어오려고 죽도록 마나 서클을 쌓고 수식을 외우는데 말이야."

짜증스럽게 중얼거린 카일이 발끝으로 공녀의 답안지를 툭툭 찼다.

집에 도착하자마자 나는 시종을 불러 별관에 있는 도서관에 갈 채비를 하라 일렀다. 내가 수식을 제대로 이해하고 풀었는지 궁금해졌기 때문이다.

'제법 크네. 대학 도서관하고는 비교가 안 될 정도로 작긴 하지만.'

시모어 가문에서 운영하는 도서관은 데보라의 기억에 아주 희미하게만 존재했다. 이 몸이 얼마나 책과 담을 쌓았는지 알 수 있는 부분이었다.

내가 도서관에 등장하자 자리를 지키고 있던 남자의 눈이 크게 벌어졌다. 내 등장이 뜻밖이라 여긴 듯했다.

"데보라 공녀님. 찾는 책이 있으십니까?"

남자가 수상쩍다는 음성으로 물었다. 다른 사용인과 비교했을 때 나를 그리 어려워하지 않는 것으로 보아, 아마 가문 내에서 차지하는 입지가 그리 낮지 않은 모양이다.

하긴, 사서를 하고 있다는 건 고등 교육을 받았다는 뜻이니. 아마 유력 가신 쪽 자제인가 보군.

"일단은 둘러볼 생각이다."

내 대꾸에 남자가 내가 신은 높은 구두를 보며 짧게 한숨을 내쉬었다. 마치 철없는 아이를 상대하는 듯한 표정이었다.

"공녀님의 수고를 덜기 위해 한 말씀 올리자면, 이 도서관은 제국의 역사서와 마법서 위주로 구성되어 있고 레이디들 사이에서 유행하는 로맨스 소설은 취급하지 않습니다."

어라, 이 자식 말본새가 왜 이래?

예전의 나 같았으면, 귀에 거슬리는 소리를 들어도 대충 웃으며 넘어갔을 것이다. 마찰 없이 둥글둥글하게 사는 게 좋은 거라 생각했으니까.

하지만 죽었다 깨어난 지금은 아니다. 참으면 복이 온다는 건 거짓말이었다. 참으면 변비만 걸릴 뿐이었다.

"······그거 유감이군."

나는 그를 빤히 노려보며 대답했다. 네가 그럼 그렇지 하는 얼굴로 의기양양해하던 남자는 이어지는 내 말에 표정을 굳혔다.

"사서란 자가 이토록 시야가 편협하다니. 내 아버지께서 아집으로만 똘똘 뭉친 소인배에게 너무 과중한 직책을 맡기셨다는 생각이 드네."

"펴, 편협하다니요. 언사가 심하십니다."

내 반격이 의외였는지 어버버거리기 시작한 남자에게 나는 재빨리 쏘아붙였다.

"도서관에서 폭넓은 분야의 서적을 취급하지 않는 것을 자랑처럼 떠들어대는데 어찌 편협하다고 말하지 않을 수 있겠나?"

"훌륭한 책이 많은데, 하등 도움 되지 않는 삼류 소설을 취급할 이유가 있을까요?"

"삼류라는 건 그대가 직접 보고 내린 평가인가?"

"안 봐도 뻔하지 않습니까!"

"책 내용을 제대로 확인하지도 않고, 누군가의 창작물을 삼류라고 단정 지으며 폄하하는 태도가 편협하다는 생각은 전혀 안 드나 봐. 자신의 편협함을 끝까지 인정하려 않는 자세도 아주 편협하고."

나는 편협이라는 단어를 계속 사용하며 남자의 자존심을 긁다가, 그가 반박할 말을 찾기 전 책상 위에 놓여 있는 도서관 장부를 향해 손을 뻗었다.

"이렇게 허접하게 장서를 관리하는 주제에 내게 도서관 안내를 자처한 것도 아주 유감이야."

도서관에서 방학 동안 알바를 했던 나는 이곳의 분류 체계를 보며 내심 혀를 찼다. 아무래도 책이 귀하고 그 수가 현대와 비교했을 때 현저히 적다 보니, 도서를 관리하는 시스템 역시 정교하지 않은 듯했다.

"어떤 책을 찾는 중이십니까? 삼류 서적이 아니라면 바로 찾아드리겠습니다."

그는 아직도 제 말실수를 인정하지 못하고 고집을 부리고 있었다.

시모어 집안에 이렇게도 인재가 없나? 정말 사람 유감스럽게 만드네.

"3클래스 광역 마법에 대한 수식이 나온 마법서. 단 한 걸음도 헤매지 않고 찾을 수 있나?"

이렇게 구체적으로 원하는 책을 주문할 줄은 몰랐는지 그가 머뭇거린다.

장서 분류 체계로 짐작했을 때 마법 수식이 있는 곳 정도까지는 바로 데려다줄 수 있겠지만, 한 걸음도 헤매지 않고 3서클 서적을 찾는 건 무리였다. 여기에 도서 검색 기능이 있는 것도 아니고.

"딱 한 발짝이라도 이 몸을 허투루 걷게 한다면…… 내 성격 익히 들어서 알지?"

나는 엄지로 찍, 목 긋는 시늉을 했다.

도서관 사서는 내 협박에 그제야 상황 파악이 되었는지 죄송하다고 연신 고개를 조아렸다. 하지만 나는 이번 일을 곱게 넘길 생각이 눈곱만치도 없었다.

'그동안 내가 사용인들에게 너무 무르게 보였을지도 몰라.'

아무리 유력 가신 자제라고 해도 이렇게 대놓고 공녀에게 기어오르는 놈이 생기다니. 나는 사서의 이름과 얼굴을 기억해 놓은 뒤 도서관 위층으로 올라갔다.

'흐음……'

사서의 말대로 이 도서관은 마법서 위주로 이루어져 있었다. 책장을 유심히 훑던 나는 마나 수식과 관련된 도서를 찾아낼 수 있었다.

『마나 수식 개론』.

'뭐야. 엄청 두꺼워. 펴기도 싫게 생겼다.'

왜 난 다시 태어나도 공부의 굴레에서 벗어날 수 없는 걸까.

'오리하르콘 수저를 물었는데도 여전히 돈 벌어야 하는 상황이고.'

조금 울적한 기분으로 책장을 마지못해 펼쳤다.

[이 책을 친애하는 다나에에게 바친다.]

'다나에가 누구지?'
나는 고개를 갸우뚱하며 다음 장으로 넘어갔다.

[나와 내 동료, 리쿠르고스는 마나의 흐름이 매우 불규칙적이며 파편적이라고 주장하는 의견에 반대한다.
강처럼 고고하며, 바람처럼 가볍고, 지반처럼 단단한 마나는 단지 복잡성의 정도가 높음만을 보여 주는 게 아니라 완전히 다른 수준의 복잡성을 보여 준다.
규칙성을 이해할 수 있는 척도들이 무수히 많은데 그것들은 모두 무수한 실용적인 목적들을 위해 존재……. (하략)]

두꺼운 책을 펄럭이며 나는 가볍게 혀를 찼다.
"……엄청 길다."
20페이지에 걸친 장황한 서문에는 마나 수식이 언제, 누구에 의해서 왜 만들어졌는지에 대해 구체적으로 설명되어 있었다.
수식이 본격적으로 개발되기 시작한 건, 아스테이아 제국이 설립되기 훨씬 이전인 고대 테게아 제국 시기로 거슬러 올라간다.
고대 마법사 중 가장 높은 경지에 올라선 대마법사가 자연에 분포한 마나를 실용적으로 운용하기 위해 규칙성을 띤 형태로 성리한 것이 바로 마나 수식이었다.
'드디어 찾았다.'

이론서를 덮어 두고 응용서인 3서클 수식을 뒤지던 나는 회심의 미소를 지었다. 내가 교수가 낸 문제의 정답을 맞혔기 때문이다.

'그나저나 골 때리네. 광역 마법이 등비수열이라니.'

이 세계에선 등비수열이 마법의 영향 범위를 넓히는 마나 운용 기술이라고 설명되어 있었다. 게임으로 치면 쪼렙들을 쓸어버리는 광역기라고 해야 하나.

하지만 그런 지식이 없어도 공대생인 내게 수의 규칙성을 발견하는 건, 누워서 떡 먹기보다 쉬웠다.

'이거, 보면 볼수록 공대생의 호기심을 자극하네.'

마나를 구형으로 바꾸는 마법은 원의 둘레를 구하는 공식이라 나는 웃음을 꾹 삼켰다.

'마법사가 공대생의 향기를 풍기는 데엔 다 이유가 있었어.'

마법 수식이 내 세계의 수학과 크게 다르지 않아서 흥미로운 기분으로 책을 훑던 나는 뭔가 이상한 점을 발견하고 미간을 찌푸렸다. 등비수열의 합을 구하는 기본적인 공식이 없었기 때문이다.

'왜 이 책엔 공식이 안 나오지?

혹시 맨 뒷장에 해설지가 있을지도 몰라서 나는 긴가민가한 기분으로 책 여기저기를 훑어보다가, 점차 가까워지는 발걸음 소리에 고개를 번쩍 들어 올렸다.

뚜벅뚜벅. 규칙적인 걸음 소리와 함께 책장 틈새로 반짝이는 은발을 가진 작은 인영이 보인다. 이 집안의 막내, 엔리크 시모어였다.

커다란 창으로 들어온 햇살이 엔리크의 통통한 장밋빛 볼을 비췄다. 귀와 볼에서 반짝거리는 하얀 솜털을 보며 나는 입을 꽉 틀어막았다.

이거 완전 구리(Cu)랑 텔루륨(Te) 재질 아니냐? CUTE.

'앞머리 내려서 훨씬 더 귀여워.'

아마 엔리크가 가족 예능 프로에 나왔다면 저 새치름한 귀여움으로 단숨에 광고를 오조 오억 개 꿰찼을 것 같다.

'엔리크 포카 팔면 일 초 만에 완판이다. 왜냐? 내가 종류별로 모을 거니까.'

커다란 눈동자를 이리저리 굴리던 엔리크는 자못 심각한 얼굴로 조그만 입술을 우물거리다가 갑자기 팔을 뻗으며 토끼처럼 깡충깡충 뛰기 시작했다. 아마 원하는 책이 손에 닿지 않는 곳에 위치한 듯싶었다.

'아. 어지러워.'

도 넘은 깜찍함에 현기증이 났다.

솔직히 고백하면, 난 잘생긴 남자보다 귀여운 생물에 더 약했다. 특히 강아지, 고양이, 아이들이 취약이었다.

내가 골목을 지날 때마다 동네 고양이들이 뭐라도 얻어먹으려 주변으로 모여들었던 걸 보면, 아마 걔들도 내가 호구라는 것을 눈치챘던 것 같다.

'도와주고 싶다.'

독하게 나가기로 다짐한 지 얼마나 됐다고.

'그렇지만 너무 귀여워.'

아이가 뛸 때마다 은발이 팔랑거려서 나는 이마를 짚었다. 내가 치열한 내적 갈등을 겪는 동안, 엔리크는 낑낑 않는 소리를 내며 책 끝에 간신히 손가락을 걸었다.

'장하다. 엔리크. 할 수 있어.'

하지만, 책이 워낙 촘촘하게 꽂혀 있는 탓에 엔리크는 이번에도 책을 뽑는 것에 실패했다. 아쉬웠는지 엔리크의 은색 눈썹은 팔자로 축 내려갔고, 작고 둥근 어깨도 아래로 쑥 처졌다.

'그만, 내가 졌어.'

결국 나는 엔리크의 깜찍함에 굴복하고 말았다. 불가항력이었다. 저렇게 귀여운데 안 도와주면 사탄 아니냐고.

"여기."

점프하느라 정신없는 아이의 뒤로 다가간 나는 책을 뽑아 무심한 척 시크하게 건네주었다.

'어억. 미치겠네.'

문득 시야 아래로 동글동글한 정수리가 보여서 나는 입 안 여린 살을 꽉 깨물 수밖에 없었다.

내 갑작스러운 등장에 엔리크가 소스라치게 놀라며 몸을 뒤로 물렸다. 나와 마주한 녀석의 은색 눈동자에 경악이 스쳤다.

하긴, 데보라와 도서관이라니. 된장국과 마카롱 같은 조합이라는 거 나도 동의한다.

"누, 누님?"

"네가 뽑으려 했던 책."

엔리크의 눈매가 이내 차게 가라앉았다. 경계심이 가득한 모습에 한숨이 날 것 같았다.

"절 엿본 겁니까?"

녀석이 제법 매섭게 쏘아붙였다.

"응. 귀여워서."

굳이 애한테까지 무섭게 쏘아붙이듯이 말할 필요 있나 싶어서 솔직하게 대꾸했다.

어차피 엔리크는 나이도 어리고 가문 내에서 아무런 존재감이 없었다. 내 평판에 별다른 영향을 주지 못하는 위치에 있는 아이다. 그러니 내가 마음 가는 대로 행동해도 되지 않을까. 그런 생각이 들었다.

'결론은 귀여우니 어쩔 수 없다는 것. 귀여운 걸 어떻게 이겨.'

"……네?"

"귀엽다고. 하얀 토끼같이."

엔리크가 순간 황당한 얼굴로 큰 눈을 느리게 깜빡인다. 뒤늦게 내 말을 이해했는지 녀석의 둥근 귓가가 점차 빨개졌다.

"노, 놀리지 마세요! 아버님과 형님들께서 키가 크시니까, 저도 곧 몰라보게 클 겁니다."

귀여워서 귀엽다고 한 건데 본의 아니게 콤플렉스를 건드렸는지 엔리크가 발끈 성을 냈다. 그래 봐야 내 눈엔 새끼 고양이가 털을 세우는 것처럼 귀엽게 보일 뿐이었다.

"그래, 클 거야."

나는 웃음을 삼키며 녀석의 동글동글한 정수리를 조심스레 쓰다듬었다.

"너, 너무하십니다!"

그런데 머리를 쓰다듬는 행동을 비웃는 것이라 받아들였는지, 엔리크는 목덜미까지 붉게 물들이며 머리를 좌우로 격렬하게 털었다.

내가 다급히 손을 떼어내자 눈을 날카롭게 치뜨고 씩씩대던 녀석이 갑자기 입구 쪽으로 우다닥 뛰어갔다.

"책! 가져가야지!"

하지만 엔리크는 이미 감쪽같이 사라진 후였다.

'엄청 잽싸네. 무슨 다람쥐도 아니고.'

나는 황당한 기분을 느끼고 있다가 비어 있는 공간에 책을 다시 꽂았다.

호의로 다가간 건데 내 행동을 곡해해서 받아들일 줄은 몰랐다. 그간 데보라와 엔리크의 사이를 고려했을 때 당연한 일임에도 씁쓸한 건 어쩔 수 없었다.

'내 의도와는 정반대로 상황이 벌어지다니.'

하긴, 4천을 배려라고 말하는 공작도 있으니 엔리크 정도면 양호한 편이다.

"에휴."

죽었다 깨어나 기껏 새 삶을 살고 있는데, 내 의도대로 되어 가는 건 딱히 없는 것 같아서 한숨이 새어 나왔다.

'그래. 이거라도 있는 게 어디냐.'

[데보라 공녀님. 주문하신 마지막 케이크 받으러 오세요.]

나는 디저트 상자에 담긴 블랑샤 마스터의 쪽지를 보자마자 외출 준비를 했다.

데보라를 뿌리치고 전속력으로 도서관에서 뛰쳐나온 엔리크는 불에 덴 것처럼 화끈거리는 양 뺨을 문지르며 숨을 골랐다.

"귀여워서."

웃음기가 묻어 있던 누나의 말투를 떠올린 아이의 귓불은 더욱 붉어졌다.

성격 나쁜 제 누나는 또래보다 발육이 늦은 제 몸을 비웃은 게 틀림없었다. 그런데 반달처럼 부드럽게 휘어지던 눈매와 부드럽던 음성이 엔리크의 머릿속을 잔뜩 휘저어 놓았다. 머리칼을 조심조심 쓰다듬던 따뜻한 손의 온도 역시 신경 쓰이긴 매한가지였다.

자꾸만 심장이 콩닥거린다.

"정신 차려!"

누나의 낯선 표정과 행동 때문에 혼란에 빠져 있던 엔리크는 정신을 차리기 위해 양 뺨을 찰싹찰싹 때렸다.

외양만큼은 장미처럼 화려하고 아름답지만, 그녀의 뱃속엔 포악한 독사가 들어 있다는 것을 엔리크는 여러 번 상기했다. 그리고, 누나가 자신을 정말 귀여워서 쓰다듬었을 리 없었다.

자신은 어미의 목숨을 빼앗고 태어난 아이니까.

돌연 몸에서 힘이 쭉 빠졌다. 자신의 생일이 어머니의 기일이라는 사실을 떠올릴 때마다 끝이 보이지 않는 수심 아래로 하염없이 가라앉는 것 같았다.

"마님께서 돌아가신 이후 공작님께서는 일에만 파고들고 계시죠. 참 안타까운 일이에요. 그러니 도련님은 의젓하게 행동해야 해요. 공작님께 미움받지 않도록⋯⋯."

그리고 동시에 유모의 속삭임이 귀를 맴돌았다.

엔리크는 어두운 얼굴로 저택을 발이 닿는 대로 걸어 다니다가, 한창 공사 중인 화원 앞에서 멈춰 섰다. 보존 마법으로 늘 똑같은 형태를 유지하고 있던 정원은 어느 날 갑자기 온데간데없이 사라진 상태였다.

'아버지께서는 무슨 바람이 부신 걸까. 어머니가 가장 아끼셨던 정원이라고 알고 있는데.'

고스란히 박제되어 있는 장미꽃을 볼 때마다 마음을 무겁게 짓누르던 원인 모를 갑갑함이 조금이나마 가신다.

잿더미가 된 땅을 모조리 삽으로 뒤집고, 그 위에 새로운 묘목을 심고 있는 인부들을 오래도록 지켜보던 엔리크는 다리가 슬슬 아파서 별채 안으로 들어갔다.

엔리크의 방 앞을 초조한 얼굴로 서성이던 유모가 급하게 뛰어왔다.

"도련님, 과외 시간인데 대체 어딜 다녀오신 거예요!"

"……도서관."

"시간을 잘 확인하시라고 제가 몇 번이나 말씀드렸는데. 다행히 가정 교사님이 아직 도련님을 기다리고 계세요. 교재는 챙겨 놓았어요. 어서 가요."

엔리크의 은빛 눈동자가 어둡게 가라앉는다. 땀이 맺힌 손을 말아 쥐며 아이는 파랗게 질린 입술을 꾹 깨물었다.

"어서 오세요. 데보라 공녀님."

메종드에 도착하자 점주로 보이는 여자가 나를 곧장 마중 나왔다. 그녀의 얼굴엔 숨길 수 없는 두려움이 맴돌고 있었다. 지난번 테라스 앞 테이블을 뒤엎고 집기를 깨부순 것 때문이겠지.

"공녀님께서 케이크를 찾으러 오실 것이라는 마스터의 전언을 받았습니다."

"앞장서도록."

여자는 각종 재고가 쌓여 있는 창고 뒤로 이어진 비밀 통로에 들어갔다. 메종드에도 다이에나처럼 마스터와 바로 접선할 수 있는 공간 마법진이 그려진 장소가 있었다.

'공간 마법진이 원래 이렇게 흔한 거였나?'

"공녀님. 이쪽으로 오시면 바로 이동하겠습니다."

"잠깐. 이 텔레포트 마법진은 최대 몇 파운드까지 이동시킬 수 있지?"

그런 걸 왜 묻느냐는 듯, 여자의 얼굴에 의문이 지나갔다.

"성인 다섯 명이 한 번에 이동하는 것은 본 적이 있습니다만, 최대 몇 명까지 이동시킬 수 있는지는 잘 모르겠습니다."

"그렇군."

블랑샤 마스터에게 물어보려면 무조건 돈이 들기 때문에 그녀를 통해 공짜로 궁금증을 해소하려 했던 나는 아쉬운 기분으로 입맛을 다셨다.

'그래도 다섯 명이면 적어도 최소 250kg 정도는 한 번에 이동시킬 수 있다는 뜻이군.'

나쁘지는 않은 수치라고 생각하고 있을 때, 마법진과 마정석이 강렬한 빛을 내뿜기 시작했다.

"마스터, 데보라 공녀님께서 도착하셨습니다."

─귀한 손님이 오셨군.

위압적인 음성이 복도를 울리자 문득 긴장감이 치밀었다.

'기죽지 말자.'

나는 표정을 차갑게 굳히고 집무실 안으로 걸어가다가 반짝거리는 금빛 덩어리가 재빠르게 달려와서 흠칫 놀랐다.

"혝혝!"

덩어리의 정체는 마스터가 키우는 쿠키였다.

가까이 다가온 쿠키가 캣닢 주머니를 달아 놓은 옆구리를 빙글빙글 맴돌다가, 까끌까끌한 혀로 내 손등을 쓸어 올렸다. 내가 복실복실한 턱을 문지르자 녀석이 갸르릉 목울음 소리를 내며 눈을 여우처럼 가늘게 접었다.

"쿠키. 이리 와."

블랑샤 마스터는 짐짓 엄한 목소리로 말했다. 하지만 쿠키는 칭얼거리는 소리를 내며 여전히 내 곁에 붙어 있었다.

원작에선 마스터가 불편한 기색을 보일 때마다 사납게 으르렁대며 살벌한 분위기를 조성하던 동물이었는데. 마약의 힘이란 역시 대단하다.

"하아, 대체 왜 저러는 건지. 일단 앉으시죠."

마스터는 가볍게 한탄하며 저 멀리 있던 의자를 마법으로 이동시켰다.

내가 앉자마자 쿠키가 황금 같은 눈동자를 좌우로 굴리더니 은근슬쩍 나와 가까운 곳에 자리를 잡았다. 그러더니 내 허벅지 위에 머리를 얹기도 했다.

마스터는 반쯤 포기한 듯 짧게 한숨을 내뱉었다.

"걍."

그의 한숨 소리에 쿠키가 나와 마스터를 번갈아 보며 귀를 쫑긋댔다. 주인도 물어뜯을 것처럼 사납게 생겼는데, 이제 와 눈치를 보는 모습이 귀엽다.

나도 모르게 피식 웃음이 새어 나왔다.

"쿠키, 귀엽죠?"

나는 급히 표정 관리를 하며 화제를 돌렸다.

"흐흠! 그, 마법 주머니 의뢰를 마무리했다고 들었는데."

"바로 본론부터 들어가시다니. 인정 없으시네요."

그가 운영하는 가게에서 사고를 친 전적이 있어서 그런지, 책망하는 어조에 괜스레 뜨끔해졌다.

"내가 이런 사람이란 거 이미 알고 있었으면서 새삼스럽군. 정보를 다루니 내 소문은 익히 들었을 것 아닌가."

"그렇죠. 익히 듣긴 했죠……."

그가 답지 않게 말끝을 조금 흐린다.

찔리는 게 있어서 그런가. 그의 유리알 같은 눈동자를 보며 나는 선뜩한 기분을 느꼈다.

"그런데 우리가 이렇게 사담이나 나눌 사이는 아니지 않나?"

내가 화제를 돌리자 마스터가 어깨를 으쓱했다.

"그런 사이, 지금부터 하면 되겠네요."

"내가 왜?"

"그런 사이가 되면 에누리라는 게 생기잖습니까."

"뼛속까지 장사꾼인 자네가 에누리? 이젠 빈말도 하는군."

마스터는 짧게 웃었다.

"통찰력까지 가지고 계실 줄은 몰랐습니다. 뭐, 우리 사이는 시간을 두고 개선하는 거로 하고, 그럼 본론부터 꺼내죠."

그는 내가 의뢰한 비자금 주머니를 건넸다. 일견 평범해 보이는 주머니인데 끈을 풀어 입구를 열어 보자 안쪽은 먹칠한 것처럼 새카맸다.

나는 주머니의 기능을 테스트할 겸 가져온 물건들을 집어넣기 시작했다.

'진짜 신기하다.'

블랙홀처럼 작은 입구 속으로 물건이 쑥 빨려 들어갔다. 주머니 구경에 여념이 없는데 남자가 내게 불쑥 손을 내밀었다.

"공녀님."

"왜?"

"손 주세요."

이 갑작스러운 상황은 뭐지?

"내가 강아지도 아닌데 너한테 왜 손을 줘야 하지? 건방지군."

"분실 시에 다시 소환하시려면 공녀님 손에 좌푯값 지정을 해야 하니까요."

"아."

"설마 제가 공녀님을 강아지 취급하겠습니까? 공녀님은 엄밀히 말하면…… 고양잇과입니다."

그가 엉뚱한 소리를 하며 내 손을 쓱 가져갔다. 차가운 가죽 장갑의 감촉이 손에 닿았고, 곧 그의 손에서 옅은 빛이 흘러나왔다.

'손 엄청 크다. 손가락 길고 피아노 잘 치는 남자가 내 이상형인데.'

어. 근데, 나 왜 이딴 생각을 하고 있는 거지?

솔직히 좀 뻘한 생각이 들 정도로 이 상황이 이상하긴 하다. 남이 보면 얘랑 나랑 손을 마주 잡고 데이트하는 것처럼 보일 것이다.

"이거 언제까지 해야 하는 거지? 꽤 오래 걸리는군."

내 물음에 그가 손을 바로 떼어냈다.

"……다 됐습니다."

손바닥에 떠올라 있던 복잡한 문양이 땅에 닿은 싸락눈처럼 서서히 사라졌다.

"소환하고 싶으시면 주문을 외우면 됩니다."

그가 주문을 적어 주었다. 쪽지에 적힌 주문을 보자마자 나는 절대 분실하지 않겠노라 다짐했다.

"주머니 속 물건을 꺼내고 싶을 땐 이 안으로 손을 집어넣으세요. 눈으로 물건을 고를 수는 없으니 금화만 넣는 게 편하실 겁니다."

"그렇군."

그는 내가 한 의뢰에 대한 이야기를 이어갔다.

"그리고 핑크 다이아몬드를 아카데미에서 착용하지 않은 건, 꽤 좋은 판단이셨습니다."

"어……?"

"대체 어떻게 생겨 먹은 보석이길래 공녀님께서 꼭꼭 숨긴 건지, 귀족들의 호기심을 자극한 모양이더군요."

필라프의 어그로를 끌기 싫었을 뿐인데, 마스터는 내가 핑크 다이아몬드의 가치를 높이기 위해 수를 썼다고 생각하는 모양이었다.

"의도하신 겁니까?"

"흠! 뭐, 그렇지."

얻어걸린 거지만, 나는 애써 표정 관리를 하며 시치미를 뗐다.

"그 다이아몬드의 가치와 유명세를 더 높이고 싶다면, 지금처럼 숨기다가 결정적인 순간에 거십시오."

"결정적인 순간이라면?"

"다음 달, 봄 축제가 열렸을 때가 가장 좋겠군요. 그때 금화로 바꿀 기회가 생길 겁니다."

가늘게 웃은 그가 손가락을 까딱 움직였다. 곧 허공에서 티 포트와 찻잔 두 개가 날아와 집무실 테이블 위로 가볍게 안착했다.

"설탕 넣어드릴까요?"

마스터가 부드러운 향이 올라오는 차를 찻잔에 부으며 묻는다.

"한 개만."

내게 차를 타 준 그는 제 찻잔에 설탕 세 스푼을 넣었다. 단 걸 좋아하는 모양이었다. 설탕이 모두 녹자 그는 연기가 피어오르는 차를 느긋하게 음미하며 운을 뗐다.

"그럼 오늘 가져오신 의뢰를 들어 보죠."

"내가 의뢰를 할 거라고 어떻게 확신해?"

"용건 없으면 주머니만 가지고 집으로 바로 돌아가셨을 거잖아요."

그가 삐친 것처럼 느껴지는 건 내 착각일까.

"그래. 네 말대로 의뢰할 게 있어. 알아봐 줬으면 하는 사람이 한 명 더 있다."

"어떤 사람이죠?"

"이시도르 비스콘티."

"……."

마스터는 내 의뢰에 침묵하다가 손에 든 빈 찻잔을 툭 내려놓았다. 심상치 않은 반응에 나는 긴장하며 마른침을 삼켰다.

그가 진지한 눈빛으로 느릿하게 입술을 뗀다.

"……그 남자에 대해서, 어디까지 알고 싶으신데요?"

"어디까지 알려 줄 수 있는데?"

그는 깍지를 낀 채로 제법 고심했다. 아무래도 손꼽히는 명문가의 공자다 보니, 세법 난이도가 있는 모양이다.

'거절당해도 할 수 없지. 이미 루이 가젤에 대한 조사도 진행 중이고……'

나는 반쯤 포기한 채 차를 홀짝였다. 한동안 고민에 빠져 있던 그가 느릿하게 입술을 뗐다.

"키나 몸무게까진 가능할 것 같기도 하네요. 원하신다면 발 사이즈까지는……."

"어?"

"더 민감한 부위는 아무래도 좀. 물론 자신이 없는 건 아닙니다만."

줄줄 이어지는 그의 말에 나는 입에 넣고 있던 차를 뿜을 뻔했다.

물론 이시도르의 발 사이즈나 어깨너비, 허벅지 둘레를 알고 싶어 하는 영애들이 아카데미 지천에 널려 있을 것 같긴 한데, 나는 민감한 신상 정보나 캐는 그런 사생 팬이 아니라고.

"날 대체 뭐로 보는 건가! 그딴 거 말고, 뒤에서 들리는 은밀한 평판이나 소문 같은 거 있잖아."

"그딴 거……."

마스터가 인형 눈 같은 동공을 잘게 떨었다. 헛다리 짚어서 충격을 받은 모양이었다. 날 이시도르 사생으로 보다니. 나도 충격이다.

"평판과 소문. ……그런 거였군요."

"그 남자. 뭔가 수상한 구석이 있는 것 같으니 잘 알아봐."

원작에 나오지 않는 지뢰 같은 설정이 곳곳에 숨어 있는 것 같으니 미리 이시도르에 대해 파악해 둘 작정이었다.

"……그 얼굴을 보고 수상하다니……."

그가 아까부터 뭐라 뭐라 작게 구시렁댄다.

"뭐라고?"

"이시도르 비스콘티가 수상한 사람인지 조사해 달라는 의뢰, 접수했다고요."

거친 목소리로 대꾸한 그가 빈 잔에 차를 콸콸 따랐다. 이번엔 설탕을 무려 다섯 스푼이나 때려 넣었다. 단 음식이 어지간히 당기는 모양이었다.

차가운 표정으로 거칠게 티스푼을 휘저은 그는 무기질 같은 눈으로 나를 바라보았다.

"공녀님. 이제 용건은 다 끝나신 거죠?"

"아니. 차향이 좋아서 다 마시고 갈 생각이야."

"차 가격은 1골드입니다."

"뭐? 디저트도 없으면서 너무 비싸잖아."

"저 고급 인력입니다."

변덕쟁이네. 왜인지 모르게 심사가 꼬인 것 같은 마스터를 바라보다가 나는 슬쩍 운을 뗐다.

"근데 말이야, 이 차도 메종드에서 파는 건가?"

나는 그에게 진주알이 달린 보석을 내밀며 슬쩍 물었다.

"찻값치곤 비싸네요."

조금 귀찮은 낯을 한 그가 안 받겠다는 듯 검은 장갑을 낀 손을 휘휘 내젓는다. 나는 땡잡은 기분으로 목걸이를 다시 가방 안에 집어넣었다.

'웬일이야. 여기 마스터는 질문마다 가격을 매긴다고 소설에 나와 있는데.'

"지금은 티타임이라 일할 생각 전혀 없습니다."

아, 질문을 받을 생각이 없는 거였군.

"아쉽군. 티타임을 가지면서 좋은 제안을 하나 해 볼까 했는데."

"내 쿠키를 어떻게 길들였는지 알려 주시면 들어는 보죠."

"됐고, 난 말할 테니까 그냥 들어. 그대에겐 손해 볼 거 없는 장사
니까."

"이야, 막무가내시네."

"내가 이런 인간인 거 이제 알았어?"

이런 개차반 캐릭터에 빙의해서 얼마나 편한데. 말을 씹어도, 적반
하장으로 굴어도, 모두 데보라가 데보라했거니 하거든.

나는 주머니에 넣어 온 쪽지를 꺼내 테이블에 막무가내로 올려놓
았다.

"어때?"

그는 딴청을 부리며 차만 홀짝거리다가, 이내 쪽지에 그려진 그림에
관심이 갔는지 팔짱을 끼고 그것을 관찰하기 시작했다.

"이건 뭡니까? 여자……?"

"맞아."

내가 그려 온 것은 여성을 아이코닉화한 보라색 로고였다. 바로 내
커피 브랜드.

아카데미 수업이 지루할 때마다 틈틈이 그렸다. 이 몸의 타고난 손
재주가 워낙 좋아서 이전 생애에 봤던 전문가가 디자인한 로고 느낌
으로 제대로 구현할 수 있었다.

"도식화되어 있는 세련된 이미지군요. 독특하기도 하고요. 설마 직
접 그리신 건가요?"

내가 그림을 잘 그린다는 게 의외였는지 그가 조금은 관심을 보이기 시작했다.

"그래, 내가 그렸어. 이 인장을 내세워 디저트 사업을 할 생각이네."

이곳엔 '인장'이라는 개념이 있어서 브랜드 로고에 대해서 미주알고주알 길게 설명하지 않아도 된다는 것이 좋았다.

"디저트 가게에 인장이 왜 필요합니까? 거창하게 느껴지는군요."

"각인시키기 위해서는 무조건 필요해. 난 이 보라색 인장이 달린 가게를 2호점, 3호점, 많게는 100호점까지 계속 확장할 생각이야. 제국 변방에도 이 인장이 달린 가게를 차릴 거고 섬에도 차릴 거야. 심지어 보라색만 봐도 제국 사람들이 반사적으로 이 인장을 떠올리게끔 할 거야."

"지점을 끝없이 확장하는 게 어떻게 가능하죠? 소유한 인력과 돈에 한계가 있을 텐데요. 황제도 그렇게는 못 합니다."

마스터가 떡밥을 물자마자 나는 반짝 눈을 빛냈다.

"꼭 내가 가진 인력을 사용하지 않아도 돼. 타인에게 상호를 대여해 주면 되니까."

"상호를 대여한다고요?"

그의 눈이 충격으로 커졌다.

"그래. 본점만 성공시키면 그 이후로는 아주 간단해지지. 위험성을 줄이고 싶은 사람에게 본점 카페와 동일한 메뉴와 인테리어로 2호점을 내주는 거야. 그 대가로 나는 상호 대여와 노하우 제공에 대한 수수료를 지급받고."

"……놀라운 발상이군요."

경악스럽게도 마스터는 '조세 피난처'에 이어, '프랜차이즈'의 개념역시 곧바로 이해한 듯했다.

그의 머리 굴러가는 속도는 정말 경이롭다. 나는 자본주의에 찌든 현대인이지만 얘는 아니잖아. 내심 뜨악함을 감추며 나는 말을 이어 나갔다.

"참고로 분점이 많아지면 밀가루나 찻잎 같은 원자재를 대량 구매해 원가를 절감할 수도 있어."

"사업장이 많아질수록 상호를 제공하는 이에게 큰 이익이 들어오는 사업 방식이군요."

"그래. 하지만 너무 무분별하게 점포를 늘리면 좋은 꼴을 못 봐."

"하긴. 상권이 겹치면 제 살 깎아 먹기일 테니까요. 품질을 관리하는 것도 어려울 테고. 그런데, 공녀님."

"응?"

"제게 이런 독창적인 점포 확장 방식을 공유해 주시는 이유가 뭐죠?"

'눈치 엄청 빠르군.'

"나랑 동업하자고."

나는 보라색 로고가 그려진 종이를 들어 올렸다.

"여기에 투자해."

카페를 차리는 건 내 이전 생애 로망이기도 하고, 카페인 중독자로서 아이스 아메리카노를 도저히 못 잃어서이기도 했다.

'기왕 사업에 뛰어드는 거, 흥미 있는 분야를 파는 게 정신 건강에도 좋고.'

게다가 나는 마케팅 관련 교양 시간에 조별과제로 카페 사업 관련 리서치를 무려 세 번이나 했다. 그땐 창업할 돈도 없는데 대체 왜 리서치를 하나 싶었는데, 이번 생애에서 써먹게 되다니.

"내게 네가 가진 사업 노하우를 전수해 줘. 인력 관리, 레시피, 원재료 조달 같은 것."

나는 실전 경험이 없으므로 다양한 상점을 운영하는 그와 동업한다면 각종 시행착오를 줄일 수 있었다. 더불어 시간도 아낄 수 있고.

"참고로, 나는 디저트 가게를 성공시킬 수 있는 수많은 아이디어를 가지고 있어. 상호를 대여해 주는 개념은 아이디어의 아주 일.부.분.이지."

"일부분……."

"그리고 나는 내가 가진 창의력을 여기에 쏟아부을 생각이야."

나는 흥미로워하는 그를 똑바로 바라보았다.

"어때? 내 사업에 관심이 좀 생기나?"

조금이라도 고민할 줄 알았는데, 마스터에게선 곧바로 긍정적인 대답이 나왔다.

우리는 그날 동업 계약서를 썼다. 그렇게, 아스테이아 제국을 온통 보라색으로 물들일 내 카페 사업은 작은 첫발을 내딛게 되었다.

'곱씹을수록 기발하군. 제품이 아닌 상호를 판매한다……'

데보라 공녀는 실제 상점을 차려 본 경험은 없을지 몰라도, 자본을 바라보는 독창적인 관점을 가지고 있었다. 소위 말하는 천재라고 할 수 있을 것이다. 그런 그녀가 제안한 투자 요청을 자신이 감히 거절할 수 있을 리 없었다.

'진짜 매력 있어.'

그녀가 남기고 간 보라색 인장을 바라보던 중, 의뢰 내내 뒤에서 숨어 있던 미겔이 불쑥 나타났다.

그는 몹시 초췌한 얼굴이었다. 웃음을 참기 위해 모든 기력을 소진했기 때문이다. 공녀가 이시도르 공자님을 조사해 달리고 말한 순간 폭소를 삼키려고 허벅지까지 쥐어뜯었다.

'내 한계를 체험했지. 자칫하면 들킬 뻔했어.'

살다 살다 매복 중에 '웃음 참기'라는 복병이 나타날 줄이야.

'잃어버린 웃음을 찾아 주다니. 행동이 은근 호감형이란 말이야.'

데보라 공녀에 대한 평가를 조금 상향 조정하며 미겔은 은근한 눈으로 입을 열었다.

"공자님. 정말 어려운 의뢰를 받으셨더군요. 이번 의뢰는 공자님께서 직접 나서셔야겠습니다."

"혹시 이 상황이 재밌나?"

"그럴 리가요! 데보라 공녀님도 참 무모하군요. 무려 위대한 비스콘티 가문의 후계자님에 대한 뒷조사를 의뢰하다니요. 겁도 없이."

"네가 더 겁이 없어 보이는데……."

이시도르가 큰 손을 뚜둑뚜둑 꺾는 것을 보고 미겔이 급히 말을 돌렸다.

"그, 그나저나, 의뢰비를 거하게 뜯어낼 기회였는데 왜 제대로 된 가격을 받지 않으셨습니까?"

"의뢰 비용은 충분히 받았어."

이시도르가 공녀가 그린 인장을 들어 올렸다.

"이 여자 인장은 뭘 의미하는 거죠? 멋지긴 합니다만."

"황금."

"요즘 들어 공자님 속내를 잘 모르겠군요."

"……흐음."

공녀가 제시한 사업 확장 방식에 대한 이해도가 전혀 없는 미겔을 보며 이시도르는 내심 혀를 찼다.

'저런 반응이 당연한 거긴 하지.'

귀족들 대부분이 미겔처럼 돈을 불리는 법에 무지했으며 상업 행위가 고상하지 않다고 여겼다. 데보라 공녀가 특이한 경우였다. 누구보다 귀족적인 환경에서 자랐을 텐데, 지난번엔 불법 비자금 조성, 이번엔 동업 제안이라.

"나는 공녀님 머릿속을 도무지 모르겠더군."

데보라 공녀에 대한 호기심이 조금이나마 해소되기는커녕 경계심이 강해서 여태 접근조차 못 했다. 이시도르는 테이블을 규칙적으로 톡톡 두드리다가 진지한 눈으로 입을 열었다.

"미겔."

"예. 공자님."

"네 판단에 데보라 공녀님은 내가 어떤 스타일링을 했을 때 가장 관심이 많았던 것 같나?"

"항상 무관심하게 지나치셨지만, 검은 프록코트 차림에 포마드 머리 스타일을 하셨을 때 공자님을 일 초 정도 더 쳐다봤던 것 같습니다."

"남성적인 스타일을 좋아하는군."

이시도르가 심각한 얼굴로 중얼거렸다.

"그걸로 밀어붙이시죠."

"그렇지만, 아직 시도하지 않은 게 있어서. 한번 봐주게."

이시도르가 난데없이 몸을 감싼 검은 로브를 벗고 팔찌를 풀더니 서랍에서 무언가를 꺼냈다.

"미겔. 이 스타일에 대한 솔직한 의견을 한번 내 봐. 겸허히 받아들이지."

'스타일이 잘 어울리는지 아닌지 봐주는 건, 미래의 신부님과 함께 하고 싶었던 일인데요.'

모태솔로인 미겔은 서글픔을 목 뒤로 넘기며 기계적으로 손뼉을 쳤다.

"아주 멋지십니다. 머리끝부터 발끝까지 빈틈없이 예술적입니다."

"당연하지. 디테일의 완성은 얼굴이니까."

"……지당하십니다."

"이런 스타일의 옷도 의상실에 들여놓으라고 해야겠어."

이시도르는 이 와중에 호른 지구에 있는 의상실을 통해 돈을 쓸어 담는 중이었다.

그가 입은 옷들은 모두 블랑샤에서 운영하는 칼로스라는 의상실에 서 만든 것인데, 최근 칼로스는 반년 치 예약이 꽉 차 있을 정도로 문 전성시를 이루고 있었다.

멋 부리는 것에 관심이 있는 귀족들이 이시도르의 패션을 은근슬 쩍 따라 하고 있었기 때문이다.

"미겔 경. 혹시 이시도르 경이 입은 웨이스트 코트를 제작한 의상실이 어디인 줄 아나?"

종종 호사가들이 이시도르의 측근인 미겔에게 옷의 출처를 물었 고, 이시도르에게 미리 언질을 받은 그는 가볍게 의상실 정보를 흘렸다.

결국 칼로스라는 상호는 반나절도 안 되어 사교계에 퍼졌다.

다른 유명 의상실에서 부랴부랴 이시도르가 입는 옷과 비슷한 디자인을 제작하는 것 같지만 이미 칼로스는 위상이 달라져 있었다. 제국에서 가장 인기 있는 남자가 드나드는 곳이라는 타이틀이 붙게 된 것이다.

이시도르가 청순한 느낌을 강조하기 위해 셔츠에 맸던 하얀 실크 타이와 산양 가죽으로 만든 장갑은 없어서 못 팔 정도였다.

하지만 이시도르는 소 뒷걸음질 치듯 얻은 사업적 성공을 순수하게 기뻐할 수 없었다. 혼신의 힘을 다한 미인계에도 불구하고 데보라 공녀는 자신을 제대로 쳐다보지도 않았으니까.

'1초라니……'

한편, 수심이 짙어진 얼굴을 한 이시도르를 보며 미겔은 짜증과 감탄을 동시에 느낄 수밖에 없었다. 코디를 조금 바꿨을 뿐인데, 이시도르는 신화 속 음유시인 같은 분위기를 풍겼다.

턱을 괸 채 데보라 공녀가 그렸다는 인장을 다시금 감상하던 이시도르가 시를 읊듯 모양 좋은 입술을 달싹였다.

"……그러고 보니 그림도 굉장히 잘 그리네."

"네?"

"그 작은 손으로 열심히 그렸겠지……."

이시도르는 목울대를 일렁이며 무심코 장갑을 낀 손을 쥐었다 폈다. 공간 마법 주머니의 좌푯값 지정을 위해 그녀의 손을 잡았던 게 연이어 떠올랐기 때문이다.

제 손에 쏙 들어오는 하얗고 작은 손이 생각나자 이상하게 목이 따끔거렸다.

"공자님. 혹시……."

데보라 공녀의 그림을 들고 목덜미를 붉히고 있는 주군을 보며 미겔은 눈을 가늘게 좁혔다. 미겔이 뜸을 들이자, 이시도르가 눈썹을 슬쩍 올렸다.

"왜 그러지?"

"더우십니까?"

"그래. 네 말대로 더운 것 같기도 하군……."

"역시나! 이번 봄은 작년보다 훨씬 따뜻하더군요. 저도 미행하는 내 내 후덥지근하다고 생각했습니다. 아무래도 얇은 재질의 셔츠가 필요…… 크흠. 아, 아닙니다."

미겔은 간사하게 손바닥을 비비며 이시도르의 눈치를 봤다. 사실 그도 칼로스에서 나오는 의상을 노리고 있었다. 유행에 뒤처지기 싫은 건 미겔 역시 마찬가지였다.

"칼로스에 가서 옷 맞춰. 내 이름을 대면, 바로 제작해 줄 거야."

"넵. 충성!"

"내 오른팔이니 특별히 1실버 깎아서 19골드 99실버에 해 주지."

"충…… 성……."

진심인지 거짓인지 모를 말장난에 미겔의 충심은 오래가지 못했다.

"크르르……."

둘 사이에 침묵이 내려앉은 가운데, 데보라 공녀가 나간 입구를 하염없이 쳐다보던 쿠키가 갑자기 사나운 눈초리로 으르렁거렸다. 금단 현상이 시작된 것이다. 또다시 사춘기 소년처럼 성질을 부리려는 쿠키를 이시도르가 급히 달랬다.

"쿠키야. 안 놀아 줘서 화났어? 집에 가면 네가 좋아하는 간식 줄게."

꿀이 떨어지는 상냥한 목소리로 말한 그는 장갑을 벗고 심기가 불편해 보이는 쿠키의 등줄기를 여러 번 쓰다듬었다. 바짝 곤두섰던 쿠키의 귀가 조금 내려갔다. 짐승이 가진 부드러운 털의 감촉을 느끼던 그는 문득 희미한 궁금증을 느꼈다.

장갑을 벗었다면, 데보라 공녀의 손을 잡았을 때 어떤 느낌이었을지.

하지만 싸락눈처럼 가슴께를 아주 연약하게 맴돌던 궁금증은 집에 도착한 순간 사라졌다.

용이 양각된 황금 기둥이 위용을 뽐내는 타운 하우스로 돌아온 이시도르는 무표정으로 걸음을 옮겼다.

'요즘 동그란 안경을 쓰는 남자들이 아카데미 내에 많이 보이는 것 같은데, 다 쟤 때문이겠지?'

오늘도 사람들 사이에 둘러싸여 있는 이시도르를 보며 나는 고개를 절레절레 저었다. 지적인 느낌이 물씬 풍기는 학자풍 스타일로 나타난 그는 아카데미에 한바탕 파란을 몰고 왔다.

'안경에 진심인 레이디들의 취향까지 저격해 버리다니. 원래 이 분야 장인은 벨렉이었는데.'

꾸민 듯 안 꾸민 듯 자연스럽게 이마 위로 흘러내린 헤어스타일과 잘록한 허리를 강조한 감청색 베스트, 금발과 맞춘 듯한 금테 안경은 그의 댄디함을 극대화하고 있었다.

입덕 포인트가 대체 몇 개인지. 프로 아이돌 그 자체.

'……하지만 이번 건 10점 만점에 9점 드립니다. 미안해요.'

나는 애석함을 느끼며 몸을 틀었다.

하필이면 저 동글이 안경을 유행시키다니. 순간 공과대 캠퍼스로 돌아간 것 같은 아찔한 기분이 들었기 때문에 1점 감점할 수밖에 없었다.

'쯧, 안경테 모양은 얼굴형에 따라 골라야 하는데 죄다 동그란 금테 안경이라니……'

이시도르의 지적인 스타일링을 어설프게 흉내 낸 영식들을 마주칠 때마다 나는 석연찮은 기분으로 미간을 좁혔다.

'……근데, 너무 대놓고 따라 하는 거 아닌가?'

이 아카데미엔 남이 공들여 완성한 패션을 멋대로 흉내 내는 상도덕 없는 따라쟁이가 너무 많다. 스타일이 겹치는 게 내심 싫은 모양인지, 이시도르가 끊임없이 복장과 머리 모양을 바꾸는데도 오히려 역효과만 나는 것 같았다.

뭘 하든 유행처럼 번져 버리니 피곤하겠네.

'너무 잘생긴 것도 죄군. 그나저나 소설 속 세계에도 패션 아이콘이 있구나.'

문득 옷만 입으면 대박을 터트리던 한 연예인이 떠오른다. 그 연예인이 신었던 옷과 운동화는 매번 1초도 안 돼서 절판되었다.

'이시도르한테 협찬하면 대박 나겠군.'

그를 협찬 모델로 써서 돈을 쓸어 담는 망상을 하던 나는 뒤늦게 길을 잃었다는 것을 깨달았다. 내가 덩그러니 서 있는 이곳 풍경은 화려하게 조경된 아카데미 본관이나 엄숙하고 고요한 분위기가 감도는 마법관과 확연히 느낌이 달랐다.

'기억에 전혀 없는 걸 보니, 정령관이 있는 곳도 아닌 것 같고.'

데보라는 필라프와 어떻게든 마주쳐 보려고 자주 정령관 근처를 서성거렸기 때문에, 소거법에 의해 이곳은 기사훈련장 혹은 신학을 배우는 곳이라는 결론이 나왔다.

'어딘지 알아도 길을 모르는 건 매한가진데 난 왜 이런 생각을 하고 있지?'

나는 주변을 두리번거리다가 울창한 나무 사이로 뻗어 있는 오솔길로 들어갔다. 하지만 아무리 걸어도 이놈의 샛길은 끝날 기미를 보이지 않았다.

길치인 나는 매우 착잡해졌다. 믿을 만한 시녀만 있었으면 이런 일이 없었을 텐데.

'어떻게 데보라는 오른팔 하나 없냐고!'

보통 빙의하면 믿음직한 시녀 한 명 정도는 기본템으로 주어지잖아?

근데 난 없다.

기실, 고위 귀족 가문 영애가 지금의 나처럼 독고다이로 돌아다니는 경우는 많지 않았다. 혼자 다니는 영식은 제법 있긴 하지만 고위 가문 영애는 보통 믿을 만한 귀족 영애를 시녀로 고용했다.

고위 귀족의 시녀가 되면 떨어지는 콩고물이 많아서 아카데미 입학 초기만 해도 데보라의 시녀를 하려는 영애들이 많았다. 하지만 얼마 지나지 않아 데보라의 성격을 견디지 못하고 모두 울며불며 그만두겠다고 빌었다.

'그동안 시녀가 열세 번도 넘게 교체됐었지. 개중 원인 모를 강한 복통과 스트레스성 탈모가 생긴 영애만 무려 아홉 명.'

결국, 올해는 시녀 지원자가 단 두 명뿐이었다. 차라리 없는 게 나은 인간 둘. 멜리 마양스와 아이샤 도슈.

시모어 공작의 보좌관이 시녀 지원자라며 보여 준 이름을 보자마자 등골이 서늘해졌다. 그녀들은 소설 속에서 데보라와 함께 여주인공을 악랄하게 괴롭히던 악당들이었다.

내가 소름이 끼쳤던 이유는 신성 모독으로 데보라가 재판에 회부되었을 때, 원작에서 그들이 보여 준 태도 탓이다. 두 시녀는 데보라에게 협박당한 피해자인 척하며 자신들의 악행까지 덮어씌웠다.

쓰면 뱉고 달면 삼키는 박쥐 같은 종자들.

'하긴, 똥 옆에는 똥파리만 꼬일 수밖에 없지.'

하지만 내가 진짜 데보라도 아니고, 미쳤다고 똥파리들을 달고 다니겠는가. 그래서 나는 개강 초, 홀로 다니겠다고 여러 번 못 박았다.

하지만 혼자 다니는 것도 생각보다 만만치는 않았다. 방향치인 내게 길을 안내하고, 주변에 퍼져 있는 소문이나 각종 유용한 정보를 물어다 줄 사람이 필요했다.

'입이 무겁고 유능한 수족을 어떻게 만들어야 할까?'

지친 몸을 나무 등에 기댄 채 깊은 고민에 빠져 있던 나는 저 멀리 부스럭거리는 소리가 나서 반가운 기분으로 고개를 돌렸다.

'마차가 있는 후문까지 앞장서라고 협박해야겠어.'

이젠 제법 악녀다운 사고를 하며 기척이 나는 곳으로 씩씩하게 걸어가다가, 분홍색 머리카락을 보자마자 걸음을 슬그머니 뒤로 물렸다.

망할. 기피 대상 1순위와 마주치다니.

"꺄아악!!"

아무것도 못 본 척 슬그머니 빠지려 했지만, 미야 비노슈는 도저히 무시할 수 없는 커다란 비명을 지르며 넘어졌다.

"아야……."

그녀가 주저앉은 채로 끙끙거리다가 나를 향해 커다란 눈을 가련하게 글썽였다.

"……영애님. 죄송하지만 혹시 도와줄 수 있으신가요? 일어설 수가 없어서요."

미야는 여신의 현신이라 불릴 정도로 순도 높은 신성력을 가지고 있음에도, 자기 자신은 치유할 수 없는 비운의 캐릭터였다.

'중이 제 머리 못 깎는 것도 아니고. 도와줘야 해, 말아야 해?'

순간적으로, 이미 서로 얼굴을 마주친 마당에 무시하는 것보다는 도와주는 게 그나마 낫겠다는 결론을 내렸다. 여주인공에게 찍혀서 별로 좋을 게 없으니까.

마지못해 팔을 뻗었을 때였다.

"미야 영애!"

하필 이 애매한 타이밍에 필라프가 한달음에 달려왔고 나는 손을 내민 채 돌처럼 굳어 버렸다.

아니, 잠깐만. 이러면 꼭 내가 넘어뜨린 것처럼 보이잖아!

"피, 필라프 님."

미야를 공주님처럼 훌쩍 안아 올린 필라프가 나를 불한당 보듯 사납게 노려보았다.

"그간 조용해서 대체 어디서 뭘 하나 했더니, 뒤에서 이런 짓을 하고 있었나?"

그가 사납게 윽박지르자 돌연 손발이 차게 식고 심장이 쿵쿵 뛴다. 데보라의 몸에 각인되어 있는 신체 반응이 평소보다 격렬해 머릿속이 하얗게 번졌다.

필라프는 굳어 있는 나를 보며 흥, 콧방귀를 뀌었다.

"그래. 입이 열 개여도 할 말이 없겠지. 아무리 내게 집착해도 그렇지, 남의 시선이 닿지 않는 곳에서 미야 영애를 밀치다니. 비겁하군."

이쯤에서 우리의 착한 여주인공님이 나 대신 변명이라도 한마디 해 줄 줄 알았는데, 그녀는 움츠러든 목소리로 필라프 님, 하고 그의 이름만 불러댈 뿐이었다.

'말리는 거야, 부추기는 거야?'

여주인공의 눈새 짓에 어이가 없어서 그런지 조금은 정신이 돌아왔다. 나는 재빨리 손가락으로 미야를 가리켰다.

"얘 혼자 나무뿌리에 걸려서 넘어진 거야. 난 일으켜 세워 주려 했던 거고. 기분 나쁜 오해 하지 마. 거기, 내 말이 맞지?"

"네……."

미야의 속눈썹이 가련하게 떨렸고, 그녀의 안색은 더 파래졌다. 왠지 모르게 내가 그녀의 대답을 강제하는 것처럼 느껴졌다.

"지금 그 말을 나한테 믿으라는 건가! 미야 영애, 두렵다고 이 여자를 두둔할 필요 없어."

아오, 여기 VAR 없지? 심판 불러, 심판!

"데보라. 그동안 나를 흠모한 영애들을 집요하게 괴롭혀 온 것, 내가 모를 줄 아나? 거짓말을 할 거면 그럴듯하게 해."

필라프가 마치 적군을 상대하듯 내게 날카로운 기운을 뿌려댔다. 압박감에 숨이 턱 막혔다. 하지만 약한 모습을 보이기 싫어서 나는 주먹을 있는 힘껏 그러쥐고 입을 열었다.

"거짓말 아니라고 이제 두 번 말했다. 멍청해서 백 번쯤 말해야 알아듣나?"

내 말에 그의 이마에 핏대가 섰다. 나는 사납게 눈을 뜬 채로 그와 대치했다.

"데보라, 자꾸 우겨대는데 순순히 알았다 하고 넘어갈 거라 생각하나? 물과 불의 정령의 선택을 받은 몬테스의 후계자가 만만해 보이나 보지? 악행을 들킨 주제에 잡아떼 봐야 너만 우스워질 뿐이야. 미야 영애에게 사과해."

그가 내보내는 기운이 더 강해지자 몸이 짓눌리는 것 같았다. 꼴사납게 주저앉아 버릴 것 같았지만 나는 이를 악물며 버텼다.

"사과해."

"왜 하지도 않은 일을 사과해야 해?"

"당장!"

오기로 버티고 있을 때였다. 무형의 압박감이 사라지고 내 시야에 커다란 몸이 가득 찼다.

"그만하지."

나뭇잎 사이로 내려온 햇살이 남자의 화려한 금발 위로 눈부시게 반사된다. 나는 뜻밖의 인물을 올려다보며 눈가를 좁혔다.

……이시도르 비스콘티?

"레이디를 무력으로 찍어 누르다니. 자네가 이렇게 무도한 자인지는 몰랐군."

둥근 금테 안경을 벗어 포켓에 성의 없이 쑤셔 넣은 이시도르는 나를 제 등 뒤로 완전히 숨겼다. 필라프가 내뿜는 살기가 차단되자 그제야 나는 호흡을 천천히 고를 수 있었다.

"넌 빠져, 이시도르."

필라프의 음성이 짐승이 으르렁대듯 낮아졌다. 으드득 살벌하게 이를 가는 소리도 들렸다.

"자네, 그러다 어금니 죄다 부러지겠네. 나이 먹고 죽만 먹고 싶은 게 아니면 작작 하지 그래?"

"좋은 말로 할 때 비키라고!"

"나쁜 말로 해도 안 비킬 건데."

"왜 갑자기 끼어들어서 날 더욱 화나게 만드는 거지? 이건 자네가 참견할 문제가 아니야."

"레이디를 힘으로 굴복시키려는 자를 보고 그냥 지나치는 '기사'는 없어."

이시도르가 귀족 영식들에게 가장 중요시되는 미덕인 기사도를 거론하자 필라프가 주춤했다.

"어디서부터 본 거지?"

"자네가 물과 불의 정령의 선택을 동시에 받았다고 은근슬쩍 자랑했을 때부터."

"말장난하지 말고!"

"왜 화를 내지? 난 자네가 웃기려고 한 소리인 줄 알았는데."

"이 자식이!"

필라프가 분노를 터뜨리며 불의 정령을 소환한다. 방패 역할을 하는 이시도르의 뒤에 있는데도 살갗 위로 후끈한 열기가 끼쳤다.

"무력을 쓰려는 거 보니 내가 말로는 이겼나 보네."

이시도르는 소풍 온 사람처럼 가벼운 음성으로 말했지만, 사냥을 앞둔 맹수처럼 등 근육을 수축시키며 허리춤에 걸린 검으로 느릿하게 손을 가져갔다.

일촉즉발.

둘 사이에 현을 바짝 당긴 것 같은 팽팽한 긴장감이 깔렸다.

"피, 필라프 님, 제발⋯⋯."

하지만 아슬아슬하게 이어지던 긴장감은 미야의 음성으로 인해 힘없이 끊어져 내렸다. 정령이 뿜어내는 불길이 버거웠는지 그녀가 애원하듯 필라프의 팔을 흔들며 만류했기 때문이다.

"후우."

필라프는 화를 억누르듯 천천히 심호흡하며 말을 이었다.

"정말 기도 안 차는군. 이시도르, 자네. 데보라가 지켜 줘야 할 레이디인 양 두둔하는데 약한 영애를 뒤에서 괴롭히는 레이디도 있나? 난 무조건 사과를 받아야겠어."

이시도르는 어깨를 으쓱하며 입을 열었다.

"장본인은 가만있는데 왜 자네가 씩씩거리면서 난리를 치는지 모르겠군. 거기, 분홍 머리. 데보라 공녀님이 그대에게 사과할 만한 행동을 했나?"

"아, 아뇨……."

"다행이군. 그나마 주제는 알아서."

"자네, 지금 무슨 소리를……!"

"이름도 모르는 가문의 여식이 감히 내 가문과 어깨를 나란히 하는 시모어를 강압해 무릎 꿇려서 사과를 받으려 했다면, 그거야말로 주제를 모르는 거지. 안 그래?"

그의 말을 들은 미야 비노슈의 얼굴이 하얗게 질렸다. 반면 이시도르는 까마득한 고위 귀족만이 가질 수 있는 프라이드를 내비치며 옅은 비웃음을 머금었다.

애초에 내가 미야 비노슈 따위에게 사과하는 것 자체가 어불성설이라고 권력으로 찍어 눌러 버리다니.

좋은 거 배워 간다.

어? 근데 난 사과할 짓을 아예 안 했는데.

"이시도르!"

필라프가 고막이 아플 성도로 써렁쩌렁 고함을 질러대도 눈앞의 남자는 미동조차 하지 않았다.

"내 이름 이시도르인 거 이제 다 아니까 그만 좀 애타게 부르지? 할 말 없으면 더는 억지 부리지 말고 각자 갈 길 가자고. 자네 공주님 무릎 상태는 안중에도 없나 봐?"

이시도르가 피가 번진 미야의 드레스를 보며 턱짓하자 필라프의 표정이 더욱 구겨졌다. 씨근덕거리던 그는 품에 안고 있던 미야를 추어올리며 마지못해 몸을 돌렸다.

"이시도르, 오늘 나와 등을 진 걸 후회하게 될 거야."

"흠. 언제는 우리 둘이 마주 보는 사이였던 것처럼 말하는군."

"물에 빠져도 입만 동동 뜰 개자식!"

"애석하지만 물고기들과 할 말이 좀 많아서 입은 절대 안 뜰 것 같은데."

이시도르의 끝없는 말장난에 필라프가 불 뿜는 공룡처럼 괴성을 내질렀다. 그는 화풀이하듯 엄한 나무 위에 여러 번 발길질하더니 성큼성큼 멀어졌다.

"힘이 남아도는군."

밑동이 너덜너덜해진 나무를 보며 짧은 감상평을 내뱉은 이시도르가 내가 서 있는 방향으로 고개를 틀었다.

"괜찮아요?"

"……괜찮아."

안 괜찮을 것도 없다. 그저 이렇게 커진 상황 자체가 어이없을 뿐. 꼭 내가 치정 싸움을 일으킨 것 같잖아.

정작 북 치고 장구 치고 자진모리까지 돌린 건 저쪽인데.

"안색이 창백하네요."

"원래 뭘 안 발라도 백옥처럼 하얀 얼굴이라서…… 헉!"

별거 아닌 양 허세를 부렸는데, 한 발짝 내딛자마자 모델처럼 긴 내 다리가 주인의 의지를 배반하고 갓 태어난 기린처럼 꼴사납게 휘청거렸다. 필라프가 나를 무릎 꿇리기 위해 살기를 뿌려대서 다리에 힘이 풀린 것 같았다.

"거짓말 참 못하시네."

이시도르가 내 팔을 낚아챈 덕분에 바닥으로 나자빠지는 꼴은 겨우 면할 수 있었다.

"일단 돌아가서 몸을 추슬러야 할 것 같네요. 마차까지 부축해 줄 게요."

필라프를 상대할 때와는 사뭇 다른 분위기였다. 분명 한없이 가볍게 느껴졌는데 지금은 냉랭한 기색을 띠고 있었다. 좀 화난 것 같은……?

이목구비 자체가 웃지 않으면 냉한 느낌이라서 그렇게 보이는 건가?

"마차까지 기어갈 거 아니면 쓸데없는 고집은 부리지 마세요."

그의 기세에 압도되어 잠시 머뭇거리다가, 결국 이시도르의 단단한 몸에 의지했다. 의외로 그는 나를 유리 세공품 다루듯 아주 조심스레 부축했다.

"……왜 도와주는 거지?"

나는 장인이 공들여 깎아낸 것 같은 그의 옆얼굴을 올려다보며 물었다.

오다가다 목격한 이시도르는 늘 사람들에게 둘러싸여 있는 남자였다. 그러니 나에 대한 온갖 소문을 모를 리 없을 텐데, 왜 방금 내 편을 들어 준 건지 모르겠다.

"기사도 때문이라고 해 두죠."

"……."

"공녀는 오지랖이라고 표현한 그거."

"……웬 오지랖이지?"

이시도르는 내가 처음 그에게 했던 말을 똑같이 되돌려 주면서, 내 걸음 속도에 맞춰 보폭을 더 짧게 조정했다.

인적이 없는 고요한 샛길을 지나 본관 뒤쪽 마차가 서 있는 곳에 도착하자, 구석에 앉아 딴짓하고 있던 하인이 다급히 내 쪽으로 달려왔다. 하인이 날 부축하는 걸 도와주려 했지만 이시도르는 자연스럽게 하인을 지나친 뒤, 마차 문 앞까지 나를 데려다주었다.

나를 단단하게 지탱하던 그의 몸이 떨어지자 코끝을 맴돌던 싱그러운 향 또한 옅어졌다. 왠지 모르게 허전한 기분을 느끼고 있을 때, 갑자기 몸이 뜨면서 엉덩이가 마차 의자 위에 사뿐하게 안착했다.

그가 내 몸을 멋대로 들어 올려 의자에 앉힌 것이다.

"조심히 들어가요."

이시도르가 마차 문을 잡으며 아무 일 없었다는 듯이 태연하게 말한다.

방심한 사람을 번쩍번쩍 들어 올리는 건 어디서 배워 온 기사도야? 나는 벌렁거리는 가슴을 다독이며 입을 열었다.

"빚을 졌군."

"데보라 공녀, 이럴 땐 그냥 고맙다고 하는 겁니다."

그가 모양 좋은 입술을 늘리며 농담조로 말했다.

"……고마워. 이시도르 경."

나는 반달처럼 휘어진 그의 눈가를 보며 느릿하게 말했다. 솔직히 이시도르가 오지랖, 아니, 기사도를 발휘하지 않았다면 난 필라프와 미야 앞에서 꼴사납게 주저앉아 있었을 테니까.

"……"

그런데 장난스럽게 웃어넘길 줄 알았던 그가 날 이상한 표정으로 날 바라본다. 둥글게 벌어진 그의 에메랄드빛 눈동자를 보며 나는 뜨악했다.

어? 방금 거, 좀 악녀답지 않았나 봐.

"그, 그깟 고맙다는 말에 놀라기는. 가뭄에 콩 나듯이 아주 드물게 하는 말이야. 난 고맙다는 말을 쉽게 꺼내는, 그런 만만한 사람이 절대 아니니까."

나는 횡설수설 말 같지도 않은 변명을 덧붙였다.

"영광이군요. 이제 들어가 쉬시죠."

피식, 어이없다는 듯 웃은 이시도르는 마차 문을 닫다 말고 갑자기 벌컥 열었다. 그가 마차 안으로 잘생긴 얼굴을 쑥 내밀어서 나는 움찔 놀랐다.

뭐, 뭐야?

"아, 공녀님은 남자 보는 눈을 키우는 게 좋겠어."

쾅!

마차 문이 미련 없이 닫힌다.

방금 좀 황당한 소리를 들은 것 같은데, 마차는 내 어이없는 속도 모르고 천천히 전진하기 시작했다.

"……악!"

뒤늦게 밀려온 현타에 나는 머리카락을 사납게 움켜쥐었다.

필라프가 내 타입이라면 이렇게까지 복장이 터지지는 않았을 것이다. 그런 다혈질 마초 타입은 줘도 싫다고.

심지어 나만 싫어하는 게 아니다. 필라프는 어장남 중에 항상 인기 투표 하위권이었다.

데보라는 왜 하필 나랑 남자 취향까지 상극이라 사람을 이렇게 고통받게 하는 거지? 왜 걔가 싼 똥이 내 몫인 거냐구!

나는 억울함에 몸서리치며 밤새도록 허공에 하이킥을 했다.

한편, 그날 잠 못 드는 사람은 데보라뿐이 아니었다.

"고마워. 이시도르 경."

귀에서 맴도는 음성에 이시도르는 저도 모르게 눈을 질끈 감았다.

처음으로 자신의 이름을 담은 그녀의 목소리는, 어딘가 부드러운 빛을 띠고 있었다.

고양이처럼 가늘게 휘어지던 눈매와 루비처럼 붉은 눈동자까지 떠오르자 속이 울렁이는 듯한 이상한 기분이 더 짙어졌다. 늘 어두운 블랑샤 집무실에서만 마주하다 보니 오늘따라 더더욱 그 빨간 눈동자가 선명해 보였다.

침대에서 뒤척이면서 무심코 그 순간을 끊임없이 되짚던 이시도르는 불현듯 미간을 찌푸렸다.

"필라프 경을 향한 데보라 영애의 순정은 역사가 참 길더군요."

미겔의 말이 떠올랐기 때문이다.
'순정은 무슨…… 그냥, 남자 보는 눈이 낮은 거지.'
솔직히 내가 더 잘생겼는데.
결국, 이시도르는 잠드는 것에 실패하고 침대에서 일어나 검을 들고 연무장으로 향했다.

'젠장.'
필라프 역시 잠이 안 와서 연무장에서 시간을 죽이고 있는 건 매한가지였다. 이시도르에게 말로 빈집 털리듯 털리던 상황이 떠오르면 자다가도 벌떡 일어났다.
그뿐이 아니다.
'그 빌어먹을 자식은 대체 왜 끼어든 거야? 아니라고 박박 우기긴 하지만 정황상 누가 봐도 데보라 잘못이잖아.'

"거짓말 아니라고 이제 두 번 말했다. 멍청해서 백 번쯤 말해야 알아듣나?"

6년 가까이 지겨울 정도로 자신의 주변을 맴돌았던 주제에 그 건조하고 싸늘한 눈초리는 대체 뭐냐고. 꼭 내가 뭔가를 착각하는 것처럼.

‘이젠 새로운 방식으로 나의 관심을 끌려는 건가? 그래. 그 정성은 높이 사 주지.’

순간 미야조차도 까맣게 잊을 정도로 기분이 나쁘고 신경 쓰였으니까.

필라프는 씨근덕거리며 연무장을 벗어났다.

“필라프 님이 다친 미야 영애를 공주님처럼 안고 갔다고 하던데, 들었어요?”

“직접 봤어요. 그런데 대체 왜 그런 거래요?”

“왜겠어요? 데보라 공녀 때문이겠죠. 웬일로 잠잠하더니 올해도 여지없군요. 필라프 경도 피곤하겠어요.”

필라프가 무릎을 다친 미야를 공주님처럼 안고 교정을 가로지른 일은 귀족들 사이에서 제법 자주 회자되었다. 최근 사교계에서 딱히 재밌는 일이 별로 없어서 더더욱.

그리고 마담 오펠리아는 이 상황을 퍽 만족스러워하며 미야를 칭찬했다.

“빛이 더 밝게 빛나려면, 주변에 적당한 어둠이 필요한 법이에요. 선한 주인공이 있다면 당연히 악당도 존재해야 하고요. 그래서 그런지 더욱 밝게 빛나는군요. 미야 님.”

그녀가 피투성이가 된 미야의 무릎을 봐주며 시를 읊듯이 말했다.

미야는 말없이 창밖을 내다보았다. 꽃 하나가 초라하게 매달려 있던 마른 가지에는 어느새 흰 꽃이 가득 피어 있었다.

"역시 시모어와 엮이니 파급력이 다르군요. 지저분한 곳을 돌아다니면서 천것들을 치료하는 것보다 화제성 면에선 훨씬 뛰어나지요."

오펠리아가 들고 있던 붉은 액체가 미야의 무릎에 스며들자, 상처가 검게 물들기 시작했다.

"귀족들은 이런 가십거리에 관심이 몹시 많다는 걸 늘 염두에 두세요. 미야 님."

미야는 대꾸하는 대신 열없이 피식거렸다.

"그나저나, 앞으로 데보라 영애의 괴롭힘이 더 심해지겠군요."

"글쎄요."

오펠리아는 질투에 눈먼 데보라 시모어가 온갖 끔찍한 짓을 벌이며 사교계에서 미야의 화제성을 만들어 줄 거라고 말했다. 그래서 미야는 심한 괴롭힘을 예상하며 마음을 다잡고 있었다.

하지만 마담의 예상과는 달리 그녀가 너무 조용했다. 결국, 그 여자의 관심을 끌려고 필라프를 잠시 떼어놓은 뒤 코앞에서 넘어지는, 웃기지도 않는 쇼까지 벌여야 했다.

"그 여자가 날 안 괴롭히면요? 그동안 조용했잖아요."

미야의 물음에 오펠리아가 크게 웃었다.

"오호홋, 그럴 리 없어요! 자그마치 육 년을 필라프 경에게 집착한 여자예요. 분명 미야 님에게 깊은 앙심을 품고 있을 겁니다. 그간 얌전했던 건 뭔가 꿍꿍이가 있어서였겠죠."

미야는 입술을 말아 물었다가 고개를 끄덕였다. 마담 오펠리아의 말은 여태 틀린 적이 단 한 번도 없었으니까.

그녀는 누구보다 뛰어난 정보원이었다. 사교계 주요 인물 하나하나를 정확히 꿰고 있었다.

"곧 좋은 무대가 마련될 거예요. 능력, 품격, 평판, 뭐 하나 가진 게 없는 데보라 영애의 선택은 혈통을 중시하는 아라크론뿐이죠."

"아아—"

"필라프 경은 핑크 다이아몬드 낙찰에 실패했기 때문에 미야 님께 부채감이 있으니, 미야 님을 적극적으로 본인 소속인 아라크론에 추천해 줄 거고요."

데보라 시모어와 계속 접점이 있을 거라는 뜻이군. 미야는 오펠리아의 말뜻을 곧바로 알아들었다.

"무슨 말씀인지 이해했어요."

"사교 클럽도 중요하지만, 무엇보다 곧 다가올 봄 축제 때 가장 주목받아서 '올해의 꽃'이 되어야 해요."

얼룩처럼 검게 물들었던 상처가 서서히 사라졌다. 오펠리아는 유리병에 든 붉은 액체를 반대편 무릎 위 상처에 마저 부으며 말을 이었다.

"그러니…… 남은 기간엔 신성력의 순도를 더 높이는 데 집중해야합니다. 미야 님."

"읏!"

오펠리아가 칼로 미야의 흰 종아리에 깊은 상처를 냈다. 피처럼 요사스럽게 흘러내리는 붉은 액체가 상흔 위에 스며들자 미야의 푸른눈동자가 검은빛으로 짙게 일렁거렸다.

최근 나를 보며 수군거리는 아카데미 영애들 때문에 귀가 간지러울 지경이었다.

평판이야 더 나빠질 것도 없으니 아무래도 좋은데 '필라프를 좋아해서' 그런 짓을 벌였다고 오해를 받았다는 걸 상기할 때마다 살살 빡침이 올라왔다.

해명하고 싶어도 내 이야기를 들어 줄 영애가 없을뿐더러, 저 혼자 풀썩 넘어진 미야를 '데보라'가 일으켜 세워 주려 했다는 건 나라도 안 믿을 것 같았다.

여주인공만 잘 피해 다니면 만사 오케이일 줄 알았는데, 이 망할 것들이 가만히 있는 악녀에게 뺑소니를 칠 줄이야.

'그런데…… 좀 이상하단 말이지.'

생각할수록 그 상황 자체가 어딘가 부자연스럽게 느껴져서 나는 팔을 긁적였다.

미야 비노슈는 정말 날 몰랐을까?

미야와는 아카데미 첫날 정치 교양 강의 때 마주친 적이 있었고, 나는 희귀한 보라색 머리카락과 사나운 외모 때문에 한번 보면 잊기 어려웠다. 보라 머리의 포악함과 위험성에 대해 필라프가 미야에게 언질 안 했을 리 없을 텐데.

만일 필라프가 따로 언질하지 않았더라도, 나에 대해 주의를 주는 사람이 주변에 한 명도 없다는 건 좀 이상했다.

듣는 귀만 있어도 내가 얼마나 무서운 인간인지 알 텐데. 필라프가 근처에 있는 상황에서 미야가 내게 굳이 도움을 요청한 게 어딘가 미심쩍었다.

"흐음."

하지만 미야가 나를 안다면…… 위험을 무릅쓰고 그런 행동을 한 이유가 뭔지 잘 모르겠다.

원작 소설에선 데보라의 하드캐리 덕에 미야가 저절로 가시밭길을 걸었지만, 지금은 편한 길을 걷다가 굳이 험한 길로 들어오려 하는 꼴이었다.

'꽃길은 아니더라도 평지는 걷게 해 주고 있었는데…… 날 일부러 자극하려고 한 것 같다는 느낌이 자꾸 든단 말이지.'

대체 왜? 설마, 원작처럼 악역이 필요해서?

하지만 그렇다면 또 다른 궁금증이 생긴다.

왜 악역이 필요한가?

'하아, 너무 비약적인 사고 같기도 하고……. 나야말로 소설을 쓰고 있군.'

왜 작가는 중간에 연중을 해 버렸냐고. 기왕이면 완결까지 난 소설에 들어오면 좀 좋나.

몇 가지 가설을 세우고 추측을 해 보던 나는 애매한 기분을 삼키다가 바람이나 쐬려고 밖으로 나왔다. 머리가 아프고 인생이 팍팍할 때는 현실도피를 하기 마련이니까.

내가 향한 곳은 시모어 공작이 새롭게 리뉴얼한 화원이었다.

솔직히 나는 이 화원이 몹시 마음에 들었다. 그리고 나는 전생에서도 꽃을 매우 좋아하는 편이었다.

이미 지나가 버려 돌이킬 수 없는 과거의 기억들이 그리 소중한 건 아니다. 하지만 어린 시절 꽃밭에서 조용히 눈을 감은 채 바람 소리에 귀를 기울이고, 싱그러운 향기를 천천히 들이마시던 기억은 아직도 선명하게 남아 있었다.

'꽃을 보면 기분이 나아진단 말이지. 신기해.'

만개한 꽃 사이에 파묻혀 있자, 누군가가 다정하게 속삭이는 것 같은 상냥한 감각이 내려앉는다. 나는 각양각색의 꽃이 만개한 커다란 화원을 거닐면서 복잡한 기분을 조금이나마 떨쳐 낼 수 있었다.

"날씨는 괜찮네."

꽃향기를 머금은 바람이 뺨을 가볍게 스쳤다. 벌이 날아올라 내 주변을 위협적으로 돌아다녔지만, 조화만 모아둔 것 같은 장미 화원보다 지금 화원이 훨씬 마음에 들었다.

"무슨 일 있느냐?"

바람이 부는 방향에 따라 연약하게 흔들리는 데이지를 바라보던 나는 뒤에서 들리는 중후한 목소리에 천천히 몸을 돌렸다.

"……아버지."

시모어 공작의 얼굴을 보며 '아버지'라고 부르는 상황이 이제는 제법 익숙해졌다. 그가 이 삭막한 세상에서 유일하게 나를 찾는 사람이기 때문이다.

영지에서 돌아온 후, 시모어 공작은 나를 본격적으로 찾기 시작했다.

열흘 전.

시모어 공작은 보좌관을 보내 나를 집무실로 불러내더니 공사가 모두 끝난 화원으로 앞장섰다.

"보거라. 다이아몬드보다 훨씬 근사하지 않느냐?"

그는 의기양양한 목소리로 말했다.

"그렇군요."

나는 내심 당황하다가 그의 말에 맞장구쳤다.

'물주님인데, 잘 보여야지.'

뭐, 빈말도 아니었다. 한가득 피어 있는 금잔화 덕분에 화원은 초입부터 금가루를 한가득 뿌려 놓은 것 같은 장관을 연출하고 있었다.

"식물 사냥꾼을 여럿 고용해 각양 각국에서 귀한 식물과 종자를 들여왔다. 헤아릴 수 없을 만큼 다양한 품종을 심었으니 화려함과 아름다움이야 두말할 나위가 없지. 아까 둘러보니 무지개를 정원 안에 들여놓은 것처럼 화사하더구나."

구구절절 이어지는 시모어 공작의 자랑을 들으며 나는 튀어나오려는 웃음을 간신히 억눌렀다. 아마 그는 '무색무취한 화원이 다이아몬드랑 다를 게 뭐냐'고 했던 내 말을 여태 마음에 담아두고 있었던 게 틀림없었다.

'이분, 살짝 뒤끝도 있고, 쪼잔한 구석이 있네······.'

내내 어렵게 느껴졌던 시모어 공작이 그날은 유독 인간적으로 느껴져서 나는 어색한 기분을 떨치고 자연스럽게 대화를 이어나갈 수 있었다.

"화원 초입만 봤는데 규모가 상상이 되네요. 분명 황실 정원보다 웅장하고 아름다울 것입니다."

"크흠! 그런 말은 오해를 부를 수 있으니 밖에서는 하지 않는 게 좋겠구나. 물론 내 앞에서는 해도 된다만."

그는 내 경솔한 언행에 주의를 주면서도 입꼬리를 씰룩거리고 있었다. 야심차게 꾸민 화원을 '황실 정원'과 비교하면서 추켜세워 주자 기분이 좋아진 듯했다.

"안을 구경해 봐도 될까요?"

"출입을 막을 생각이라면 내가 너를 왜 굳이 이곳으로 데려왔겠느냐? 자유롭게 감상해도 좋다."

나는 꽃구경을 좋아하기 때문에 내심 들떴고 그를 향해 살짝 고개를 숙여 고마움을 표한 뒤 무심코 웃고 말았다.

잘 보이기 위해 만들어 낸 억지 미소가 아니었다. 모처럼 즐거워져서 나도 모르게 나온 웃음이었다.

갑자기 붉어진 얼굴로 기침을 하는 시모어 공작을 뒤로한 채, 기대감을 가지고 화원 안으로 걸음을 옮겼다.

내게 실컷 자랑도 했고 보석보다 아름다운 화원이라고 인정도 받았으니 미련 없이 돌아갈 줄 알았는데, 시모어 공작은 뒷짐을 지고 나를 느릿느릿 따라왔다.

'……설마, 더 찬양해 달라는 무언의 시위인가? 살짝 유치한 면도 있으시네.'

나는 다섯 걸음마다 멈추면서 환상적이다, 아름답다, 무지개 언덕에 온 것 같다 등등, 상투적인 혼잣말을 했다. 5할 정도는 진심이었고 5할 정도는 아부가 섞여 있었다.

'난 이 5성급 호텔 같은 집에 오래오래 붙어 있고 싶거든.'

"벌써 시간이 많이 흘렀는데, 배고프지 않느냐?"

내 공치사에 만족했는지, 그날 시모어 공작은 함께 식사하자는 뜻을 내비쳤다.

'이젠 공작 부인의 편지가 없어도 자연스럽게 식사를 할 수 있는 레벨까지 올라왔군!'

나는 흔쾌히 그의 식사 요청에 응했다.

"데보라. 요즘 먹는 양이 제법 늘어난 것 같구나."

"……네?"

"시종장에게서 네가 음식을 전혀 남기지 않는다는 말을 전해 들었다."

잘 구워진 송아지 요리를 야무지게 씹어 먹던 나는 시모어 공작의 예리한 지적에 입에 있던 고기를 뱉을 뻔했다.

'그러고 보니 데보라는 살도 안 찌는 체질이면서 체중 관리를 자주 했었지.'

식사량까지 그의 귀에 들어갈 줄은 몰랐는데. 충격으로 포크질 속도가 조금씩 느려지자 시모어 공작이 가볍게 혀를 찼다.

"복스럽게 잘 먹어서 보기 좋다는 뜻이다. 옆에서 보는 나까지 입맛이 도는구나."

그는 시종을 불러 송아지 요리를 두 접시나 더 가져오도록 했다.

데보라의 기억에 따르면 시모어 공작은 끼니를 잘 챙기지 않는 워커홀릭이었고, 가족 모임이 있으면 차가운 얼굴로 먹는 둥 마는 둥 했다. 그런데 그날따라 많은 양의 식사를 한 공작은 포만감에 찬 고양잇과 동물 같은 얼굴로 후식으로 나온 케이크까지 음미했다.

'설마, 내 먹방 때문에 식욕이 돈 거야?'

내 추측이 틀림없다.

그날 이후, 시모어 공작은 자주 나를 불러내 식사했다. 그러곤 음식을 입에 넣는 내 모습을 먹방 유튜버 보듯이 흐뭇하게 구경했다. 물론, 나는 그의 기대에 열렬히 부응해 주었다.

불과 이틀 전에도 함께 정원을 거닐다가 저녁을 먹었던 참이다.

이러니 아버지라는 호칭이 자연스레 입에 착착 붙을 수밖에.

"……안색이 좋지 않구나."

시모어 공작이 데이지를 만지작거리는 나를 보며 무뚝뚝한 표정으로 말했다. 벌써 두 명이나 안색이 안 좋다고 지적하다니 충격적이다.

'필라프 이놈 새끼. 잡티, 모공 따위 없는 내 소중한 피부를 상하게 만들어?'

내가 가장 아끼는 게 바로 이 얼굴인데. 필라프를 향한 짜증은 더 커져만 갔다.

시모어 공작이 얼굴을 딱딱하게 굳힌 나를 보며 미간에 주름을 잡았다.

"설마 그 몬테스가 영식 때문이라면 부디 체통을 지켜라. 데보라, 넌 시모어의 유일한 공녀다. 어린애도 안 할 유치한 짓거리를 벌이다니. 하찮은 것들 입에 구설로 오르내릴 행동을 대체 왜 하는 게냐?"

아카데미에서 벌어진 일이 시모어 공작의 귀에도 들어간 모양인지 그가 언짢은 표정으로 내게 말했다.

'아 놔! 그간 마이너스로 떨어진 호감도 쌓으려고 얼마나 피똥 쌌는데.'

부글부글 속에서 뭔가가 끓는다. 나는 공작의 차가운 눈동자를 정면으로 마주하고 입을 열었다.

"말귀를 못 알아먹는 멍청한 몬테스 놈 때문이 아닙니다."

"뭐?"

"그간의 제 행실 탓에 믿기는 어려우시겠지요. 다만 이번 건은 과거와 달리, 제가 그 영애를 괴롭힌 것을 실제로 본 목격자가 없을 것입니다."

"……."

"왜냐하면, 괴롭히지 않았으니까요. 필라프 몬테스가 다친 영애를 안고 다니는 장면 때문에 파생된 소문일 뿐이라는 뜻입니다."

"확실히 몬테스 영식의 행동에만 소문이 집중되어 있군……."

공작은 미심쩍어하면서도 내 말에는 납득했다.

'필라프 놈이 공주님 안기로 교정을 활보한 게 진짜 파격적이긴 했지.'

그래서 상대적으로 나는 묻히는 경향이 있었다. 그냥 아름답게 사랑하는 그들을 밝게 빛내 주는 어두운 배경화면 같은 거?

"하긴, 네가 사고를 쳤을 거면 몬테스 놈이 여자를 끼고 나타났을 때 진즉에 쳤겠지."

'1차원 악녀라서 또 이렇게 설득이 되어 버리네.'

왠지 이번만큼은 시모어 공작이 내 말을 믿고 싶어 하는 기색이라, 나는 다행이라고 생각하며 냉큼 데이지를 가리켰다.

"제 안색이 안 좋은 것은 그저 이 꽃이 걱정되고 신경 쓰였기 때문입니다. 아버님이 직접 꾸민 화원인데 말이죠."

내 말에 시모어 공작이 눈가를 좁혔다.

"꽃이 걱정된다니. 좀 뜬금없는 소리구나."

"말 그대로입니다. 보시다시피 데이지만 잎이 시들시들하잖아요."

내 말에 그가 허리를 숙여 유심히 데이지를 관찰했다.

"……듣고 보니, 그렇게 보이는 것 같기도 하고."

"기분 탓이 아닙니다. 이 토양에선 데이지가 잘 자랄 수 없으니까요."

"네가 그 사실을 어떻게 알지?"

나는 저 멀리 화사한 자태를 드러내고 있는 푸른 수국을 가리켰다.

"수국이 붉지 않고 파랗다는 건, 땅이 산성을 띠고 있다는 뜻이죠. 데이지는 산성 토양에서 키우기 적당하지 않은 품종이고요."

내 말이 흥미를 끌었는지 시모어 공작의 차가운 눈가에 궁금증이 맴돈다.

"그래서, 데보라. 너는 이제 이 데이지를 어찌할 셈이냐? 잘 자랄 수 없는 땅에 심어진 꽃이 걱정되니, 전부 들어내서 원래 있던 곳으로 옮겨 놓을 테냐? 그사이에 꽃은 시들어 죽을 텐데."

이과생 기질이 강한 마법사 아니랄까 봐, 공작은 곧바로 문제를 해결하는 방안부터 꼬치꼬치 캐물었다. 내 의도대로 그의 호기심을 자극해 필라프라는 불쾌한 주제에서 벗어났다.

"아버지. 땅에 문제가 있는데 왜 애먼 꽃을 들어내야 합니까?"

내가 되묻자 그가 고개를 기울였다.

"설마 땅을 건드린다고? 꽃이 잘 자라도록 토양의 성질을 바꾸는 마법은 내가 알기로는 없다."

"효율 떨어지게 마법을 쓸 필요 없습니다."

이 세계는 마나와 마법에 너무 의존하는 경향이 있었다. 마나는 무한하고 마법은 만능에 가깝지만, 조금만 관찰하고 머리를 쓰면 쉽게 해결할 수 있는 문제를 멀리 돌아가도록 방해하기도 했다.

"그럼?"

"숯만 땅에 뿌리면 이 문제는 간단하게 해결됩니다."

"숯? 어째서?"

"숯을 이용해 땅을 중화할 수 있거든요. 숯이 산성과 반대되는 알칼리 성분을 가지고 있으니까요."

"네 말대로 확실히 마법보다 훨씬 간단한 방법이구나."

얄팍한 입가를 문지르며 고개를 가볍게 주억거린 그는 불현듯 나를 기묘한 눈초리로 응시했다.

"그런데 숯으로 산성을 중화시킬 수 있다는 말은 처음 듣는구나. 데보라, 넌 그런 사실을 대체 어찌 안 거냐? 데이지를 이리 시들게 방치해 놓은 것을 보아하니, 정원 관리인조차 잘 모르는 것 같은데."

"……도서관에서 책을 살펴보다가 우연히 발견했습니다."

지난 생애, 과학 시간에 주워들은 지식이지만 도서관에서 봤다고 거짓말했다. 내 말의 진의를 확인하기 위해 공작이 그 많은 책을 일일이 찾아볼 리 만무했으니까.

"아아. 그래서 네가 최근에 도서관을 드나든 것이로구나. 이 화원의 꽃을 잘 보살피려고……."

저 좋을 대로 내 행동을 납득한 시모어 공작은 별안간 크게 헛기침을 하더니 고개를 절레절레 저었다.

"흠. 정말 못 말리겠군. 그렇게도 내가 꾸민 이 화원이 좋으냐?"

"……아버지께서 공을 들여 만드신, 보석보다 아름다운 정원이니까요. 시모어의 일원으로서 이 정원을 아름답게 관리하고 싶었어요."

왠지 여기 온 이후 연기력과 임기응변만 느는 것 같은 건 내 착각이겠지?

"솔직히 꽃보다는 네 처참한 성적표에 도움이 되는 분야에 관심을 가지면 좋겠다만, 그래도 기특하긴 하구나."

"성적에 도움이 되는 분야에도 관심이 있습니다."

깊은 수심이 담긴 공작의 눈동자를 바라보던 나는 재빨리 낚싯대를 드리웠다. 내내 이곳에서 확인하고 싶었던 게 있기 때문이다.

"뭐지?"

"최근 도서관에 드나들며 꽃에 관한 연구뿐 아니라 마법 수식도 공부하는 중입니다."

"네가 다른 것도 아니고 수식을?"

시모어 공작의 은빛 눈동자에 노골적인 당혹감이 떠올랐다. 당황스러우면서도 내심 어이없어하는 것 같다.

'와, 무시하네.'

뭐, 그럴 수밖에 없긴 하다. 기초적인 연산으로 이루어진 하급 난이도의 수식조차 칠색 팔색하며 보기도 싫어하던 데보라. 그녀와 수식은 상극에 가까웠다.

하지만 난 미적분도 풀던 이과생이라고.

"흐음. 데보라, 뭘 하든 일단 시도가 중요하니 열심히 해 보아라. 노력하는 과정도 인생에서는 의미가 있으니까."

공작은 약간 안타까움이 담긴 목소리로 중얼거렸다. 그의 음성엔 직계 방계 통틀어 마법적 재능이 가장 밑바닥인 딸에 대한 연민이 담겨 있었다.

"……그런데 말입니다."

나는 짐짓 엄숙한 목소리로 운을 뗐다.

"뭐지?"

"왜 다들 수식을 푸는 속도가 그렇게 느립니까? 솔직히, 굼벵이들이 기어 다니는 줄 알았습니다."

"무슨 뜻이냐?"

"저는 일 분도 안 걸려서 푸는 문제를 다른 학생들은 오 분 이상 늘어지게 붙잡고 있더군요. 답답하게 말이지요."

최근 마법 수식 수업시간. 카일이라는 교수는 수업을 매번 날로 처드시겠다는 강한 의지를 보여 주며, 또다시 비슷한 유형의 문제를 내고 나가 버렸다.

'마력 강화 보조 마법?'

공격계 마법의 파괴력을 강화하는 수식이라는데, 내 눈에 이건 그저 등차수열이었다. 첫날엔 시간이 아까워서 곧바로 풀고 나갔지만, 그날은 궁금증이 생겨서 주변을 살펴보다가 나갔다.

'재밌는 짐을 발견했지.'

모두가 테게아의 대마법사가 창시한 비효율적인 수식대로 풀고 있었다.

"수식을 푸는 속도가 다들 느려 터졌다고?"

공작이 흥미로운 기색을 보인다.

"네. 쉬운 예를 들면, 광역 마법 전개 시 마나의 총량을 구하는 문제 같은 경우 다들 십 분을 붙잡고 있지만 저는 오 분 만에 풀 수 있습니다."

"그걸 어떻게 오 분 만에 구한다는 거지?"

어이없는 기색이 담긴 공작의 물음에 나는 회심의 미소를 지었다.

역시. 내 추측대로 여긴 '공식'이 없는 게 확실했다. 수식책을 더 확인해 보긴 해야겠지만, 제국에서 가장 뛰어난 시모어 공작도 저렇게 반응하는 걸 보면 내 추측이 맞겠지.

"솔직히 오 분까지도 필요 없습니다. 일 분이면 가능합니다."

"너는 농담에 소질이 전혀 없다, 데보라. 그만하거라."

"제가 어찌 감히 이런 농담을 하겠습니까. 정 의심스러우면 확인해 보시죠. 눈앞에서 보여드리겠습니다."

"집무실로 가자."

내 분위기가 심상치 않다는 것을 깨달은 듯 시모어 공작이 황급히 앞장섰다.

그가 조급한 기색으로 보좌관에게 광역 마법 수식 문제를 가져오라 일렀고, 나는 테이블에 앉자마자 조심스레 물었다.

"혹시, 아버지께서 먼저 이 수식을 푸는 시범을 보여 주실 수 있습니까?"

"그러지."

공작은 고대 테게아의 대마법사가 개발한 방식대로 광역 마법 수식을 풀었다. 고대 이후로 전혀 수식에 발전이 없었던 건지, 아니면 꼭 이런 방식으로만 풀어야만 마나를 운용할 수 있는 건지 좀 헷갈린다.

내가 마나 감응력이 없으니 확인할 방도가 없었다.

"아버지. 꼭 이런 느리고 비효율적인 방식으로 수식을 풀어야 합니까?"

내 물음에 공작이 허를 찔린 사람처럼 당혹스러워하다가 눈가를 찌푸렸다.

"고대 9클래스 대마도사 시메온과 실버드래곤 리쿠르고스가 함께 창시한 수식이다. 이 방식에 의문을 제기하는 사람은 네가 처음이구나."

'아하.'

창시자의 권위가 남다르니 애초에 손댈 생각을 하지 못했던 거군.

게다가 테게아는, 지금보다 대기 중의 마나의 밀도가 높고 이종족 간의 교류가 활발해 마법이 훨씬 융성한 시대였다. 고대 시대에 제작된 마법 아티팩트는 천문학적인 가격에 거래되고 있었으며, 제국의 마법사들은 테게아 시절 마법사들을 신처럼 신봉하고 떠받들었다.

이러니 다들 고인물이 될 수밖에.

"아버지. 이번엔 제가 풀어 보겠습니다."

나는 등비수열…… 아니, 광역 마법의 마나 총량을 구하는 문제를 1분도 안 되는 시간에 풀어 보였다.

늘 냉정한 표정을 유지하던 공작이 경악을 감추지 못했다.

"방금 무슨 짓을 한 거지? 어떻게 이 문제를 삼십 초 만에 푼 게냐? 객관식도 아니고, 숫자를 찍어서 맞힐 수 있을 리도 없는데. 확률적으로 이건 말이 안 되는…….”

그가 횡설수설했다.

“운으로 맞혔다는 생각이 드시면 수를 바꿔서 내셔도 됩니다.”

그는 진짜 나를 못 믿는 듯 문제 몇 개를 더 냈고 나는 바로 답을 써냈다. 이마를 감싸 쥐고 있던 시모어 공작이 미치겠다는 표정을 지었다.

“대체 어떻게 한 거지? 이건 상식적으로 말이 안 돼. 네가 마나만 다룰 줄 안다면 불세출의 전투 마법사가 될 수 있는 상황인데…….”

“음. 왜죠?”

“마법의 캐스팅 속도를 대폭 줄일 수 있으니 말이다. 솔직히 너 정도로 정확성이 높으면서도 속도가 탁월한 사람은 난생처음 본다.”

공작과의 대화를 통해, 굳이 이런 조잡한 방식으로 수식을 풀지 않아도 답만 낼 수 있다면 마법을 쓸 수 있다는 사실을 알게 되었다. 게다가 수식을 푸는 속도는 무려 마법 캐스팅 속도와 연관되어 있었다.

‘젠장!’

마나 감응력만 있었으면, 나도 용병과 결혼한 그 5클래스 마법사처럼 전공을 세울 수 있었을 텐데. 100억을 안 모아도 쉽게 가주가 될 수 있었을 거고.

왜 난 시모어 직계인데 마법을 못 쓰는 거냐고!

아쉬움에 속으로 땅을 치며 눈물을 삼키다가, 이내 서글픈 마음을 고이 접었다.

난 심약한 쫄보라 파이어볼에 타 죽는 사람을 본 순간 곧바로 심장을 부여잡고 기절할 것이다. 살인을 저질렀다는 죄책감에 평생 잠 못

이룰지도 모른다.

'그래도 아쉽네. 마나를 다룰 수 있었으면 여러모로 좋았을 텐데.'

씁쓸함에 잠겨 있는데 퍼뜩 공작이 나를 불렀다.

"데보라."

"네?"

"방금 너는 이 수식을 비효율적이라고 표현했지. 시들시들한 데이지를 살리기 위해 마법을 사용하는 것이 비효율적이라고 표현했듯이 말이다."

"그렇습니다."

"숯을 사용하면 문제가 간편하게 해결되는 것처럼, 마법 수식에도 간편한 길이 있다는 뜻으로 들리는구나. 현재 방식을 고수하면 지금 너와 같은 속도는 절대 나오지 못할 테니."

"맞습니다."

마탑주다운 시모어 공작의 날카로운 통찰력에 나는 내심 감탄했다.

"아버지 말씀대로, 기존의 방식이 아닌 제가 개발한 새로운 방식으로 수식을 전개하면, 훨씬 빠르고 간편하게 답을 낼 수 있습니다."

물론 위대한 수학자들이 만들어 낸 업적이긴 하지만, 이 세계에선 나 말고 아무도 모르니까 내가 개발한 걸로 치자.

"어떤 방식인지 궁금하구나."

나는 학구열이 담긴 공작의 눈을 마주하다가, 깃펜을 들고 양피지 위에 내가 푼 방식을 보여주기 시작했다.

"아! 이런 식으로……."

공작이 연신 감탄한다.

"이 부분은 왜 이렇게 된 거지?"

"수를 대입하는 겁니다. 이런 식으로요."

창밖에 붉은 노을이 깔릴 때까지, 나는 난데없이 시모어 공작에게 수학 과외를 하게 되었다. 각종 과외 알바로 단련된 내게 그리 어려운 일은 아니었다.

목이 타서 물로 손을 뻗는데, 문득 공작의 지긋한 시선이 느껴져서 나는 고개를 번쩍 들어올렸다.

"오늘은 일단 밖으로 나가 식사하자꾸나."

'왜죠?'

솔직히 요네스 지구 여느 레스토랑보다 시모어 가문에 고용된 요리사가 하는 음식이 훨씬 맛있었다. 지난번엔 근신령이 풀렸다는 의미로 외출한 거지만, 호텔 주방장 뺨치는 실력의 요리사가 집구석에 버젓이 있는데 왜 굳이 외식하려는 건지 이해가 가지 않았다.

'갑작스러운 일정이라 레스토랑을 통째로 빌리지도 못할 테고.'

하지만 마차는 뜻밖에도 레스토랑이 아닌, 요네스 지구 내에 있는 커다란 보석점 앞에 도착했다.

어! 설마 나 쇼핑시켜 주려고 나온 거야?

우리 공작님 스케일 봐!

"마음에 드는 게 있으면 고르거라. 내 딸이 그 누구보다 시모어답고 천재적이라는 것을 알게 됐는데, 이 정도는 선물하고 싶구나."

시모어 인장인 쌍두사의 왼쪽 머리는 왕성한 지적 호기심과 새로운 패러다임을 상징했다.

공작의 입장에서 관행을 깨는 수식을 가져온 내 모습이 굉장히 인상 깊었나 보다. 무심한 듯 시크한 투로 말했지만, 눈동자에는 숨길 수 없는 감격이 맴돌고 있었다.

하긴. 마법학부에 낙하산으로 들어왔다고 손가락질 받던 제 딸이 알고 보니 대마도사를 능가하는 천재적인 재능을 가지고 있다는 건 어깨에 힘이 들어가고 면이 서는 일이었다.

"아버지, 감사합니다."

커다란 보석점 안으로 들어가자 가슴이 웅장해진다. '아버지'라는 호칭이 깊은 단전에서부터 절로 우러나올 정도였다.

'아니, 이분은 이제 내 아버지 맞지.'

"데보라, 너무 오래 지체하지는 말아라."

아쉽게도 그는 여느 아버지들과 똑같이 쇼핑을 별로 좋아하지 않 았다.

나는 그의 은근한 재촉을 들으며 진열장 안에 가지런히 놓여 있는 보석들을 유심히 살피다가, 다이아몬드가 촘촘히 달린, 제법 비싸 보이는 팔찌를 검지로 가리켰다. 가운데 박힌 커다란 흑요석이 데보라의 보라색 머리와 잘 어울릴 것 같아서 갖고 싶었다.

대귀족의 등장에 황송한 얼굴로 파리처럼 양손을 비비고 있던 점주가 냉큼 다가와 유리관 안으로 손을 뻗었다. 그런데 막상 계산을 앞두고 시모어 공작이 불쾌한 표정으로 팔짱을 꼈다.

"자네. 지금 감히 시모어를 무시하는 건가?"

그가 뜬금없이 보석점 점주에게 시비를 걸기 시작한다.

'이 하찮은 놈의 목을 쳐라'라는 말이 떨어질 것 같은 공작의 냉엄한 표정을 본 점주가 창백한 표정으로 허둥대다가 허리를 숙이고 고개를 여러 번 조아렸다.

"송구합니다. 시모어 공작 각하. 혹여 불편하신 점이 있었다면 곧바로 시정하도록 하겠습니다."

"황족들도 종종 이용하는 보석점이라고 알고 있었는데 응대가 무척 실망스럽군."

그러니까, 대체 어떤 부분이 불만인 건데?

솔직히 서비스는 나쁘지 않았단 말이지. 나도 주인도 영문도 모르는 채로 그의 호통에 귀를 기울였다.

"하아. 상인이라는 자가 이토록 눈치가 느려서야."

시모어 공작은 보석점 주인의 손에 들려 있는 흑요석 팔찌를 턱짓하며 가볍게 혀를 찼다.

"내 딸아이는 이 진열장에서 그 싸구려 보석을 뺀 나머지 보석을 사들이겠다는 뜻으로 말한 거네!"

어라, 그런 거였나요?

공작은 장본인조차 몰랐던 잠재적 니즈를 아주 당당하게 큰소리로 외쳤다.

"설마 내 딸아이가 팔찌 하나만 사려 했겠나? 한심하기 이를 데 없군. 그렇지? 데보라?"

"그렇습니다. 당연한 것을 일일이 말해 주어야 한다니요. 참으로 답답한 자들이로군요."

나는 다급하게 맞장구쳤다.

내가 진정으로 원했던 건 하나를 제외한 전부가 맞는 것 같다. 땡잡은 기분이 드는 걸 보면.

졸지에 한심한 인간이 된 보석점 주인과 점원들은 웃어야 할지 울어야 할지 모르겠다는 얼굴로 진열장에서 나머지 보석을 모조리 꺼내 포장하기 시작했다.

'바보! 내가 이 집구석 스케일을 또 얕봤어.'

지난번에도 4천만 땡겨 달라고 요구했다가 피 봤으면서, 왜 인간은 같은 실수를 반복하는 걸까?

'앞으로는 이런 황금 같은 기회가 생기면 무조건 열 배로 부른다.'

난 대귀족 마인드를 여러 번 되새기고, 또 되새기며 산처럼 쌓이는 보석함을 망연히 바라보았다.

광란의 쇼핑 후, 레스토랑에서 식사하고 돌아오자 어느새 시모어 타운 하우스 주변엔 짙은 어둠이 깔려 있었다.

"잡거라."

시모어 공작이 시크하게 손을 내민다. 나는 부친의 무뚝뚝한 에스코트를 받으며 마차에서 내렸다.

"들어가거라."

"쉬세요. 아버지."

"솔직히 오늘은 네가 고안한 수식을 연구하느라 제대로 쉬질 못할 것 같다만……."

시모어 공작은 지적 탐구심이 왕성한 모범적인 공돌이 그 자체였다. 아마 공작이 이전 세계에 있었다면, 전설에서나 나오는 유니콘 같은 이과생이 됐겠지.

'저렇게 잘생긴 이과생은 현실에 절대 없으니까.'

부친과 저녁 인사를 나눈 뒤, 별채로 통하는 복도를 걸어가는데 맞은편 어둠 속에서 검은 실루엣이 불쑥 튀어나와서 나는 까무러칠 뻔했다.

벨렉이었다.

"오라비를 그리 독사처럼 매섭게 쳐다보는 여동생은 제국에 너밖에 없을 것이다."

'야! 난 네가 갑자기 튀어나와서 놀란 거라고!'

데보라의 이목구비가 워낙 날카롭고 사나워서 깜짝 놀라도 노려보는 것처럼 보인다는 게 함정이었다.

"무슨 일이야?"

그를 오랜만에 마주하자 몸에 각인된 거부감 탓인지 속이 썩 좋지 않다.

'그간 조용하더니, 또 시비 털러 왔네.'

입술을 사리문 나는 눈을 더욱 사납게 치켜뜨고 그를 올려다보았다.

"데보라. 너 또 사고 쳤다면서?"

"음? 혹시 내 스토커야?"

"내가 왜 너 따위를 따라다니겠어? 행실이 그 모양이니 저절로 귀에 들리더군."

"가문의 후계자도 아니고, 일개 공녀가 뭘 하든 그리 중요한 일도 아닐 텐데 뭐 그리 귀담아듣고 그래."

"감히, 일개 공녀인 네가 후계자인 나와 맞먹으려 드는구나."

나는 그가 했던 말을 돌려주며 말을 이었다.

"꼭 타이밍이 나 사고 치기만을 벼른 사람 같잖아. 아티팩트 연구가 난항을 겪고 있다는 소식을 들었는데, 나랑 이렇게 대거리할 시간 있나?"

아티팩트에 대한 이야기가 나오자 그의 표정이 구겨졌다.

"내 연구는 네가 신경 쓸 바가 아니다."

"나도 그쪽 신경 쓰고 싶지 않아. 그러니 가던 길 가게 해 주든가, 용건부터 빨리 말하든가."

"좋아, 네가 그리 좋아하는 용건부터 말하지. 너, 최근에 아버지와 유난히 자주 독대하는 것 같더군."

"그러게. 아버지가 날 자주 찾으시네."

"이유가 뭘까?"

그가 외알 안경을 손수건으로 닦으며 물었다. 은색 눈동자가 어둠 속에서 뱀처럼 번뜩였다.

"아버지와 만나는 데에도 특별한 이유가 있어야 하나? 나와 시간을 보내는 게 즐거우니까 부르시는 거겠지. 오라버니들은 바빠서 코빼기도 안 보이잖아. 다들 얼굴 구경하기도 힘들더라. 누가 내게 오빠가 둘씩이나 있다고 생각하겠어."

빙의 후, 시간이 제법 흘렀는데도 여태 가족이 다 같이 모여 식사 한번 한 적 없는 참 건조한 집구석이었다.

'로자드가 동부 영지 외곽에서 야만족 토벌 작전을 벌이고 있어서 긴 하지만……'

아무래도 장남이 전쟁을 위해 자리를 비운 상황이다 보니 더욱 모일 일이 없어졌다.

"하!"

내 말에 벨렉은 코웃음을 쳤다.

"물뱀처럼 요점을 이리저리 피해 가는 재주까지 생겼구나. 요 근래 말대꾸가 참 늘었단 말이지. 비혼이라는 해괴한 단어를 꺼내질 않나. 넌 점점 새로운 방법으로 날 화나게 해."

"칭찬 고맙군."

한때는 싫은 소리 한마디 못 하는 호구였는데, 이제는 벨렉 같은 사디스트까지 화나게 하다니.

장족의 발전인데?

"그래, 뭐, 좋아. 네 말대로 아버지가 갑자기 적적해지셔서 너와 자주 시간을 보내는 거라 치자."

벨렉이 입가에 날카로운 웃음을 머금고 한 발짝 다가왔다. 나는 뒤로 물러나지 않기 위해서 손바닥이 얼얼하도록 주먹을 세게 움켜쥐었다.

"하지만 거기까지다. 주제넘게 여기저기 들쑤시면서 허튼짓하지 마."

"여기저기 들쑤시다니? 오빠가 아낀다는 페트릭이라는 학자도 가만 내버려 두고 있잖아. 근래처럼 내가 얌전한 적이 있었나?"

"네가 스테판 가문 자제를 해고했다면서!!"

그가 눈을 부릅뜨며 버럭 소리를 질렀다.

아. 제이미 스테판.

입을 열 때마다 무례함과 편협함이 우수수 떨어지던 도서관 사서의 이름이었다.

"아버지, 제이미 스테판이라는 도서관 사서가 제게 도 넘은 말을 해서 징계를 내렸으면 합니다."

"도 넘은 말?"

"네. 도서관에 갔더니 이곳엔 로맨스 서적을 취급하지 않으니 나가라고 핀잔했습니다. 문학이라는 하나의 장르를 무시한 편협한 발언이죠."

"망발을 지껄였군. 시건방진 놈."

그냥 넘어가기 힘든 사안이었기에, 일전에 식사하다가 부친에게 넌지시 사서의 징계를 부탁했다. 그런데 곧바로 해고해 버릴 줄이야.

캬! 이래서 사람은 줄을 잘 서야 한다니까.

그나저나 벨렉이 이 일로 화난 걸 보니, 제이미 스테판이 그의 가신이었던 모양이다.

'이제야 정황이 좀 이해가 되는군.'

그 사서 놈, 어쩐지 삼류 소설이나 보라면서 아무렇지도 않게 기어오르더라!

공작의 집무실 근처에서 마주쳤을 때, 내게 인사하는 둥 마는 둥 했던 벨렉의 가신들의 태도가 떠올랐다. 대장이 날 팔푼이 취급하며 무시하는데 부하들이 나를 존중할 리가 없다.

"스테판 가문은 삼대에 걸쳐 시모어를 따르는 가신이다. 그게 무슨 뜻인 줄 알아?"

"그건 모르겠고, 그자가 장서를 관리할 자격이 없다는 것만은 잘 알겠어."

벨렉이 내 말에 가볍게 혀를 찼다.

"넌 언제까지 그렇게 덜떨어진 소리를 할 거지? 너 같은 것도 시모어라고 사방팔방 떠들고 다닌다는 게 우습구나. 네 충동적이고 감정적인 행동이 가문의 명예를 실추시키고 있다는 거 텅 빈 머리에 잘 집어넣어."

벨렉이 가차 없는 말로 자존심을 할퀸다. 하나뿐인 여동생에게 이렇게까지 여과 없이 말하다니. 데보라가 벨렉만 보면 질색하며 열등감을 드러냈던 이유를 이제 좀 알 것 같다.

'싸가지 없는 것도 모자라서 속도 좁은 자식이네.'

결국, 벨렉이 이리 대뜸 나타나 폭언을 내뱉는 이유는 내가 아버지를 통해 인사권을 휘둘렀기 때문이다. 제 기준에 한없이 모자라고 능력 없는 여동생이 이 집안 최고 권력자에게 알랑거리며 주제넘게 굴었으니 얼마나 거슬리겠는가.

'솔직히 나처럼 아무런 권한이 없는 허수아비 공녀가 세상천지 어디 있냐!'

소설에서 미야를 후원해 주었던 세리그 공작 가문의 공녀는 다양한 능력을 지닌 가신을 비롯해 사병까지 두고 있었다. 난 마음 놓고 데리고 다닐 수 있는 시녀 하나 없는 신세인데.

'자업자득이긴 하지만, 인과응보를 왜 내가 받느냐 이 말이야.'

"나는 시모어의 사서로서 역량이 떨어지고 자격이 없는 자를 해고했을 뿐, 충동적이거나 감정적으로 행동하지 않았어."

나는 울컥 올라오는 짜증을 억누르며 천천히 말했다. 결코 감정적으로 보이지 않도록.

"자격이 없다?"

"그래."

"그자는 황실 사서로 일했고, 특히 마법 분야에 해박한 자다. 시모어로서 역량이 부족한 건 바로 너겠지."

"그런데 황실 사서라는 자가 어떻게 내 간단한 단답형 질문에조차 대답을 못 해?"

"대체 무슨 허무맹랑한 질문을 했기에?"

"『제국 정치와 경제』는 정치 분야인가? 아니면 경제 분야인가?"

벨렉이 잠시 주춤거렸다. 같은 주제로 도서를 배가하는 방식만 사용하는 이곳 시스템으로는 몇 가지 예외 상황에 대응할 수 없었다.

나는 허를 찔린 얼굴로 침묵하는 벨렉을 보며 말을 이었다.

"난 도서관에 잘 다니지도 않는데 바로 분류 시스템의 맹점이 보였어. 반면 그자는 매일 책과 함께 살 텐데도 뻔히 보이는 문제를 내버려 두었지. 사서로서 자격 미달 아닌가?"

내가 비죽거리자 벨렉이 미간을 찌푸리며 억지를 부렸다.

"사서를 골려 먹기 위해 그런 심술궂은 질문을 하다니……."

"심술? 난 허술한 관행을 지적한 거야. 오라버니야말로 날 너무 감정적으로만 보는 것 아닌가? 어라, 이제 보니 오라버니가 감정적인 사람이었군. 뭐 눈엔 뭐만 보인다잖아."

내 말에 자극을 받은 듯 그가 이를 꾹 악물었다가 떼어냈다.

"데보라. 주제별로 책을 분류하는 방식은 황실에서도 쓰고 있다. 가장 효과적이기 때문이지."

"뭐가 효과적이라는 거야? 만일 작가 이름만 알고, 책 제목은 모를 경우는 어떻게 책을 찾는데?"

"고용주가 원하는 책을 최대한 빠르게 찾는 게 사서가 할 일 아니더냐? 그러니 내가 마법 분야에 박학다식한 제이미 스테판을 스카웃해 온 것이고. 하지만 너는 심술을 부려 그자를 해고하는 우를 범했지. 별다른 대안도 없이 말이야."

흐음, 여기 사서는 그런 식으로 능력이 평가되는군. 그래서 더더욱 자료 분류법이 발전하지 않은 거고.

"조만간 놀랄 만한 대안을 찾아오지."

"대안?"

내 말에 벨렉이 팔짱을 끼며 코웃음을 쳤다.

"허풍 떠는 재주까지 생겼을 줄은 몰랐구나. 미꾸라지처럼 물 흐리는 짓은 작작 하고, 네 행실 관리나 똑바로 해라. 필리프는 이제 좀 포기하고."

"필라프는 내 취향 아니야. 솔직히 그런 말 안 통하는 마초 타입은 좀 별로라서."

나는 이제는 약간 지친 기분으로 중얼거렸다.

"그래그래, 그러시겠지. 그럼 쉬어라."

전혀 안 믿는 기색으로 내 어깨를 툭 치고 지나간 벨렉이 복도 너머 어둠 속으로 천천히 걸어 들어갔다.

"내가 허풍이 아니라는 걸 증명하면 어떡할 건데?"

나는 그의 뒷모습에 대고 크게 소리쳤다.

"하! 내가 데보라 너에게 친히 누나라고 부르지."

'그 말 접수했다. 요놈아!'

나는 녹음 기능이 있는 마법석을 만지작거리며 점점 작아지는 벨렉의 뒷모습을 바라보았다. 필라프 놈 때문에 또 억울한 일이 생기면 이번 생애도 제명에 못 살고 죽을 것 같아서 하나 장만해 뒀다.

'어제 메종드에 들러서 급히 구매했지.'

정보원이니 녹음 기능이 있는 아티팩트 정도는 가지고 있을 것 같아서 찾아갔고, 예상대로였다.

'근데 너무 비싸.'

겨우 10분 남짓 녹음되는 게 무려 한화로 약 300만 원이라니. 이게 말이냐, 방구냐.

'일회용이 아니라는 게 그나마 위안이랄까.'

솔직히 100억 모으는 거, 너무 험난해서 눈물 난다. 보석과 돈이 이토록 많은데, 매번 주머니 사정을 걱정하며 가계부를 작성해야 한다니.

이러니 대귀족 마인드가 탑재가 잘 안 되지.

한숨을 폭폭 내쉬며 나는 침대에 벌러덩 드러누웠다. 그리고 뜬눈으로 오래도록 잠을 설쳤다.

'졸려……'

오늘도 나는 세상을 따돌리며 고독한 늑대처럼 홀로 아카데미 교정을 걸었다. 악녀 체면이 있지, 쩍쩍 하품할 수는 없어서 입술을 깨물자 눈가에서 눈물이 찔끔 흘러나온다.

귀신처럼 눈에 벌겋게 핏발을 세운 채 강의실 쪽으로 걸어가던 나는 마법관 뒤편 교정에서 그냥 지나치기 힘든 장면과 맞닥뜨렸다.

'왜 저래?'

살짝 잠이 깼다. 돌아가는 분위기가 심상치 않았기 때문이다.

작은 체구의 영애를 덩치 큰 남자 영식이 괴롭히고 있었다. 놈은 내가 구석에서 귀신처럼 서 있는 것도 모르고 여자에게 툭툭 시비를 걸었다.

"아린, 설마 정말 너 여기 계속 다닐 셈이냐?"

"……"

영애가 작은 어깨를 움츠러뜨리자 콧잔등에 있는 두꺼운 안경이 아래로 흘러내렸다.

"너희 집 망했다고 들었는데 용케도 아카데미에 붙어 있네. 솔직히 그만두는 게 낫지 않아? 내색은 안 해도 다들 네 거지 같은 꼴 보고 비웃고 있을걸."

영식은 영애의 낡은 치맛자락을 꾹 밟으며 질 나쁘게 낄낄거렸다.

"하, 하지 마. 제발!"

"왜 그래? 좀 밟아도 더러워서 티도 잘 안 나는구먼."

"그만둬, 찢어져."

영식이 발을 끌어 옷자락을 더욱 세게 잡아당기자 영애의 얼굴이 희게 질렸다.

"고작 옷 한 벌 찢어질까 봐 벌벌 떠는 년이 무슨 놈의 아카데미야. 한때 영재 프로그램을 마쳤다고 아직 쓸데없는 미련이 남아 있나본데, 주제 파악 좀 하자, 어?"

남자가 비아냥거리며 영애가 들고 있던 책 중에 하나를 확 빼앗아 갔다.

"어디 보자. 흠…… 중급 마나 수식 응용이네. 마냐량도 거지 같으면서 이런 거 봐서 뭐에 쓰려나? 그냥 땔감으로 쓰는 게 더 이득이겠다."

놈이 책장을 한 장씩 찢기 시작했다. 하얗게 질린 영애가 펄쩍거리며 뛰었다. 하지만 워낙 작아서 손이 닿지 않았다.

"그만, 돌려줘!"

"이런 책 좀 들여다본다고 뭐가 바뀔 것 같아? 여자가 무슨 수식이야? 수식 과목을 듣는 남녀 비율만 봐도 뻔하지. 고위 마법사 중에 괜히 남자가 많은 게 아니다, 아린."

"……."

"어차피 안 되는 거 계속 붙잡고 있지 말고 그냥 적당한 곳에 시집이나 가. 더 나이 먹으면 안 팔리는 거 알지? 혹시 알아? 귀여우니까 지금은……."

"닥치지?"

나는 결국 그들 앞으로 툭 튀어 나갔다. 최대한 음산한 표정을 지으면서.

성차별 발언에 하다 하다 성추행까지. 남자가 영애의 뺨을 손가락으로 쿡쿡 누르며 괴롭히는 꼴을 보니 도저히 그냥 지나치기가 힘들었다. 이전 생애, 진상 복학생 중에 여자가 무슨 공대냐고 은근슬쩍 돌려까며 추근대던 놈이 있어서 더더욱 짜증이 밀려왔다.

상황 돌아가는 것으로 봤을 때, 가세가 기운 가문의 영애라 만만하고 본인이 영재 프로그램에 못 들어간 것에 대한 열등감이 있어서 괴롭히는 모양인데…….

'한심하다. 이 돼지 새끼야.'

약간의 오지랖이라는 걸 알지만 열 받는데 참으면 변비가 생기고, 이 백옥 같은 피부에 좋지 않다.

"데, 데보라 공녀?"

덩치 큰 영식은 악명으로 자자한 나를 보자마자 질린 얼굴을 했다. 수풀에서 갑자기 튀어나온 독사를 본 얼굴이었다.

"뭘 봐? 알면 눈 깔고 꺼져."

나는 놈을 고압적으로 내려다보며 말했다. 워낙 키가 커서 힐까지 신으면 웬만한 영식들은 압도할 수 있었다.

"고, 공녀님. 그냥 가던 길 가시지, 갑자기 제게 왜 이러십니까?"

"네가 못생겨서 거슬린다."

내가 툭 내뱉자 영식의 퉁퉁한 뺨이 붉으락푸르락해졌다.

"뭐, 뭐라고요? 초면에 대뜸 이리 시비를 거시다뇨. 소문은 익히 들었지만, 너무 지나치신 것 아닙니까? 시모어 공작님의 딸이라도 정도가 있는 법입니다!”

“네놈이야말로 정도껏 나불대든가. 귀가 썩을 것 같아서 말이다.”

어디서 본 것만 많았던 나는 부채에 매달려 있는 끈을 무기처럼 빙빙 돌리며 짝다리를 짚었다.

“여자들은 수에 약하다고 입을 털던데. 네 눈엔 내가 남자로 보이나 보지?”

영식의 퉁퉁한 턱살이 푸들거렸다.

“그, 그건 데보라 공녀님을 특정해 지목한 게 아니라, 보편적인 현상을 말한 것입니다. 여자들이 남자들보다 숫자에 약한 건 사실 아닙니까? 전투 마법사 중에 여자는 소수고⋯⋯.”

“7, 7.”

“네?”

“49다.”

부채로 그의 뺨을 찰싹 치자 남자의 뱁새눈이 모욕감으로 크게 벌어졌다.

“네놈이 ‘사실’이라고 주장하는 그 터무니없는 가설을 확인하기 위해 누가 더 수에 약한지 남녀 대표로 게임을 시작하지.”

“뭐, 뭐요?”

“헛소리를 자신 있게 하는 걸 보면 수에 꽤 자신 있는 것 같아서 말이야. 설마, 기본적인 연산 게임인데도 쫄리나?”

나는 상황을 내 뜻대로 끌고 가기 위해서 비죽거리며 그를 도발했다.

“그, 그럴 리가요!”

“8, 9.”

그리고 대부분 눈앞에 문제가 떨어지면 본능적으로 집중하기 마련이다.

"……치, 칠십."

"72, 느려."

나는 대한민국 출신이라면 남녀노소 질리도록 해 본 구구단 게임을 진행하며, 그의 뺨을 사정없이 털기 시작했다. 나보다 1초씩 늦게 대답하던 영식은 게임에 적응을 한 듯, 답을 내뱉는 게 조금씩 빨라지기 시작했다.

그래서 기다렸다는 듯이 바로 다음 카드를 꺼내 들었다.

"12 곱하기 9는?"

"이, 이건!"

갑자기 나온 두 자릿수에 그의 멘탈이 확연히 흔들리는 게 보였다. 이건 12단이었고, 나는 풀스윙을 하며 답을 말했다.

"108이다."

나는 숫자를 하나씩 올리기 시작했다.

19단까지는 자신 있다. 이전 생에서 초등학생 때, 인도 사람들은 19단까지 외운다는 속설이 교육열로 불타는 우리나라에 널리 퍼졌고, 성과를 내고 싶었던 신입 담임선생은 아이들을 회초리로 때려가며 19단까지 주입하는 기염을 토했다.

'정작 수능 볼 때는 필요 없었는데, 여기서 19단을 써먹네.'

지난 생애에서는 전혀 쓸데없던 것들이 여기서 은근히 쓸모가 있단 말이지. 나는 조금 어이없는 기분을 느끼며 게임을 이어갔다.

"13 곱하기 7은?"

"자, 잠시만요! 공녀님. 이건……."

"91이다. 14 곱하기 9는?"

"제, 제가 잘못했습니다! 감히 공녀님 앞에서 터무니없는 말실수를 하였습니다."

결국, 놈은 불어터진 얼굴로 내게 연신 고개를 조아렸다.

"못생겨서 눈이 몹시 피곤하다. 꺼져."

약한 영애를 괴롭히며 히죽거릴 때는 언제고 고개를 허겁지겁 끄덕인 통통이가 꽁무니를 빼고 달아나 버렸다. 나는 꼴사나운 뒷모습을 보며 내심 혀를 차다가, 놈이 괴롭혔던 영애와 눈이 딱 마주쳤다.

"흡!"

그녀의 두꺼운 안경이 콧잔등 아래로 주르륵 흘러내렸다. 헛숨을 삼키며 팔다리를 잘게 떠는 걸 보니, 손속 봐주지 않고 덩치 큰 남자를 두들겨 팬 내가 어지간히 무서운 모양이었다.

'데보라는 힘이 진짜 세거든······.'

날 바라보는 커다란 눈동자는 당장에라도 울 것처럼 촉촉하고 얼굴은 새빨갛다. 내가 지그시 바라보자 영애의 귓가와 목덜미가 점점 붉어졌다.

'꼭 내가 괴롭힌 것 같네.'

흠! 오늘도 악명을 잘 지킨 것 같군.

나는 차가운 시선으로 그녀를 내려다보다가 어둑한 교정을 지나 2층에 있는 강의실로 들어갔다.

'날씨는 좋네.'

나는 여지없이 볕이 잘 들어오고 안정감을 주는 일진석에 자리를 잡고 턱을 괬다.

'……밤에 잠을 제대로 못 자서 졸려.'

햇살을 맞으며 꾸벅꾸벅 졸고 있는데, 모처럼 수식 수업에 카일 교수가 들어왔다.

늘 무기력하고 피곤한 얼굴로 들어와 시험지만 던져 주고 밖으로 나가 버리더니 오늘은 웬일인지 교수가 수업이란 걸 하기 시작했다. 탁 탁, 칠판에 수식을 길게 적어 내려가던 교수는 돌연 나를 지그시 바라보며 입을 뗐다.

"여러분. 시험은 정직하게 치러야 한다는 거 아시죠? 정답만 몰래 공유하는 행위는 용납하지 않습니다. 혹시 누군가가 답을 알려 달라고 요청한다면 내게 바로 제보해 주세요."

멍하니 턱을 괴고 있던 나는 고개를 살짝 기울였다. 카일 교수가 방금 나를 저격한 것 같은 느낌이 들어서였다.

내 추측이 맞았는지, 수업이 끝나자 교수가 날 따로 불러냈다.

"데보라 공녀님."

그는 몹시 피곤한 얼굴로 거뭇한 눈가를 문지르며 운을 뗐다.

"말씀하시죠."

"그간은 가벼운 쪽지 시험이라 눈감고 넘어갔습니다만, 이제부터 그런 행위는 하지 않는 것이 좋습니다."

나는 눈썹을 슥 들어 올렸다.

"내가 뭘 했다는 겁니까?"

"다른 학생들이 내어 놓은 정답만 베끼는 부정한 행위 말입니다. 몇몇 학생이 공녀의 배경 때문에 어쩔 수 없이 도움을 주는 모양인데, 커닝 같은 그런 나쁜 행동은 하면 안 됩니다. 아시겠어요?"

나는 무시하는 뉘앙스가 담긴 훈계를 들으며 미묘한 기분을 느꼈다.

'뭐, 오해받을 수 있긴 하겠군.'

그동안 나는 중간 풀이 과정을 제대로 적지 않고 답만 빨리 내고 밖으로 나가 버렸다.

'시간이 아까웠거든.'

그래서 교수는 내가 학생 여럿을 협박해 답을 하나씩 공유받았다고 생각하는 모양이다. 시모어 공작조차 수식을 푸는 내 속도에 기함했으니, 교수 눈에는 더욱 이상해 보였을 것이다.

어느 정도 이해는 간다만, 이미 나를 부정행위자에 학생 협박범이라 단정 지은 카일 교수의 태도가 어이없었다.

"증거도 없으면서 대체 뭘 믿고 이런 식으로 나오십니까?"

가소로워서 헛웃음을 내뱉자 카일 교수의 표정이 잠시 굳었다.

"공녀야말로 믿는 구석이 많아서 이러는 모양인데, 시모어 공작님께선 공녀님 편일지 몰라도 아카데미와 마탑까지 공녀님 편이라고 생각하는 건 오만한 발상입니다."

"……."

"공녀는 역량이 한참 떨어지는데도 아버지 덕에 이곳에 붙어 있으니 다들 불만이 많지요."

"……."

"그런 우스운 처지에 부정행위라니! 지금 제게 이 사건을 묻어 달라고 싹싹 빌어도 모자랄 판이란 말입니다. 아시겠어요?"

"잘 모르겠군요."

"학습능력이 떨어지는 건 익히 알았지만 혀를 내두를 정도군요. 하여간…… 여자라고 치장에만 관심 있어서는. 솔직히 공녀가 어린애도 아니고 커닝하지 말라는 기본적인 상식도 일일이 가르쳐야 한다는 사실이 황당합니다."

그나저나 이 교수 놈은 말본새가 참 대단하네. 수업은 날로 먹고, 싸가지는 토끼 간처럼 뱉어 두고 다니는 모양이었다.

"말이 너무 지나치시군요."

나는 그를 사납게 노려보았다.

"말이 지나치면 어쩔 겁니까? 이곳에는 아무도 듣는 사람이 없는데! 정 기분 나쁘면 공녀도 성격대로 해 보시든가! 때려 볼 테면 때려 보세요. 빽이 그리 대단하시니 내키는 대로 하실 수 있을 거 아닙니까."

나는 왈왈 짖기 시작한 그를 보며 고소를 머금었다.

뭣도 없는 게 왜 이렇게 선을 넘나 했더니, 카일 교수는 일부러 내 성질머리를 자극하고 도발해서 공녀가 교수와 한판 붙었다는 소문을 내려고 하고 있었다.

나는 낙하산으로 들어왔기에 평판이 아주 나쁘다. 더불어 과거 마법학부 학생에게 마력석을 짱돌 던지듯 집어 던진 전과도 있었다.

카일 교수는 여론전에서 내게 이길 자신이 있는 것이다.

'내게 뺨 한 대 맞아 주고, 기를 팍 눌러 버릴 셈인 거군.'

"데보라 공녀님. 굳이 마법학부에 이리 거머리처럼 붙어 있어야겠습니까? 수업 분위기를 너무 흐리고 있는지라, 시모어 가문의 위신을 위해서라도 옳은 판단을 내리는 것이 어떨지……."

그의 의도대로 목소리를 높여 성질을 내거나 책상을 엎으며 난장을 피우는 대신, 입꼬리만 끌어 올려 살벌하게 웃었다.

"아무것도 안 했는데, 대체 뭘 흐렸다는 건지 모르겠군요. 전 교수님께서 말하는 부정행위 따위는 한 적, 없습니다."

"혹시 시모어 공작님이 감싸 주실 거라 믿고 이리 잡아떼는 겁니까? 아카데미 내의 일은 마탑 소관이 아니라는 거 염두에 두세요. 이리 막무가내로 나오면 학장님께 말씀드리겠습니다."

근데 학장이면 내 큰아버지 아닌가? 물론 큰아버지와 딱히 친하지는 않지만…….

후계 경쟁에서 밀려 시모어 성을 잃은 처지라, 베르트 후작은 쌍둥이 동생인 시모어 공작과 그리 좋은 사이는 아니었다.

나는 협박하는 교수를 물끄러미 바라보다가 입을 열었다.

"뚜렷한 증거도 없으면서, 교수님께서는 이미 제가 동기들을 협박해서 커닝했다고 단정한 뒤 추궁하고 있습니다. 그러니 저는 더는 할 말 없습니다."

"허!"

"누가 제게 답을 보여 줬는지, 그 증거부터 가져오세요. 그럼, 전 나가 보겠습니다."

"저런 막돼먹은! 쯧쯧. 교수한테 위아래도 없어!"

혀를 차는 카일 교수를 뒤로하고 밖으로 나온 나는 부채로 손바닥을 탁탁, 두드렸다.

'이거 어쩌면 일이 쉽게 풀리겠어.'

카일 교수가 이렇게까지 협조적으로 나올 줄이야.

'어디, 두고 보자고.'

작전상 일 보 후퇴한 나는— 그날 저녁, 수식에 심취한 시모어 공작에게 과외를 해 주었다. 시험을 위해 외워둔 수리 증명을 적는데, 부친이 나직하게 나를 부른다.

"데보라."

"네?"

"네가 고안한 수식 말이다. 직접 나서서 학계에 발표하는 건 어떻게 생각하느냐? 분명 이는 제국 마법사(史)에 획을 그을 큰 업적이다."

그의 차가운 눈매는 평소와는 달리 상기되어 있었다.

"또한, 네가 그 누구보다 시모어답다는 것을 증명할 기회이기도 하지."

"……."

"나는 살아생전 이토록 가슴이 벅찼던 적이 없다. 나 혼자만 알고 있기 아까우니, 외부에 알리는 게……."

"조금만 기다려 주세요, 아버지."

"기다려 달라고?"

"하여간…… 여자라고 치장에만 관심 있어서는."

나는 카일 교수의 폭언을 떠올리며, 붉은 눈을 빛냈다.

"네, 제게 따로 계획이 있습니다."

그 이후, 나는 마치 시위라도 하듯 카일 교수 말마따나 더 화려하게 '치장'했다.

보는 사람이 기가 질릴 정도로 커다란 보석을 귀에 달고 다녔고, 드레스도 일부러 장식적인 스타일로 입어서 내가 지나가면 몇몇은 입을

떡 벌리고 바라보았다.

보란 듯 거만하게 다리를 꼬고 화려한 핑크빛 깃펜을 쥔 나는 누구보다 빠르게 수식 문제를 풀어서 제출했다.

'난 공대생인데 솔직히 이 정도 레벨은 껌이지……'

2시간이 주어졌음에도 불구하고 30분 만에 다 푼 내게 따가운 시선이 달라붙었다.

'뭐야.'

'설마 벌써 다 푼 거?'

이후, 조교가 곧바로 채점에 들어갔고 나는 만점짜리 시험지를 돌려받았다. 책상 위에 떡하니 내려놓은 시험지를 본 몇몇 영식의 표정이 사납게 구겨진다.

'열심히 해라. 아그들아.'

나는 속으로 그들을 응원하며 교실에서 걸어 나왔다.

"비리가 있는 게 틀림없어. 상식적으로 속도가 말도 안 되지 않나."

"사치 부리고 놀러 다니는 거나 좋아하는 망나니 공녀가 수식을 저리 빨리 푼다는 것 자체가 말이 안 되지. 암, 그렇고말고."

"분명 교수가 답을 알려 주는 걸세!"

마법 수식 이론을 듣는 몇몇 영식은 카일 교수가 데보라 공녀의 뒤를 봐주는 게 틀림없다고 확신하고 있었나. 공녀가 쪽지 시험을 볼 때마다 마치 답을 이미 알고 있다는 듯 빠르게 문제를 풀어 버렸기 때문이다.

심지어 공녀는 재시험 명단에도 없었다. 교수와 붙어먹지 않은 이상 저럴 수가 없다고 모두가 입을 모았다.

"정말 해도 해도 너무하는군!"

한 영식이 한탄하며 테이블을 주먹으로 쾅 두드렸다.

"교수가 뒤를 봐주고 있다는 걸 숨길 생각조차 않다니. 우리가 얼마나 우스우면 저리 뻔뻔하게 굴겠나!"

"부친이 마탑주라서 무서울 게 없는 게지. 마나 감응력도 없으면서 마법학부에 들어온 것 자체가 특혜인데, 이런 식으로 위화감까지 조성하다니. 너무 멀리 갔어."

"시모어 공작님께서 딸 일에는 물불 안 가린다는 소문이 있잖나. 데보라 공녀를 위해 낙찰받은 핑크 다이아몬드가 타운 하우스 한 채 가격이 넘는다나? 공녀가 저렇게 안하무인이 된 것도 시모어 공작님 탓이 크네."

그리고 개중엔 이번 일을 선동하며, 시모어 공작까지 끌고 들어와 헐뜯는 영식이 있었다.

레몽 후작의 셋째 아들 윌리엄 레몽이었다.

"학부를 졸업하면 마탑 소속이 될 텐데 이젠 슬슬 그분을 마탑주로 모실 내 운명이 걱정되기 시작한단 말이지."

그는 일부러 마탑주라는 단어를 거론하며 투덜거렸다.

마탑주 아래에는 일곱 명의 장로가 존재했는데, 장로 중에는 호시탐탐 마탑주 자리를 노리는 이들이 있었고, 개중 하나가 레몽 후작이었다.

레몽 후작은 황제가 시모어 가문에만 마탑주 자리를 맡기는 것에 강한 반감을 품고 있었다. 또한, 개국 시절부터 황권 강화에 힘써 왔던 시모어와는 반대로 레몽은 귀족의 이익을 대변해 왔던 원로원 소속이었다.

이미 오래전부터 대립각이 세워져 있던 상태라, 윌리엄은 일부러 영식들을 선동해 시모어에 불리한 이번 이슈를 더욱 크게 키우고 있던 것이다.

더불어 레몽 후작의 자식들은 시모어의 쌍둥이에게 실력으로 한참 밀리기 때문이기도 했다.

'늘 비교된단 말이지.'

그래서 윌리엄은 어떻게든 시모어 직계들의 수준을 싸잡아서 끌어내리고 싶었다.

"지혜롭고 냉정해야 할 마탑주가 사사로운 감정에 휘둘리니, 자격이 의심스러울 지경일세!"

"이보게, 윌리엄. 그런 말은 위험하지 않겠나? 시모어 공작님은 제국 내 유일한 7클래스 마도사야. 범접할 수 없는 경지에 있는……."

누군가 조심스레 그의 거친 언사를 지적해도 윌리엄은 콧방귀만 뀔 뿐이었다.

"아무리 시모어라도 할 말은 해야. 그럼 불의를 코앞에 두고 입을 다물라는 말인가? 귀족으로서 정의를 수호하기 위해 목소리를 내는 건 당연하네."

"흐음."

"나는 이번에 데보라 공녀를 마법학부에서 퇴출하라고 탄원서를 쓸 생각이네."

"탄원서까지?"

"그래! 시모어 직계라는 이유로 특혜를 받는 것을 더는 좌시할 수 없어. 마나도 없는 계집이 아버지 권력으로 들어왔으면 쥐 죽은 듯이 다녀도 모자랄 판에 이게 웬 소란인지."

"나는 윌리엄 님 말에 동의합니다! 그런 무도하고 포악한 여자가 이 학부에 있는 것을 더는 지켜볼 수 없습니다."

지난번, 데보라에게 부채로 요란하게 뺨을 맞은 조지도 윌리엄 레몽에게 찬동하며 뒤에서 탄원서를 준비했다.

한편, 마법 수식 교수인 카일은 이런 상황 자체가 억울해서 환장할 노릇이었다. 시모어 공작에게 출세에 대한 약조를 받거나 뇌물을 받은 것도 아닌데, 순식간에 데보라 공녀의 뒤를 봐주는 비리 교수가 되어 버린 것이다.

'시발, 콩고물이라도 실컷 주워 먹었으면 억울하지도 않지!'

공녀 때문에 스트레스를 받아서 탈모가 올 지경이었다.

"야, 조교!"

머리를 사정없이 쥐어뜯던 카일이 조교를 불렀다.

"네. 카일 님."

"공녀가 학생들을 협박해서 커닝했다는 증거, 아직도 발견 못 했어?"

"증거는커녕, 공녀는 학부생들과 별다른 교류가 없는 것 같던데요. 늘 혼자 다니고……."

"그게 말이 돼? 분명히 꼬임에 넘어가서 답을 알려 주는 새끼들이 있을 거라니까!"

"하아."

조교의 눈가가 어두워졌다. 눈에 불을 켜고 감시해도 증거가 안 나오니 귀신이 곡할 노릇이었다. 솔직히 조교의 눈에도 공녀가 유출된

답지를 외우고 쓰는 것처럼 보였다.

"분명 공녀랑 뒤에서 붙어먹은 놈들이 나에게 비리 교수라고 시끄럽게 떠드는 거야!"

카일이 버럭 짜증을 냈다. 누군가가 도와주고 있는 게 틀림없는데 그게 누군지 감도 안 잡힌다. 귀족 영식들을 추궁하려면 작은 실마리라도 있어야 하는데 답답해 미칠 지경이었다.

"젠장할. 이러다 내가 모조리 다 덤터기 쓰겠어."

그때였다.

똑똑. 느릿한 노크 소리가 둘 사이를 가로질렀다.

조교가 문을 열자마자, 카일이 하얗게 질린 얼굴로 벌떡 자리에서 일어났다.

아카데미 마법학부 학장, 베르트 후작이 들어왔기 때문이다.

그는 후계 경쟁에서 시모어 공작에게 밀린 뒤, 아카데미 교수로 초빙되어 후학 양성에만 힘쓰고 있었다.

사람들은 쌍둥이인 베르트 후작과 시모어 공작을 쉽게 구분해 냈다. 베르트 후작의 오른쪽 뺨에 긴 상흔이 있기 때문이다.

"베, 베르트 학장님!"

"요즘 수식 이론 쪽에서 유독 잡음이 많더군. 자네 똑바로 처신 안 하나?"

베르트 후작이 불쾌한 낯으로 손에 든 종이를 휙 던졌다. 그것은 윌리엄 레몽을 필두로 마법 수식을 듣는 영식들이 행정실에 올린 탄원서였다.

카일 교수가 데보라 공녀에게 수식 문제의 해답을 노골적으로 유출하고 있으며 이 비리 사건의 배후에 시모어 가문이 있는 게 분명하니 진상 조사를 해 달라는 내용이었다.

"이 탄원서. 무슨 뜻인지 설명하게."

"전 정말 억울합니다. 학장님. 정말, 억울합니다."

탈모가 온 머리카락을 민들레 홀씨처럼 사방에 흩날리며, 카일은 피를 토하는 심정으로 학장에게 호소했다.

"데보라 공녀가 푼 문제가 뭔지 일단 봄세."

시험지를 받아 든 베르트는 당혹스러운 얼굴로 턱을 문질렀다.

"보조 마법 위주고 마나의 총량을 구하는 수식이 많아서 아무리 천재라도 그토록 짧은 시간 안에 답을 내는 건 불가능한데."

"하지만 전 문제를 유출한 적이 절대 없습니다. 이건, 제 추측입니다만 세 명 정도가 팀을 짜 공녀에게 문제의 답을 하나씩 가르쳐 주는 게 분명합니다."

"하! 그리 복잡한 방식으로 부정행위를 해 왔다면 어떻게 여태껏 꼬리를 잡히지 않을 수가 있나?"

"혹시 커닝할 수 있는 아티팩트가 시모어에 있는 것 아닙니까? 벨렉 경이 뛰어난 아티팩트 제작자니까……."

"자네는 뇌가 있나? 그런 대단한 기능을 가진 아티팩트를 만들어 냈다면 벨렉이 이미 시모어의 가주가 되었겠지."

베르트의 핀잔에 카일의 눈가가 일그러졌다.

"억울함을 주장하면서 증거 하나 없이 허황된 추측만 늘어놓는군. 솔직히 지금 상황에서는 이 탄원서에 쓰인 주장이 가장 신빙성 있단 말일세."

짜증스러운 말투로 쏘아붙인 베르트 후작은 한숨을 삼키며 짧은 은색 머리칼을 쓸어 올렸다.

'후우, 일이 점점 커지고 있군.'

윌리엄 레몽와 몇몇 영식이 사방팔방 떠들어대고 있었고, 레몽 후작까지 나서서 아카데미와 시모어의 모종의 커넥션을 의심하는 지경에 이르렀다.

이미 정을 뗀 시모어가 레몽의 공격을 받는 것은 별 관심 없었지만, 아카데미까지 의심을 받는 이 상황이 베르트 학장은 몹시 불쾌했다.

'아무래도, 조카를 직접 만나 봐야겠어.'

'왔구나.'

실컷 어그로를 끌고 다녔더니 드디어 월척이 미끼를 덥석 물었다. 아카데미 마법학부에서만큼은 절대적인 권한을 지닌 베르트 학장이 나를 학장실로 소환한 것이다.

'그나저나, 진짜 똑같이 생겼네.'

파이프에 든 재를 우아하게 털어내는 모습조차 시모어 공작과 판박이다. 푸른 핏줄이 선 그의 하얀 손을 바라보던 중, 케케묵은 기억의 편린 하나가 눈앞에 떠올랐다.

"너는 점점 더 마리엔과 닮아가는구나, 데보라."

어린 시절, 눈앞의 남자는 쓸쓸한 음성으로 중얼거리며 데보라의 머리칼을 가볍게 쓰다듬었다. 그러곤 생일 선물이라며 푸르스름한 빛이 도는 반지 하나를 몰래 손에 쥐여 주었다.

아마 공작 부인에게 아무런 감정이 없었다면 그런 대사를 내뱉지 않았을 것이다.

'소설 속 로자드와 벨렉처럼, 윗대도 삼각관계였던 건가?'

막장 드라마 한 편이 머릿속에 그려진다. 사랑하는 여자의 행복을 빌어 주기 위해 기꺼이 공작위에서 물러나는 큰아버지의 절절한 러브 스토리.

누구는 마탑주도 하고 시모어의 가주도 하는데, 누구는 아카데미로 좌천되어 나처럼 기본도 안 된 코흘리개 학생들이나 상대하는 신세라니.

'좋아하던 사람까지 빼앗기고.'

한날한시에 태어난 쌍둥이의 운명이 이토록 천지 차이로 뒤바뀌었다는 게 안쓰러움을 불러일으켰다.

'저 흉터까지 있어서 괜히 더 많은 상상력을 불러일으키네.'

괜히 짠한 기분으로 그를 바라보는데, 큰아버지란 사람은 찬바람을 쌩쌩 풍기며 냉담한 표정으로 운을 뗐다.

"이건 너를 겨냥한 탄원서다."

그가 내게 종이를 내밀었다.

"일이 어떻게 돌아가는 건지 구체적으로 설명하거라. 한 치의 거짓도 없어야 할 것이다. 네가 계속 이 아카데미에 다니고 싶다면."

누가 시모어 핏줄 아니랄까 봐, 이쪽 역시 다정함이라곤 눈곱만치도 찾아볼 수가 없었다. 그는 취조하듯이 테이블을 톡톡 두드리며 서늘한 눈동자로 나를 계속 몰아세웠다.

"내가 너의 마법학부 입학에 동의한 건, 그만큼 네가 마법에 대한 집념이 강해서였다. 그리고 시모어로서 언젠가는 개화할 거라는 믿음 때문이기도 하지. 부디 날 실망시키지 않는 대답이 나오길 바란다."

"학장님께서 무슨 대답을 바라시는지는 모르겠으나 저는 이 상황에 분노하고 있습니다."

"분노하고 있다?"

시모어 공작처럼 그의 오른쪽 눈썹이 비딱하게 올라갔다.

"네. 그저 최선을 다해 수식을 풀었을 뿐인데, 교수에게 뇌물을 먹였다고 모두가 저를 몰아세우고 있습니다. 마치 제가 죄인인 것처럼요."

"……."

"아무런 증거 없이 이토록 모욕을 준 것을 전 결코 너그럽게 용서하지 않을 것입니다."

나는 눈꺼풀이 아플 정도로 사납게 눈을 치켜떴다. 내 차가운 인상 때문에 진짜 화가 난 것처럼 보일 것이다.

내 이번 콘셉트였다. 성격 더러운 또라이.

"데보라 너는 결백하며, 이 상황이 억울하다는 뜻이냐?"

그가 의외라는 듯 묻는다.

"네. 그러니 진상 규명을 위한 자리를 열어 주십시오. 수식 문제를 어느 누가 가져와도 상관없습니다. 모두가 보는 앞에서 제가 부정행위를 하지 않았음을 증명하고 싶습니다."

난 일부러 판을 뻥튀기처럼 크게 키웠다. 이 판은, 크면 클수록 내게 유리했으니까.

"흠."

내 자신만만한 모습에 침음을 내뱉던 베르트 후작이 파이프를 입에 물며 묘한 표정을 지었다.

"진심이더냐?"

그의 왼뺨에 있는 긴 상흔이 꿈틀거린다.

"네, 학장님. 땅에 떨어진 제 명예와 평판을 회복하려면 이 방법밖에 없다고 판단했습니다."

솔직히 떨어질 명예나 평판이 전혀 없는 상태긴 했지만 나는 이를 꽉 악물고 굴욕감을 참는 척했다.

"……알겠다. 부디 네 결백을 증명하길 바란다."

얼마 지나지 않아, 베르트 후작은 내 요청대로 탄원서에 대한 진상 규명을 위한 자리를 만들어 주었다.

이번 사태를 객관적으로 판단하기 위해, 누구보다 깐깐하고 고지식하다는 부학장까지 초빙했다는 말에 나는 속으로 쾌재를 불렀다.

'데보라 공녀가 여는 진상 규명회가 명일 다섯 시였던가?'

카드를 만지작거리던 이시도르는 무심코 회중시계를 곁눈질했다. 모처럼 재밌는 일을 앞둬서 그런지 시간이 더디게 갔다.

'그간은 온통 시시한 일들뿐이었는데.'

"이시도르. 오늘따라 패가 어지간히 안 붙나 봐?"

"그러게요, 웬일입니까?"

게임에 전혀 집중을 못 하는 이시도르를 보며, 프랫 하우스에 모인 〈입실론〉의 회원들이 히죽거렸다.

〈입실론〉은 아카데미 설립부터 존재해 온 명망 높은 사교 클럽 중 하나로, 황태자에게 바통을 이어받아 현재는 이시도르가 리더를 맡고 있었다.

그리고 그들은 새 회원 영입 문제로 프랫 하우스에 모였다가 장난삼아 돈을 걸고 포커를 치는 중이었다.

"아, 자네들. 그 이야기 들었나?"

문득 누군가 운을 뗀다.

"무슨 이야기?"

"필라프가 미야 비노슈를 공주님처럼 품에 안고 아카데미 교정을 활보하고 다닌 이야기."

"알지. 통 크게 꼴값을 떨었더군. 근데 그건 이미 단물 다 빠진 이야기잖아. 다른 재밌는 건 없나?"

입실론 회원들은 거만한 필라프를 별로 좋아하지 않기 때문에 그의 이름이 나오면 대뜸 욕부터 하고 봤다.

"그게 끝이 아니야."

"더 있나?"

"재밌는 건 그 이후에 미야 비노슈가 아라크론에 입회했다는 거지."

여기저기서 놀라움의 탄식이 터져나왔다.

"대체 어떻게?"

"아무리 필라프가 아라크론의 리더라도 그렇지, 들도 보도 못한 가문의 영애가 혈통을 가장 중시하는 그 클럽에 무슨 수로 들어간단 말인가? 거기 간부들이 세 명 이상 동의했다는 게 신기하군."

〈입실론〉을 비롯해 4대 사교 클럽의 입회 조건은 동일했다. 리더를 포함한 일곱 명의 간부에게 과반수의 동의를 얻어내는 것이었다.

"일이 재밌게 풀렸더군."

'필라프가 답지 않게 머리를 좀 썼지.'

이시도르는 카드를 만지작거리며 심드렁한 얼굴로 이미 수집한 정보를 들었다.

"일단 올해 아라크론에 공석이 많아. 활동하던 인원이 대거 영지로 내려갔으니까."

"아무리 그래도 그렇지. 비노슈라는 가문은 난생처음 들어 봤네."

"몬테스의 힘이지. 필라프는 삼대 독자잖나. 손이 귀한 가문의 독자를 치유해 줬으니 미야는 개국 공신 가문의 은인인 셈일세."

"흐음……."

"또한, 그녀가 백성들을 상대로 구호 활동을 열심히 한다고 들었네. 몇몇 어리숙한 백성은 그녀를 성녀의 현신이라고 추앙하는 모양이고. 그래서 미야의 선행이 아라크론의 대외적 이미지에 도움을 줄 거라고 필라프가 강하게 주장했나 봐."

"오호. 성녀 이미지로 밀어붙였군. 나쁘지 않은 전략이네."

"흐음. 그나저나 미야란 여자, 상당히 행보가 특이하단 말이지. 여기저기 봉사하러 다니며 치유의 손길을 내미는 모양인데, 감당될 정도면 신성력이 강한 모양인가 보지?"

"조만간 미야 비노슈의 신성력이 제대로 공개되지 않을까? 봄꽃 축제를 앞두고 신학관에서는 고위급 신관을 불러 학생들의 신성력의 순도와 크기를 측정하니까."

"그나저나 벌써 봄꽃 축제라니. 시간 참 빠르군."

봄꽃 축제는 제국에서 추수감사절 축제 다음으로 크게 열리는 인기 있는 행사였다. 그 때문에 다들 봄꽃 축제에서 어떤 옷을 입을지, 누구와 파트너를 해야 할지 미리 고민하고 있었다.

"이번 무도회 파트너는 누구로 해야 하나……."

"자자, 오늘 회동의 목적은 다들 기억하고 있겠지?"

잠자코 있던 이시도르가 테이블을 두드리며 모임의 목적을 상기시켰다.

"게임이 재미있어서 깜빡할 뻔했네."

"신입에 관한 이야기를 하려고 모였지."

"그런데 이시도르 경. 시릴 영애가 우리 클럽에서 올해 신입을 받을 예정이 전혀 없다는 소문을 퍼트리고 다니던데?"

누군가의 질문에, 포커에만 집중하던 간부, 티에리 오르고가 갑자기 낄낄 웃었다.

티에리 오르고. 그는 검술 명가이자 개국 공신 가문인 오르고 공작가의 셋째 아들로 검성이라 불리는 디에라 오르고와 연년생이었다. 고지식한 성격의 디에라와는 다르게, 티에리는 가볍고 경박한 편이었다.

"시릴 영애에게 꺼지라고 면전에 말하긴 뭣하니, 단원을 받을 생각 없다고 우리 젠틀한 리더님이 돌려서 말한 거지. 그 말을 곧이곧대로 믿나? 자네들."

"상황이 바뀐 것뿐이야. 갑작스레 탈퇴한 회원이 생겼으니 충원에 관한 이야기를 할 수밖에 없지. 티에리 경."

이시도르가 빙긋 웃는 낯으로 티에리의 말에 반박했다.

'탈퇴? 쫓아낸 거나 다름없으면서……'

응접실 구석에 비치된 스낵바에서 조각 케이크를 집어 먹던 미겔은 사람 좋은 미소를 머금고 있는 이시도르를 어이없는 기분으로 바라보았다.

이시도르는 얼마 전 동급생의 논문을 베꼈다는 빌미로 입실론 멤버 중 한 명을 협박해 클럽에서 탈퇴시켰다.

굳이 꼬투리를 잡아 회원을 쫓아낸 이유는 뻔했다. 그 멤버의 행실이 주군의 마음에 안 들었던 탓도 있겠지만, 그보다 공석을 만들어 데보라 영애를 입실론으로 끌어들이기 위함이겠지.

'그나저나 최근 주군께서 데보라 공녀에게 시간을 너무 많이 쓰신단 말이야.'

공녀의 의뢰와 황태자의 의뢰. 두 개를 동시에 수행하느라, 주군은 현재 몸이 열 개라도 모자랄 지경이었다.

'뭐, 데보라 공녀의 성격이 은근히 호감형이긴 하지만.'

공자님에게 공자님을 의뢰……

또다시 웃음 버튼이 눌려서 미겔은 입술을 꽉 말아 물고 허벅지를 꼬집었다.

"일단 잘생겼다는 부분을 강조하고 싶은데, 내 외모를 표현할 어휘를 선별하기가 쉽지 않군."

자기 자신에 대한 조사 자료(?)를 심각한 얼굴로 끊임없이 수정하는 주군을 볼 때마다 미겔은 극한의 웃음 참기 챌린지를 해야만 했다.

"마음에 두고 있는 인재가 있으면 지금 말해."

이시도르의 말이 떨어지자마자 간부 중 한 명이 손을 번쩍 들었다.

"이시도르 경. 이 자리에서 가장 좋은 패를 가진 사람의 추천인에게 표를 몰아주는 건 어떨까? 마침 이곳에 모인 간부가 자네 포함 네 명이라 딱 과반이군."

재밌는 제안이라 모두가 찬성했다.

"그럼, 누구부터 시작하지?"

"저부터 공개하겠습니다."

투 페어를 보여 준 회원이 북부 지방 후작 가문 영식을 추천했다. 그 이후에도 계속 카드가 공개되었다.

"아무래도 내 추천인이 입실론의 새 멤버로 들어오겠네."

티에리가 자신만만하게 자신의 패를 공개했다.

풀 하우스.

높은 패라서 한바탕 웅성거림이 지나갔다. 걸려 있는 판돈도 큰데 친한 지인까지 입실론으로 입단시킬 절호의 기회기 때문이다.

모두 티에리에게 부럽다는 눈빛을 보냈고, 그 시선을 양껏 즐기며 티에리가 의기양양하게 가슴을 폈다.

"나는 세이린 벨루지 영애를 추천하네. 마나 감응력이 뛰어난 우수한 재원이지. 능력을 중요시하는 우리 클럽과 잘 어울리지 않나?"

"흐음."

"이 자리엔 안 계시지만, 세이린 벨루지는 5황녀님도 마음에 들어 하는 인재야."

5황녀는 황태자의 유일한 여동생으로, 입실론 여성 모임인 소로리티의 큰 축을 담당하고 있었다. 좋은 추천인이라고 생각하며 회원들이 고개를 끄덕이고 있을 때 이시도르가 테이블을 톡톡 두드렸다.

"아직 패를 공개하지 않은 사람이 남아 있잖아."

그는 제 앞에 있는 카드를 느릿한 속도로 뒤집기 시작했다.

로열 스트레이트 플러시.

65만분의 1의 확률로 나온다는 최상위 패가 뜨자 모두가 경악했다.

"이거 현실인가? 눈으로 보고도 안 믿기는군."

"와! 이 패를 실제로 보는 건 난생처음입니다."

"이게 가능해? 말도 안 돼!"

풀하우스를 들고도 게임에서 패한 티에리가 경악하며 머리를 쥐어뜯었다.

"내가 될 놈인가 보지."

이시도르가 카드를 턱짓하며 빙긋 웃었다.

물론 사기였다. 입실론 남자 회원들은 내기와 도박을 유난히 좋아하기 때문에, 이시도르는 애초에 이런 상황을 염두에 두고 이동 마법으로 카드를 모조리 바꿔치기해 두었다.

다들 이시도르를 기사도 정신이 투철한 신사라고 여기기 때문에 이런 야비한 꼼수를 쓸 거라고는 상상도 못 했다. 평소 이미지 관리를 잘한 덕이었다.

"잘난 척하긴. 그래서 자네 추천인은 대체 누군데?"

티에리가 분한 얼굴로 물었다.

"유감스럽게도 난 추천인이 없네. 물론 마음에 둔 뛰어난 인재는 있지만, 아직 그쪽과 합의된 상황이 아니거든."

"이시도르, 자네의 청을 거절할 영식이나 영애가 이 세상에 과연 존재하긴 하나?"

"으음……."

"웬 오지랖이지?"

이시도르는 냉담한 눈으로 자신을 바라보던 데보라 공녀를 떠올리며 애매하게 웃다가 입을 열었다.

"일단, 게임에서 이긴 대가는 그대들이 이곳에 참관하는 것으로 대신 받겠어."

이시도르가 쪽지에 장소와 시간을 적었다.

"이건 뭐야? 진상 규명회?"

"아아, 이거 들었어! 최근 윌리엄 레몽이 거품 물고 난리를 치고 있는 그 사건이군. 데보라 공녀가 또 사고를 친 모양이던데?"

"허어, 데보라 공녀도 참 어지간해."

"한결같지."

"괜히 시모어의 망나니겠어."

"누구는 신성력을 베풀며 대가없이 봉사를 다니는데, 누구는 난장을 피우며 사고나 치고 있고. 둘 다 필라프의 여자들인데 참 비교되는군."

그들의 험담을 듣던 이시도르의 입가에 서늘한 미소가 드리웠다.

"뭐든 단언하지 마. 전부 열어 보기 전까지 어떤 패인지는 아무도 모르잖아?"

그는 에메랄드 같은 눈동자를 차게 빛내며 낮은 음성으로 중얼거렸다.

금일 5시.

아카데미 마법학부 강당에서 내가 학장에게 요청한 진상 규명회가 열리게 되었다. 본래 수식 이론 수업이 있는 강의실에서 열릴 예정이었으나, 윌리엄 레몽이 직접 지목한 장소인 마법학부 대강당으로 자리를 옮겼다.

윌리엄은 나의 부정행위를 방지한답시고 부러 탁 트인 공간을 골랐다. 이쪽을 확실하게 개망신 주기 위해서겠지. 놈은 카일 교수가 뇌물을 받고 내게 답을 몰래 알려 주고 있다고 확신하고 있으니까.

'근데 생각보다 훨씬 더 판이 커진 것 같은데……'

학장과 부학장이 등장한 것은 물론, 카일 교수를 포함한 마법학부 교수가 무려 네 명이나 들어왔고, 레몽이 퍼뜨린 소식을 들은 학생들도 대거 몰려왔다.

게다가 쟤네는…… 또 뭐지?

예상 못 한 상황에 손바닥에 식은땀이 맺혔다. 그들이 나타난 순간 강당 내부가 한바탕 소란스러워졌다.

"이시도르 님이잖아!"

"실제로 본 적은 처음인데, 소문보다 훨씬 더 잘생겼군. 한없이 비현실적인 외모야."

"그나저나 기사단에 있어야 할 이시도르 경이 대체 왜 마법수식학부에 온 거죠?"

"맙소사! 저 옆엔 티에리 경이잖나!"

"오르고 가문까지 왔다고?!"

"저기, 맨 뒤에 들어오시는 분은 5황녀님 맞지?"

"세상에나. 화, 황족이……"

"그러고 보니 저 얼굴들 모두 입실론의 간부들 아닌가?"

"왜 바쁘신 분들이 이곳에 다 같이 나타난 거야?"

그러니까. 내 말이. 대체 왜 나타난 거지?

'이 사건이 이렇게까지 주목을 받고 있었나?'

일부러 어그로를 끌며 판을 키우긴 했지만, 너무 심하게 부풀어 오르니 당황스럽다.

흠. 나 쫄보인데……

돌연 긴장감이 확 밀려와서 심장이 식도를 타고 넘어올 것 같다.

반면 굳어 있는 나와는 달리 윌리엄 레몽은 몹시 들떠 있었다. 입실론 간부들이 이번 이슈에 대해 몇 마디 하면 사교계에 미치는 파장이 훨씬 커지기 때문일 것이다.

그는 벌써 세상의 모든 정의를 구현한 사람처럼 기세등등했다.

"오늘, 시모어의 비리를 밝혀내고 적폐를 청산하겠어!"

놈이 주먹을 움켜쥐며 중얼거린다. 코를 벌렁거리며 콧김을 풍풍 뿜어대는 윌리엄 레몽의 얼굴을 보니 어이없어서 조금 정신이 들어왔다.

'이런 한심한 놈한테 지면 잠도 안 오겠지. 그럼 내 백옥 같은 피부가 상할 테고…….'

생각해 보면 수능 날의 긴장감에 비하면 그리 대수로운 상황도 아니었다. 나는 붉은 입술을 꾹 깨물며 마음을 다잡았다.

테스트 방식은 이랬다. 윌리엄 레몽 본인이 직접 선별해 온 문제를 칠판에 적는다. 그리고 나는 그 문제를 아카데미 학장과 교수들의 감시를 받으며 푼다.

부정행위가 결코 끼어들 수 없는 명쾌하고 확실한 방법이었다.

"그럼, 시작하도록 하겠습니다."

진행을 맡은 부학장의 허락이 떨어지자, 윌리엄 레몽이 문제를 적기 시작했고, 나는 그의 옆에서 곧바로 문제를 풀어 나갔다.

'내게 유리한 문제들이군.'

레몽은 부러 시간이 오래 걸리는 문제를 선별해서 가져왔겠지만, 내 눈엔 이전 생애 수학자들이 개발한 공식을 통해 바로 답을 낼 수 있는 것들이 대다수였다.

이를테면 이런 것이다. 이곳에서는 등비수열의 합을 일일이 수작업으로 더해서 구한다. 하지만 나는 '등비수열의 합 공식'을 통해 바로 답을 도출해 낼 수 있다.

물론, 수열의 합을 구하는 특정 수식 말고도 내가 아카데미 학생들보다 수식을 유난히 빨리 풀 수 있는 이유가 더 있었다.

"윌리엄. 빨리 좀 쓰지? 네가 문제를 쓰는 속도보다 내가 문제를 푸는 속도가 더 빠를 것 같은데?"

숫자만 몇 개 끼적이다가 칠판 위에 답을 턱턱 적어내자 윌리엄의 얼굴이 하얗게 질렸다.

"부학장님. 데보라 영애의 답이 맞습니까?"

답안지를 살핀 부학장이 굳은 얼굴로 고개를 끄덕였다.

"……전부 정답이다."

"서, 설마 찍어서 전부 맞힌 건가?"

나는 그를 대놓고 비웃었다.

"연달아 다섯 문제를, 객관식도 아닌 주관식을 찍어서 맞힐 수 있는 능력이 있었으면 난 진즉에 경마장에서 떼부자가 됐겠지. 안 그래?"

"이럴 리가 없는데."

혼란스러운 심정을 대변하듯 칠판 위 윌리엄의 글자는 점점 더 삐뚤빼뚤해졌다. 물론 남은 세 문제 모두 정답이었고, 대강당은 쥐 죽은 듯 조용해졌다.

침묵도 잠시. 학장을 비롯해 교수들과 참관하러 온 이들 모두 예상과는 다른 기묘한 결과에 혼란스러운 표정으로 웅성거리기 시작했다.

나는 얼이 빠져 있는 윌리엄 레몽을 향해 말했다.

"나의 결백이 밝혀졌으니 이젠 내 명예를 떨어뜨린 네놈의 죄를 물을 시간이군."

나는 그를 죽일 듯이 사납게 쏘아보았다.

"히익!"

오늘 내가 괜히 눈 화장을 진하게 하고 온 게 아니란다.

윌리엄은 기가 질린 얼굴로 마른침을 삼키다가 갑자기 횡설수설 지껄이기 시작했다.

"부, 분명 무슨 이상한 수를 썼지? 이런 속도는 말이 되지 않잖아! 네 마녀 같은 모습을 보니 흑마법에라도 손을 댄 게 틀림없어."

놈은 내가 제국에서 엄격하게 금지하는 금술까지 썼다고 막말을 하며 자멸하기 시작했다. 그의 꼴사나운 행패에 부학장이 굳은 표정으로 나섰다.

"윌리엄 경! 말조심하게. 부정행위가 있었다면 내가 진즉에 눈치를 챘을 텐데 금술의 낌새 같은 것은 전혀 없었어. 자네는 나와 이곳에 모인 아카데미 교수들까지 눈뜬장님이라고 말하고 있는 걸세!"

분위기가 내게 유리한 쪽으로 흘러가기 시작하자, 내내 좌불안석이던 카일 교수가 갑자기 벌떡 일어났다.

"윌리엄 자네는 아무런 증거도 없이 나를 시모어에 청탁을 받은 비리 교수라 모함했지. 앞으로 내 수업을 들을 자격을 박탈하겠네."

'저 새끼는 갑자기 왜 나대는 건데.'

나는 흐린 눈으로 카일 교수를 바라보았다.

"하, 하지만 이상하지 않습니까? 교수님. 이런 속도는 고대 대마법사라도 불가능할 것입니다. 분명 뭔가 비겁한 술수를 썼을⋯⋯."

"장소도 자네가 선정했고, 문제도 레몽 가문에서 직접 가져왔으면서 그게 감히 할 소린가?"

카일과 윌리엄이 목소리를 높이며 다투기 시작하자 베르트 학장이 나서서 중재했다.

"카일, 자네는 잘한 거 없으니 가만히 있게. 그리고 윌리엄 레몽. 그대의 도를 넘은 발언은 엄한 징계로 다스릴 것이네."

둘의 입을 곧장 닥치게 만든 베르트 학장이 날 호명했다.

"데보라 공녀."

"네, 학장님."

"어떻게 이런 일이 가능한지 설명해 줄 수 있나? 공녀가 수식의 천재라 경탄하고 넘어가기엔, 너무나 풀이가 빠르고 정확해서 말일세."

"흠."

나는 고개를 비딱하게 기울였다.

"제가 왜 친절하게 설명해야 합니까?"

당혹스러운 낯으로 웅성거리는 좌중을 바라보며 나는 입꼬리를 비릿하게 말아 올렸다.

"뭐?"

"윌리엄 레몽은 아무런 물증 없이, 제가 단순히 수식을 빨리 푼다는 이유만으로 탄원서를 올렸습니다. 아닙니까?"

내 물음에 주변이 조용해졌다.

"그리고 그 과정에서 윌리엄 레몽의 경솔함을 지적하는 자들은 아무도 없었고요. 도리어 합심했던 사람은 있었던 것 같습니다만……."

윌리엄에게 부화뇌동했던 학생들이 다급히 내 시선을 피했다.

"이쯤에서 카일 교수님께서 제게 하신 발언도 한번 듣고 가시죠."

나는 녹음 기능이 담긴 아티팩트를 꺼냈다.

"벨렉 오라버니께서 제게 선물하신 아티팩트가 이렇게 사용될 줄은 몰랐는데……. 개탄스럽군요."

벨렉을 팔아먹으며 작게 중얼거리는 것도 잊지 않았다.

"뭐, 뭘 하려는 거지?"

나는 카일 교수의 의아한 시선을 받으며 아티팩트를 가볍게 세 번 두드렸다.

─하여간⋯⋯ 여자라고 치장에만 관심 있어서는. 솔직히 공녀가 어린애도 아니고⋯⋯ 기본적인 상식도 일일이 가르쳐야⋯⋯.

─데보라 공녀님. 굳이 마법학부에 이리 거머리처럼 붙어 있어야겠습니까?

악마의 편집 기능이 탑재된, 300만 원짜리 녹음 아티팩트에서 나오는 카일 교수의 목소리가 대강당에 쩌렁쩌렁 울려 퍼졌다.

'교수실로 불려갔을 때 이미 다 녹음을 해 놨다. 쨔샤.'

나는 아티팩트를 살살 문지르며 창백해진 카일 교수를 구경했다.

"카일 교수! 거머리라니요! 이게 학생에게 할 말입니까?"

교수 중 한 명이 카일 교수를 꾸짖었다.

"정말 실망입니다. 그간 존경했는데 저런 몰상식한 발언을 하시다니."

특히 치장에 관한 대목에선, 몇몇 마법학부 영애의 모진 질타가 쏟아져 내렸다. 썩어 비틀어진 인성이 만천하에 공개되자 카일 교수가 영혼이 빠진 얼굴로 비틀거리면서 자리에 주저앉았다.

"보시다시피 저는 교수와 학부생 양측에서 날카롭게 공격받는 상황이었으며, 단신으로 진상을 규명하기 위해 이 자리에 섰습니다. 그저 수식을 치열하게 연구했을 뿐인데 말입니다."

나는 주변을 휙 둘러보았다.

"이런 상황에서, 왜 제가 각고의 노력 끝에 개량해 낸 획기적인 수식을 공개해야 합니까?"

"수식을 개량했다고?"

"세상에!"

"말도 안 돼!"

이번엔 아까와는 비교할 수 없는 파장이 강당을 쓰나미처럼 거칠게 쓸고 지나갔다.

"대마법사와 드래곤이 발견해 낸 지고한 마나의 규칙성을 어떻게 개량할 수가 있단 말이야? 그런 발상을 하는 것 자체가 가당키나 한 일인가?"

혼잣말하는 베르트 후작의 음성이 충격으로 가늘게 떨렸다. 나는 어깨를 으쓱했다.

"기존보다 신속하고 정확하게 답을 낼 방법이 눈에 보여서 수식에 손을 댔습니다. 정답까지 빠르게 도달하는 길이 있는데, 대마법사가 썼든 그 할아버지가 썼든 무슨 상관이란 말입니까? 다들 너무 관행에만 치우쳐 있군요."

내 오만한 발언에 역시 제국에서 손꼽히는 악녀답다는 뉘앙스의 반응이 터진다. 나는 사악하게 웃으며 부채를 쫙 펼쳤다가 탁 접었다.

'더 떠들어라. 멀리멀리 소문이 퍼지게.'

"고대 수식은 그 자체로 완벽하네. 개량이라니. 말도 안 되는 일이야!"

누군가는 거세게 부정했다.

"하지만 실제 공녀는 그 누구보다 빠르게 답을 도출하지 않았나? 진정 개량에 성공했다면, 마법의 캐스팅 속도를 획기적으로 줄일 수 있는 대사건이란 말일세."

"나는 도무지 못 믿겠네. 공녀는 지금 모두를 속이고 있어."

점차 못 믿겠다는 분위기로 흘러가서 나는 길게 한숨을 내쉬었다.

"결백을 증명했는데도 여전히 의심하는 분이 있군요. 마법의 시모어. 그 직계인 저를 말입니다."

나는 몹시 치욕스러운 척했다. 고개를 푹 숙이고 모멸감에 어깨를 부들부들 떨며 슬쩍 운을 띄웠다.

"정 의심스러우면, 제가 피를 토하고 뼈를 깎는 노력 끝에 개량해낸 수식을 공개하겠습니다."

"공개한다고?"

"정말인가? 데보라 공녀."

"예."

나는 고통과 괴로움에 찬 얼굴로 이전 생애, 위대한 수학자들의 업적을 칠판에 쓰기 시작했다.

"공녀님. x와 y는 무엇입니까?"

"수식을 통해 도출하고자 하는 답입니다."

"……!"

"이 수식에서 값을 알아내려는 문자가 바로 x와 y이며, 따라서 a와 b는 상수가 되는 것이죠."

웬 안경을 쓴 남학생의 질문에 내가 대답하자 주변에서 경악의 시선이 쏟아졌다.

'그럴 법하지.'

내가 생각하기에, 이 세계에는 미지수의 개념이 없었다. 미지수란 말 그대로 미지의 숫자. 흔히 우리가 방정식에서 x나 y로 기입하는 것이었다. 미지수의 개념이 없으니 수식을 풀기 위해서 하나하나 계산을 하는 것이다.

하지만 구해야 할 값과 변수를 x와 y로 둔다면 규칙을 발견하는 건 그리 어렵지 않다.

이건 지식의 문제라기보다는 지혜의 문제다. 그리고 난 선인들의 지혜를 한 몸에 습득한 공대생이고. 이딴 걸 왜 외워야 하냐며 꾸역꾸역 외워온 수리 증명이 여기에 쓸모가 있다니…….

참, 세상일 어찌 될 줄 모른단 말이지.

그사이, 교수들은 입을 다물 줄 모르며 연신 감탄사만 흘리고 있었다.

"저 복잡한 수식을 저런 식으로 정리하다니. 머리를 치는 명쾌함에 할 말을 잃게 만드는군요."

"공녀가 개량한 수식에 수를 대입하면, 계산 과정을 건너뛰어도 곧바로 답이 도출됩니다! 정말이지 놀랍지 않습니까?"

"악마적인 발상입니다. 저 수식을 보면 영면에 든 실버 드래곤마저 놀라서 벌떡 깨어날지도 모르겠어요."

"역시 시모어! 마나 감응력이 없어도 이런 방식으로 천재성을 증명하다니. 명불허전이라고 해야 하나요."

캬, 중계 달달하고.

"캐스팅 속도가 중요한 전투 마법사들에게 정말 유용하겠군요."

과연 아카데미의 석학들이라서 그런지 미지수의 개념을 곧장 이해한 것 같았다. 다들 칠판에 쓰여 있는 수식을 머릿속에 익히느라 정신이 없었다.

공식 증명을 마친 뒤, 나는 거울을 보며 연습한 가장 살벌한 표정을 지으며 목을 좌우로 뚝뚝 꺾었다.

"이제 좀 의심이 풀렸습니까? 거참, 난 화가 좀처럼 안 풀리는데."

나는 독사처럼 눈을 희번덕거리다가, 이미 말을 맞춰 둔 영애에게 살며시 턱짓했다. 지난번, 학관 뒤쪽을 지나가다가 내가 우연히 구해 준 아린 오슬롯이었다.

내 노예가 된…… 아니, 가신이 된 아린 영애가 용기 있게 강당 앞으로 나와 학장과 부학장이 있는 쪽으로 다가갔다.

"아린 오슬롯?"

"자네가 갑자기 무슨 일인가?"

알고 보니 그녀는 꽤 우수한 재원이라 교수들의 애정과 신뢰를 한 몸에 받고 있었다. 그래서 그 통통이가 더욱 열등감을 드러내며 그녀를 괴롭힌 거고.

"저 사실…… 고발할 것이 있습니다. 우연히 마법학부 뒤 교정 근처를 지나가다가 들은 내용이 있습니다."

그녀는 윌리엄 레몽과 통통이가 시모어 공작의 자질까지 입에 담으며 이번 일을 크게 키우려고 했다는 사실을 고발했다.

아린은 순진하고 세상 물정 모를 것같이 생겨서는 은근히 주변 소식을 잘 주워듣고 다녔다. 수식학부의 분위기가 어떻게 흘러가는지 내가 파악할 수 있도록 물심양면으로 소식을 물어다 준 것도 아린 영애였다.

'치열하게 도토리를 줍는 다람쥐 같았지.'

아린의 내부 고발은, 안 그래도 불처럼 타오르는 내 분노에 기름을 콸콸 붓는 소식이나 다름없었다.

"윌리엄 레몽! 감히 날 빌미 삼아 아버지까지 모욕했단 말인가!"

아린의 말이 끝나자마자 나는 버럭 고함을 질렀다. 이미 반쯤 정신이 나가 있던 윌리엄 레몽이 내가 역정을 내자 희게 질린 얼굴로 몸을 벌벌 떤다.

엄밀히 말하면, 시모어의 직계가 자신의 위대한 학문적 업적을 공개하기도 전에 학부와 아카데미 양쪽에서 공격을 받은 상황이다. 심지어 집안까지 연루될 뻔했다. 이렇게 경우 없는 사례는 없을 터였다.

현재는 꼬장꼬장한 부학장조차 내 눈치를 볼 정도였다.

"아버지께서는 너그러운 분이라 이번 일을 넘어가 주실지 모르지만, 저는 다릅니다."

"무슨 뜻인가? 공녀."

내 단호한 선언을 들은 베르트 학장의 눈에 의아함이 지나갔다.

"앞으로 일어나는 모든 일의 책임은 사악한 뒷공작을 꾸민 레몽 영식과 저를 모욕한 모든 이에게 있다는 뜻입니다."

나는 의미심장한 선전포고를 한 뒤 강당 밖으로 나왔다.

그날의 진상 규명회는 마법사들에게 핵폭탄급의 논쟁거리가 되었다. 불변의 진리이자 완전무결하다고 여겨졌던, 고대의 대마법사 시메온의 수식을 개량했다는 것 자체가 발상의 전환이었기 때문이다.

더불어 그날의 수많은 참관인에 의해, 데보라 공녀가 개량한 수식은 마법학부를 건너 마탑까지 퍼져 나가기 시작했다.

"이야. 이거 진짜 물건이네. 장난 아닌데!"

복잡하고 성가신 수식을 가진 마법을 중간 과정 없이 단숨에 캐스팅하며 어떤 마법사가 감탄했다.

"시모어의 망나니가 이런 획기적인 방식으로 수식을 개량하다니. 참 오래 살고 볼 일이야."

"마나 감응력이 없는데 이런 능력이라도 있어야지."

그때였다. 더 빠르고 위력적으로 변모한 마법이 펼쳐져 있는 마탑 수련실 안으로 들어온 동료가 기겁했다.

"이보게! 데보라 공녀가 개량한 수식, 함부로 쓰면 절대 안 돼!"

"왜지?"

"후우……! 아무것도 모르는군. 곧 알게 될 걸세."

동료의 충고를 무시하고 외부에서 공녀의 수식을 펑펑 써대던 마법 사는 얼마 후, 황실 사법부의 인장이 찍힌 경고장을 받게 되었다.

[특허권 침해 사실 통보와 침해 행위 중지 요청의 건.

유감스럽게도 수신인은 발신인인 데보라 시모어의 특허권을 침해하고 있는 것으로 확인되었으니 침해 행위를 즉각 중단하고 특허권자의 요구에 따를 것을 요청하는 바입니다.]

특허권자의 요구를 본 마법사가 눈가를 좁혔다.

[벌금 : 30골드]

[월정액료 : 7실버 99쿠퍼]

"……월정액이 대체 뭔데?"

"뭐긴, 그 안에 쓰여 있지 않나? 개량식을 계속 사용하고 싶으면 매달 데보라 공녀에게 지급해야 하는 금액이야. 월정액 요금을 내지 않고 사용하면 지금 자네처럼 사법부에 벌금을 물어야 하네. '너쓰돈'이라더군."

동료가 착잡한 얼굴로 궐련을 물었다. 이게 다 가뜩이나 성격 나쁜 데보라 공녀를 자극한 윌리엄 레몽과 카일 교수, 그 멍청이들 때문이었다.

작작 좀 하지!

시모어 직계에게 겁도 없이 거머리 발언을 하질 않나. 띨띨한 윌리엄이 마탑주까지 걸고넘어져서 감히 항의조차 할 수 없는 상황 아닌가.

"너쓰돈?"

난데없이 거액의 벌금을 물게 된 마법사가 어벙한 얼굴로 물었다.

"보다시피, 분노한 데보라 공녀가 개량형 수식에 특허를 걸었어."

"너도 쓰고 싶으면 돈을 내든가. 너.쓰.돈."

그리고 항의하는 이들에게 너쓰돈이라 차갑게 일갈했다고 한다.

"그나마 우리는 매달 7실버라는 푼돈만 내면 그 개량식을 사용할 수 있으니 매우 양호한 상황일세."

"무슨 뜻이지?"

"레몽 가문을 비롯해, 공녀 눈 밖에 난 몇몇 가문은 블랙리스트에 들어가서 아예 정액권 결제조차 되지 않는다더군."

"세상에."

하늘에서 돈과 정의가 빗발친다!

내 개량식 서비스 월정액 회원이 오늘 무려 일곱 명이나 늘어나서 나는 흐뭇한 미소를 머금었다.

'카일 교수와 윌리엄 레몽이 물심양면으로 도와줬지.'

솔직히, 마법 수식에 특허를 거는 것 자체가 선례가 없는 일이라, 이렇게까지 잘 풀릴 줄은 몰랐는데…….

3주 전.

내가 수식으로 돈을 벌겠다는 아이디어를 떠올린 건 시모어 공작에게 보석을 왕창 선물받은 그날이었다.

시모어 공작과의 대화를 통해, 나는 수식을 푸는 속도가 마법의 캐스팅 속도와 밀접한 연관이 있다는 정보를 알게 되었다. 획기적인 발견임에도, 마나 운용 능력이 제로인 나는 이를 제대로 써먹을 수 없는 달갑지 않은 상황이라는 것도.

'절대 공개 안 해.'

대체 누구 좋으라고?

만일 개량한 수식을 공개한다면 마법학부 낙하산인 나를 향한 한심한 시선은 줄어들겠지만, 정작 이득 보는 이들은 로자드 같은 전투 마법사들이니 내 배만 아플 뿐이었다.

'생각만 해도 장 꼬여.'

초반엔 내 발견을 칭찬하겠지만 사람이란 간사해서, 감사함은 금방 잊어버리고 처음부터 저들 것인 양 내 수식에 숟가락을 대려고 하겠지.

'에라이, 공쳤네.'

그날 밤 나는 매우 낙담하며 잠이 들었고, 꿈속에서 백 마리의 톰슨가젤에게 쫓기는 꿈을 꿨다.

'살려 주세요!'

그때 퍼뜩 눈앞에 보였던 것이 '특허'라고 쓰여 있는 금 동아줄이었다. 나는 금 동아줄을 향해 허우적거리다가 벌떡 침대에서 일어났다.

"그래, 특허!"

만약 수식을 특허로 걸 수 있다면 대박인데, 제국에 특허 관련한 법이 있긴 할까?

혹시나 해서 아카데미 수업이 끝나자마자 곧바로 메종드에 찾아갔다.

"요즘 자주 찾아오시네요. 공녀님."

쿠키가 갸르릉거리면서 내 허벅지에 얼굴을 얹었다. 조심스레 머리를 쓰다듬자 손바닥을 핥으려 했다.

"쿠키는 몹시 즐거워합니다만, 이전 의뢰는 아직 진행 중이라 딱 일주일만 마감을 미뤄 주시면…….'

늘 무표정한 얼굴을 하고 있던 마스터가 오늘따라 과로로 인해 피곤해 보였다.

하긴, 난 원래 그의 계획에는 없던 의뢰인이다. 황태자의 의뢰와 내 의뢰, 두 개를 동시에 처리하느라 몸이 열 개라도 모자랄 것이다.

"마스터, 의뢰를 재촉하러 온 건 아니고 궁금한 게 생겨서 왔어."

나는 그에게 장신구를 건네며 바로 본론을 꺼냈다.

"질문이 뭐죠?"

그가 보석을 보자마자 조금 기운을 차렸다.

"혹시 새로운 발명을 공개한 대가로 독점권을 가질 수 있어?"

넌치킨인 그는 곧장 내 말뜻의 의미를 알아들었다.

"으음. 특허법을 말씀하시는 것 같은데 사법부에서 특허 증서를 발급받으면 특허권 행사가 가능합니다. 약 300년 전에 비스콘티 가문에서 입법했죠. 블랑샤에서도 종종 아티팩트나 연금술 관련한 특허를 걸기도 합니다."

"어떤 식으로?"

보석 꾸러미를 잔뜩 내밀자, 그는 의외로 단호하게 돌려주었다.

"공녀님께서 무엇에 특허를 걸려고 하시는지 궁금합니다. 제 호기심을 해결해 주시면 일사천리로 이뤄지도록 특허 진행을 도와드리죠."

그가 변리사 역할을 해 준다는 말에 내심 환호했다. 그동안 마스터가 여러 분야의 특허를 진행했다면, 분명 어떤 식으로 특허법을 파고들어야 할지 잘 알고 있을 것이다.

나는 기쁨으로 씰룩거리는 입술을 엄숙하게 말아 물었다가 떼어냈다.

"……좋다. 대신 이번 발견 건과 관련해 외부에 발설하지 않겠다는 계약서를 쓰자고."

"좋습니다. 대신 제가 특허를 거는 데 성공하면 공녀님께서 특허로 벌어들일 수입의 20퍼센트, 양도하십시오."

나는 마스터 입막음부터 했고, 그는 영악하게도 수수료를 요구했다.

"자네 매번 이러기인가? 나 시모어의 공녀야."

이를 꽉 악물며 눈을 부라리자 마스터가 끙 앓는 소리를 냈다.

"그럼 10퍼센트……."

나는 뚜둑 소리가 날 정도로 목을 좌우로 꺾었다.

"그럼, 여기 더해서 공녀님이 블랑샤에서 구매하는 모든 아티팩트에 30퍼센트 할인 들어갑니다. 어떻습니까?"

'음? 나쁘지 않은 것 같기도 한데……'

마스터는 할인 이벤트를 통해 큰손인 내게 아티팩트를 더 많이 팔아먹을 꿍꿍이겠지만, 녹음 기능이 있는 아티팩트를 잔뜩 사들이고 싶은 나로서는 거부할 수 없는 제안이었다.

"그래. 그 조건으로 가지."

"좋군요. 그럼 어떤 건인지 한번 들어 보죠."

협상에 성공한 그가 씩 웃었다.

"별거 아냐. 시메온의 마법 수식을 개량했는데, 개량식에 특허를 걸 수 있는지 궁금해서 말이야."

그가 금세 입가에 웃음기를 지우고 정색했다.

"별거 아니라니요? 고대 대마법사 시메온의 수식을 개량했다고요? 진심으로 하는 말씀이십니까?"

"응."

그의 무기질 같은 얼굴 위로 천천히 균열이 갔다.

"진짜요?"

"정 못 믿겠으면 깃펜 줘 봐."

내가 그의 앞에서 긴 수식을 간단하게 정리해서 보여 주자, 한동안 미간을 좁힌 채 침묵하던 그는 어딘가 허탈한 웃음을 내뱉었다.

"공녀님은 매번 저를 놀라게 만드시는군요. 정말 대단하십니다."

"대단하면 뭐 하나? 마나를 다룰 줄 모르니 나로선 그림의 떡이야."

"아하, 그래서 특허를……! 이해했습니다. 명예보다 실리를 추구하는 점이 저랑 비슷하군요."

"특허 진행 가능한가?"

"수식을 개량한 경우는 처음이지만, 보아하니 특허법 제3항에 대입하면 못할 것도 없을 것 같습니다."

그의 설명은 대략 이러했다.

마법사들은 마나라는 에너지에 다양한 속성을 부여하려 한다. 참고로 시모어 공작은 마나를 수(水)와 빙(氷) 속성으로 변화시키는 데에 독보적인 재능을 가진 마법사였다.

그리고 종종, 특이한 속성 변형을 특허로 거는 마법사들이 있다고한다. 마나의 속성 변형은 일종의 '기술 특허'로 분류되고, 수식을 개량해 캐스팅 속도를 높이는 것 역시 충분히 '기술 특허'에 포함 시킬수 있을 것 같다는 것이다.

"하지만 이런 경우 어떤 방식으로 특허 수입을 얻느냐가 가장 큰 문제군요. 마나 변형 특허의 경우, 관련된 아티팩트나 마법석이 유통될시에 마법사에게 특허 수입이 돌아가는 형태라서 말이죠."

"하아. 쉽지 않군."

나는 침음을 내뱉었다. 개량 수식의 요체는 캐스팅 속도. 별도의 발명품이 없어서 수입 창출 부분이 몹시 애매해졌다.

"마법사들에게 내 개량 수식을 사용할 때마다 돈을 내라고 하는건…… 아무래도 어렵겠지."

"수식 사용 여부를 일일이 조사하는 것이 불가능하고, 그런 식으로매번 돈을 내라고 하면 마법사들의 반발이 클 겁니다. 아마 시모어 공작님부터 반대하시지 않을까요?"

"그럼…… 월정액제는 어때?"

"그건 또 뭡니까?"

마스터의 눈가에 호기심이 떠올랐다.

"개량 수식이라는 편의 서비스 제공의 대가로, 매달 마법사들에게 서비스 이용료를 받는 거야. 대신 적당한 요금만 받아서 반발은 적게 만들 생각이야."

이런 방식으로 매달 내 4,900원을 쥐도 새도 모르게 루팡하던 사이트가 있었다. 바빠서 깜빡 잊고 있다가, 서비스 해지 전까지 삥 뜯긴 돈이 무려 11만 원에 달했다.

"대체 이런 발상은 어떻게 하시는 겁니까?"

월정액의 무서움을 아련하게 회상하는데, 마스터가 돌연 어깨를 들썩거리며 웃기 시작했다. 나는 그가 웃거나 말거나 계속 말을 이었다.

"월 4실버 99쿠퍼 정도면 특허권 침해로 의한 벌금보다 싸고 합리적이라고 생각하지 않을까? 난 그걸로 매달 기분 좋게 용돈을 버는 거고."

"공녀님 말이 맞습니다. 벌금은 사법부에서 떼어 가기 때문에 금액이 굉장히 높습니다."

나이스!

몇 명만 본보기로 조지면, 다들 알아서 내 유료 수식 서비스에 가입하겠군. 벌금보다 싸고, 무엇보다 마음이 편하니까.

마법 관련자들 모두 내 개량 수식 서비스를 이용한다고 가정했을 때, 특허 유효기간 동안 쏠쏠한 고정 수익이 들어온다.

티끌 모아 태산!

'아, 맞다. 이 양아치한테 10퍼센트 떼 줘야 하지······.'

마스터는 빙긋 눈을 접었다.

"공녀님은 천재적인 악마십니다. 어떻게든 방법을 만들어서 돈을 뜯어내시는군요."

'악마가 아니라, 자본주의가 낳은 괴물이라고 할 수 있지.'

나는 씁쓸함을 삼켰다.

"아, 그리고 공녀님. 서비스 이용료를 7실버 99쿠퍼로 더 올려도 마법사들은 푼돈이라고 생각할 겁니다. 그들은 대부분 고연봉자거든요."

"……."

"그리고 여기, 적어 두신 여러 개의 수식을 처음부터 모두 공개하지 말고 점진적으로 공개하면서 점차 서비스 이용료를 더 높이는 건 어떻습니까?"

근데 대체 눈앞의 자본주의 괴물은 누가 낳은 거지?

한술 더 뜨는 마스터를 보며 나는 내심 혀를 내둘렀다.

뭐, 그 이후로는 일사천리였다. 윌리엄 레몽과 카일 교수가 물심양면으로 내게 돈을 뜯어 갈 명분을 만들어 주었기 때문이다.

또한, 특허 문서도 점점 또렷하게 윤곽이 잡히고 있었다.

내가 개량한 수식의 핵심은 결국 복잡하게 늘어진 숫자를 묶어서 정리하는 '괄호항' 그리고 '미지수'의 개념이다. 이 부분을 '핵심 기술'로 정의해서 개나 소나 특허를 걸지 못하도록 사전 방지했다.

윌리엄의 탄원서가 올라온 날.

타이밍 좋게 마탑 장로인 레몽 후작이 이 건으로 시비를 걸어서 부친은 이미 매우 심기가 불편해진 상태였다. 원래 시모어 공작은 내심 내가 수식을 학계에 발표해 마법학부 낙하산 이미지를 지우길 바라고 있었지만, 생각을 바꾸었다.

"이 하찮은 것들이 감히 내 딸을 무시해?! 이런 무뢰배들에게 네가 피땀 흘려 개발한 수식을 순순히 사용하게 해 줄 수는 없지."

덕분에 시모어 공작을 설득하기 쉬웠다.

"특허라. 괜찮은 아이디어구나."

마법 수식에 특허를 걸어 달라고 부탁하자, 심지어 그는 매우 기뻐했다.

나는 다달이 들어올 고정 수익에 관심이 있는 반면, 시모어 공작은 특허법을 활용해 레몽 후작을 엿 먹이는 것에 지대한 관심이 있었다. 특허로 등록된 기술을 사용하기 위해서는 기본적으로 특허권자의 허가가 필요했기 때문이다.

"레몽 가문에 개량 수식 사용을 제한하거라. 그들은 경솔한 언행으로 마법계에서 끊임없이 도태될 것이다."

'역시, 성격 더러운 시모어 남자답다.'

"본때를 보여 주겠습니다."

그래서 나도 화난 척했다. 모욕을 당한 것에 대한 보복을 내세우는 편이 훨씬 폼 나니까. 매달 마법사들에게서 푼돈을 뜯으려는 속내를 훨씬 더 그럴듯하게 감출 수 있었다.

시모어 공작이 적극적으로 밀어준 덕에 나는 진상 규명회가 끝나자마자 신속하게 특허 증서를 발급받을 수 있었다.

또한 진상 규명회에 참관한 각종 유명 인사들의 활약으로 개량 수식 서비스 초기 이용 고객을 더 빠르게 확보하게 되었다.

'왜 입실론 간부들이 한꺼번에 진상 규명회에 참관하러 온 건지는 모르겠지만, 나로서는 잘된 일이지.'

특히, 입실론 간부이자 화염 마법사인 5황녀가 그날 유독 흥분해 내 개량 수식을 여기저기서 영업하고 다녔다고 아린이 방금 이야기했다.

"5황녀님께서는 공녀님께서 개량한 수식에 대해, 제국 최고의 꽃미남인 이시도르 경보다도 아름답다고 표현하셨어요."

아린 오슬롯은 몸을 달달 떨면서도, 딱히 궁금하지 않은 비유까지 꺼내며 말을 끝맺었다.

'근데, 얘는 날 엄청 무서워하는 것 같으면서도 은근히 할 말 다 한단 말이지.'

내심 어이없는 기분으로 빤히 처다보자 아린이 돌연 눈가를 발갛게 물들이면서 고개를 푹 숙였다.

"수고했네."

나는 그동안 마법학부에서 도는 뒷소문을 열심히 물어다 준 그녀의 어깨를 가볍게 두드렸다.

"우왓!"

내 터치에 아린이 뱀에 물린 다람쥐처럼 소스라치게 놀라다가 갑자기 손발을 마구 허우적거렸다.

"저, 저는, 이, 일하러! 고, 고, 공녀님께서 부탁하신 연구를 해야……."

"가 봐."

불편해 보여서 축객령을 내리자 뭐라 횡설수설 떠들던 아린이 입을 딱 다물고는, 발에 모터 달린 사람처럼 마법학부 교정 밖으로 잽싸게 도망갔다.

'작고 귀여운 애를 괴롭히는 악당이 된 기분인데.'

애매한 기분을 느끼며 그녀의 다람쥐 같은 뒷모습을 바라보다가 쩝 입맛을 다셨다. 다정하고 상냥하게 대해 줄 수 있긴 하지만, 난 캐붕을 원하지 않았다.

'미안하다. 난 냉정하고 차가운 이 구역 악당으로 살 거라서.'

매월 7실버 99쿠퍼를 삥 뜯는데도, 이보다 최악의 케이스인 레몽 가문이 있어서 내가 자비를 베풀었다고 생각하는 이들이 대다수다. 악녀니까 무슨 또라이 짓을 하든 그러려니 하는 이 분위기.

아주 마음에 들었다.

'결론은 그냥 이 이미지대로 살 거라고.'

"으아…… 어떡해!"

아린은 데보라 공녀의 손이 닿았던 어깨를 움켜쥔 채 얼굴을 새빨갛게 물들이다가, 미친 듯이 발을 구르기 시작했다.

'멋있어! 멋있다고!'

공녀님의 신성한 손길이 닿은 이 옷은 절대 빨지 말고, 평생 가보로 간직해야 하는데.

'하지만 난 옷이 별로 없지.'

도박을 좋아하고 사업병까지 걸린 아버지 때문에 집안이 쫄딱 망해 가니까.

아린은 시무룩한 얼굴로 낡은 신발 끝을 툭툭 두드리다가, 공녀님이 가져 오신 계약서 네 번째 조항의 내용을 떠올리며 기운을 차렸다.

[아린 오슬롯은 4월 23일부로 시모어의 사서로 일한다.]

시모어 내부 도서관 사서 자리에 잠시 공석이 생겨서, 그녀는 다음 주부터 시모어에 임시직으로 출근하기로 했다.

'내가 공녀님의 가신이라니!'

"꺄악!"

기뻐서 절로 비명이 터져 나왔다.

공녀는 몹시 자비로운 주군이기도 했다. 사서는 책을 마음껏 볼 수 있고 학부 과제와 병행할 수 있는 일이기 때문이다. 또한, 월급이 제법 높아서 곧바로 새 옷도 살 수 있다.

무엇보다 공녀님과 같은 공간에서 숨을 쉰다는 것 자체가 가문의 영광이었다.

'너무 행복해. 꿈같아.'

사실 처음엔 엄청 무서웠는데…….

소문으로만 듣던 데보라 공녀에 대한 아린 오슬롯의 첫인상은 공포 그 자체였다. 잠을 설쳐서 눈가가 거뭇하고, 하품을 참느라 흰자까지 시뻘개진 데보라 공녀의 모습은 그날따라 더욱 살벌했다.

핏발이 선 눈동자를 한 채 음산한 분위기를 풍기며 나타난 공녀는 심기가 불편해 보이는 얼굴로 조지에게 못생겼다고 대뜸 팩트 폭력을 휘둘렀다.

'헉…….'

저렇게까지 막 나갈 수 있다니.

뜨악함도 잠시였다. 성격 나쁘다고 소문이 자자한 데보라 공녀가 자신을 도와주려고 나선 것은 아니겠지만, 결과적으로 아린은 그녀 덕분에 조지의 괴롭힘에서 벗어날 수 있었다.

무서움을 참고 고맙다고 말하려던 순간, 아린의 눈앞에서 공녀가 입방정을 떤 조지를 벌주기 시작했다.

이상하게 그날 밤, 공녀의 모습이 자꾸 떠올라서 아린은 제대로 잠들지 못했다.

"네놈이 사실이라고 주장하는 그 터무니없는 가설."

'왜 난 그동안 그렇게 공녀님처럼 자신 있게 반박하지 못했을까.'

아버지와 오빠가 습관적으로 내뱉는 무시가 담긴 말들 때문에 아린은 점점 움츠러들고 있었다.

부친인 오슬롯 백작은 조지처럼 여자들이 마법에 선천적으로 소질이 없다는 편견을 가진 사람이었고 아들에게 훨씬 많은 자원을 투자했다. 그래서 어린 시절부터 양질의 교육은 오빠가 모두 독점했고 아린이 받은 교육은 기초적인 것뿐이었다.

하지만 그녀는 독서를 좋아하고 영리해서 자력으로 마탑에서 운영하는 영재 프로그램까지 합격할 수 있었다. 아버지의 도박과 연이은 무역 사업 실패로 가세가 기우는 와중에, 마법은 그녀의 유일한 희망이었다.

하지만 최근은 그 희망조차 희미해지고 있었다. 마나가 잘 안 쌓이는 체질이고, 주변인들의 습관적인 괄시와 뚝 끊긴 가문의 지원 탓이었다.

고달프던 와중에 자신에게 틈만 나면 시비를 걸던 조지가 실컷 두들겨 맞는 모습을 보니 가슴이 뻥 뚫리는 느낌이 들었다. 더욱이 키가 크고 차가운 이목구비를 가진 데보라 공녀는 어딘가 여심을 설레게 하는 구석이 있었다.

입덕 부정기는 짧았다.

그날 이후, 아린은 데보라 공녀에게 보답할 선물을 제작하기 시작했다.

의도야 어떻든 데보라 공녀가 나서서 조지의 괴롭힘이 사라졌기 때문에 선물을 건네고 싶다는 건 핑계고, 팬으로서 조공하고 싶은 열망 때문이었다.

'하찮은 선물이니 버리셔도 어쩔 수 없지……'

아린은 마법으로 제작한 선물을 만지작거리며 마법관 뒤쪽 교정에 앉아 있는 그녀에게 다가갔다. 데보라 공녀가 걸친 화려한 보석과 고급스러운 원피스를 보자마자 바로 주눅이 들었지만, 의외로 그녀가 아린에게 먼저 말을 걸었다.

"거기, 나한테 할 말 있나?"

"아, 그! 이, 이거. 저, 저번엔 감사했습니다."

핏빛을 띤 붉은 눈동자와 마주하자 손발이 바들바들 떨렸다. 긴장으로 토할 것 같았다. 눈 딱 감고 며칠 공들인 선물을 불쑥 내밀자 데보라 공녀가 고개를 기울였다.

"그건 뭐지?"

"그, 이건, 보존 마법과 향이 증폭되는 마법을 건 제비꽃이에요. 향이 오래가고 한 달 이상 같은 형태로 보존되니 테이블 장식으로 올려 두시면 좋을 거예요."

"꽃에 속성 마법을 걸었다는 뜻인가?"

"네."

"괜찮군."

공녀의 입가에 흐릿한 미소가 떠올랐다.

그녀는 창백한 손으로 아린의 손에 들려 있는 제비꽃을 가볍게 낚아챈 뒤 입을 열었다.

"이름이 뭐지?"

"아린 오슬롯입니다."

데보라 공녀와 통성명한 뒤 아린은 밤새도록 침대 위에서 감격의 발차기를 했다.

'내 선물을 받아 주시다니.'

게다가 다음 날 아린을 더욱 들뜨게 하는 일이 생겼다. 데보라 공녀가 계약서를 들고 은밀하게 아린을 찾아온 것이다.

"내 가신으로 일해 볼 생각 없나?"

"네? 제, 제가 고, 공녀님의 가신이요?"

누, 누추한 제가 감히.

"지레 겁먹고 두려워할 필요는 없어. 네 능력으로 만들고 싶은 물건이 있어서."

제 하찮은 능력이 필요하다는 공녀의 말에 아린의 얼굴이 또다시 달아올랐다. 손발이 바들바들 떨릴 정도로 기뻤다.

"너, 돈 필요하잖아? 알다시피 나는 돈밖에 없으니 서로 잘 맞을 거다."

당장 사인을 하라는 듯, 그녀가 질 나쁜 미소를 지으며 검지와 중지 사이에 낀 종이를 팔랑거렸다.

'코, 코피 날 것 같아⋯⋯.'

나쁜 남자를 선호하는 몹쓸 취향을 가진 아린 오슬롯은 입을 틀어막은 채 단 1초의 망설임도 없이 노예 계약서에 사인했다.

그리고 그 이후로 단 한 번도 그때의 선택을 후회한 적 없었다.

한편. 아린 오슬롯 말고도 데보라 공녀와 가까워지고 싶어 하는 인물이 있었다.

5황녀. 비비엔 히스테치.

황태자인 베호닉 히스테치의 유일한 여동생인 그녀는 제국에서 손꼽히는 화염 마법사이기도 했다.

진상 규명회 당일. 5황녀는 이시도르의 부탁에 마지못해 진상 규명회에 참관하게 되었다. 오라버니가 가장 아끼는 사내의 요청이니 별수 없었다.

'시모어의 개망나니가 뭔가 또 사고를 쳤나 보군.'

그리 무심하게 생각하면서 황녀는 귀찮은 표정으로 벽에 기댄 채 팔짱을 꼈다.

하지만 진상 규명회는 전혀 예측하지 못한 전개로 흘러가기 시작했고 그녀의 방만했던 자세는 점점 바뀌었다.

'저 수식을 저렇게 빨리 푼다고?'

그녀는 중반부터는 주먹까지 움켜쥐면서 집중하기 시작했다.

"나…… 반해 버렸다."

공녀의 수식을 보던 5황녀가 홧홧하게 열이 올라온 뺨을 문지르며 문득 말했다. 평소 표정 변화나 말수가 거의 없는 5황녀치고 반응이 굉장히 격렬한 편이라서 옆에 서 있던 티에리가 화들짝 놀랐다.

"황녀님, 대체 뭐에 반했다는 겁니까?"

"저 새로운 접근법에 반했어. 대마법사가 세운 틀을 모조리 깼다."

"저는 솔직히 공녀가 말하는 거, 무슨 소리인지 하나도 모르겠는데요. x는 뭐고 y는 또 뭡니까. 둘은 사랑하는 사입니까, 아니면 원수지간입니까? 왜 쟤네가 갑자기 저렇게 붙어먹다 떨어졌다 난리를 치는 겁니까?"

"말을 마라."

헛소리를 주절대는 티에리를 보며 5황녀가 한심하다는 표정을 지었다. 실제로 티에리처럼 마법에 문외한인 간부들은 공녀의 수식을 보며 아리송한 표정을 짓고 있었다.

"이런 것들이 간부라니."

5황녀는 눈가를 짚으며 여러 번 혀를 찼다.

한바탕 파란이 일었던 진상 규명회가 끝나고, 이시도르는 여봐란듯이 서글서글 웃었다.

"제가 분명 재밌을 거라 하지 않았습니까? 황녀님."

"나는 무슨 소리인지 도통 모르겠던데, 데보라 공녀가 괜히 시모어는 아니라는 것은 알겠네. 5황녀님께서 저렇게 놀라워하실 정도니."

티에리가 넋 나간 얼굴로 중얼거렸다.

"정말 멋진 퍼포먼스였어."

5황녀는 엄지까지 치켜세우며 감탄했다.

데보라 공녀가 발표한 개량식은 발상 자체로 충격적이었고, 혼자임에도 전혀 기죽지 않고 아카데미와 레몽, 양측을 밀어붙이는 모습 역시 인상적이었다.

최근에 본 가장 탐나는 인재였다.

"날 이토록 가슴 뛰게 했으니, 이시도르 그대가 책임지고 데보라 공녀를 입실론으로 데려오게나."

5황녀가 갑자기 단호한 표정으로 고집을 부리자 티에리가 식겁했다.

"데보라 공녀는 무조건 아라크론으로 가지 않을까요? 공석이 많고, 무엇보다 필라프 경이 있으니까요."

티에리의 말에 5황녀의 무표정이 살포시 찡그려졌다.

"정통 황제파인 시모어가 그런 근본 없는 곳에 왜 가나?"

아라크론은 황권과 반목하는 원로원 세력이 주가 되는 클럽이었기 때문에, 그녀는 더욱 불쾌해했다.

"왜냐면 필라프 경이……."

"이시도르 경이 미인계를 쓰면 돼. 할 수 있다."

5황녀가 티에리의 말을 끊으며 이시도르의 미려한 얼굴을 빤히 바라보았다.

"으음. 생각해 보니 충분히 가능할지도 모르겠군요. 아라크론의 리더보다 우리 입실론의 리더가 훨씬 더 잘생겼죠. 제 자부심입니다."

티에리가 동의하듯 고개를 주억거렸다.

"그래, 맞다. 충분히 가능하고말고."

이미 미인계를 질리도록 사용해 봤던 이시도르의 표정이 창백하게 굳었다.

"이시도르 경, 힘내."

"무조건, 입실론으로."

5황녀는 강한 어조로 말을 남긴 뒤 휙 강당을 나가 버렸다.

'헉! 이, 이게 뭐야.'

책상 위에 놓여 있는 뜻밖에 물건에 나는 흠칫 놀랐다. 여태 전혀 쓸 일이 없었던, 백금으로 만들어진 페이퍼 나이프를 들고 실링과 노끈으로 밀봉된 편지 봉투를 툭 뜯었다.

빙의 이후, 내 앞으로 초대장이 온 적은 처음이었다.

'아, 씨- 이거였냐.'

조금 설렜는데 내용과 발신인을 보자마자 바로 김이 팍 샜다. 마법 이론 학술회에 참석해 달라는 초대장이었으니까.

수식에 관해 더 심도 있게 스터디 하고 싶으니, 관련 내용을 직접 발표해 줄 수 있느냐는 내용이었다.

"하. 인생아⋯⋯."

미모와 재력을 가지고 다시 태어났는데, 화려한 파티나 사교 모임 초대장이 아니라 학회 초대장만 온 거 실화냐고.

'그나마 결투장이 아닌 게 다행인가.'

좀 귀찮지만 나는 참석하겠다고 답장을 썼다.

개량 수식을 홍보할 절호의 기회인데 거절할 이유가 없다. 최근엔 마법사들이 모조리 내 호갱님들로 보이는 지경에 이르렀다.

"긍정적인 답변이라 전하게."

보라색 실링으로 밀봉된 내 편지를 건네받은 시종이 공손하게 고개를 숙였다.

"예, 공녀님. 그리고 방금 헬렌 지호토가 봄꽃 축제 무도회용 드레스를 가지고 도착했습니다."

"응접실로 가겠어."

내가 소파에 앉아 팔짱을 끼고 있자 곧 문이 열리고 시종들이 봄 느낌이 물씬 풍기는 드레스를 한가득 들고 들어오기 시작했다.

데보라가 요네스 지구에서 직접 픽해 온 헬렌 지호토는 그간 내 의상을 꾸준히 디자인해 왔다. 시크하고 도시적인 느낌부터 화려하고 고상한 느낌까지. 그녀는 데보라와 어울리는 이미지의 옷을 잘 뽑아내는 편이었다.

재능 있는 디자이너라 그동안 알아서 만들도록 맡겨 놨지만, 이번 봄꽃 무도회용 드레스는 내가 관여했다.

나는 헬렌에게 핑크 다이아몬드를 직접 보여 주며 보석과 잘 어울리는 디자인으로 제작해 달라고 요청했다. 그간 원작에 휘말리는 게 싫어서 일부러 착용하지 않았는데, 필라프가 내게 한 짓을 생각하니 은근히 부아가 났다.

어차피 그 새끼는 내가 뭘 하든 색안경을 끼고 내게 시비를 걸 놈이다.

'내 보석인데 내가 왜 당당하게 하고 다니질 못해?!'

차라리 마스터 말대로, 이번 기회에 핑크 다이아몬드의 가치를 높여 비싸게 되팔아 버리는 게 속 편할 것 같았다.

'그리고 목걸이를 돋보이게 하기 위해선 드레스 디자인이 중요해.'

데보라의 얼굴과 몸매는 늘 최선을 다하고 있으니 헬렌만 잘해 주면 되는데.

오늘따라 드레스 디자인이 좀 애매하다.

작업이 잘 안 풀렸는지 야근한 기색이 역력한 헬렌은 내 눈치를 살피며 자신 없는 목소리로 드레스에 관해 프레젠테이션했다.

"공녀님, 이 드레스는 연분홍빛 실크 공단으로 만들어졌으며 백조처럼 우아한 목선과 목걸이가 돋보이도록 어깨를 드러내는 디자인으로 진행했습니다."

예쁘긴 한데, 문제는 나와 안 어울린다는 것이다.

나는 한동안 거울 앞에서 여러 벌의 드레스를 대보다가 입을 열었다.

"오늘 가져온 디자인은 모두 마음에 들지 않아. 프릴은 과하고 특히 이 리본은, 굳이 설명하지 않아도 자네라면 알겠지."

헬렌의 창백한 안색으로 고개를 숙였다.

"죄송합니다. 핑크 다이아몬드만 계속 생각하다 보니, 정작 옷을 입으시는 공녀님에 관한 생각을 못 했습니다. 제 불찰입니다."

'아무래도 잘 안 되나 보네…….'

핑크 다이아몬드는 사랑스러운 느낌을 강조한 하트 모양의 디자인. 아무리 헬렌이 뛰어나다 해도 목걸이를 강조하면 내 날카로운 이미지와 충돌할 수밖에 없는 모양이다.

하긴, 원작에서 수수하고 청순한 미야의 매력을 돋보이게 해 주는 아이템이었으니까.

'아무래도 보석을 띄우는 건 포기해야겠다.'

저런 분홍빛의 아기자기한 드레스들을 입고 나가면, 모두가 필라프 옆의 그분을 어설프게 흉내 낸다고 생각하겠지. 나만 우스워질 뿐이다.

"헬렌. 핑크 다이아몬드에 관한 생각은 버리고 나에게 잘 어울리는 방향으로 고쳐 주게."

"네, 공녀님."

"오프 숄더는 마음에 드니 이대로 진행해. 대신 원단은 지금보다 훨씬 강렬한 진자주색이었으면 좋겠어."

몇 가지 의견을 덧붙인 뒤, 헬렌을 의상실로 돌려보낸 나는 가장 중요한 사실을 간과하고 있었다는 것을 깨달았다.

드레스는 있는데 정작 무도회를 에스코트해 줄 파트너가 없다는 것을.

'적당한 놈을 끌고 가면 되지 않을까?'

작년 봄꽃 축제 당시. 데보라는 만만한 가신의 아들을 데리고 무도회에 참석했다가, 배가 아프다는 핑계로 일찍 집으로 돌아왔다. 필라프에게 파트너 신청을 거절당해 기분이 안 좋았기 때문이다.

무도회가 열리는 축제를 앞두고 데보라는 매번 필라프에게 에스코트해 달라는 의도를 은연중에 내비쳤지만, 결과는 늘 참담했다.

'왜 창피함은 내 몫인가?'

이러니 필라프가 중증 도끼병에 걸릴 수밖에.

학습능력을 찾아보기 힘든 과거의 파편을 되짚으며 사과 주스를 홀짝이다가, 노크 소리가 나서 몸을 일으켰다.

"……그건 또 뭐지?"

편지와 커다란 선물 상자 여러 개를 들고 들어오는 하인을 보며 나는 눈썹을 치켜들었다. 이번 건 아무리 봐도 학술회에서 온 물건같지 보이지 않았으니까.

"영식이 공녀님 앞으로 선물을 보내왔습니다."

"내 앞으로?"

미심쩍은 기분으로 편지에 손을 뻗은 나는 발신인을 확인하자마자 쿨럭, 주스를 뿜었다.

[루이 가젤]

이름 네 글자만으로, 내게 야생의 톰슨가젤에게 쫓기는 짜릿한 악몽을 선사해 주던 그놈.

나는 찢듯이 편지를 뜯어 내용을 확인했다.

[안녕하십니까. 데보라 공녀님.

제 소개를 하자면, 은으로 가득한 아론 영지를 소유한 가젤 가문의 장남. 루이 가젤입니다. 현재 가주 교육을 받고 있으며……. (중략)]

자기 자랑이 가득 나열된 편지의 첫머리를 보며 나는 혀를 내둘렀다.

'원작의 그 멍청한 변태가 확실하군.'

[벨렉 님으로부터 공녀님의 아름다움에 대해서는 익히 들었습니다. (중략) 제가 귀하신 분께 무도회 파트너를 청해도 되겠습니까? 공녀님의 긍정적인 답변 기다리겠습니다.]

예상대로 편지에는 이번 무도회에서 내 에스코트를 하고 싶다는 내용이 쓰여 있었다. 황궁에서 열리는 무도회는 일면식 없는 남녀가 만나 친분을 쌓기 적당한 사리기도 했다.

"흐음, 머리를 잘 썼군."

편지를 읽고 난 후, 루이 가젤이 보낸 선물 상자를 열자 아콘 지방에서 생산한 은 특산품이 한가득 들어 있었다.

"데보라 공녀님. 이 물건들을 어찌 처리할까요?"

"일단 놔둬."

"네? 아, 예. 알겠습니다."

내 말에 하녀가 움찔 놀라며 동요했다.

그럴 수밖에.

과거, 데보라는 영식들의 선물을 가차 없이 쓰레기통에 버렸으며 편지가 오면 보란 듯이 화형식을 거행했다. 물론 더러운 성질머리가 만천하에 드러난 이후, 영식들에게 인기가 추락해서 더는 선물이 오지 않았다.

그런데 데보라는 자신이 인기가 없는 게 아니라 필라프에 대한 지극한 마음 때문에 모두가 감히 자신을 넘보지 못한 거라고 정신 승리했다.

'뭐랄까, 참 일관성 있게 멍청한 캐릭터야.'

귀족 영식들에게 온 선물이면 분명 비싼 걸 텐데 왜 버리냐고. 아깝게.

'이게 다 얼마냐?'

나는 상자 안에 잔뜩 들어 있는 은괴와 장신구를 보며 쾌재를 불렀다. 아스테이아 제국은 금본위제긴 하지만 은화도 유통되기 때문에 보석들보다 훨씬 환금성이 좋아 보였다.

'좋은 사람 소개해 줘서 고맙다, 벨렉. 이 은혜는 곧바로 갚아 주마.'

나는 아콘 지역 특산품을 구경하며 히죽거렸다.

데보라가 루이 가젤의 편지를 불태우지 않고 선물과 함께 받아 뒀다는 소식에 벨렉은 이마를 짚었다.

'왜지?'

필라프의 선물이 아니면 안 받는다며 미친개처럼 날뛸 줄 알았는데.

최근 여동생의 행보를 전혀 예측할 수가 없어서 혼란스럽다. 어느 정도냐면 밤마다 지독한 두통에 시달렸고 식욕 감퇴가 올 정도였다.

"시발."

그는 거친 욕설을 내뱉으며 긴 머리를 거칠게 쓸어 올렸다.

"대체 어떻게 이런 일이 생길 수 있냐고!!"

시모어의 미운 오리 새끼였던 여동생이 난데없이 획기적인 개량식을 만들어 내, 마법 이론 분야의 신성으로 급부상했다. 이 기막힌 상황이 현실이라는 것을 받아들이기 쉽지 않은데, 더 끔찍한 일이 벌어졌다.

'좆됐다.'

벨렉은 데보라의 수식을 보자마자 등골이 서늘해지는 것을 느꼈다. 캐스팅 속도가 중요한 전투 마법사들에게 굉장히 유용해 보였기 때문이다. 그리고 하필, 그의 라이벌이자 쌍둥이 형인 로자드가 바로 전투 마법사였다.

애초에 시메온의 마법 수식은 전쟁에서 이기기 위해 고안된 것으로 전투 마법사와 떼려야 뗄 수 없는 관계였다.

수식은 공간에 떠도는 마나의 규칙성을 배열한 것이고, 이 규칙성을 활용해 전투 마법사들은 마법의 효과를 증폭시키고 형태를 변형해 적을 타격해 왔다. 하지만 체내에 있는 마나 서클이 아닌, 외부 공간의 마나를 운용하는 것이므로 모두가 어려워하는 분야이기도 했다.

'특히 캐스팅이 오래 걸리지.'

그런데 데보라는 이 지지부진하고 복잡한 캐스팅 과정을 단순한 식으로 압축해 버린 것이다. 심지어 데보라가 고안한 개량식을 사용하면, 긴 영창 시간으로 인한 마나 소실이 거의 일어나지 않는다고 들었다.

신속함이 생명인 전투 마법사에게는 말 그대로 혁명이었다.

로자드는 아마 지금쯤 기뻐서 미쳐 날뛰고 있지 않을까? 고작 7실버의 푼돈으로 온갖 혜택은 다 누리니 말이다.

난 월정액에 가입은 되어 있어도 딱히 누리는 건 없는데.

"안색이 안 좋으십니다."

가신이 걱정스러운 말투로 말했다.

"머리가 아프군."

우수에 찬 얼굴로 긴 속눈썹을 우울하게 내리깔고 있던 벨렉은 눈을 질끈 감았다.

"벨렉 님. 그래도 최근 진행한 아티팩트 연구에 큰 성과가 있으시잖습니까."

"그러면 뭐 하나?! 나는 늘 비교우위에 있어야 한단 말이다! 양 선수가 두 발로 경기를 뛰고 있었는데 데보라가 로자드에게만 날개를 달아 준 상황이야! 두통이 안 생기고 배기겠나?"

"그 개량식이 그렇게 대단합니까?"

벨렉이 헛웃음을 내뱉었다.

대단?

마탑 연구원 중 세 손가락 안에 드는 수재라 불리는 자신이 자괴감을 느낄 정도였다. 늘 한발 앞서 나가는 쌍둥이 형조차 자신에게 그런 비참한 기분을 느끼게 하진 못했다.

수식을 본 순간, 그간 데보라를 무시하고 괄시했던 과거의 일이 주마등처럼 펼쳐졌고 벨렉은 쥐구멍에라도 숨고 싶은 기분이 어떤 건지 처음으로 체험했다.

'왜 데보라는 머리가 좋으면서 그동안 멍청한 척하고 다닌 거지?'

쪽팔려서 여동생을 마주 볼 자신이 없었다. 오죽하면 그녀와 마주치는 게 싫어서 최근엔 타운 하우스에 들어가지 않고 마탑에만 처박혀 있었을까.

"대단하냐고?"

"아, 아닙니까?"

"그딴 걸 질문이라고 해?! 너처럼 멍청한 인간과는 말도 섞기 싫다. 나까지 무식해지는 느낌이거든. 꺼져라."

짜증스러운 얼굴로 가신을 쫓아낸 벨렉은 집무실에 홀로 남아 착잡한 기분으로 마른세수했다.

"근데 루이 가젤, 이 서부 촌놈은 왜 갑자기 설쳐대는 거야? 짜증나게."

가뜩이나 데보라 때문에 머리가 아픈데 루이 가젤의 독단적인 행동이 벨렉의 심기를 더욱 어지럽혔다.

일전에 여동생을 소개하겠다는 뉘앙스의 편지를 루이 가젤과 몇 번 주고받은 적이 있긴 했다. 그 과정에서 콩고물로 은을 좀 받긴 했지만, 일종의 관례였다.

오빠가 혼기가 찬 여동생을 주변인에게 소개하는 것은 흔한 일이기도 했고.

'흐지부지된 줄 알았지.'

자리를 만들려 했으나, 연구가 워낙 바빠서 차일피일 미뤄졌고 루이 가젤 쪽도 미적지근했다. 그런데 데보라가 잘나간다는 소식을 들었는지, 가젤 놈이 갑자기 어중간했던 태도를 바꾸고 선물 공세를 시작한 것이다.

이 와중에 데보라가 대체 무슨 생각으로 갑자기 루이 가젤의 선물을 받은 건지 도통 이해할 수 없다.

필라프를 좋아하지 않나? 서부 백작가 촌놈이 준 선물 따위, 거들떠보지도 않고 버릴 줄 알았는데…….

싸한 느낌을 받았다. 그사이 그의 가신이 다급히 집무실로 들어왔다.

"공자님."

"뭐지?"

"시모어 공작님께서 지금 바로 집무실로 오라고 하십니다."

마탑에서 마법진을 타고 저택 본관으로 헐레벌떡 달려온 벨렉은 이상하게 돌아가는 분위기에 당황했다.

"일단 앉아라."

"네."

마주한 아버지의 표정이 오늘따라 심상치 않다. 미간에 주름이 깊게 파여 있고 차가운 은색 눈동자는 노기를 띠고 있었다. 벨렉은 압박감을 느끼며 초조한 기분으로 뜨거운 찻잔을 들어 올렸다.

"벨렉."

"예, 아버지."

"네가 가젤 백작 가문 장남과 데보라 사이에 다리를 놔주려 한다는 소문을 들었다."

그런 시도를 하려 하긴 했는데, 왜 갑자기 아버지 귀에까지 들어갈 정도로 소문이 난 거지?

의아한 기색을 한 벨렉에게 시모어 공작이 불쾌한 낯으로 말을 이었다.

"데보라가 그자의 선물을 함부로 버리지 못하는 이유가 주선자인 네 체면 때문이라던데."

'내 눈치같은 걸 볼 녀석이 절대 아닌데, 왜 갑자기 내 핑계를 대는 건데……'

벨렉은 깊은 당혹감을 느꼈다. 또한, 아버지가 왜 이토록 살벌한 분위기를 풍기는지도 의아했다.

과거, 데보라가 필라프 곁을 맴도는 영애를 괴롭혀서 상대 가문에 깻값을 물었을 때, 부친은 지긋지긋하다는 표정을 지으며 이렇게 말했기 때문이다.

"혼담까지 거절당했는데 언제까지 몬테스 놈 타령할 셈인지! 낯 뜨겁고 창피하군. 네가 다른 영식이라도 빨리 소개하거라!"

그래서 벨렉은 제 행동이 딱히 문제 될 게 없다고 생각했다.

무엇보다, 데보라는 결혼 적령기이기도 하고.

"오빠가 여동생에게 괜찮은 영식을 소개해 주는 일은 흔합니다. 데보라도 이제 혼인을 생각할 나이……."

벨렉이 말을 맺기도 전에 시모어 공작이 바로 불을 뿜었다.

"야, 이 자식아! 시모어 영지와 가장 멀리 떨어져 있는 서부, 그것도 촌구석 백작 가문 영식을 네 여동생에게 들이대는 게 정상이냐? 넌 대체 왜 시키지도 않은 멍청한 짓을 하는 게냐?"

"그, 그래도 나름 가젤 가문은 커다란 은광을 소유하고 있고, 예전에 아버지께서도 데보라에게 영식을 소개하라고 말씀을 하셔서……."

"내가 언제? 난 그런 적 없다!"

부친이 너무 당당하게 잡아떼서 벨렉은 손에 쥔 찻잔을 떨어뜨릴 뻔했다.

'돌겠네. 작년 이맘때쯤 분명 그렇게 말씀하셨는데.'

하지만 눈치 없이 그런 소리를 내뱉었다간 지금보다 더 상황이 나빠질 게 뻔해서, 벨렉은 얇은 입술만 바들바들 떨었다.

'누구보다 냉철하고 객관적인 분이었는데.'

데보라를 한심해하던 부친은 온데간데없이 사라졌다. 눈앞에는 이성을 잃은 팔불출만 남아 있을 뿐.

'핑크 다이아몬드를 사 주실 때부터 뭔가 심상치 않더라니.'

어쩌다가 일이 이렇게 된 거지?

착잡함을 삼키고 있는데 노여움을 조금 가라앉힌 시모어 공작이 여러 번 헛기침했다.

"여하튼, 데보라의 결혼에 대해서 너는 신경 쓸 거 없다. 알겠느냐?"

"그래도 지금처럼 계속 정혼 상대가 없으면 저라도 나서는 게 좋지 않겠습니까?"

데보라가 모처럼 시모어다운 유능함을 발휘하고 있지만, 한시라도 빨리 눈앞에서 치우고 싶은 마음엔 변함이 없었다.

'데보라 때문에 기껏 도서관에 꽂아 넣은 내 가신이 한 명 날아갔다고.'

또 얼마나 얄밉게 깐족대는지.

하지만 자신이 강하게 밀어붙여 봤자 가주의 허락이 떨어져야 혼인이 성사되는데, 부친은 버럭 화만 낼 뿐이었다.

"거참, 네 일이나 잘할 것이지 쓸데없는 참견은! 매일 마탑에만 틀어박혀 있어서 그런지 눈치가 영…… 에잉, 쯧!"

"전 그저, 오라비로서 여동생이 걱정되는 마음에……."

"난 네놈이 더 걱정된다만, 그리도 오지랖을 부리고 싶으면 나보다 뛰어난 빙결 마법사를 데려오든가. 그럼 나도 신중하게 고려해 보마."

'농담이겠지?'

빙결 마법으로 아버지를 뛰어넘을 수 있는 사람이 이 세상에 누가 있다고.

'뛰어난 마법사를 사윗감으로 들이고 싶다는 뜻이겠지. 설마 진심이겠어?'

"그…… 명심하겠습니다. 경솔한 행동으로 아버지의 심기를 어지럽혀서 죄송합니다."

"알아들었으면 나가 보거라."

"예."

피로에 젖은 얼굴로 부친의 집무실에서 나온 벨렉은 긴 한숨을 내뱉었다. 왠지 일이 계속 꼬여만 가는 느낌이 든다.

'어린 시절, 벌집을 잘못 건드렸을 때 이런 섬뜩한 느낌이 들었는데.'

그리고 그의 불길한 예감은 꽤 잘 맞는 편이었다.

"저건 뭐야?"

"공개 고백인가?"

"엄청나군."

"요즘도 저렇게 촌스럽게 고백하는 영식이 있다니."

마법학부 교정 분수대 앞. 새빨간 장미꽃 다발을 한 아름 들고 있는 남자에게 학생들의 경악에 찬 시선이 쏠렸다.

머리부터 발끝까지 값비싸 보이는 의복과 액세서리로 치장한, 너무 과해서 부담스러운 느낌을 주는 사내였다.

특히, 저 번쩍거리는 갈색 부츠가 압권이었다.

"하필이면 조금 전까지 이시도르 경이 있었던 자리에 서다니⋯⋯."

"몹시 안타깝군."

본연의 매력이 살도록 의상에 가벼운 포인트만 주는 이시도르와는 정반대라 더욱 비교되었다.

'후후. 다들 내 재력에 깜짝 놀라는군. 그럴 수밖에. 난 서부 은광의 주인이니까.'

루이 가젤은 제게 쏟아지는 관심을 즐기며 데보라 공녀가 마법학부 교실에서 나오기만을 기다렸다.

'역시 수도가 물이 좋아.'

그 와중에 예쁜 레이디가 지나가면 속으로 감탄하며 힐끔거리는 것도 잊지 않았다.

얼마 후. 마법학부 건물 정문에서 누가 봐도 '데보라 시모어'라고 얼굴에 쓰여 있는 영애가 나왔다.

데보라가 지나가자 주변 사람들이 아주 공손한 자세로 길을 비켜 주었다. 육식동물을 보고 후다닥 멀어지는 초식동물들 같기도 했다.

'정말 화려하게 생겼군.'

루이 가젤의 눈이 휘둥그레졌다. 허리춤까지 길게 늘어진 보라색 머리와 늘씬한 몸매가 인상적인 여자였다.

'애교라곤 한 톨도 없을 것 같아서 내 타입은 아니지만, 생각보다 더 예쁘긴 해.'

무엇보다 저 데보라라는 여자는 시모어 직계고, 최근에 뛰어난 마법적 재능을 증명했다고 들었다.

마법사가 전혀 태어나지 않는 가젤 가문에 필요한 사람이었다.

모든 영식이 독사라 칭하며 꺼릴 정도로 데보라 공녀가 악랄하다는 소문은 익히 들었지만, 서부 영지에 고립시켜 두고 교육하면 성질머리를 고치겠지.

'평생 저 여자만 보고 살 것도 아니고.'

그는 음흉한 속내를 삼키며 데보라 공녀를 향해 다가가 사람 좋게 웃어 보였다.

"안녕하세요. 데보라 공녀님. 벨렉 시모어 님의 소개로 이렇게 찾아 뵙게 되었습니다. 아름답고 고귀하신 분을 직접 만나 뵙게 되어 무한한 영광입니다."

완벽한 첫인사라고 생각했을 때, 공녀가 비웃는 듯한 얼굴로 입술을 슬쩍 끌어 올렸다.

"아아! 네놈이 그 톰슨, 아니, 루이 가젤이군. 낯짝이 참 **뻔뻔한** 자로구나. 감히 내 앞에 그 못생긴 얼굴을 들이밀다니."

"이, 무슨. 갑작스러운……."

초면에 대뜸 독설이 날아와서 루이 가젤의 표정이 굳었다.

"카트린 베이."

자신을 깔보는 고압적인 눈동자에 모멸감을 느끼던 것도 잠시. 카트린이라는 이름이 나온 순간 가젤이 눈을 크게 부릅떴다.

"그, 그……."

"그래, 네가 작년에 건드려서 너희 영지에서 쫓겨난 네 어머니 시녀의 이름이지."

"……."

"물론 이게 끝이 아니라는 것도 알고 있네. 재작년 겨울엔 메리, 삼년 전, 가을엔 조엔……."

"자, 잠시만요, 공녀님!"

쉴 틈 없이 이어지는 과거 폭로전에 루이 가젤의 안색이 잿빛으로 변했다.

"나 참, 뭐가 이리 많은지. 털 때마다 뭐가 계속 나와서 깜짝 놀랐네. 고양이 털도 이보다는 덜 빠질 거야."

"크, 크윽!"

그녀가 비릿한 미소를 머금은 채 한 발짝 다가오자, 루이 가젤이 주춤거리며 뒤로 물러나기 시작했다.

"아직 도망치긴 일러. 자네의 지저분한 행실이 적나라하게 나열된 탄원서가 있는데 읽어 주지."

데보라가 가방에서 새빨간 인장이 찍힌 봉투를 꺼내자 루이 가젤이 황급히 팔을 내저었다.

"괘, 괜찮습니다."

"하긴, 내가 원한다면 수도까지 와서 네놈에 대해 증언해 줄 사람이 줄을 서 있는데, 굳이 내 입을 더럽힐 필요는 없군. 뭐, 서부까지 안 가도, 여기서도 아주 화려하게 노셨더라고. 비자금까지 조성해서 말이야."

그 사실까지 안단 말인가. 루이 가젤의 손발이 숫제 후들후들 떨리기 시작했다.

"자네가 최근 은광에서 나오는 은을 몰래 빼돌리기 위해 허위 장부를 작성할 정도로 도박에 심취해 있다는 사실도 알고 있네."

"……."

"자네 부친은 벨렉 오라버니의 편지를 보고 헛꿈을 꿨겠지. 그리고 시모어 가문과 관계를 돈독히 하라며 가젤 가문 인장을 자네에게 건넸을 테고. 그런데 자네는 그 인장을 비자금 만드는 데 이용했어."

"흐, 흐윽."

"이 소식을 자네 부친께서 들으시면 아주 뛸 듯이 기뻐하시겠군. 안 그런가?"

자신이 몰래 벌인 일을 손바닥 내려다보듯 훤히 꿰고 있는 공녀를 보며 루이 가젤은 공포를 느꼈다. 지형이 험해 외부인들이 잘 오가지 않는 서부 구석 영지에서 일어난 일들을 모조리 알아낼 정도라니.

공녀가 꺼낸 카트린 베이라는 이름은 잘 은닉했다고 그가 자부하던 사건이었다. 데보라 공녀가 가진 정보력이 얼마나 대단한지 짐작도 되지 않았다.

그녀는 차가운 눈매를 뱀처럼 가늘게 좁히며 쐐기를 박았다.

"그리고 무엇보다, 자네를 믿고 나와의 만남을 주선하려 했던 벨렉 오라버니의 반응이 가장 궁금해."

"허헉!"

데보라 공녀가 그간 루이 가젤의 지저분한 행실에 대해 자세하게 적혀 있는 붉은 봉투를 흔들었다.

"가젤 가문에서 일했던 시녀와 하녀들의 탄원서를 보면, 자네에게 기만당했다고 여기고 모욕감을 느끼며 그 뻔뻔한 얼굴에 장갑을 던지지 않을까?"

루이 가젤은 헛숨을 들이켰다.

천재로 손꼽히는 시모어의 차남과의 결투라니. 그가 공격용 아티팩트 하나만 꺼내 들면 그 자리에서 즉사할 게 뻔했다.

식은땀을 뻘뻘 흘리던 그는 입술을 바르르 떨었다.

"무, 뭐…… 뭐를……."

"똑바로 말해. 말 더듬지 말고."

"제게 뭐, 뭘 원하십니까? 공녀님. 뭐, 뭐든 하겠습니다. 이 자리에서 빌라면 빌겠습니다."

"간단해. 지금 이후로 내 앞에 코빼기도 보이지 마. 그 이름조차 들리지 않게 하고. 기왕이면 자네가 사는 서부에 처박혀서 절대 안 나오길 바라네. 삼 초 주지."

3. 2. 1.

그녀가 자비 없이 숫자를 센다.

실금할 것 같은 표정으로 간신히 서 있던 루이 가젤은 공녀의 시선이 닿지 않는 곳으로 꽁무니를 빼고 미친 듯이 도망갔다.

'잘 뛰는군.'

순식간에 멀어지는 루이 가젤의 초라한 뒷모습을 보며 나는 긴장으로 뻐근해진 목덜미를 주물렀다. 그의 약점을 찾아 달라는, 블량샤에서의 첫 의뢰가 드디어 빛을 보는 순간이었다.

'역시 마스터, 사람 하나 매장하는 데는 정말 타고났어.'

마스터는 루이 가젤의 온갖 치부를 파헤쳐 왔고, 나는 그가 건넨 무기를 들고 상대가 덫에 걸려들기만을 기다리고 있었다.

후계자인 벨렉이 직접 루이 가젤을 끌어들였으니 조만간 나타나겠거니 했는데, 설마 선물과 편지로 등장까지 예고해 줄 줄은 몰랐다.

약점을 잡고 휘두르면서 벨렉과의 결투를 내세우면 목숨이 오고 가는 일이니 분명 겁을 먹고 내빼리라고 생각했고, 내 예상대로였다.

'그나저나 마스터의 정보력은 대체 어느 정도인 거지?'

서부 아콘 지역은 험준한 산간 지역이고 수도와 멀리 떨어져 정보를 수집하기 쉽지 않았을 텐데, 그는 그 지역 왕이나 다름없는 영주의 아들이 은닉한 사건을 모조리 파헤쳤다.

마스터가 심어 놓은 정보원이 이미 제국 곳곳에 숨어 있는 게 틀림없었다.

대체 정체가 뭘까?

아마 정보상을 오래전부터 업으로 하던 가문의 자제일 확률이 높지 않을까?

내게 말을 깍듯하게 높이지만 분명 평민은 아닐 것이다. 마스터는 귀족들이 쓰는 은유를 좋아했으니까.

결론은, 그와의 거래를 계속 이어가고 싶다는 것이다. 그러기 위해선 그에게 만만하게 보이지 않도록 노력하면서, 내가 큰 이익을 가져다줄 거물처럼 보여야 한다.

'줄다리기를 잘해야겠어. 설마 이런 정보까지 가져다줄 줄이야.'

루이 가젤을 협박하던 붉은 실링이 찍힌 봉투가 아닌, 은색 실링으로 밀봉된 또 다른 봉투를 보며 나는 마른침을 삼켰다.

"루이 가젤이 낙마 사고가 났다고?"

야단법석을 떨며 아카데미까지 찾아간 루이 가젤이 거슬리던 차에, 벨렉의 귀에 들려온 소식이었다.

"예. 벨렉 님. 그래서 중요한 부위를 크게 다쳤다고…… 크흠! 아마 남자로서 가장 치명적인 사고를 당했으니 더는 수도 사교계를 기웃거리지 않겠죠."

"……."

귀찮은 게 사라졌군.

벨렉의 짧은 감상이었다.

아버지가 루이 가젤을 못마땅해하니 그쪽과 더 엮이는 것은 사양이었다.

하지만 자신에게 나쁘지 않은 상황임에도 왠지 찜찜했다. 오늘따라 일이 손에 잡히지 않아서 마탑에서 별채로 돌아온 벨렉은 타운 하우스 주변을 산책했다.

평소 그의 머릿속은 일과 성과에 관한 생각으로만 가득 차 있었지만, 기분이 어수선해서인지 푸르스름한 어둠 속에 파묻혀 있는 화원이 눈에 들어왔다.

'원래는 어머니께서 관리하던 장미 화원이었는데…….'

대체 아버지는 갑자기 어떤 심경의 변화가 생겨서 화원을 갈아엎은 걸까.

'설마 데보라 때문은 아니겠지.'

아니었으면 좋겠지만, 제 촉은 그게 맞다고 우겨댄다.

'대체 왜?'

애매한 기분으로 서 있던 중 어둠 속에서 하얀 밀랍 같은 인영이 천천히 걸어 나왔다.

'데보라?'

화원을 등지고 걸어오는 모습 탓인지, 어머니가 퍼뜩 떠올라서 벨렉은 눈가를 가늘게 좁혔다.

인정하기 싫지만 여동생은 모친의 외모를 빼다 박긴 했다. 깊은 호수처럼 잔잔하고 고요한 분위기를 가진 모친과는 성정이 정반대라 곧바로 그 사실을 잊어버리지만.

"……무슨 일이지?"

오늘따라 유난히 모친과 데보라가 닮아 보여서 잠시 넋을 빼앗겼던 벨렉은 이내 정신을 차리고 날카로운 음성으로 물었다.

"남매 사이인데, 일없이 볼 수도 있지."

느긋한 어조로 말하는 데보라를 보며, 벨렉은 가볍게 코웃음을 쳤다.

"우리가 살가운 남매 사이는 아니지. 빙빙 돌리지 말고 자랑하고 싶으면 떠들거라. 매번 널 무시하던 내게 이번 개량 수식 건으로 하고 싶은 말이 많을 거 아니냐?"

"음? 그렇게 말하니 갑자기 뭔가를 자랑해야 할 것 같네. 하지만 난 사과를 받으러 온 거야."

저를 또렷하게 올려다보는 붉은 눈동자를 가만히 내려다보며 벨렉은 팔짱을 꼈다.

"사과? 내가 왜 그딴 걸 해야 하지?"

"그동안 마주칠 때마다 도 넘은 언사를 내뱉었잖아. 멍청하다고 폭언하고 내 의사도 묻지 않고 다짜고짜 남자를 소개한다고 협박하고."

조목조목 제 잘못을 지적하는 데보라를 보며 벨렉은 눈가를 가늘게 좁혔다.

'확실히 말재주가 늘었단 말이지. 예전엔 버럭버럭 시끄럽게 소리만 질러대다가 아랫것들에게 화풀이나 하고, 말속에 논리라는 게 아예 없었는데.'

그래서 가소롭긴 해도 저지하지 않고 가만히 그녀의 말을 들어 주었다.

"또한, 오라버니의 가신은 내게 위아래 없는 발언을 대놓고 내뱉었어. 평소 얼마나 나를 무시하고 다녔으면, 일개 가신이 공녀인 나에게 시비를 걸겠어. 난 이 부분에 대해서도 사과를 받고 싶어."

"내가 왜? 지금 당장에라도 널 찍어 누를 수 있는 위치인데."

얄팍한 입술을 가볍게 비틀고 있던 벨렉은 주먹을 꾹 말아쥐고 있는 데보라에게 바짝 다가갔다.

"그러니 적당히 멍청하게 굴었어야지. 네 그간의 행동을 조금만 돌아봐라. 내가 무시를 안 할 수가 없지 않으냐?"

"아무래도 사과를 할 생각이 전혀 없나 보군."

쯧, 하고 가볍게 혀를 찬 데보라가 솔 안에서 뭔가를 꺼내 들었다.

"이건 뭐지?"

"일단 봐."

그녀가 내민 봉투를 받아 내용물을 확인한 벨렉의 눈동자가 크게 흔들렸다.

오만불손했던 벨렉의 표정이 점차 하얗게 질려가는 것을 보며 나는 팝콘을 튀기고 싶은 심정을 느꼈다.

역시 이런 싸가지 없는 놈은 매가 약이다. 꼭 때려야 말을 듣지.

"이 내용…… 사실이야?"

벨렉은 내가 꺼낸 루이 가젤에 대한 자료를 보자마자 망했다는 것을 직감했는지 바로 사실 여부부터 캐물었다.

"설마 몰랐어? 제대로 된 가신 하나 없는 나보다 정보력이 떨어지면 어떡해?"

벨렉의 날렵한 눈가에 노골적인 당혹감과 낭패감이 스쳤다.

"오라버니는 내게 먼저 의도와 목적을 밝히는 우를 범했어. 내게 상대방에 대해 조사할 시간을 벌어 준 셈이지."

"……"

"자료를 정 못 믿겠으면 증인을 불러올게. 카트린 베이. 루이 가젤이 추근거려서 다른 영지 수도원으로 도망친 영애야. 내가 원하면 수도로 올라와 증언도 해주기로 약조했고."

"이, 이럴 리가, 나도 놈에 대한 뒷조사를 해 봤고, 로자드의 조사에서도……."

그의 입에서 흘러나온 뜻밖의 이름에 나는 미간을 좁혔다.

"설마 로자드가 찾은 맞선 상대를 가로챈 거야?"

내 시선을 피한 벨렉이 미간을 찌푸리며 낮게 욕설을 중얼거렸다.

"벨렉 오라버니가 한 방 먹었네."

나는 드디어 이 사건의 제대로 된 전말을 파악했다. 벨렉은 자신의 정보원이 고급 정보를 캐왔겠다고 생각했겠지만, 사실은 로자드가 교묘하게 정보를 흘려 벨렉이 중매를 서도록 유도한 상황인 것 같았다.

'아마 로자드는 큰 은광을 가진 영주의 아들이라는 부분을 강조했겠군.'

은은 마나 전도율이 높아서 아티팩트 제작자들에게 상당히 유용한 광물이다. 벨렉으로서는 루이 가젤이 상당히 혹하는 상대였을 것이다.

더욱이 그 당시 그의 연구는 난항을 겪고 있었다. 중매를 서서 루이 가젤 쪽에서 건네는 은이라는 콩고물을 꿀꺽하고 싶은 마음이 들수밖에.

'로자드 입장에서는 꽃놀이패로군.'

벨렉이 루이 가젤과의 만남을 밀어붙이면, 데보라는 감히 제게 백작 영식 따위를 들이댄다고 길길이 날뛰며 빠르게 자멸할 것이다.

'시모어의 망나니를 시원하게 치워 버릴 기회지.'

만일 중매가 잘되었는데 루이 가젤에게 구린 게 있다면 그에 대한 책임은 벨렉에게 있는 것이고.

나 역시 멋모르고 소개팅을 주선했다가 뒤늦게 욕을 얻어먹은 일이 있어서 씁쓸한 기분으로 그를 바라보았다.

'중매는 함부로 서는 거 아니다. 벨렉아…….'

붉은 실링이 찍힌 봉투를 쥔 채 잘게 떠는 그를 보며 나는 입을 열었다.

"예전에 오라버니가 했던 말 기억나? 무식한 건 죄라고."

기억의 파편 속에 있는 장면을 들추자 벨렉이 얇은 입술을 지근거렸다.

"그리고 무능이 지나치면 벌로 다스려야 한다고도 말했지. 아직 열지 않은 은색 봉투도 마저 읽어 봐."

마스터가 찾아온 건 루이 가젤의 약점뿐이 아니었다.

"공녀님. 루이 가젤을 통해 혼인을 강제로 주선하려는 벨렉 경을 공격하려는 것, 맞죠?"

내 의도를 파악한 그는 묘한 미소를 지으며 은색 봉투를 건넸다.

"이건 서부에 있는 정보원이 입수한 정보입니다. 동업자로서 드리는 선물이니 유용하게 쓰셨으면 좋겠군요."

그가 가져온 자료엔 재밌는 내용이 담겨 있었다.

최근, 서부에서는 은광 채굴 열풍이 불었고 그 지역 영주들은 광산 개발을 위해 경쟁적으로 투자 유치를 벌이고 있었다. 그리고 벨렉은 안정적인 은의 수급을 위해 그 안에 투자금을 꽤 집어넣은 모양이었다.

문제는 서부 놈들이 동떨어진 거리와 험준한 지형을 이용해 그쪽

물정을 잘 모르는 외부인들에게 투자 사기를 치고 있다는 것이다. 그들은 은 채굴에 이미 실패한 땅을 개발 지역에 포함시켜 투자 규모를 키우고 투자자들의 돈을 교묘하게 떼먹을 작정이었다.

"내가 투자한 은광이 사기라는 뜻이야?"

벨렉의 목소리가 잘게 떨렸다.

"엄밀히 말해 사기는 아니야, 다만 깡통…… 아니, 애먼 땅이 많이 포함되어 있어서 은광이 설사 발견되어도 수익률이 형편없겠지. 오라버니는 투자에 실패한 거야. 즉 돈 날렸다는 뜻이지."

나는 히죽 웃으며 그가 들고 있는 봉투를 턱짓했다.

"왼쪽의 붉은 실링 봉투는 아버지께 드릴 생각이야. 참 좋아하시겠다. 오빠가 여동생에게 이런 난봉꾼을 소개하려 하다니……."

"자, 잠시만! 조금만 진정해, 데보라."

"음? 난 지금 그 누구보다 침착해. 오른쪽의 은색 실링 봉투는 로자드 오라버니에게 비싸게 판매할 생각이거든. 이 얼마나 이성적인 발상이야? 안 그래?"

벨렉의 실패는 경쟁자인 로자드의 기쁨이다. 아마 로자드는 이 정보를 높은 가격에 사 주지 않을까?

"……."

벨렉이 이마를 짚으며 눈을 질끈 감았다.

시기가 너무 좋지 않기 때문이겠지.

최근 로자드는 동부에서 기마 민족들을 상대로 연일 승전보를 올리며 자신의 전공을 크게 선전하고 있었다. 이 와중에 벨렉이 서부 양아치들에게 사기당한 것이 알려지면 로자드의 업적은 더욱 빛이 날 수밖에 없다.

비교우위에 서는 것이 시모어 쌍둥이들에겐 가장 중요했다.

'늘 치열한 경쟁 속에서 사니 성격 파탄자가 되는 게 당연하긴 하겠군.'

벨렉이 재수 없는 것과는 별개로, 가주가 되기 위해 배 속에서부터 함께하던 형제를 짓밟아야 하는 쌍둥이의 운명이 조금 안타깝긴 했다.

"뭘 원해? 데보라. 뭐든 손에 쥐여 주마."

벨렉이 조급하게 말했다.

"내게 사과하면 생각해 볼게."

"……읏."

고고한 자존심이 허락하지 않는지 벨렉은 한동안 우두커니 서서 망설였다.

"음. 죽어도 사과는 싫은 오라버니의 뜻 잘 알았어. 그럼 난 아버지와 티타임을 가지러 이만 가 볼까……."

"미안하다! 내가 전부 잘못했다, 데보라."

어지간히 절박하긴 했는지 그가 날 붙잡고 결국 사과하기 시작했다.

"그간의 일들, 내가 전부 잘못했어. 네가 이토록 간교한 지략가였다니……."

'살짝 욕처럼 들리는데, 기분 탓인가.'

아니지. 악녀로 살기로 했으니 큰 칭찬이라고 생각하자.

"가신들의 입단속을 못 한 것도 사과하마. 스테판 놈이 망발을 지껄이며 네게 기어오른 것, 모두 내 불찰이다."

"……."

"미안하다."

벨렉은 가련한 얼굴로 긴 은색 속눈썹을 잘게 떨었다. 내 숄을 움켜쥔 그의 하얀 손은 굴욕감으로 바들바들 떨리고 있었다.

"진심이야?"

"응. 미안, 네 유능함을 미처 못 알아봐서……."

고개까지 살짝 조아리는 그를 보며 나는 한숨을 삼켰다. 참 한결같은 놈이었다. 저렇게 능력에 집착하는 인간은 난생처음 봤다.

"후, 오라버니가 이렇게까지 부탁하는데 어쩔 수 없지."

퍼뜩 고개를 들어 올린 벨렉이 은청색 눈동자를 빛냈다.

"날 용서하는 거냐?"

나는 가방에서 양피지와 잉크가 묻어 있는 깃펜을 꺼냈다.

"응. 이 계약서에 사인만 하면 오라버니의 약점이 담긴 서류들 모두 불태울 거야. 그리고 지난 일들은 관대하게 용서해 보도록 할게."

"그 계약서는 뭔데?"

벨렉이 불안한 얼굴로 중얼거렸다.

"오라버니가 마나를 동력(動力)으로 바꾸는 실험을 하는 거 알아."

나는 그의 천재적인 아티팩트 제작 능력이 필요했다. 이건 그의 능력을 끌어 쓰기 위한 계약서고.

"잠깐, 데보라 네가 내 논문의 핵심 내용을 어떻게 알고 있지? 아직 대외적으로 발표 안 했는데."

그가 의아하게 묻는다.

'그건 소설 내용 때문이지.'

벨렉은 인기투표를 하면 늘 상위권에 머무르는 캐릭터였다. 은발에 장발, 더불어 안경까지 낀 남주에 대한 수요층이 확고한 데다 그가 나오는 신 자체가…… 흠흠, 다른 남자 캐릭터들과는 차별화된 포인트가 있었기 때문이다.

내가 벨렉을 괜히 사디스트 변태라고 표현한 게 아니다.

'이놈은 찐이야.'

벨렉은 회전, 진동 등 각종 동력을 가진 희한한 19금 도구를 잔뜩 가지고 있었다.

"오라버니가 지내는 별채 지하 2층 까만 석판 밑. 마나를 동력으로 맞바꾼 성인 기구가…… 읍읍!"

돌연 벨렉이 내 입을 틀어막았다.

"데보라. 네 정보력이 보통이 아니라는 거, 뼈저리게 깨달았으니 이제 그만하거라. 내가 정말 다 잘못했어."

그가 횡설수설했다. 하얀 얼굴은 숫제 터질 것처럼 빨개졌고, 귓불에서는 피가 날 것 같았다.

'이게 이렇게 기겁하며 놀랄 일인가?'

소설에서는 너무 뻔뻔하게 도구를 사용해서 수치심이란 게 없는 놈인 줄 알았는데.

'헉! 잠깐만. 설마 내가 여동생이라서?'

가족에게 은밀한 사생활을 들킨 상황이라고 입장을 바꿔 생각해 보니 참담하고 숙연해졌다.

누군가가 그랬다. 야동을 보고 있는 도중 엄마가 갑자기 방문을 열고 벌컥 들어왔을 때, 시공간이 멈추는 듯한 느낌이 들었고 순간 광활한 우주 속 미세 먼지가 되어 사라지고 싶었다고.

"사인! 어디다 하면 되지?"

얼굴을 붉게 물들인 채 눈물까지 글썽이는 벨렉을 보니 왠지 뭔가 크게 잘못한 것 같은 기분이 들었다.

'이렇게까지 몰아세울 의도는 없었는데……'

나는 괜스레 미안한 기분을 느끼며 슬쩍 양피지를 내밀었다. 벨렉은 어지간히 당황한 듯 계약서 약관을 제대로 읽어 보지도 않았다.

"여기에 사인하면 되는 거지?"

"응. 정성과 마나를 담아서 해 줘."

벨렉 시모어.

마력이 담긴 은빛 사인이 어둠 속에서 반짝거리며 빛났다.

그는 사인 후 쓸쓸하게 자리를 떴고, 나는 얼떨결에 제국에서 손꼽히는 아티팩트 제작자이자 고대 병기까지 작동시키는 최강의 노예 한 명을 얻게 되었다.

벨렉이 마나를 동력으로 치환하는 실험을 통해 멈춰 있던 고대 골렘을 움직이는 건 뒷이야기긴 하지만, 어쨌든…….

"헉, 데보라 공녀다."

"빨리 눈 아래로 깔게. 뭘 그렇게 쳐다보고 있나."

루이 가젤이 아카데미에 커다란 꽃다발을 들고 등장한 이후, 귀족 영식들 사이에서 데보라 공녀의 악명은 본의 아니게 점점 높아지고 있었다.

그녀가 고백하러 온 영식을 엉엉 울며 도망치게 했다는 소문이 퍼졌기 때문이다.

"지방 영주의 영식이 유령이라도 본 것처럼 벌벌 떨면서 도망쳤다던데."

"대체 무슨 짓을 했길래 지리면서 도망을 가?"

"내 말이 그 말이야."

"허어! 이젠 꽃다발을 들고 온 영식과 결투를 한단 말인가!"

데보라 공녀가 무서워서 가까이는 못 가고, 쓸데없는 호기심은 넘쳐서 멀리에서 구경한 사람들이 은밀하게 퍼트린 소문이었다.

"데보라 공녀가 영식을 울린 건 비단 이번뿐만이 아니네. 윌리엄 레몽도 진상 규명회가 끝나고 집에 돌아가서 밤새 울었다더군. 최근엔 보라색만 보면 경기를 일으킨다고 하네."

"거참, 시모어 공작님의 총애를 받고 있어서 건드리지도 못하고. 심지어 콧대 높은 마법사들마저 혀를 내두르는 천재라던데."

"점점 진화하고 있지. 과거에는 그냥 독사였다면, 지금은 살모사야."

"대체 누가 이번 봄꽃 축제에서 데보라 공녀를 에스코트할까?"

"하루빨리 축제 파트너를 정해야겠어. 공녀가 강제로 파트너를 차출하려 할 수도 있으니."

"만에 하나 내가 지목당하면 나는 몹시 아파질 예정일세. 공녀님께 감히 병을 옮길 수는 없는 노릇, 쿨럭!"

"나는, 조만간 영지에서 급한 일이 생길지도……."

'으음. 이거 일이 좀 커졌네.'

루이 가젤을 퇴치하고 벨렉을 노예 2호로 만드는 것에 성공했지만, 아카데미 상황이 심상치 않게 돌아가고 있었다.

'난 이제 영애뿐 아니라, 영식도 울리는 악당이 된 것 같은데.'

아린 오슬롯이 주워들은 이야기를 전해 들으며 나는 미간을 문질렀다. 캐붕 없이 악녀로 잘살고 있다는 것에 자부심을 느끼면서도, 당장 직면한 문제에 두통이 밀려온다.

'과연, 나랑 무도회 파트너를 해 줄 남자가 있긴 할까?'

아버지와 벨렉은 후보에서 제외해야 했다. 봄꽃 축제는 젊고 향락적인 분위기의 행사라서 추수감사절과는 다르게 직계 가족이 에스코트를 해 주는 경우가 없었기 때문이다.

난감해하는 내 앞에서 아린 오슬롯은 눈을 반짝였다.

"저는 데보라 공녀님의 결단력과 단호함, 카리스마에 감동했어요. 못생긴데다 패션 감각 없고, 느끼하기까지 한 영식은 냉혹하게 떼어내는 것이 옳아요. 착각도 못 하게끔요! 어딜 감히 들이대!"

지금 그게 문제가 아닌데.

이상한 소리를 하는 아린을 슥 올려다보자 그녀가 갑자기 커다란 눈동자를 글썽이며 손발을 덜덜 떨기 시작했다.

"여, 여하튼, 데보라 공녀님! 언제든지 불러 주세요."

귀까지 새빨갛게 물들인 그녀는 연거푸 인사한 뒤, 마법관 쪽으로 잽싸게 도망갔다. 나는 점점 작아지는 뒷모습을 망연하게 바라보았다.

'오늘도 내가 꼭 괴롭힌 것 같다.'

그런데 다람쥐같이 벌벌 떨면서 은근히 아부도 하고, 할 말 다 한단 말이지.

마스터가 성실하고 착한 영애라고 했으니 맞겠지, 뭐.

아린과 은밀하게 접선한 뒤, 마법관 뒤편으로 나온 나는 아카데미 동문과 통하는 오솔길 방향으로 걸어갔다. 미야가 있는 신학관은 알고 보니 서문 쪽이었고, 재수 없어서 이젠 그 방향으로 발걸음도 하지 않았다.

'동문 근처 상권 조사도 해야 해.'

그간 특허에 매달리느라 정작 카페 사업 진행에 소홀했다.

그리고 좋은 입지를 찾는 게 의외로 쉽지 않았다. 프랜차이즈 사업을 위해선 1호점을 크게 성공시켜야 했고, 입지는 가장 중요한 문제라 쉽사리 결정하지 못하고 있었다.

'장사는 결국 위치가 반은 먹고 들어가니까.'

아깝지만, 시장조사를 다녔던 요네스 지구는 카페 1호점 후보지에서 탈락시켰다. 고급화 전략을 쓰고 있는 마스터의 메종드가 이미 확고하게 자리를 잡고 있었으니까.

내가 목표로 하는 건, 대중성을 강조하면서도 젊고 트렌디한 콘셉트의 카페.

'차라리 호룬 지구가 나아.'

아카데미를 오고 갈 때 마차 차창 너머로 보니, 황실, 아카데미, 마탑, 기사단, 신전 등의 주요 시설이 자리하고 있었고, 유동 인구도 많아 보였다.

분명 괜찮은 상권이 많을 것이다.

'돈이나 벌자. 내가 언제부터 인싸였다고, 무도회는 무슨……'

반쯤 해탈한 채 동문 방향 오솔길로 걸어가다가 어디선가 고양이 우는 소리가 나서 나는 걸음을 멈추었다.

'여기 고양이 출몰 지역이었어?'

나무가 우거진 주변 풍경을 두리번거리는데, 저 멀리 반짝반짝 빛나는 사람이 있어서 눈가를 좁혔다.

'이시도르잖아.'

그는 무릎을 굽힌 채로 금색 털을 가진 고양이를 쓰다듬고 있었다. 푸르른 숲길에서 작은 짐승을 능숙하게 쓰다듬는 이시도르는 신화 속 엘프를 그대로 형상화해 놓은 것 같았다.

"더 줄까?"

그가 주머니에서 작은 간식거리를 꺼내자 고양이가 냉큼 받아먹으며 골골거렸다.

"착하다."

이시도르가 상냥하게 속삭이며 웃는다.

데보라는 좌우 2.0의 건강한 시력을 가지고 있었기에, 멀리 떨어져 있어도 그의 다정한 눈웃음이 적나라하게 보였다.

'너무 잘생겨서 호흡곤란 올 것 같다.'

희한하게도 이시도르의 동선이 내 동선과 자주 겹쳐서 그동안 아카데미에서 그의 용안을 접할 기회가 제법 많았다.

'그래서 저 얼굴에 조금이나마 익숙해졌다고 착각했지.'

무엄한 생각이었다. 심지어 지금은 더 치명적인 포인트가 있었다.

미남과 귀여운 고양이. 이건 좀 선 넘었지.

도저히 모른 척 지나칠 수 없는 은혜로운 광경에 넋을 놓고 서 있는데 이시도르가 내 쪽으로 고개를 틀었다.

"어……."

그의 모양 좋은 입술이 살짝 벌어졌다.

'너무 대놓고 봤나 봐.'

등을 타고 식은땀이 흘러내렸다.

"데보라 공녀?"

몸을 일으킨 이시도르가 먼저 알은체하며 다가왔다.

그의 에메랄드빛 눈동자와 마주하기만 했는데, 괜히 긴장되어서 승모근이 뻣뻣해졌다. 내심 당황했지만 좋은 구경 안 한 척, 차가운 얼굴로 시치미를 뚝 뗐다.

"오랜만이야. 이시도르 경."

"그러게요. 지난번 진상 규명회 이후로 아마 처음인가요? 공녀가 개량한 수식, 인상 깊게 봤어요."

그가 자연스럽게 칭찬을 건네며 말문을 열었다.

"그쯤이야 내겐 별거 아니지. 흠! 그럼 이만."

허세를 부린 뒤, 가던 길 마저 가려고 하는데 이시도르와 함께 있던 고양이가 내 앞길을 가로막더니 노란 눈을 반짝거렸다.

"경계심이 많은 아이인데, 공녀를 아주 좋아하네요. 신기하게."

그럴 수밖에. 내 솔 주머니에는 캣닢이 잔뜩 들어 있었으니까.

'최근에 블랑샤를 너무 자주 다녔어.'

"공녀가 그렇게 좋아?"

이시도르가 무릎을 접고 내 주변을 맴도는 고양이의 턱을 쓰다듬는다. 졸지에 그를 내려다보게 되어 저 비현실적인 얼굴이 얼짱 각도로 보였다.

'하, 좋은 인생이었습니다.'

"아, 혹시 봄꽃 무도회 파트너는 구했어요?"

무차별적인 얼굴 공격에 생존의 위협을 느끼고 있을 때, 그가 날 올려다보며 엉뚱한 질문을 했다.

"그건 왜 물어보는 건데……?"

이시도르가 애교 살이 생기도록 눈가를 살짝 접었다.

"혹시 없으면, 이번에 나한테 공녀를 에스코트하는 영광을 주는 건 어때요?"

뭐, 뭣?!

당황해서 입술이 뻣뻣하게 굳었다. 귀하신 분이 왜 굳이 저랑요?

"나, 아직 파트너가 없어서요. 공녀도 마찬가지라고 들었고."

난 진짜로 없는 거고, 그쪽은 같이 가고 싶은 사람 줄 세우면 만리장성도 세우겠는데.

"이번엔 공녀가 오지랖을 발휘할 차례 아닌가?"

그가 필라프와 대거리했을 때 본인이 도와줬던 일을 꺼내며 눈가를 늘어뜨렸다.

'커다란 강아지 같다.'

사실 에스코트 상대가 급한 건 내 쪽이었다. 축제가 얼마 남지 않은 시점이었으니까.

'근데 영 수상하단 말이지.'

왜 나한테 이런 제안을?

나는 갈팡질팡하다가 입을 열었다.

"일단은 접수해 둘게."

내 대답에 그가 옅은 보조개를 패며 해사하게 웃는다. 눈이 부실 정도였다.

"저도 가능성이 있는 거군요."

"난 가, 간혹 변덕을 부리기도 하니까. 흠! 이만 급한 약속이 있어서 가 봐야겠어."

"약속이요?"

"어, 응. 난 그럼 이만!"

그의 상큼한 미소에 몹시 당황한 나는 어리바리한 대답을 남기고, 재빠르게 블랑샤로 튀어갔다.

마스터! 대체 이 중요한 시점에 어디 갔지.

나는 조급한 기분으로 입술을 말아 물었다.

"데보라 공녀님. 조금만 기다리시면 오실 겁니다."

정보원이 초조해하는 내게 조심스레 말했다. 곧 마스터가 도착했다는 소식이 들렸고 나는 그의 집무실로 빠르게 들어갔다.

웬일로 늘 인형처럼 미동이 없던 마스터가 어깨를 들썩이며 숨을 골랐다.

"혹시 일 보고 있는 중에 내가 급하게 온 거야?"

"아, 아뇨. 운동을 좀 했습니다."

아하, 평소 규칙적인 운동을 해서 정보원인데도 몸이 좋은 거였군.

"미리 약속도 없이 갑자기 무슨 일이시죠?"

그가 물을 벌컥 들이켰다.

"지난번 이시도르 비스콘티에 관한 의뢰 말인데, 지금까지 조사한 자료 보여 줄 수 있어? 그자, 뭔가 이상해서 말이야."

"이상하다고요?"

그가 무기질처럼 냉한 얼굴을 더욱 차갑게 굳혔다.

"그래. 뜬금없이 내게 무도회 파트너 신청을 했어. 굉장히 수상하지."

"그게 뭐가 수상합니까? 무도회 에스코트 신청이 뭐 그리 대수라고요."

"글쎄다. 내 느낌에 뭔가 꿍꿍이가 있는 것 같아. 나를 통해 아버지에게 뭔가 얻어내고 싶은 게 있다거나……."

"공녀님, 왜 그렇게 부정적인지는 모르겠는데 일단 진정하시고 제가 조사해 온 자료를 한번 살펴보시죠."

[최종의 최종 진짜 최종의 마지막 final]

종이 왼쪽 끄트머리에 쓰여 있는 글귀를 보며 나는 눈가를 가늘게 좁혔다.

"마스터. 꽤 여러 번 자료를 수정했나 보군."

먼치킨인 그가 이 정도로 시행착오를 겪다니. 역시 이시도르는 보통 놈이 아닌 게 틀림없다.

"……이게 왜 여기 있지? 진짜 최종 자료는 이겁니다."

"흐음."

"외모, 재력, 권력, 능력, 평판, 인품. 총 여섯 가지 항목으로 구성되어 있습니다. 최대한 담백한 어휘로 표현했고, 객관적인 사실만 추려 봤습니다."

그가 건넨 서류를 꼼꼼하게 훑던 나는 이내 몹시 허탈한 기분을 느꼈다.

"이게 다야?"

"네. 일단은요."

그의 자료를 요약하면, 여섯 가지 항목 모두 10점 만점에 10점짜리 완벽남이 바로 이시도르였다. 그야말로 꽉 찬 육각형.

제국에서 제일 잘생겼고, 금광을 잔뜩 소유한 재벌에, 디에라와 맞먹는 검사이고, 외아들이라 가주 자리가 보장되어 있는 데다, 성격은 겸손하면서도 결단력 있는…….

'말이야 방구야. 사람이 이렇게 완벽한 게 말이 되냐고! 다섯 가지 항목은 그렇다 치고, 인품은 이렇게 쉽게 단정할 수 있는 거야?'

"마스터."

나는 정색했다.

"말씀하시죠."

"그대의 능력을 의심하는 건 결코 아닌데, 혹시 이시도르 경에게 사심 같은 게 있어? 자료가 상당히 편파적인 느낌이 들어서 말이지."

마스터는 말없이 물을 들이켰다.

"조사하면서 뭔가 수상한 느낌 없었어? 뭔가 쎄한, 그런 거 있잖아."

"그 얼굴을 보고 쎄하다니……. 공녀님이 괜히 색안경 끼고 보려고 하는 거 아닙니까?"

그가 입술을 삐죽거리는 것처럼 보이는 건 내 착각인가?

역시 남팬 맞는 것 같은데!

딱 걸렸어.

"그러면 구린 구석이 전혀 없다 이거네."

"뭘 자꾸 구리다고…… 향기만 난다고 합니다."

문득 지난번 이시도르가 날 마차까지 부축했을 때 코에 맴돌던 좋은 향이 떠올랐다.

"흐음. 자네, 꼭 맡아 본 사람처럼 이야기하는군."

"비유죠, 비유!"

"일단 마스터의 듬뿍 담긴 사심은 잘 알겠어."

"의심이 많으시군요. 경계심도 강하시고요."

그가 어딘가 서운한 듯한 기색이라 나는 입을 다물었다.

이시도르를 수상하게 여기는 마음은 여전히 내 안에 도사리고 있었지만, 더 티를 냈다간 마스터와 쌓은 신뢰가 깨질 수 있으므로 조사는 잠정 중단하기로 했다.

'결국, 내가 직접 부딪치는 수밖에 없겠네.'

이시도르가 약점 잡힐 행동을 절대 안 하는 치밀한 인간이라는 건 잘 알겠다. 먼지를 기막히게 터는 마스터가 건진 게 전혀 없고 남팬이 됐을 정도면.

'자기 관리까지 철저하다니. 괜히 인기가 많은 게 아니었어.'

나는 내심 혀를 차며 근처에서 눈을 반짝이는 쿠키를 쓰다듬었다.

'얘도 자꾸 보니까 귀엽네.'

물론, 길고 뾰족한 송곳니를 자랑하듯 보여 줄 때는 섬뜩해서 가슴이 철렁 내려앉긴 하지만. 턱을 간질이자 쿠키가 눈을 가늘게 좁히며 골골거렸다.

그러고 보니, 아까 이시도르가 쓰다듬던 고양이랑 털 색깔이 꽤 비슷하다. 이 세계는 금색 털을 가진 동물이 많은 모양이다.

"용건 끝났으니 난 돌아가 보겠어."

의뢰비를 놓고 일어나는데, 그가 문득 나를 불렀다.

"공녀님."

"음?"

"봄꽃 무도회 파트너는 누구랑 하실 겁니까? 뭐 딱히 궁금한 건 아니고 조금 전에 말이 나와서요."

그가 서류를 뒤적이면서 지나가듯 물었다.

"말 나온 김에 마스터가 내 파트너를 해 주는 건 어때? 의뢰비는 아주 후하게 주지."

비밀 조직의 수장에게 대뜸 파트너를 신청하자, 그의 인형 같은 동공이 지진 난 것처럼 빠르게 진동했다.

"물론, 농담이야."

"공녀님은 농담에 재능이 없으시군요."

사실 반쯤은 진심이었는데.

'이시도르 말고는 진짜 대안이 없나?'

루이 가젤 덕분에 나는 모두가 기피하는 대형 지뢰가 되고 말았다. 내가 강제로 차출하려 하면 제 다리를 부러뜨리려고 하는 영식도 있지 않을까?

똥 씹은 표정을 한 영식과 무도회장을 돌아다니는 건 나도 사양이다. 악녀라도 낭만은 있다고.

"난 가 볼게."

망연히 앉아 있는 마스터에게 손을 가볍게 내젓고 집으로 돌아왔다.

결국 그날 밤. 나는 이시도르 앞으로 무도회 에스코트를 부탁하는 편지를 작성하기 시작했다.

[데보라 시모어가 이시도르 비스콘티에게]

글을 쓰는 내내, 화사한 봄꽃을 연상시키는 이시도르의 달콤한 미소가 머릿속에서 맴돌았다.

봄꽃 축제 당일.

축제가 열리는 호룬 시구 광장은 여느 때보다 떠들썩하고 활기찬 분위기로 가득했다. 바람이 불 때마다 분홍빛 벚꽃이 싸락눈처럼 흩날리며 사람들 머리 위와 어깨로 내려앉았다.

호룬 지구 중심가 의상실은 옷을 주문한 영애들로 북적거렸으며, 영식들의 심부름을 나온 시종들로 꽃 가게와 선물 가게는 문전성시였다.

"저기 봐."

"우와."

인파로 가득한 광장에 4대 정령 인장이 나부끼는 커다란 흑단목 마차가 들어오더니, 의상실 앞에서 멈춰 섰다.

몬테스의 인장이었다.

이윽고 마차 문이 열리고, 남자다운 이목구비를 가진 잘생긴 사내가 나오자 사람들이 필라프 몬테스라고 수군거렸다.

그가 손을 뻗어 분홍 머리칼을 가진 아름다운 영애를 마차에서 내려 준다.

"필라프 경의 에스코트를 받게 된 저 행운의 영애는 누구죠?"

"말로만 듣던 미야 비노슈네요. 몬테스 가문 공자가 의상실까지 직접 데려오다니."

신데렐라가 따로 없어서 모두가 부러운 눈길로 그녀를 바라보았다.

"그런데 비노슈 가문은 대체 어디죠? 난생처음 듣는군요."

"가문은 한미하지만 대단한 신성력을 가졌다고 들었어요. 신관도 극찬할 만큼요."

아카데미 신학관에서는 봄 축제 기간에 대신관을 불러 학생들의 신성력을 점검했는데, 미야의 테스트 결과는 독보적이었다.

"신성력의 순도만큼은 아카데미 역사상 세 손가락 안에 꼽히겠어요."

높은 신성력이 드러났을 뿐 아니라, 그간의 선행을 인정받아 혈통을 중시하는 〈아라크론〉에까지 입회했다. 독특하고 화려한 미야의 행보는 최근 귀족들 입에서 자주 오르내리고 있었다.

사람들의 관심 어린 시선을 받으며 필라프와 미야는 의상실 안으로 들어갔다.

"어서 오십시오. 필라프 몬테스 님."

의상실 주인이 직접 나와, 손을 파리처럼 비비며 둘을 귀빈실로 안내했다.

따로 마련된 룸에는 미야를 위한 분홍색 드레스가 전시되어 있었다. 화려한 리본 장식과 흰 코르사주가 달린 사랑스러운 디자인이었다.

곧 열리는 무도회에 참석하기 위해 미야가 옷을 들고 탈의실로 들어간 뒤, 한참 후에 나왔다.

"굳이 이렇게까지 신경 써 주시지 않아도 되는데, 정말 감사해요. 필라프 님."

이토록 화려한 드레스는 처음인 듯, 치맛단을 움켜쥔 채 쩔쩔매는 미야를 보며 필라프가 옅게 웃었다.

"역시 그 옷이 잘 어울릴 줄 알았어. 나일라 여신 역시 그대처럼 분홍색 머리칼을 가졌다고 하지."

"제, 제가 어찌 감히 여신님과 함께 거론될 수 있단 말입니까."

미야가 황급히 손사래를 쳤다.

"평소 신관보다도 더욱 많은 선행을 베풀면서 그대는 겸양이 너무 심해. 고지식하긴."

"그렇지 않아요."

"아, 그러고 보니 여신의 탄생화도 벚꽃이고, 축제에서 영애들이 가장 많이 다는 코르사주도 벚꽃이지. 분홍색이 메인이나 다름없는 봄꽃 축제에 그대보다 어울리는 영애는 없을 것 같아."

필라프는 긴 다리를 꼬며 만족스러운 얼굴로 의자에 상체를 기댔다.

옷이 날개라고, 화려한 드레스를 입으니 얼굴까지 살았다. 그녀가 평소에 입고 다니는 옷이 수수한 편이다 보니, 조금만 꾸몄는데도 더욱 극적으로 느껴졌다.

머리를 치장하고 화장까지 받은 뒤 자신과 함께 무도회에 나가면 미야는 크게 주목받을 게 확실했다.

'반면에 평소 잘 입고 다니는 데보라는 상대적으로 무도회에서 임팩트가 덜하겠지.'

필라프는 데보라를 은연중 끊임없이 의식하며 미야를 위아래로 훑어보았다.

'근데 이상하네.'

매해 이맘때쯤, 데보라에게서 무도회 에스코트를 해 달라는 내용이 적힌 편지가 왔는데 올해는 쥐 죽은 듯 잠잠했다. 혹시나 해서 시종장에게 누락한 편지가 있느냐 물어봤는데, 감히 그럴 리가 있느냐고 펄쩍 뛰었다.

'……알 게 뭐야.'

이미 자신은 파트너가 정해졌고 데보라도 바보가 아닌 이상 그 사실을 알고 있을 것이다.

'편지를 버리는 수고를 덜었으니 좋네.'

편하다고 정신승리를 해 보지만, 께름한 기분이 가시질 않아서 필라프는 턱을 긁적였다.

'근데 데보라의 파트너를 해 줄 영식이 있긴 하려나.'

얼마 전, 세상 물정 모르는 촌놈 하나가 데보라에게 꽃다발을 들고 고백하러 왔다가 꽁무니를 빼고 도망쳤다는 소식을 들었다.

'하여간, 성질머리 하고는.'

절로 눈살을 찌푸리게 만드는 행실. 하지만 한편으론 자신을 얼마나 좋아하면 그리도 다른 영식에게 모질게 굴까 싶기도 했다.

'그런데 왜 내가 이런 쓸데없는 걱정을 하고 있지?'

데보라가 제게 퇴짜 맞은 게 하루 이틀 일도 아니고, 무려 6년인데. 참 지긋지긋했다.

'뭐, 예전처럼 만만한 놈 하나 끌고 가겠지.'

최근엔 수식인지 뭔지 때문에 책만 파는 마법사들 사이에선 그나마 잘나간다고 하니, 누군가는 그녀의 마수에 걸려들지도 몰랐다. 저보다 작고 비리비리한 마법사를 질질 끌고 다니는 모습을 생각하자 절로 비웃음이 났다.

"가지."

"네, 필라프 님."

몬테스 사용인들이 정성껏 꾸며 준 미야는 오늘따라 유달리 예뻤다.

'어쩌면 미야가 올해의 꽃이 될지도 모르겠어.'

충분히 가능성이 있었다. 대신관마저 그녀의 신성력에 감탄했으니. 자신을 부러워하는 영식들의 모습이 눈에 선했다.

필라프는 자신만만하게 무도회장으로 향했다.

실제로 두 사람이 황실 안 무도회 홀 안에 등장하자 한 차례 웅성 거림이 지나갔고 그들을 향한 관심이 쏟아졌다. 강렬한 남성미를 가진 필라프와 연약해 보이면서도 청초한 분위기의 미야는 큰 대비감을 주었기 때문이다. 누가 봐도 잘 어울리는 커플이었다.

하지만 둘은 5분도 채 지나지 않아, 처참하게 묻히고 만다.

저 멀리 압도적인 존재감을 가진 남녀가 등장하자 홀은 쥐죽은 듯 고요해졌다. 타이밍이 좋은 건지 나쁜 건지, 악사들까지 잠시 연주를 멈춰서 내부엔 썰렁한 공기마저 감도는 듯했다.

'뭐, 뭐야. 저것들은.'

필라프가 경악했다. 대체 왜 저 둘이 같이?

설명할 수 없는 강렬한 감각이 돌연 가슴을 세게 옥죄어서 필라프는 입 안 여린 속살을 꾹 사리물었다.

당황한 이는 필라프뿐이 아니었다. 모두가 패닉이었다.

"이시도르 경께서 왜 데보라 영애와 오는 거죠?"

"제발 꿈이라고 말해 주세요."

"눈으로 보고 있는데도 안 믿기는군."

악마와 천사가 나란히 서 있는 듯한 비현실적인 광경이었다.

물론 데보라 쪽이 악마였다.

불그스름한 눈 화장과 새빨간 입술을 한 그녀는 오늘따라 더욱 위험한 분위기를 두르고 있었다.

"그런데 데보라 공녀가 착용한 저 목걸이, 말로만 듣던 핑크 다이아몬드 아닌가요!"

"이 자리에서 선보이려고 그간 숨겨 두었군요."

"목걸이 말고는 아무런 장식을 하지 않았네요."

그녀의 윤기가 흐르는 자줏빛 공단 드레스에는 코르사주나 프릴이 단 하나도 달려 있지 않았다. 그 외의 장신구도 일체 없었기에, 사슴처럼 긴 목 아래 분홍빛 보석만 유난히 두드러졌다.

하지만 아무런 장식 없이, 핑크 다이아몬드 딱 하나만으로 그녀는 좌중을 압도하고 있었다.

'대단한 자신감이군.'

'그럴 수밖에요.'

딸을 향한 시모어 공작의 애정의 상징.

제국에 단 하나뿐이며, 수도 타운 하우스 한 채 가격을 상회한다는 그 보석.

귀걸이와 목걸이 팔찌까지 풀셋으로 착용해도 저 핑크 다이아몬드 목걸이 하나가 가진 가치에 비할 바가 못 되었다.

"……참 잘 어울리네요."

누군가가 멍한 얼굴로 중얼거렸다.

"네, 이시도르 경과 잘 어울려요……."

역시. 남자는 핑크지!

나는 힐끗 이시도르를 곁눈질하며 뿌듯함을 느꼈다.

내겐 안 어울리는 러블리한 하트 모양 목걸이를 인디 핑크색 정장을 입은 이시도르가 옆에서 찰떡같이 받쳐 주고 있었다.

그뿐이 아니었다.

핑크 다이아몬드가 서로 분위기가 상극인 나와 이시도르가 잘 섞일 수 있도록 중간 다리 역할을 해 주어 자연스럽게 부각되고 있었다.

'내 의도대로 보석이 엄청 주목받고 있어.'

가치를 높여 비싸게 되팔 수 있다는 뜻이지.

'그나저나, 이시도르는 저렇게까지 핑크가 잘 어울릴 일인가.'

하긴. 저 미모에 뭘들 안 어울리겠냐만.

포마드로 단정하게 넘긴 금발 아래, 깨끗하고 하얀 피부는 아마 어떤 색이든 가리지 않고 다 받아먹을 듯싶었다.

퍼스널 컬러는 가뿐하게 씹어 먹는 미모.

'오늘은 10점 만점에 만점 드립니다.'

오늘 이시도르의 모습을 굳이 비유하자면, 신화 속 큐피드 같았다. 천사처럼 아름답고 사랑스러우면서도, 질 나쁜 장난을 칠 것 같은 묘한 매력까지 감돌았다.

나뿐만 아니라 모두가 그렇게 생각한 듯, 남녀 가리지 않고 넋 나간 얼굴로 이시도르를 바라보고 있었다.

'파격적이긴 하지.'

흰색과 검정, 기껏해야 명도 낮은 칙칙한 색깔이 전부인 남성 예복에 대한 고정 관념을 산산조각 냈고, 파트너의 포인트 장신구와 비슷한 느낌의 옷을 입는 센스를 처음으로 선보였다.

이 세계의 패션 아이콘다운 행보처럼 보이겠지.

'그나저나 이시도르가 진짜 내 부탁을 들어줄 줄은 몰랐는데.'

미안하면서도 고마운 기분이 들어서 나는 그의 팔에 얹은 손을 조금 꼼지락거렸다.

며칠 전, 이시도르에게 내가 원하는 드레스코드에 맞춰 주면 무도회 에스코트를 하는 영광을 주겠다는 무리수를 던졌다.

그의 해사한 이목구비엔 핑크색 정장이 잘 어울릴 것 같았기 때문이다.

[드레스 코드는 핑크로 하고 싶어요. 아버지께서 선물해 주신, 제국의 하나뿐인 핑크 다이아몬드를 모두에게 멋지게 선보이고 싶거든요. 그래서 이시도르 경도 이에 맞춰서……. (하략)]

무리한 부탁을 하는 처지고, 그 역시 시모어와 어깨를 나란히 가문의 영식이라 나는 답지 않게 예의를 갖춘 편지를 보냈다.

겉만 그럴듯하게 보일 뿐 터무니없고 황당한 요구가 담긴 편지에도 그는 선뜻 답장을 보내 주었다.

[기대되는군요. 공녀의 효심에도 감탄했습니다.]

효심, 그런 거 아닌데.

'비싸게 되팔렘 하려는 건데…….'

어쨌든 좋게 해석한 거니 오해하게 내버려 두었다.

이시도르는 내 무리수를 받아 줬을 뿐 아니라, 적극적으로 의견을 내기도 했다. 내 전담 디자이너 헬렌과 이시도르를 담당한 남성복 디자이너인 칼로스가 협업하도록 자리를 주선한 것도 그였다.

오늘의 코디는 두 재능 있는 디자이너의 피땀 어린 콜라보로 만들어진 결정체였다.

덕분에 나와 이시도르는 이곳에서 유일하게 복장과 액세서리에 통일성이 있었다. 눈썰미가 좋은 사람이라면 우리가 웜 레드 계열의 원단으로 맞춰 입었으며, 이시도르의 행커치프와 내가 든 부채가 유사한 색깔이라는 것도 눈치챘을 것이다.

'고오급 용어로 시밀러룩이지.'

이시도르의 연한 핑크 정장이 어지간히도 충격적이었는지 사방에서 관심 어린 시선이 쏟아졌다. 충격은 잠시였고 대부분은 호의 어린 표정이었다.

'이시도르 얼굴이 다 했다.'

그가 문득 상냥한 얼굴로 나를 내려다봤다. 뾰족하고 높은 힐을 신었는데도 날 내려다볼 정도라니.

'키가 얼마나 큰 거야. 백팔십 후반쯤 되나.'

"보폭은 괜찮나요? 속도가 빠르면 말해요."

"괜찮아요."

공식적인 자리라서 나는 모처럼 그에게 예의를 차렸다. 이시도르는 나를 정중하게 에스코트했고.

"황태자 전하께서 도착하셨습니다!"

곧이어 황족들도 하나둘씩 스포트라이트를 받으며 등장하기 시작했고, 축제의 백미 중 하나인 황실 봄꽃 무도회가 화려한 막을 열었다.

'저 사람이 황태자군.'

이 세계 내 최대의 라이벌이다. 내 우윳빛깔 마스터를 공유(?)하는 중이니까.

나는 경쟁자인 그를 관찰하듯 빤히 훑어보았다.

"이 자리를 빛내 주시고, 황실의 초대에 응해 주신 귀빈 여러분들께 모두 감사드립니다."

사람 좋게 웃은 황태자는 황실 대표로 귀족들에게 예의 바르게 감사 인사를 전했다. 그리고 무도회 시작을 알리듯 가장 먼저 파트너와 함께 무대로 나와서 춤을 추기 시작했다.

소설 속 묘사대로, 그는 쾌남형 외모였으며 소드 마스터답게 몸이 다부졌다.

머리가 하늘처럼 푸른색이라는 점이 가장 신기했다.

'황가의 상징. 파랑.'

아스테이아 제국에서는 파랑을 하늘과 바다가 품은 지고의 색이라고 표현했다. 블루 블러드는 가장 고귀한 핏줄을 상징하는 단어였고.

별다른 이변이 없다면, 히스테치 황가의 상징인 저 색깔이 뚜렷하게 드러난 황태자가 추후 아스테이아 제국의 황제가 될 것이다.

'그러니 마스터가 황태자를 적극적으로 돕는 거겠지.'

황제 후보로 두 명의 황자가 더 있긴 한데, 황태자만큼 존재감이 강한 편은 아니었다.

2황자는 몸이 약했고, 3황자는 타국 출신인 4황비가 낳아서 황제가 되기에는 제국 귀족들의 통념과 시선이 문제가 됐다.

'4황비가 현 황제의 총애를 받고 있긴 하지만, 아무래도 3황자를 황제로 미는 건 내부 반발이 심해서 무리겠지.'

황태자가 세리그 가문 공녀와 춤을 추자, 귀족들도 하나둘씩 중앙 스테이지로 나가기 시작했다.

'꼭 영화 같다.'

기억의 파편에서 본 광경이지만 실제로 맞닥뜨리니 눈을 뗄 수가 없다. 화사한 드레스가 사방에서 나풀거리는 광경이 마치 꽃의 향연 같았다.

흥미로운 기분으로 무도회를 관망하는데 이시도르가 나와 눈을 맞추며 예쁘게 눈웃음쳤다.

"우리도 춤출까요? 데보라 공녀님."

그가 흰 장갑을 낀 손을 내밀었다.

'커다란 손. 내 이상형인데.'

"그래요."

상냥한 미소와 피아노를 잘 칠 것만 같은 유려한 손에 홀려서 무심코 댄스 신청을 받아준 나는 한 박자 늦게 중요한 사실을 떠올렸다.

'옷에만 집중하느라 춤 연습을 깜빡했어.'

겨울 동안 가정 교사에 의해 사교 댄스 몇 번 춰 본 게 다였다.

그때였다.

긴장으로 뻣뻣해진 허리를 이시도르가 단단한 팔뚝으로 가볍게 감쌌다. 몸이 서서히 밀착되고, 그의 머스크 향기가 폐부로 스며들었다.

술도 마시지 않았는데 왠지 눈앞이 핑핑 도는 기분이었다. 가까워진 그의 숨결이 닿는 곳은 화상을 입은 것처럼 뜨거웠다.

이시도르는 음악에 맞춰 천천히 스텝을 밟기 시작했고 나도 몸이 움직이는 대로 조심스럽게 걸음을 옮겼다.

"혹시, 긴장했어요?"

내 걸음걸이가 뻣뻣하다고 느꼈는지 그가 귓가에 나직한 목소리로 속삭였다.

"그, 내 스텝은 원래 이렇게 절도 있어요."

나는 괜히 찔려서 말 같지도 않은 헛소리를 내뱉었다.

'이곳에 와서 연기력과 허세만 느는 것 같은 건 기분 탓일 거야.'

"행군가도 아닌데 절도가 넘쳐흐르시네요. 음악에 집중하시죠, 데보라 공녀님."

짓궂은 투로 말한 그가 빠른 박자에 맞춰 나를 한 바퀴 빙글 돌렸다.

'우왁!!'

순간 머릿속이 새하얘졌지만 데보라의 타고난 운동 신경은 그의 움직임을 본능적으로 민첩하게 따라가고 있었다. 춤은 몸으로 익힌 것이라 그런지, 머리로 복잡하게 생각하지 않아도 저절로 반응하고 움직였다.

'이시도르의 리드가 훌륭한 것도 있어.'

과거 파트너들은 어딘가 어설프고 뻣뻣해서 데보라는 그들을 몹시 못마땅해했다. 하지만 이시도르는 음악에 따라 리드미컬하게 움직이면서도 강약 조절을 잘해서 따라가기 편했다.

그가 당기면 빠르게 따라가고, 힘을 풀면 느리게 보폭을 맞추고, 돌리면 돌고.

'이거 은근히 재밌네.'

왜 춤바람이 나는지 조금은 알 것 같은 기분.

어느 정도 음악이 진행되자 이시도르가 어떤 스텝을 밟아도 자연스럽게 쫓아갈 수 있게 되었다.

"큭."

"아, 실수했네."

물론 적응하는 과정에서 그의 발을 세게 밟는 사고가 있긴 했지만.

"춤을 정말 잘 추시네요. 체력도 좋고요."

"흠흠."

운동 신경이 좋다는 칭찬에 약간 우쭐해졌다. 이전 생애, 나는 구제 불능의 몸치였기 때문에 더더욱 기분이 좋았다.

"역시, 아까 일부러 밟은 거 맞는 거 같은데요. 그것도 엄청 세게."

"설마요."

"진짜요?"

"난 거짓말 안 하는데."

그와 시답지 않은 잡담을 나누고 있는데, 문득 이시도르의 어깨너머로 강한 시선이 느껴졌다.

'필라프?'

그의 적갈색 눈동자가 나를 매섭게 노려보는 것 같다.

'뭐지?'

의아한 기분을 느끼는 순간 이시도르가 몸을 살짝 틀어 내 시야를 가렸다. 마주한 그의 에메랄드색 눈동자가 왠지 모르게 서늘하게 느껴졌다. 허리를 감싸는 힘은 아까보다 강해져서 그의 몸에 더 바짝 붙게 되었다.

'갑자기 춤 난이도가 높아졌어.'

음악이 클라이맥스로 흘러가면서 스텝이 더 빨라졌고, 나는 그의 움직임에 온 신경을 기울일 수밖에 없었다. 시야가 정신없이 뒤엉키다가 어느 순간 음악이 뚝 멎었고, 내 근처에서는 뜬금없이 요란한 박수가 터져 나왔다.

"대단해요!"

"정말 멋진 춤이었어요!"

이시도르는 말없이 나를 내려다보았다.

그가 춤을 추느라 깍지를 끼게 된 손을 세게 그러쥐었다. 그러다 천천히 손가락을 풀며 빠져나갔다. 손가락 마디마디를 느리게 스치는 감촉에 나도 모르게 마른침이 넘어갔다.

"모두가 공녀에게서 눈을 못 떼는군요."

그가 느릿하게 속삭였다.

"나보다 이시도르 경을 보는 거겠죠. 오늘 경처럼 봄꽃에 어울리는 화사한 영식은 없으니까요."

"글쎄요."

그가 미묘한 표정으로 고개를 천천히 들어 올렸다. 이시도르의 눈동자가 향한 곳엔 필라프와 미야가 서 있었다.

'엥? 필라프 쟤는 왜 날 저렇게 철천지원수처럼 노려보는 거지?'

아까 째려보는 것 같았는데, 착각이 아니었다.

'설마, 핑크 다이아몬드 때문에 심기가 불편해진 건 아니겠지?'

그러게 누가 낙찰가 예상에 실패하랬나?

어이없는 기분을 느끼고 있던 중 이시도르가 샴페인과 핑거 푸드가 죽 늘어서 있는 곳으로 나를 안내했다. 격렬한 춤 때문에 더웠는데, 차가운 음료로 목을 축이자 좀 살 것 같았다.

이시도르와 잔을 가볍게 마주치는데 검은 고수머리를 한 미남이 팔을 경박하게 흔들어대며 다가왔다.

"이시도르 경! 춤 잘 봤네."

"아, 귀찮은 인간들이 또 있었지."

이시도르가 혀를 차며 작게 혼잣말했다.

'저 사람들은……'

"5황녀님과 티에리 오르고입니다."

아하. 어딘가 낯이 익다 했더니, 지번 진상 규명회에서 스치듯이 본 얼굴들이었다.

히스테치 황가를 상징하는 푸른 머리카락, 귀밑까지 내려오는 단발, 시원시원하고 중성적인 이목구비.

왼쪽에 선 인물은 누가 봐도 추종자들을 구름처럼 몰고 다니는 5황녀였다.

그리고 그녀를 에스코트하는, 저 가벼워 보이는 남자는 오르고 가문의 셋째 티에리 오르고인 모양이다.

"흠, 흠."

그들을 가만히 탐색하는데 5황녀가 부채를 펄럭이며 슬그머니 내 쪽으로 다가왔다.

부채로 얼굴을 반쯤 가린 그녀가 호박색 눈동자로 나를 빤히 바라본다. 생선을 본 고양이처럼 마주한 눈동자가 예리하게 빛났다.

한편 티에리는 이시도르를 보며 입이 찢어지게 웃고 있었다.

"이시도르 경, 오늘따라 더욱 눈부시게 빛나는군. 내 감히 말하자면 올해의 꽃도 노려볼 수 있겠어. 나는 자네를 강력하게 꽃으로 밀 걸세."

왜 이시도르가 귀찮다고 표현했는지 알겠다. 그는 상당히 느물거리는 스타일이었다.

"흠!"

그 와중에 5황녀가 자꾸 이시도르를 째려보며 헛기침을 했다. 이시도르는 결국 마뜩잖은 기색으로 나와 그들을 연결해 주었다.

"반갑네. 데보라 공녀."

5황녀가 밝은 목소리로 말했다.

"저도 뵙게 되어 영광입니다, 황녀님."

그녀가 내 수식을 홍보해 줘서 초기 이용 고객을 다수 확보할 수 있었기 때문에, 개인적으로 호감을 느끼고 있었다.

'인맥은 돈이 된다는 걸 뼈저리게 실감했지.'

"사실 그대와는 전부터 이리 마주하고 대화를 나누고 싶었다."

5황녀가 부채를 가볍게 접었다 펼쳤다.

"왜 공녀 같은 유능한 인재를 진작 알아보지 못했을까? 오늘 의상도 아주 마음에 든다. 남자를 휘어잡는 여성의 강한 자신감이 돋보이는군."

"좋게 봐 주셔서 감사합니다."

"매번 고루하게 반복되는 무도회에서 이토록 신선하고 즐거운 충격을 주기 쉽지 않은데, 데보라 공녀. 그대에게 한 번 더 감탄했어. 점점 깊게 알아가고 싶은 욕심이 생겨."

"과찬이십니다."

"황녀님께서 이토록 후한 칭찬을 건네시는 건 처음 봅니다."

옆에서 티에리가 추임새를 넣었다.

"그래서 말인데, 큼!"

5황녀가 잠시 뜸을 들이다가 내게 손을 내밀었다.

"공녀, 입실론으로 오게."

나의 동료가 돼라.

그런 뉘앙스의 선언에 나는 움찔 놀랐다.

"황녀님. 죄송하지만 아직 그 부분은 공녀와 이야기를 나눈 바 없어서……."

이시도르의 만류는 들은 척도 않고 5황녀는 날 설득하기 시작했다.

"무조건 입실론이다. 그리고 보다시피 우리 리더가 제일 잘생겼지."

"우리 입실론의 가장 큰 자부심이자 얼굴이죠. 이시도르 경은."

5황녀와 티에리 둘 다 말 같지도 않은 소리를 하는 것 같은데, 내심 수긍하고 있는 자신을 발견했다.

'자부심 느낄 만해. 간판이 저렇게 화려한데 누가 혹하지 않겠어.'

"입실론에 오면 절대 후회할 일 없을 거야. 황녀인 내가 보장하겠네."

황족의 공개적인 스카우트 제의에 주변에 서 있던 귀족들이 우리를 힐끗거린다.

5황녀는 나를 〈입실론〉으로 엮기 위해 일부러 다 들으라는 듯 목소리를 키우고 있었다. 아무리 시모어의 공녀라고 해도 황녀의 청을 공개적으로 거절하기는 쉽지 않으니까.

내가 필라프가 속한 〈아라크론〉에 갈까 봐 미리 약을 치려는 모양인데…….

'나야 땡큐지.'

호박이 넝쿨째 굴러들어 온 상황.

가뜩이나 사교 클럽 건으로 머리가 터질 것 같았는데 〈입실론〉이면 절하면서 들어가야 했다. 능력이 곧 입단 기준이 되는 사교 클럽이라 가장 경쟁률이 높았고, 선배들이 빵빵한 곳으로도 유명했다.

참고로 시모어 공작 역시 〈입실론〉 출신이다. 내 물주님께 보너스 점수까지 딸 기회인 것이다.

"좋은 제안 감사드립니다."

나는 조금 간사하게 말했다.

"감사하지만 말고, 들어와라."

5황녀는 지나칠 정도로 직설적인 사람이었다.

'그래서 더 마음에 들어.'

가시 돋친 말을 우아하게 포장하는 영애를 상대하는 것보다 훨씬 편하다.

"입회하겠습니다."

"지, 진짜요?"

내 쿨한 답변에 맞은편 티에리의 눈이 크게 벌어진다. 내가 손을 얹고 있는 이시도르의 단단한 팔뚝 역시 움찔 떨렸다.

"결정한 겁니까?"

이시도르가 날 바라보며 진지하게 묻는다. 나는 고개를 가볍게 끄덕였다.

"그렇습니다."

"공녀. 혹여 번복하면 진심으로 화낼 거다."

"황녀님 앞에서 어찌 감히 한 입으로 두말하겠습니까."

"공녀의 결단력, 멋지군."

"경사스러운 일이로군요. 시모어 가문까지 입실론이라니, 우리 입실론의 위세가 점점 더 높아지겠어요."

"티에리 경. 당장 입회서 가져와. 아무래도 불안하다."

〈아라크론〉은 비겁하다고 황녀가 작게 중얼거리며 티에리를 다그쳤다.

"황녀님. 죄송하지만 지금 당장 입회서를 가져오는 건 좀 무리입니다."

"무리하자."

"이곳에 증인이 많습니다. 걱정하지 마십시오."

내가 달래듯 말하자 그제야 황녀는 고개를 끄덕이며 샴페인을 홀짝였다.

"아, 데보라 공녀. 이번 마법 이론 학술회에서 논문 발표자로 참가한다는 소식을 들었다."

"그렇습니다. 황녀님."

"자네의 발표를 보기 전에, 하나 묻고 싶은 게 있는데 말이지."

"얼마든지 말씀하십시오."

황녀가 수식 활용법에 대해 꼬치꼬치 캐묻기 시작했고, 나는 호갱, 아니, VIP 고객님의 문의에 성심성의껏 답변했다.

수많은 추종자를 몰고 다니는 5황녀의 관심을 받는 것. 그 자체만으로 수식에 관심 없는 사람들까지 내 유료 서비스에 가입할 확률을 높여 줄 터였다.

'뭔가 있어 보이니까.'

단돈 7실버 99쿠퍼로 지적 허영심도 채울 기회!

내가 영업 활동에 여념이 없는 동안, 옆에 병풍처럼 선 이시도르의 표정이 점점 굳는 것 같은 건…… 아마 기분 탓일 것이다.

연달아 네 곡을 연주한 악단은 25분간의 휴식에 들어갔다.

무도회 인터미션 시간. 삼삼오오 모인 〈아라크론〉 간부들은 황녀와 아직도 대화를 나누는 데보라 공녀를 바라보며 마뜩잖은 표정을 짓고 있었다.

"분위기가 좋은 걸 보니 데보라 공녀의 마음이 입실론으로 쏠린 것 같군요."

"공녀가 아무리 마이웨이라 해도 황족의 제안을 무슨 수로 거절하겠습니까. 확정된 거라고 봐야겠죠."

"필라프 님, 데보라 공녀는 당연히 아라크론으로 들어올 거라고 말씀하시지 않았습니까?"

누군가 불평을 내뱉자, 굳은 얼굴로 잠자코 서 있던 필라프가 더는 표정 관리를 못 하고 와르르 인상을 일그러뜨렸다.

"그대들 역시 데보라의 입회를 썩 내켜 하지 않았잖아. 왜 이제 와서 태도가 바뀐 거지?"

"솔직히 이전과는 상황이 많이 바뀌었죠. 오늘 무도회에서도 눈에 가장 띄고요."

"데보라 공녀가 춤을 그렇게 잘 추는 줄 몰랐어요."

"그 괴악한 성질머리만 몰랐다면 당장 춤 신청을 했을지도……."

"원래 독버섯이 화려한 법이니."

데보라에 대한 이야기는 좀처럼 끝날 기미가 안 보였다.

'변했어.'

데보라에 대해 말하는 주변인들의 태도가 어딘가 달라졌다. 예전과 같은 경멸과 비웃음이 아니라, 묘한 경외가 담겨 있다. 제 근처를 귀찮을 정도로 얼쩡거렸던 데보라는 이제 자신을 전혀 바라보지 않는다.

갑자기 모든 것이 빠르게 변화하고 있어서 어지러울 정도였다. 이마를 짚은 필라프는 바짝 타들어 가는 목을 칵테일로 축였다.

'데보라는 내 관심을 끌려고 날 외면하는 척하고 있는 거야.'

저 편할 대로 생각을 해 보지만, 이시도르와 나란히 있는 데보라를 보니 목 끝이 텁텁해지는 느낌은 더욱 심해질 뿐이었다.

"이시도르 경은 대체 무슨 생각으로 데보라 공녀와 파트너로 나온 걸까요?”

“이목을 끌고 평판을 높이는 의도라면 대성공이죠.”

“외모로 대비 효과를 톡톡히 보고 있어. 그뿐이 아니지. 분홍색 장신구에 과감하게 드레스코드를 맞춰 준 이시도르 경을 모두가 다정하고 사려 깊다고 표현하잖나.”

“남자 망신 다 시키는 놈이지. 퉤.”

필라프는 칵테일에 든 체리 씨를 뱉으며 짜증스럽게 중얼거렸다.

“우리야 짜증 나고 재수 없지만 영애들은 그렇게 생각을 안 하니 문제죠.”

“놓친 고기가 더 커 보인다더니. 입실론 리더가 공녀에게 붙으니 괜히 손해 본 느낌이군.”

“리더님께서 데보라 공녀를 회유해 보면 어떻겠습니까? 입회서에 사인하고 공식으로 발표하기 전까지는 아직 모르는 일 아닙니까?”

“하긴, 리더는 공녀가 오래 짝사랑한 상대기도 하니.”

“내가 왜 데보라에게 아쉬운 소리를 해야 하나? 기분 나쁜 소리 하지 말게들.”

필라프는 퉁명스레 말하고는 간부들 무리에서 빠져나왔다. 하지만 남의 떡이 더 커 보이는 심리 탓일까, 데보라 쪽으로 시선이 계속 향하는 건 어쩔 수 없었다.

주위에 잘 섞여들고 아름답긴 하지만 존재감이 희미한 미야보다, 이단아 같은 분위기를 풍기는 데보라가 훨씬 개성 있고 강렬한 색채를 가지고 있었기 때문인지도 모른다.

자꾸만 속이 불편하게 조여들어서 필라프는 이를 꾹 사리문 채 데보라의 뒷모습을 응시했다.

어느새 화려한 황궁 무도회는 후반부로 접어들었다. 5황녀에게 영업을 뛰고 난 뒤로는 딱히 할 일이 없어서, 나는 달콤한 칵테일을 마시며 시간을 때우고 있었다.

'이시도르랑 계속 춤추는 것도 모양이 좀 뻘쭘해.'

그와 춤을 출 때마다 지나치게 주목을 받아 부담스러운 건 둘째 치고, 동일한 파트너와 세 번 이상은 춤을 추지 않는 게 사교계 관례였다. 그래서 에스코트를 해 준 영식과 춤춘 뒤, 레이디들은 다른 영식들의 춤 신청을 받았다.

이때, 인기가 없는 영애는 덩그러니 벽에 서 있을 수밖에 없기 때문에 벽의 꽃이라는 단어가 나온 것이다.

'나는 벽의 꽃이라기보다는 악명 높은 파리지옥에 가깝긴 하지만.'

참고로, 과거 필라프는 데보라에게 에스코트는커녕 춤 신청조차 단 한 번도 하지 않았다. 데보라가 자존심 버리고 노골적으로 그의 곁을 맴돌았음에도.

'뚝심이 대단하다고 해야 하나.'

매정한 필라프 때문에 미야를 괴롭히다가 자멸한 데보라도 어떤 면에선 대단하고.

'근데, 의외로 이분도 매정하시네.'

이시도르의 춤 신청을 받고 싶은지 몇몇 영애가 노골적으로 추파를 보내는데, 그는 본 척도 하지 않았다. 팔짱을 낀 채로 아웃사이더인 내 옆에 서 있을 뿐이었다.

이시도르 덕분에 나는 홀로 서 있어야 하는 뻘쭘함을 면해서 편하긴 하다만, 저놈의 오지랖을 나한테만 부리는 이유가 대체 뭔지 모르겠다.

'수상해.'

미심쩍은 기분으로 이시도르를 올려다보다가 눈이 마주쳐서 급히 딴청을 부렸다.

"왜 자꾸 눈을 피해요? 하긴, 내 얼굴이 좀 눈부시긴 하지."

반박할 수 없어서 은근히 짜증 났다.

"어? 그렇게 정색하면 장난치고 싶어지는데."

돌연 내 앞으로 슥 얼굴을 내민 그가 눈가를 살짝 접는다. 갸름한 뺨에 옅게 볼우물까지 들어가서 정말 예뻤다.

'좋은 인생이었, 아니, 자꾸 이렇게 홀리면 안 돼. 정신 차려.'

이러다 호구 잡히는 거고, 자칫하면 그간 알토란같이 모아 둔 보석들을 모조리 털릴지도 모른다.

"그런 농담, 솔직히 재미없어요."

나는 입 안 속살을 꾹 깨물다가 애써 무뚝뚝하게 말했다.

"매정하네요. 다른 사람은 재밌다던데."

썰렁한 농담이 아니라 얼굴이 재밌다는 거겠지. 아재 개그 포함 아무 말 대잔치를 해도 다들 광대를 승천시키면서 배를 잡고 웃어 줄 것이다.

난 그런 생각을 삼키며 무도회장을 슥 둘러보았다.

'어?'

그러다 의외의 광경을 보고 입을 살짝 벌렸다. 미야 비노슈가 필라프가 아닌 다른 남자와 춤을 추고 있었기 때문이다.

필라프는 독점욕이 워낙 강해서 미야 곁을 무조건 지키고 서 있을 줄 알았는데.

'누구지?'

그들이 내가 선 방향으로 반 바퀴 돌았을 때, 미야의 파트너가 누군지 대충 파악했다.

경박해 보이는 티에리 오르고와 분위기는 전혀 달랐지만, 흑발에 이목구비가 묘하게 비슷한 걸로 보아 미야의 춤 상대는 디에라 오르고일 수도 있겠다는 생각이 들었다.

'갑자기 소설 속에 들어온 게 확 실감나네.'

수도 밖에 있는 로자드 시모어와 3황자를 빼면, 오늘 이 자리에 미야의 어장남이 모두 집합했다.

그리고 지금 미야와 춤을 추는 디에라 오르고는 어장남 중에서 정의감이 가장 투철하고 어딘가 결벽적으로 느껴지는 인물이었다. 신분의 고하에 관계없이 죄를 지었으면 공정하게 검을 휘두르기에 심판자라고 불리기도 했다.

고결한 성품을 지닌 디에라는 가난하고 소외된 사람들에게도 공평하게 신성력을 베푸는 미야에게 처음부터 호감이 있었다. 원작에서는 데보라의 시녀들에게 괴롭힘을 당하는 미야를 구해 준 적도 있었다.

'역시 여주인공이라 잘나가긴 하는군.'

다만 남자들 성격이 조금씩 핀트가 나가서 문제지만. 저기 있는 저 놈처럼.

인기는 많은데 차가운 도시남자처럼 혼자 벽에 기대어 있는 벨렉을 보며 내심 혀를 차고 있을 때, 거짓말처럼 그가 고개를 돌리더니 내 쪽으로 걸어왔다.

'뭐지?'

그의 목적은 내가 아니라, 이시도르였다.

"이시도르 경, 혹시 데보라에게 살해 협박을 받고 있다면 행커 치프를 창가 방향으로 세 번 흔들게."

불쑥 나타나 날 모함하는 벨렉을 가자미눈으로 올려다보자 그가 움찔거리다가 빠른 걸음으로 자리를 떴다.

"흐음, 벨렉 님과 가까워 보이네요."

누가 봐도 사이가 나빠 보이지 않나? 벨렉이 날 개무시한다는 걸 제국에서 모르는 사람이 없던데.

"굳이 그렇게 포장 안 해도 되는데."

"내겐 형제자매가 없어서 격의 없어 보이는 관계가 부럽군요."

"애초에 없는 게 훨씬 나을 수도 있어요. 원수가 따로 없거든."

"공녀는 솔직해서 재밌어요."

그와 실없는 대화 몇 마디를 나누며 시간을 죽이다가, 무도회장에 걸려 있는 커다란 시계로 눈을 돌렸다. 야외에서 열리는 가면무도회가 9시에 시작하니, 황실 무도회는 슬슬 끝물이었다.

이곳에서 나갈 타이밍을 재고 있을 때, 달갑지 않은 인물이 시야에 들어왔다.

'또! 날 째려봤어.'

얼굴이 따갑도록 쏘아보길래 내게 할 말이 있는 줄 알았는데 필라프는 하필 내 근처에서 제 지인들과 대화를 나누기 시작했다.

'신경 끄자.'

마침 이시도르가 조각 케이크와 체리 칵테일을 가져다주었고 악사들의 연주가 다시 시작되었다.

봄꽃 무도회의 마지막 연주는 늘 똑같다. 가면무도회(Masquerade Suite)라는 관현악 협주곡. 이 다음 야외에서 진행되는 행사를 예고하는 듯한 곡 선정이었다.

기실 봄꽃 축제에서 유명한 행사는 황궁 무도회가 아니라, 황궁 분수대 근처에서 열리는 가면무도회였다.

초대받은 가문만 참석하는 황실 무도회와는 달리 가면무도회는 다양한 귀족 가문에게 열려 있었다. 가면을 쓴 순간만큼은 사회적 체면을 내려놓고 마음껏 놀 수 있기 때문에 향락적이고 자유로운 분위기가 물씬 풍기는 행사였다.

이곳 로맨스 소설의 단골 소재 중 하나이기도 했다.

'하이라이트는 불꽃놀이지.'

황실 마법사들이 밤하늘 위로 쏘아 올리는 불꽃은 호룬 지구 어디에서나 구경할 수 있었다. 데보라의 기억의 파편에 남아 있을 정도로 굉장히 큰 규모였다.

'난 따로 가야 할 곳이 있지만.'

작별 인사를 하려는 찰나, 이시도르가 내게 손을 내밀었다.

"마지막 춤을 같이 할 영광을 줄래요? 이번 곡을 같이 추려고 세 번째 춤은 아껴놨어요."

그가 상냥하게 말한다.

'마지막 곡을 다 추고 나가면 좀 늦을 것 같은데.'

신데렐라도 아닌데 시계를 보며 머뭇거리던 중, 나와 이시도르의 사이를 무거운 음성이 가로질렀다.

"데보라 공녀."

필라프가 화가 난 듯한 표정으로 가까이 다가왔다. 당장 시비를 걸 것 같은 불손한 눈초리로 그가 뜻밖의 말을 내뱉었다.

"마지막 곡은 나와 춰 줘요."

그의 말에서 묘한 절박함이 느껴져서 나는 흠칫 놀랐다.

"필라프 경. 이쪽에서 먼저 춤 신청한 거 안 보이나요? 이젠 개념마 저 상실했군요."

이시도르가 서글서글 웃는 낯으로 신랄하게 말했다. 그런데 다혈질 인 필라프가 지난번과는 달리 의외로 이번엔 침착하게 대꾸했다.

"무도회에서 영애가 한 사람하고만 춤을 주는 모양새, 그리 보기 좋 지 않다는 거 이시도르 경도 익히 알 텐데요. 데보라 공녀 입장에선 나와 함께 마무리를 장식하는 게 모양이 더 좋지 않나?"

필라프의 말대로, 무도회 내내 춤 파트너가 딱 한 명이라는 건 인기 가 전무하다는 뜻이었다.

'근데 이전 곡이 나올 때는 가만있다가 왜 무도회 막바지에 와서 설 치는 거야? 난 여태 벽에 붙어 있었는데.'

"필라프 경이 이리 세심한 척하는 모양새가 더 웃기다고 생각하는데."

이시도르도 나와 비슷한 생각을 했는지 비웃듯 말했다.

"그래. 난 세심한 편은 아니지만, 석상처럼 레이디 옆에 버티고 서 있는 자네보단 나아. 자네가 그렇게 눈치 없이 구니 데보라 공녀에게 다른 영식이 춤 신청을 못 한 거 아닌가? 결국 보다못한 나까지 나서 게 만드는군."

설마 날 돌려 먹이는 건가?

'대체 누가 나한테 춤 신청을 한다고.'

이시도르 덕분에 그나마 덜 뻘쭘했는데.

"핑계가 구차하네. 내내 우리 주변을 어슬렁거리면서 염탐하다가 무도회 끝나가니 헐레벌떡 뒷북치는 자네보다야 낫지."

하지만 내가 나서지 않아도 이시도르는 핑퐁 선수처럼 필라프의 시비를 잘 받아쳤다.

"염탐? 누가 할 소리를. 나야말로 자네가 왜 갑자기 데보라 공녀 근처를 어슬렁거리면서 우스운 오지랖을 부리는지 모르겠어."

"자네는 참 쓸데없는 참견을 하는군. 대체 누가 오지랖이 넓은 건지."

"참견? 한때 혼담도 오고 갔고, 데보라와 내가 엮인 지가 벌써 육 년이야. 누가 봐도 나보다는 네가 더 이상하다고 생각할걸."

"너야말로 말을 참 이상하게 하는데."

어지간히 사이가 안 좋은지, 둘이 싸늘한 신경전을 벌였다. 표정과 말투는 점잖아도 풍기는 분위기가 점점 험악해졌다.

귀족들이 겁도 없이 점점 이쪽에 관심을 두자, 나는 급히 앞으로 나섰다.

"필라프, 갑자기 왜 나타난 건지는 모르겠지만 네 입으로 내 모양새와 체면을 운운하는 건 양심 없지. 언제나 날 우습고 비참한 꼴로 만들었던 건 바로 너였잖아."

"그래서 네 바람대로 해 주겠다는 거다, 데보라. 그간 그토록 원하지 않았나? 내가 너와 춤춰 주는 것."

그는 자신만만한 투로 말했고, 나는 필라프의 도끼병에 내심 기함할 수밖에 없었다. 이 정도면 금도끼 은도끼에 나온 산신령마저 울고 가겠다.

'그간 아무리 심하게 매달렸어도 이건 좀 너무하잖아……'

데보라가 6년을 넘게 홀로 집착했다는 걸 모두가 뻔히 아는데, 그는 보란 듯이 미야를 아카데미에 옆에 데리고 나타났다. 게다가 오늘은 미야를 신데렐라처럼 예쁘게 꾸미고 나타나 그녀가 필라프의 특별한 사람처럼 보이게끔 연출하기도 했다.

똥차 중에서도 폐급이면서 어떻게 저렇게 자신감이 넘치는지 이해할 수 없었다.

"내 바람이라고 생각하는 게 네 바람이겠지. 필라프, 네 오만한 춤 신청은 거절할게. 날 대체 뭘로 보고 이러는 건데."

나는 차갑게 말했다. 굳이 힘줘서 목소리를 꾸미지 않아도 저절로 냉랭한 말투가 흘러나왔다.

"네 의도대로 휘둘려 주겠다는데, 왜 딴소리를 하는 거지? 지금 자존심을 세우겠다고 내가 주는 기회를 차 버리겠다는 건가?"

"한참 잘못 짚었어. 이건 자존심 문제가 아니야. 모든 음식에는 유통기한이라는 게 있는데, 지금 네가 내게 주는 건 한때는 먹고 싶었을지 몰라도 지금은 기한이 오래 지나서 못 먹는 썩은 음식이거든."

"뭐?"

필라프의 적갈색 동공이 가늘게 떨렸다.

"상한 음식을 코앞에 들이대면 받는 사람 기분이 어떻겠어? 당연히 더럽겠지."

나는 이시도르의 커다란 손을 가볍게 쥐었다. 그가 답지 않게 놀란 기색으로 나를 바라본다.

"필라프, 갑자기 선심 쓰는 척하지 말고 네 파트너나 챙겨. 나는 올해의 꽃과 무도회를 예쁜 모양새로 마무리할 거니까."

'아마, 올해의 꽃은 이시도르가 맞겠지?'

춤을 딱 한 명과 추면 어떤가. 그는 이곳에 있는 그 누구보다도 화려했다. 티에리 말대로 이시도르가 올해의 꽃이라는 데 아무도 이견을 제시하지 못할 것이다.

'마지막 춤은 건너뛰고 나가려고 했는데.'

나는 이시도르를 가볍게 잡아당기며 사람들이 춤을 추는 스테이지 쪽으로 걸어갔다.

우두커니 서 있는 필라프를 뒤로한 채로.

황궁 안에서 더 머무는 귀족들도 더러 있었지만, 나는 마지막 곡이 끝나자마자 무도회장에서 황급히 나와 미리 챙겨 온 검은 로브를 꺼냈다.

"공녀님!"

로브를 걸치며 바깥으로 걸어 나가는 나에게 아버지가 붙여 준 호위기사가 다급하게 따라붙었다.

"갑자기 어디 가십니까? 그 옷은 대체 어디서 나셨고요!"

내가 휙 사라져서 어지간히 놀랐는지, 그가 숨을 거칠게 헐떡였다.

"제임스, 나를 야시장으로 안내하게."

심심한 디자인의 가면을 얼굴 위에 걸치며 나는 기다렸다는 듯 말했다.

"그런 번잡스러운 곳엔 왜 가려고 하십니까?"

호위기사는 내 행선지를 듣자마자 아연실색했다.

귀족들이 우아하게 노는 황궁 주변 분수대 광장과는 달리 야시장은 온갖 인간 군상이 오고 가는 복잡한 장소였기 때문이다.

물론, 봄꽃 축제의 또 다른 백미기도 했다.

"어허. 이 몸께서 가겠다는데 말이 많군. 야시장에서 꼭 사고 싶은 것이 있단 말이다."

"데보라 공녀님. 야시장 안쪽은 이 광장 주변보다도 사람이 훨씬 많습니다! 천것들과 몸을 부대껴야 할지도 모릅니다."

"자네가 천한 것들과 안 부딪치도록 잘 막아 주면 되겠군."

내 철딱서니 없는 소리에 호위기사가 환장하겠다는 표정을 지었다.

"비유하자면, 인파가 흡사 파도처럼 밀려옵니다. 사람이 어찌 파도를 막겠습니까."

나는 눈을 가늘게 떴다.

"흐음, 혹시, 자네가 호위하기 힘들고 불편한 장소라서 내 야시장 출입을 막는 것인가? 귀족들도 많이 놀러 가는 곳이라던데. 몹시 실망스럽군."

"그럴 리가요!"

"그럼 가지. 뭐 어렵다고."

자존심을 살살 자극하자 결국 호위기사는 야시장 쪽으로 길을 안내하기 시작했다.

'좋았어! 어디 한번, 노다지를 캐러 가 보실까.'

봄꽃 축제의 야시장. 끝없이 늘어선 좌판 중 검은 항아리를 파는 좌판 뒤에 있는 건물 지하에서 매년 재밌는 경매가 열린다고 소설에 서술되어 있었다.

'누아르 팟.'

천 원의 가치도 안 되는 고물부터 시작해 높은 가치를 가진 보물까지 나오는, 아는 사람만 아는 사행성 강한 경매였다. 그리고 이 경매장에서 나온 썩다리 고물 중 하나가 디에라 오르고의 손에 들어가 대박이 터진다.

'알고 보니 그 고물이 성수(聖獸)의 알을 부화시킬 수 있는 고대 아티팩트였지……'

성수. 말 그대로 신성한 동물이다.

이종족 간의 교류가 지금보다 훨씬 활발했던 고대에는 정령과 동물 사이에 태어난 성수가 제법 많이 지상에 존재했다고 한다. 땅에 드리운 어둠으로 인해 성수는 현재 자취를 감췄지만, 부화석은 곳곳에 남아 있었다.

성수는 물리적 타격을 받지 않는 이상 정령처럼 수명이 무한했기 때문에, 잠들어 있는 성수의 알은 마나의 파장이 맞는 고대 아티팩트가 있으면 깨울 수 있다.

디에라 오르고는 이 물건을 통해 수중에 있던 알을 부화시켜 거북이 모양의 하얀 성수 한 마리를 얻었다.

'그리고 그 귀한 것을 여주인공에게 선물했지.'

그 하얀 거북이는 암 속성 마물에게 강한 타격을 줄 수 있는 귀한 성수였다. 마계의 어둠에 민감해서 균열의 낌새를 빠르게 감지하는 능력까지 있었다.

'돌발 상황에서 굉장히 유용해.'

거북이가 균열의 틈에 몸을 던진 덕분에, 미야는 목숨을 한 번 구할 수 있었다.

'솔직히 그 거북이, 악녀인 나한테 더 필요한 거 아닌가.'

미야는 위기 시에 목숨을 구해 줄 짱짱한 어장남들이 일렬로 줄 서 있겠지만 난 아니다. 개망나니로 산 세월이 긴 만큼 내게 원한 있는 인간들만 일렬로 줄 서 있겠지.

아무래도, 호위기사로는 부족하다.

일신의 안녕을 위해 정령의 반 정도의 능력치를 가진 성수 한 마리는 데리고 다니고 싶었다.

'무엇보다 거북이는 작으니까 주머니에 넣고 다닐 수도 있어. 호신용 도구처럼.'

게다가 성수는 몹시 비싼 가격에 팔렸다. 만에 하나 작위를 못 사게 되는 불상사가 생길 경우, 성수는 내 든든한 우량 자산이 되어줄 것이다.

'귀한 물건을 선점하는 것, 빙의자의 특권이기도 하지!'

그 신묘한 성수가 내 최종 목표물이었지만, 일단은 부화 기능이 있는 고대 아티팩트를 미리 선점할 생각이었다. 나는 대박의 꿈을 품고 인파 사이를 헤치고 다니다가, 드디어 검은 항아리를 파는 가판대를 발견했다.

"공녀님, 또 어디를 가십니까?"

호위기사의 눈가에는 이미 짙은 다크서클이 내려와 있었다.

"문 앞에서 대기하고 있어. 나는 이 건물 안에 볼일이 있으니까."

"아무래도 수상한 곳 같은데, 저도 따라가겠습니다."

"뭐라? 수상하다니. 날 대체 뭘로 보고! 설마 내가 이 건물에서 불건전한 놀이라도 한단 말인가! 감히 시모어의 공녀인 나를 모욕하다니."

나는 미친개처럼 눈을 부라리며 펄펄 뛰었다.

"고, 공녀님. 절대 그런 뜻이 아닙니다. 제가 실언하였습니다."

"그럼 여기 서 있게. 자정 전까지는 나올 테니."

검은 가면을 악당처럼 멋스럽게 추켜올린 뒤, 어둑한 복도 안으로 성큼성큼 걸음을 옮겼다. 그리고 마스터에게 부탁해 미리 구해 놓은 경매 초대장을 거대한 체구의 경비원에게 건넸다.

"4골드! 4골드 나왔습니다!"

"6골드!"

"7골드!"

내부는 이미 난장판이었다.

'벌써 시작했네. 무도회장에서 조금만 더 빨리 나올걸. 필라프 놈 때문에 괜히 오기 부리다가…….'

"10골드!"

"10골드 나왔습니다! 더 없습니까?! 인어의 눈물, 10골드에 낙찰되었습니다!"

"우아아!"

지독한 열기가 뺨에 훅 끼친다.

최종 낙찰가가 10골드 언저리에서 노는 걸 보니, 다행히 아직 시작한 지 얼마 안 된 모양이었다.

노다지를 건져 보려고 혈안이 된 사람들 틈에서, 나 역시 눈에 불을 켜고 판자 위에 늘어선 경매 물건을 탐색하기 시작했다.

"고대 불사조가 흘린 깃털, 경매가 15골드부터 시작합니다! 이 영롱하고 신비로운 빛깔을 보십시오, 여러분!"

"15골드!"

"20골드!"

나는 경매 진행자가 든 깃털을 보며 눈을 가늘게 좁혔다.

'불사조 깃털 같은 소리 하고 있네. 내가 가지고 다니는 분홍색 깃

펜이랑 똑같이 생겼는데.'

아무리 봐도 새빨갛게 물들인 깃털에 몇 가지 속성 마법을 건 것처럼 보였다.

'하지만, 모르는 사람이 보면 혹하겠어.'

만에 하나 대박 아이템일지도 모르니, 경매 참석자들은 일단 질러 보고 있었다. SSS급 아이템을 바라며 랜덤 박스를 계속 현질하는 게임 중독자들처럼.

'나 핵똥손인데, 내가 여기서 대박 물건을 건져 갈 수 있을까?'

사기꾼같이 입을 털어대는 경매 진행자 때문에 더욱 암담해졌다. 아무리 특정 기간 반짝 열리는 사행성 짙은 경매라지만, 진행자는 물건에 그럴듯한 단어를 아무거나 막 가져다 붙이고 있었다.

고대, 전설, 황제, 드래곤…….

뭐 이런 단어들.

아마 물건의 진짜 용도와 가치는 잘 모르고 있을 확률이 높다. 알았으면 애초에 이 경매장에 나오지도 않았을 테고.

'저 중에 대체 뭐가 성수를 부화시키는 아티팩트인지 전혀 모르겠어.'

하필 소설에는 대박 아이템의 구체적인 모양이 안 나와 있었다. 내가 가진 단서라고는 경매장에 나온 고물이 알고 보니 귀한 고대 아티팩트였다는 내용뿐.

'미친, 싹 다 고물이잖아.'

붉은 융단이 깔린 긴 테이블 위에는 금일 경매로 나온 매물이 주르륵 늘어서 있었는데, 녹이 잔뜩 슨 골동품이 대부분이다. 항아리, 신발, 지팡이, 목걸이, 팔찌, 가면, 책…… 끝이 없었다.

혹시 저 고물 항아리에 성수 알을 넣으면 부화가 되는 걸까? 마침 항아리에 동물 그림까지 음각되어 있어서 내 추측이 더욱 그럴듯하게 느껴졌다.

'쓰읍.'

아니지, 고대 아티팩트는 장신구 형태가 많으니 저 낡은 팔찌가 고대 마나 파동을 가진 대박 아이템일 수도 있다.

헷갈리는데 그냥 다 질러 버려?

"80골드! 더 없습니까?"

"90골드!"

'턱도 없겠구나.'

나는 끝없이 올라가는 숫자를 들으며 식은땀을 훔쳤다.

이 경매가 가진 사행성 때문인지, 물건들의 가격대가 터무니없이 높게 형성되어 있었다. 염색한 깃털 따위가 무려 40골드에 낙찰되었고, 현재 경매가 진행 중인 오크 족장의 목걸이는 100골드까지 치솟았다.

'아직 경매 초반인데 이런 살벌한 가격이라니……'

저 물건들을 모조리 사려면, 작위를 사는 것과 맞먹는 비용을 써야 할지도 모른다.

나는 초조하게 손톱을 물어뜯었다.

'미치겠군. 어……?! 잠깐, 뭔지 알 것 같다!'

물건을 유심히 훑던 나는 퍼뜩 머리를 스치는 깨달음에 벌떡 몸을 일으켰다.

'이거다!'

고결하고 정의로운 성품의 디에라 오르고는 작품 내에서 물욕이 있는 캐릭터가 절대 아니었다. 훈련과 검밖에 모르는 외골수인 데다 청

렴해서 기사들의 존경을 받는다는 묘사가 소설에 여러 번 등장했다.

그런 디에라가 누군가가 건넨 물건을 받았다면, 정말 관심 있거나 필요성을 느낀 물건이겠지.

'디에라 성격으로 비추어 봤을 때 항아리나 팔찌 같은 조잡한 걸 순순히 받았을 리 없어.'

스물이라는 나이에 기사단 부단장 자리를 꿰찼으며, 검성이라 불리는 천재가 유일하게 관심 있는 건 바로-!

검.

딱 하나뿐이다.

마침 테이블 위엔 녹이 슨 낡은 철검이 놓여 있었다.

'저 검이 로또 맞는 거 같은데?'

제발 가격이 좀 쌌으면 좋겠다. 경쟁자가 없거나.

나는 우주가 주는 대박의 기운을 느끼며 기도하는 마음으로 검이 나오길 기다렸고, 얼마 지나지 않아 사회자가 그 물건을 집어 들었다.

"자자, 주목하십시오! 이 물건은 마계의 광전사, 다크나이트가 들었던 바스타드 소드입니다. 이 해골 장식이 달린 자루 머리! 강렬한 귀기가 느껴지지 않습니까? 50골드부터 시작합니다."

'그런데 저런 살벌한 철검을 가지고 무슨 수로 귀여운 성수 거북이를 부화시킨담?'

"50골드."

상식적으로 말이 되나?

순간 불안한 기분이 들었지만 나는 이내 판돈을 키웠다.

"100골드."

"100골드! 여기 통 큰 멋진 여성분께서 바로 두 배를 올리셨습니다!"

심지어 굉장히 높게 불렀다. 50골드로 검을 낙찰받으려 했던 남자가 긴가민가했던 내게 큰 확신을 주었기 때문이다.

'나 요즘 운이 왜 이렇게 좋지?'

놀랍게도 저 남자의 허리춤에 언뜻 보이는 검자루에는 흑마가 새겨져 있었다.

흑마. 흑기사단의 인장이다.

그리고 디에라가 바로 제국의 4대 기사단 중 하나인 흑기사단의 부단장이다. 저 남자가 오늘 낙찰받은 검을 디에라에게 선물한 게 분명했다.

"110골드."

시종일관 검을 노리고 있었는지 디에라의 측근으로 보이는 남자는 물러나지 않고 찔끔 가격을 올렸다.

"220골드."

"우아아아!!"

하지만 난 무조건 두 배를 올리겠다는 의지를 보여 주었고 남자는 굳은 얼굴로 입을 딱 다물었다.

나는 바로 돈을 지불했고 대박 아이템으로 추정되는 낡은 바스타드 소드는 내 품으로 들어왔다.

'모양만 봐서는 부화 아이템이랑은 거리가 영 멀어 보이네.'

설마 이걸로 알을 죽도록 패서 깨부수는 건 아닐 테고, 시간을 두고 연구를 해 봐야겠다.

일단 소기의 목적을 이뤘기 때문에 그 이후로는 순전히 재미로 경매를 구경했다. 드래곤의 비늘, 악마의 뿔, 고대 황후의 영혼이 담겨 있다는 귀걸이까지. 지름신을 부르는 별의별 물건들이 계속 튀어 나온다.

'사람 혹하게 참 잘 갖다 붙이네.'

나 역시 고대 제국 황후의 영혼이 담겼다는 귀걸이는 순간 궁금해서 지르고 싶었다.

'400골드만 안 넘어갔다면.'

경매장 내부의 열기가 정점으로 달아올랐을 때 진행자가 낡은 책을 번쩍 들어 올렸다.

"여러분! 이 고문서는 삶의 지혜와 교훈이 담긴 고대 현자의 도덕책입니다. 시작가 60골드부터 시작합니다."

'헐.'

분위기가 갑자기 찬물 맞은 듯 숙연해졌다.

도덕. 요행을 바라고 사행성 짙은 경매장에 몰려든 나 같은 종자들에겐 너무나도 동떨어진 주제였다.

'심지어 겁나 비싸.'

"60골드."

결국 단 한 사람만 낙찰에 참여했다.

도덕책의 주인공은 광택이 도는 흰 로브를 걸친 장신의 남자였다. 로브 아래로 언뜻 드러난 날렵한 턱선만으로도 격렬한 잘생김이 여기까지 느껴졌다.

'역시 올바른 그릇에 바른 도덕 정신이 깃드는군.'

내심 감탄하며 고개를 주억거리고 있을 때였다. 현자의 도덕책을 획득한 남자가 갑자기 내가 있는 쪽으로 천천히 걸어왔다.

'뭐지?'

"여기서 또 보네요."

고막에 착 감기는 부드러운 저음. 남자가 후드를 아래로 내리자, 보석 같은 에메랄드색 눈동자와 화려한 금발이 반짝인다. 하얀 반 가면을 슬쩍 내린 그가 애교 살을 접으며 눈웃음쳤다.

이시도르였다.

난 뜻밖의 인물 등장에 흠칫 놀라다가, 이내 의아함을 느꼈다. 귀족 영식들 대부분이 황궁에서 열리는 가면무도회에 있을 시간인데 왜 이시도르가 여기에 있지……?

'역시 수상해.'

"이시도르 경은 이런 무뢰배들이 모인 경매장이 아니라 무도회장에 어울리는 얼굴인데."

내 말에 그가 으쓱했다.

"피차일반 아닌가요? 귀한 물건이 매물로 나왔다는 소문을 듣고 찾아왔는데, 이런 번잡한 장소에 공녀가 있을 줄은 몰랐어요."

하긴…… 파티광이었던 내가 할 말은 아니지.

"근데, 나인지 어떻게 알았어?"

나는 여전히 미심쩍은 기분을 느끼며 질문했고, 그가 입꼬리를 말아 올리며 가면을 위로 슥 올렸다.

"원래 기사들은 관찰력이 좋아요. 걸음걸이, 체구, 서 있는 자세만 봐도 함께 춤췄던 상대 정도는 쉽게 파악할 수 있죠. 아, 머리카락도 빠져나왔고요."

그가 로브 밖으로 흘러내린 보라색 머리칼을 가리켰다.

'아차.'

야시장 안으로 들어올 때 인파에 휩쓸려 이리저리 치이다 보니 머리가 빠져나온 것도 몰랐다.

내가 헝클어진 머리를 재빨리 추스르는 동안 그는 도덕책을 진지하게 훑어보았다. 이 시끄럽고 복잡한 장소에서 용케 집중하고 있었다.

"정말 삶의 교훈과 지혜만 들어 있어, 아니면 다른 유용한 정보도 담겨 있어?"

호기심이 생겨서 묻자, 이시도르가 내게 낡은 책을 내밀었다.

"선물로 줄게요. 궁금하면 읽어 봐요."

"왜지?"

공짜는 사양할 이유가 없긴 한데, 좀 갑작스럽다.

"보아하니 나에겐 전혀 필요 없는 내용이라서요. 하지만 공녀에겐 제법 유용하게 쓰일지도 모르겠어요."

그의 말에 나는 어깨를 으쓱했다.

"글쎄. 내게도 필요 없어 보이는군. 나는 알다시피 도덕, 관용, 예절 이런 거 안 키워서."

앞으로도 절대 올바른 방향엔 관심도 안 가질 생각이었다.

"하하!"

재밌다는 듯이 웃은 그는 내게 책을 쥐여 주었다.

"다행이네요. 이 책은 그런 불필요한 내용이 아니거든요."

"뭔가 대단한 내용이 있나?"

돈이 된다든가, 돈을 벌 수 있다든가…….

"아마도?"

그가 악동처럼 살며시 웃는다.

"흠. 그럼 받아 두지."

'근데 이거 제국어가 맞기는 한가?'

무슨 뜻인지 짐작도 할 수 없는 고문서를 유심히 들여다보는데 이시도르가 물었다.

"데보라 공녀. 이곳에서 사고 싶은 물건이 남아 있어요?"

"아니."

"시끄러운데 밖으로 나가서 불꽃놀이나 구경해요. 곧 시작되거든요."

불꽃놀이라고?!

이시도르가 상당히 혹하는 제안을 했다.

불꽃놀이는 황실 마법사들이 공들여 준비한, 봄꽃 축제의 마지막을 화려하게 장식하는 이벤트였다. 기억의 파편에도 남아 있을 정도로 규모가 어마어마했다.

이전 생애에서는 학점과 아르바이트에 이리저리 치이다 보니, 이런 낭만을 제대로 즐긴 적이 없어서 내심 솔깃해졌다.

그리고 오늘 이시도르는 내 무도회 파트너이기도 하다. 이 매력적인 남자에게 좀 수상한 구석이 있긴 해도, 같이 불꽃놀이를 보는 것쯤이야 딱히 이상할 거 없었다.

"가지."

나는 속으로 이런저런 자기 합리화를 하며 가면을 고쳐 썼다.

자기가 불꽃놀이를 보자고 먼저 제안해 놓고, 내가 허락하자 이시도르의 가면 속 에메랄드색 눈이 크게 벌어졌다.

그가 눈을 느릿하게 깜빡이다가 휙 몸을 돌렸다.

"이쪽으로 나가죠."

굳게 닫혀 있는 경매장 뒷문을 연 그는 아무도 없는 복도에서 황금빛이 도는 마법진이 그려진 종이 한 장을 꺼냈다.

"그건 뭐지?"

"단거리 이동 스크롤이에요. 재미있는 행사인데 1초라도 놓치면 아깝잖아요?"

"나가면 바로 보일 텐데."

"잠깐 실례. 2인용이라서 붙어야 해요."

이시도르가 돌연 내 팔을 잡았다. 그의 돌발 행동에 내심 당황하는 사이, 종이가 찢어지는 소리와 함께 눈앞이 새하얗게 점멸하면서 주변 풍경이 순식간에 뒤바뀌었다.

"어디서든 보이긴 하겠지만, 여기가 더 낫죠?"

나은 정도가 아니었다. 시야 안으로 비현실적인 절경이 아득하게 펼쳐졌다.

이시도르가 스크롤로 이동한 곳은 호룬 지구의 야경이 한눈에 보이는 첨탑 꼭대기였다.

'멋지다.'

경탄할 수밖에 없는 경이로운 풍경에 나는 할 말을 잃었다.

요네스 지구와 호룬 지구를 잇는 아치 다리, 그 사이로 흐르는 강, 홍등이 매달린 야시장이 늘어선 골목, 촘촘히 붙어 있는 주택, 돔 형태지붕이 돋보이는 웅장한 규모의 아카데미, 화려한 불빛이 번진 우아한 황궁…….

그저 책 속의 세계일 뿐이라고 관조적인 태도로 일관해 왔던 나는이 탑 위에서 묘한 충격과 감동을 느꼈다. 활자 속에 내던져진 것이아니라, 새로운 세상에 초대받은 듯한 기분이 들었기 때문이다.

아름다운 풍경을 아주 느리게 눈에 담다가 거추장스러운 로브를뒤로 젖히고 가면을 벗었다.

이시도르 역시 가면을 벗은 채 내 옆에서 기분 좋은 표정으로 선선한 바람을 맞고 있었다. 그가 가진 느긋한 분위기가 옳은 건지, 종일 긴장하고 있던 내 얼굴 근육도 풀어졌다.

"곧 시작하겠네요."

바람에 의해 헝클어진 앞머리를 가볍게 쓸어 올린 그가 난간 앞으로 몸을 쭉 내밀었다.

"위험……!"

난간이 그의 커다란 몸을 버티기엔 허술해 보여서 나도 모르게 그의 옷깃을 확 붙잡아 내 쪽으로 당겼다.

"오늘, 적극적이시네요."

그의 얼굴이 가깝게 다가왔다. 비현실적으로 잘생긴 얼굴이 코앞에서 장난스럽게 웃는다. 그의 미모에 숨이 턱 막히면서도 내심 어이가 없었다.

"설마 지금 장난친 거야?"

눈을 매섭게 부릅뜨자 그가 손가락으로 재빨리 하늘을 가리켰다.

"저기 봐요. 시작한다."

하늘 위에는 마법사가 쏘아 올린 강렬한 빛이 긴 궤적을 남기며 날아오르고 있었다.

펑-! 펑-!

폭죽 소리가 연달아 터지면서 밤하늘이 한바탕 요란하게 번쩍였고 수선화 모양의 노란 불꽃이 밤하늘을 화사하게 수놓기 시작했다.

"우와."

장관이라 절로 작게 감탄사가 나왔다.

불꽃은 장미처럼 새빨갛게 물들며 화려하게 개화하다가, 코스모스처럼 명랑하게 여기저기서 피어나기도 했다. 민들레 꽃씨처럼 찬란하게 흩뿌려지기도 했고, 튤립처럼 우아하게 산들거리기도 했다. 마치

하늘 전체가 거대한 꽃밭이 된 것 같은 환상적인 마법이 펼쳐졌다.

저 멀리 사람들의 환호 소리가 들리자 공연히 가슴이 벅차올랐다.

'맥주랑 치킨만 있으면 정말 최고일 텐데.'

이 순간이 조금만 더 길었으면 좋겠다고 생각하면서 나는 하염없이 하늘을 올려다보았다.

화원을 연상시킬 정도로 각양각색으로 번졌던 불꽃들은 이내 연분홍빛으로 사그라지면서 하늘 위를 나비처럼 나풀거렸다. 별이 눈처럼 쏟아져 내리는 것 같은 밤하늘 위로 나는 무심코 손을 뻗었다.

"……예쁘다."

작게 중얼거리자, 이시도르가 옆에서 상냥한 음성으로 동조했다.

"아름답네요."

불꽃놀이가 끝난 후, 이시도르가 가지고 있던 이동 스크롤을 이용해 다시 경매장으로 돌아왔다. 야경을 구경하는 내내 몽롱한 기분에 잠겨 있던 나는 경매장에 도착해서야 정신을 간신히 붙잡을 수 있었다.

'잠시 멋진 꿈을 꿨던 것 같아.'

집으로 돌아가는 마차 안에서도 화려한 불꽃의 잔상이 남아 눈앞에서 아른거렸다. 이시도르가 선물한 고문서는 도통 눈에 들어오지 않아서, 책을 덮고 창에 몸을 기대 오늘 하루를 복기했다.

'솔직히 무도회, 불꽃놀이 모두 그럭저럭 재밌었어.'

사교댄스가 의외로 신나고 즐겁다는 새로운 사실도 알게 되었다. 이시도르의 다정한 미소와 그의 커다란 손이 연달아 플래시백처럼 스쳐 지나가서 나는 급히 고개를 파닥거렸다.

피폐 소설에 들어온 뒤로 전혀 기대하지 않았던 이벤트 같은 상황에 나도 모르게 들떠 있었는지 심장은 여전히 빠르게 뛰고 있었다.

'이제 현실로 돌아왔으니 정신 차려야지.'

나는 가볍게 뺨을 두드린 뒤 마차에서 내렸다.

"공녀님!"

도착하기 무섭게 아버지의 보좌관이 파김치 같은 몰골을 하고는 빠른 걸음으로 뛰어왔다. 헉헉 숨을 고르는 그를 보며 나는 눈썹을 들어 올렸다.

"무슨 일이지?"

잠시나마 달콤한 꿈을 꾼 것 같은 기분을 만끽한 나와 달리, 보좌관은 끔찍한 악몽에 시달린 것처럼 초췌했다.

"귀가가 너무 늦으셔서 공작님께서 많이 걱정하고 계십니다."

"음? 이 정도면 비교적 빠르게 귀가한 편 아닌가? 불꽃놀이가 끝나자마자 바로 왔어."

시모어 망나니치고 너무 건실한 것 아닐까 걱정했는데.

"그러게 말입니…… 아니, 여하튼, 공작님께서는 공녀님을 몹시 아끼셔서 걱정을 많이 하셨습니다."

보좌관이 정신 나간 모습으로 횡설수설 중얼거렸다.

"걱정하셨다니, 잠시 뵙고 들어가겠어."

나는 부친의 집무실 쪽으로 곧장 걸음을 옮겼다.

"다녀왔습니다."

시모어 공작은 내 인사에도 돌아보지 않고 뒷짐을 진 채 창밖만 내

다봤다.

기분 탓인가? 커다란 뒷모습에서 왠지 모를 꽁함이 느껴졌다.

"즐겁게 놀다 온 모양이구나. 표정이 밝아서 보기 좋다."

그가 한 박자 늦게 내 인사를 받아 주었다. 대화 내용엔 어색한 부분이 없는데 말투와 표정에서 못마땅한 기색이 흘러나왔다.

'설마 나 혼자 놀러 다녀서?'

봄꽃 축제는 번잡하고 시끄러워서 나이 지긋한 어르신들이 적극적으로 참여하는 축제는 아니었다. 시모어 공작 역시 마탑 분위기가 해이해진다고 봄꽃 축제를 노골적으로 싫어했고.

"걱정하셨다고 들었습니다."

나는 내심 의아한 기분으로 말했다. 공작은 한 번 헛기침하고 입을 열었다.

"걱정하다니. 네가 어련히 잘했겠느냐? 그냥 언제 오는지 한마디 물었는데 보좌관이 과장해서 전달한 모양이구나."

"그렇군요."

"근데, 꼴은 왜 그렇지?"

로브를 뒤집어쓰고 복잡한 야시장에 들어갔다 나와서 내 몰골은 조금 추레했다.

"손에 들고 있는 것은 또 뭐고?"

공작이 내가 옆구리에 끼고 있는 현자의 도덕책을 가리켰다.

"아, 그게 야시장에 가서……."

말이 채 끝나기도 전에 그가 몹시 노여운 얼굴로 화를 냈다.

"야시장이라니?! 거기가 얼마나 정신없고 번잡한 장소인데. 역시 그 뺀질한 비스콘티 놈, 제멋대로 굴 줄 알았다. 내 딸을 그런 천것들이

가는 곳에 데려가다니!"

펄펄 뛰며 불을 뿜는 공작을 보며 나는 한숨을 삼켰다.

'그냥 이시도르가 마음에 안 드는 거였군.'

오늘 이시도르는 나를 황궁으로 에스코트하기 위해 이곳 타운 하우스로 직접 찾아왔었다. 꽃다발을 들고 무도회 파트너를 데리러 오는 건 제국 신사의 흔한 매너이기도 했다.

"드레스는 말할 것도 없고, 핑크 다이아몬드도 퍽 어울리는구나. 하긴, 내 딸인데 뭔들 안 어울리겠느냐만."

내 무도회 복장을 넌지시 칭찬하던 공작은 화려한 꽃다발을 들고 마차에서 내리는 이시도르를 보자마자 입매를 싸늘하게 굳혔다. 연한 인디 핑크빛이 도는 정장을 입은 저 뺀질뺀질한 제비는 대체 뭐냐는 감정이 노골적으로 드러나는 표정이었다.

'보수적인 시모어 공작에게 핑크는 너무 급진적이었어.'

이시도르가 부친에게 날라리라는 애먼 오해를 받는 것 같아서 나는 재빨리 입을 열었다.

"야시장은 무도회가 끝난 뒤에 저 혼자 놀러 간 것입니다. 이시도르 경과는 상관없습니다."

"사고 싶은 게 있으면 시종을 시키지 왜 굳이 야시장까지 들어갔느냐?"

"경매장에 희귀한 물건이 나왔다는 소문을 들어서 눈으로 한번 확인해 보고 싶었습니다."

"무뢰배들이 모이는 경매장까지 갔단 말이야? 이게 대체 뭐라고, 쯧."

잔소리를 쏟아내며 현자의 도덕책을 집어 간 공작이 돌연 미간을 좁혔다.

'어? 뭔가 아는 얼굴이네.'

심각한 분위기로 낡은 양피지를 넘겨 보던 그는 서랍에서 작은 거울을 꺼내 글자를 비춰 보았다. 신기하게도 도무지 알아먹을 수 없던 외계어가 거울을 비추자 좌우 반전이 되면서 읽을 수 있는 악필 정도로 보였다.

거울에 비친 책 서문에는 벨르몽 저, 라고 쓰여 있었다.

'벨르몽……? 어디서 많이 들어 본 것 같은데.'

"이 책은 6대 가주이신 벨르몽 시모어 님이 쓴 책이로구나! 그분은 왼손잡이라서 이렇게 암호처럼 글을 쓰는 버릇이 있으셨지."

'아하, 내게는 유용하게 쓰일 거라는 이시도르의 말이 이런 뜻이었군.'

비록 고대 현자가 쓴 도덕책은 아니었지만, 가주의 책이라면 시모어 직계에게 몹시 가치 있는 물건이었다.

"벨르몽 님께서 이런 회고록을 남기셨다니."

공작의 목소리가 놀라움과 감격으로 가늘게 떨렸다.

'어?! 나 저 표정 알아.'

최애의 새로운 굿즈를 발견한 덕후의 표정. 아마 공작은 역대 가주 중에 벨르몽을 가장 존경하는 듯했다.

'이시도르, 고맙다.'

솔직히 이렇게까지 떠먹여 줬으면, 냉큼 받아먹는 게 인지상정이다. 굳이 진실을 말할 필요는 없겠지.

"아버지 선물이에요. 경매 진행자가 허풍이 심해 보였는데, 제대로 된 물건을 구해 와서 참 다행이군요."

내 말에 공작이 낡은 고문서를 살짝 떨리는 손으로 쓸었다.

"가면무도회를 뒤로하고 그 번잡스러운 곳에 들어가 내 선물을 사오다니……."

크흠. 쓸데없이 양심의 가책이 느껴지는군.

"다, 당연한 일인걸요. 그럼, 전 들어가 봐도 될까요? 보다시피 몰골이 말이 아니라서요."

나는 슬금슬금 뒤로 물러났다.

"피곤할 텐데 내가 붙잡아 뒀구나."

"아닙니다. 편안한 밤 되세요. 아버지."

나날이 연기력과 얍삽함만 늘어나는 것 같은 건 아마 기분 탓일 것이다.

착각의 늪 속에서 허우적거리는 시모어 공작을 뒤로하고, 별채로 들어온 나는 로브를 벗자마자 기겁하며 비명을 질렀다.

"꺄악!!"

어딨지?!

이건 꿈이야.

"분명히 치마 안쪽 주머니에 넣어뒀었는데!"

왜 없는 건데!

황실에는 허가되지 않은 마도구를 들고 들어갈 수 없었기 때문에 나는 공간 마법 주머니를 따로 들고 가지 못했다.

"고, 공녀님! 왜 그러세요?"

내 찢어지는 듯한 비명에 근처에서 대기하던 시종과 하녀들이 모조리 혼비백산해서 달려왔다.

"내 핑크 다이아몬드……! 아무래도 야시장에서 잃어버린 것 같아. 분명 속주머니에 넣어 두었는데. 이럴 리 없어!"

타운 하우스 한 채 가격…… 10억이 넘는 로또 당첨 금액…….

나는 침대 위로 무너지듯 주저앉았다.

〈악녀라서 편하고 좋은데요?〉 2권에서 계속